秋夜

声松处笙
秋帘间吹
听银月生
一川也桐
夜影静下
上窗网碧
枕西梦双

——禾晏山

兰香缘

上册

禾晏山 著

青岛出版集团 | 青岛出版社

图书在版编目（CIP）数据

兰香缘 / 禾晏山著. -- 青岛：青岛出版社，2025.
ISBN 978-7-5736-2816-9

Ⅰ. I247.5

中国国家版本馆CIP数据核字第2025CU9816号

LAN XIANG YUAN
兰香缘
禾晏山 著

策　　划	崔　悦
责任编辑	方泽平
特约编辑	崔　悦
责任校对	耿道川
插　　图	慕　白　容　境　梦　西
装帧设计	千　千
出版发行	青岛出版社（青岛市崂山区海尔路182号）
本社网址	http://www.qdpub.com
邮购电话	18613853563
照　　排	梁　霞
印　　刷	天津明都商贸有限公司
出版日期	2025年8月第1版　2025年8月第1次印刷
开　　本	16开 (710mm×980mm)
印　　张	33.5
字　　数	656千
书　　号	ISBN 978-7-5736-2816-9
定　　价	79.80元（全2册）

编校印装质量服务电话　4006532017　0532-68068050

编校印装质量服务

目录

上册

第一章 初入簪缨户 1

第二章 鞭笞透骨深 22

第三章 惊鸿引君顾 45

第四章 隔墙旧约焚 67

第五章 毒计陷危难 86

第六章 新庭豺虎蹲 105

第七章 硝烟抚枯木 129

第八章 暗递雪中恩 150

第九章 诗宴伪陈迹 168

第十章 红杏越墙门 183

第十一章 横刀护玉魄 199

第十二章 账本葬双坟 221

目录 下册

第十三章 情绵遭暗妒 255
第十四章 舌剑破奸氛 276
第十五章 毋碎君子志 300
第十六章 风月逐水沉 321
第十七章 旧缘寻故梦 348
第十八章 金榜断缘分 368
第十九章 浪蝶生风波 392
第二十章 衔恨赎父恩 416
第二十一章 锦衾裹霜刃 440
第二十二章 群钗妒眉痕 464
第二十三章 心锁恨难诉 485
第二十四章 雕梁缠旧纹 501

第一章
初入簪缨户

　　话说金陵有一小儿唤作陈万全，五六岁没了爹娘，兄嫂将他卖到富户林家为奴，在一处古玩店铺里干活儿，天长日久练出了鉴别古玩字画的能耐。

　　因他身无长物，故没有体面人家愿意同他说亲，偏他还是有些眼界的，等闲的闺女又看不上。三十岁上东家提拔他做了铺子的三掌柜，又过了一年，林府里开了恩典，给了他一个三等丫头薛氏，命二人成亲。

　　这薛氏原在府里二房专做针线活计，因生得颇有颜色，又存了争强好胜的心，被一众大丫头忌惮，踩在脚底下，只做些浇花洒扫的琐碎事务，二十岁随便配人嫁了出去。

　　这薛氏倒也顺从认命，自跟了陈万全便一心一意经营生计，日子虽不算富裕，倒也温饱无虞。

　　一年之后，薛氏有孕，忽在一梦中梦见千万朵兰花齐齐怒放，金光照眼。梦醒后去找算卦的马仙姑圆梦，那仙姑断言她将生个贵美之女，他们夫妻日后定要得女儿的济。薛氏大喜，多给了不少赏钱。

　　陈万全听说薛氏给了马仙姑十几个钱，不禁肉疼，冷笑道："什么贵美之女？你我都是林家的奴才，这娃儿是家生子，一辈子给人当牛做马使唤的命，能贵到哪儿去？蠢材，蠢材，你是让人给坑骗了。"

　　薛氏不服道："你怎就知道我生的孩子合该一辈子给人家做奴才？净说丧气话，若生个飞黄腾达的贵子贵女，你这做老子的脸上岂不也有光？"

・ 1 ・

陈万全道:"是,是,我就等你生个贵女了,最好贵到当官老爷太太,出门就坐大马车,像府里太太们那般风光,穿金戴银,吃香喝辣,出门有八个丫头伺候着,那才算我们老陈家坟头上冒了青烟!"说完一摔帘子出去了。

薛氏却对算卦之言深信不疑,闲暇时便做些小孩穿的衣物,一心一意养着身子。几个月后,薛氏果真产下一女,因做的梦,便起名叫香兰。陈万全本想要儿子,不由失望,但见小香兰玉致玲珑,心里也逐渐欢喜起来。

只是这女孩生下来便体弱多病,还没出满月就病了一场,将将调养好,又染了风寒,上吐下泻,气息奄奄的。

薛氏心焦,又忙忙地去找马仙姑卜问。那马仙姑让薛氏拿了铜钱一摇,看了卦象道:"需往东南方走才有喜,得贵人搭救。"

薛氏擦着眼泪只往东南方走,不多时便见前方有一座静月庵。薛氏便跪在菩萨面前又是磕头又是许愿,哭了半个时辰。忽来了个慈眉善目的老尼姑,问她为何啼哭,薛氏便将事由讲了。

那老尼姑思考片刻,又问了香兰的症候,便拿了纸笔写了一剂方子,让回家煎服。

薛氏如获至宝,去药堂抓药给香兰服用,一碗药灌下去不多久,香兰居然醒了。薛氏试着喂了点儿奶水,香兰吃了几口,便又昏沉沉地睡去。

自此小香兰一日好过一日,薛氏喜不自胜,备了果子糕饼和香油、烛火钱,抱着香兰去静月庵答谢恩人,此时方知那老尼姑是庵中的大德法师定逸师太。

定逸师太看了香兰片刻,又问了八字,摸着香兰的头说道:"这孩子与我有缘,不如做我的寄名弟子罢,在佛门中保佑她平平安安地长大。"

薛氏哪里有不应的。

香兰记事起便在静月庵中跟着尼姑们一处诵经修行。定逸师太极喜她质朴可人,给她起了法名"禅静",教她认字读经,亲自给她讲法,除却佛经,又教她四书五经和诗词歌赋一类,竟也儒释道贯通。

香兰聪慧刻苦,极有毅力,甚得定逸师太欢喜。

定逸师太本是官宦人家女儿,因其父性情耿直得罪当朝权臣,家道沦陷,为避祸才出家为尼。待冤案平反后,定逸师太反觉红尘万丈不如佛门清静,便拒绝家人之意,不愿还俗,每每行善提道,救人济世,不收分文,又常常舍粥舍药,走南闯北,极有见识。

香兰缠她问些刁钻问题,定逸师太倒也不烦,耐心回答,悉心教导。故没几年工夫,香兰竟然书史皆通,写作俱妙,胸中颇有丘壑了,尤其绘得一手好丹青,常得众人赞叹。

　　日子一天天过去，薛氏后又生了三胎，均是没养活两三年便夭折，故夫妻俩只有香兰一个女儿，更爱如珍宝一般。

　　转眼香兰已十四岁，定逸师太便择了吉日，命香兰跳墙还俗。香兰与定逸师太情同祖孙，百般不舍，定逸师太只道："你性情忠厚，唯脾气刚烈，日后需益发修身养性。个人有个人因果，你有尘缘未了，不可再留在佛门，日后有缘，你回来替我送终。"

　　香兰泪汪汪道："我定常回来探望师父。"

　　定逸师太笑而不语，只行礼让她离去。

　　香兰归家后镇日无所事事，薛氏有意让她跟街里街坊同龄的女孩儿一起做针线玩耍，香兰去了两回，回来道："并非我类，凑一起也没趣儿。"便在家帮薛氏做些家务，闲暇时只看书抄经，做针线补贴家用。

　　这一日香兰正坐在临窗的大炕上绣花，忽听院子里一阵喧哗，有个尖锐的大嗓道："谁偷你家衣裳了？青天白日的诬赖人也不怕喉咙里生烂疮，我呸！"

　　"我亲眼瞧见你拿了我家香兰的衣裳，我浆洗了晾在院里，你进了厨房一趟，出来便把衣裳揣怀里进屋了！"说话的人分明是薛氏。

　　香兰从窗子向外一望，只见母亲跟吕二婶子站在院里大眼瞪小眼，院门口有几个小孩子探头探脑。

　　吕二婶子一家也是林府的家生奴才，同香兰家住在一个院里，平日素无往来。吕家爱贪占些小便宜，常常偷陈家的东西，大到衣裳、面盆、腊肉，小到柴火、葱蒜，没有不顺手牵羊的。

　　"放你娘的屁，姑奶奶可看不上你那几件烂衣裳，我们家姨奶奶在府里多大的富贵势力，绫罗绸缎都是擦屁股的！想钱想瞎了心的小娼妇，竟想讹到我们头上！"吕二婶子惯会泼妇骂街那一套，花样百变，又生得黑壮，双手叉腰往院里一站，颇有一夫当关万夫莫开之势，什么腌臜话都敢往外喷。

　　薛氏不会漫骂，气得浑身乱战："你分明拿了我家的衣裳，我前些日子扯的细布，做的簇新的应季袄子，袖口上还绣了花样。举头三尺有神明，你也不怕阴司报应！"

　　吕二婶子一口唾沫啐在薛氏脸上："要有报应也该报应你这样的娼妇！原在府里就勾搭爷们，粉头一样的下流坯子，被太太、奶奶们撵出来，没皮没脸，没羞没臊，还不找个旮旯吊死，反倒做圈套诬蔑你姑奶奶！不知天有多高地有多厚，莫非打量我是好欺负的？明儿个就让我们家姨奶奶来做主！"

　　这一番话说得薛氏又冤又羞又怒，她指着吕二婶子："你……你……"哽咽得说不出话。

香兰见吕二婶子如此欺辱母亲，心中大怒，将针线一丢，穿上鞋便要往外跑，却被陈万全一把拖住道："我的小姑奶奶，外头吵得正凶，你去跟着裹什么乱？！"

香兰挣扎道："我娘受欺负，遭了这样大的羞辱，我怎能不过去？！"

陈万全瞪眼："你快消停消停罢！吕家大闺女是府里头大爷的通房，以后生了哥儿姐儿抬了姨娘，就是半个主子，咱们敬着还来不及，怎好上赶着找不痛快？你娘妇人之见，头发长见识短，她是浑蛋，你也跟着浑蛋？"正说着，传来"哎哟"一声，原来薛氏被吕二婶子一把揉倒。

香兰怒极反笑道："自己媳妇儿被人搡着打骂'娼妇'，不出头反倒罢了，竟没用到这步田地，你在家里跟我娘摆的那些威风拿出一两分来，咱们家今日也不会受这个气！"说完一把推开陈万全便跑了出去。

吕二婶子欺准了陈万全不敢生事，有意打压薛氏，又因吕二叔赞过"陈家娘子生得标致"，想偷看薛氏洗澡被她抓住，如今想起来便恨得牙疼，抓扯着薛氏的头发，口中"贱人""粉头"骂个不住。

街里街坊都知吕二婶子是个有名的泼妇，不敢伸手相帮，只在旁边相劝。

香兰见母亲鬓发散乱，满面泪水被吕二婶子压着打，愈发恼恨，顺着墙根悄悄溜到院门口，抄起门闩便冲上去，口中大叫道："混账婆娘，竟敢打我母亲！"狠狠一记招呼在吕二婶子背上。

吕二婶子"嗷"一声惨叫，只觉五脏六腑都要震碎了，不由松开薛氏，差点儿将苦胆呕出来。香兰举着门闩仍要打，众人惊叫一声："了不得了！"上去便夺香兰的门闩。

香兰顺势让人将门闩抢走，扭身进厨房又举着菜刀出来，奔着吕二婶子冲过去，口中高叫道："你镇日里偷鸡摸狗拿我家的东西，今日又打骂我娘，新账旧账一起清算，我再不活着了，跟你同归于尽！"

那菜刀在日光底下映得明晃晃耀人眼，冷飕飕让人胆寒。吕二婶子大吃一惊，忙不迭地躲闪。街坊们赶紧拦着香兰，纷纷叫道："有话好好说，快将刀放下！"

香兰扯着嗓子道："方才那泼妇打骂我娘你们怎么不拦着？！我家今日受了奇耻大辱，我先砍死她，再抹脖子自尽，也落得干净！"说着仍要往前冲，骂道，"有本事把你们家姨奶奶抬出来，呸！什么'姨奶奶'，不过是个通房丫头，狗仗人势的东西，今儿我白刀子进红刀子出，先捅死你，再去抹脖子！"

众人见香兰摆明了一副拼死拼活的架势，便要上前夺刀，香兰疾言厉色道："谁夺我刀子谁便是我的仇人！就算我今日杀不了他，就明日再杀！"这一番凛然威势竟将旁人都唬住了。

香兰又朝吕二婶子瞪去，咬牙切齿道："泼妇，有种过来受死！你打骂我娘，我就弄死你家的小崽子解恨！"

众人瞪大了双眼：什么？！不但要杀吕二婶子，竟然还要宰人家的孩子？谁不知道吕家三个丫头，前年吕二婶子才生了个儿子，宝贝得跟眼珠子似的。这陈家闺女看着貌美文静，原来她才是最厉害的泼妇！

吕二婶子本要跟香兰对打对骂，但听香兰说"弄死你家的小崽子解恨"，见对方分明是豁出去不要命的架势，一时间也被震慑，窝在院角不敢言语。

薛氏见女儿为她出头，心里尤为解恨，但见香兰动了刀，双目赤红，真要打要杀，便怕了，踉跄着跑到跟前一把搂住香兰劝道："我的儿，快把刀子放下，真闹出人命吃了官司，你让娘可怎么活？！"

香兰心道见好就收，脸上仍不动声色，把菜刀交给薛氏道："你给我拿着。"言罢挣开旁人又冲到吕家房里，吕二婶子的两个闺女正扒在门口偷偷往院里看，见香兰冲进来吓得四下躲闪。

香兰进屋迅速翻找，一下从被子底下拽出一件细布衣裳，"噔噔"跑出去举着衣服道："这件衣裳就是我娘新做给我的，袖口上绣了朵兰花，还有一个'兰'字，是我亲笔描的花样子，你们家哪个闺女叫'兰'？"

吕二婶子脸上一阵白一阵红，耍赖道："我家小二也有这样颜色的衣服，我是拿错了。"

香兰冷笑道："拿错了？你蒙谁呢？！"

众人跟着和稀泥，劝道："误会一场，误会一场，街里街坊的什么话说不开的？"

香兰冷哼一声道："你给我娘认个错，这件事就揭过去，否则我拼死了也把这事捅到府里，让太太、奶奶、大爷都知道，姓吕的'姨奶奶'有个偷鸡摸狗的亲娘！"

吕二婶子恨极了香兰，直想将她生吞活剥，偏香兰掐住了她最要命的短处。要她认错是万万不能的，她眼珠子一转，就势躺在地上哭天抢地道："哎哟喂！刚才那门闩可要将我打死了！打得我背疼、胸口疼，我的姨奶奶呀，你再不来给我做主，我就要让人用刀捅死了！我怎的如此命苦？让穷家破业的小畜生骑在头顶上拉屎拉尿……"在地上撒泼打滚，再不肯起来了。

香兰走过去狠狠啐在吕二婶子脸上，一字一顿骂道："不——要——脸！"说完拉着薛氏进了屋，"砰"一声关上了门。

陈万全已在屋里躲了半天了，方才院里闹起来，他在屋里急得团团转，见了香兰咬牙切齿道："你呀，你呀，净给家大人惹祸！"

香兰不睬他，径自端了水让薛氏洗脸梳妆，拿了杯子倒了半盏冷茶吃。

薛氏净了面，一边梳头一边道："如今这般一闹倒是解气，只是他家大女儿还是有些头脸的……"

陈万全大怒道："你这才想到？还有你女儿的名声，这下传出去'陈家的女儿小小年纪就是个动刀动枪的泼妇'，她可怎么嫁人？！"

香兰颇不耐烦地摆手，瞪了陈万全一眼："行了，行了，爹爹有这个气性怎么不替我娘出头？只会窝里横，对外一味窝囊老实，但凡爹爹有些担当，我又何必背个'泼妇'的名声？"

陈万全有脾气只敢对老婆发，对女儿还是一心溺爱，还隐隐地有些怕她，听女儿这么说便不吭声了。

香兰又道："吕二婶子是个滚刀肉，耍胳膊根子混不吝的，能跟她讲什么理呢？只好以暴制暴，保管她乖乖的。咱们原是斯斯文文的人家，断不会跟她那种人斗得跟乌眼鸡似的，不过是自个儿找不痛快罢了，以前吃点儿亏也便忍着了，但如今她欺负到咱们家脸面上，再不出头反倒让人背后戳脊梁骨，说咱们家是软骨头，便愈发欺负上来。今儿是拿件衣裳，那明天拿咱家金银细软呢？后天抢咱家银子呢？"又看着陈万全说，"这样软弱的娘家，你打量我能找什么好亲事？嫁出去也是让婆家欺负。爹娘本来就没有儿子，旁人便轻视两三分，今日我再不借这个题目立出威名来，日后还指不定让人怎么欺凌，即便背个'泼妇'的名声又如何了？"

薛氏"扑哧"一笑，点着香兰的脑门道："你自幼佛门里养起来，佛祖不是慈悲为怀么？你怎想到拿菜刀的？把我生生吓出一身冷汗。"

香兰做个鬼脸笑道："佛祖说过'怒目金刚，垂首菩萨'，我方才是扮成金刚的模样度一度吕二婶子。再说我心里有数，绝不真砍，做做样子吓唬吓唬罢了。"

薛氏搂着香兰慈爱道："闺女长大了，知道给娘出气了。"

陈万全狠狠瞪了薛氏一眼，摇头叹气。

香兰靠在薛氏怀里道："娘只管放心，我虽是个女孩儿，但也不比男子差。有句话叫作'巾帼不让须眉'，我活着一日，便不叫你们受一日委屈。"

陈万全冷笑道："你威风得很，可惜了没托生个红袍大将军！"

香兰撇了撇嘴，没有说话。她倒是想托生成红袍大将军，哪怕当不成将军，是个男子也好。可惜，可惜，这一世，她仍是个女子。

她上一世叫沈嘉兰，乃太子少傅、詹事府大学士沈文翰嫡出孙女，也曾被人赞过"巾帼不让须眉"的。沈家为簪缨清贵之家，甚得太子器重，家族也昌旺，沈嘉兰自幼身边教习无数，琴棋书画、中馈理家，无一不精。谁料想先帝驾崩，八王爷逼宫造反，太子不知所踪，皇宫一夜之间变了天色。八王爷不遗余力扑杀太子人马，沈家因夺嫡风波受了牵连，被株连九族。于是沈家嫡派子孙全拉到午门问斩，女眷没入教坊司。

十五岁的沈嘉兰已经嫁作人妇，夫家也受到波及，流放三千里。

沈嘉兰从云端打入淖泥中，一夕之间家破人亡，看尽世间炎凉凄苦，随同自己夫家千里流放，一路挨冻受饿，受排挤欺凌，难以言尽。

她的新婚丈夫萧杭在路上生了重病，为了护着丈夫和家人，她从娴雅的大家闺秀变成了张牙舞爪的悍妇。即便如此，也终究没护他们全家周全——半路上她丈夫病逝，她染了风寒奄奄一息被官差抛下，不久病亡。

她再睁开眼的时候，已变成了一个小小的婴儿，被薛氏逗弄着低声唤作"香兰"。虽是林家的家生子，她却从未这般感恩和知足过。

江南望族林家，她再熟悉不过。林家以经商起家，后娶了几个家道单薄或庶出的官宦小姐，逐渐兴旺发达，子孙出仕做官，三代以后，势力盘踞江南水乡一带，富贵泼天。

林家掌门人林昭祥玲珑八面，左右逢源。当年她十三岁，林昭祥曾意欲和沈家议亲，聘她与林家长孙林锦楼为妇——纵然她比林锦楼还年长四岁。却不知为何，此事后来没了下文，林昭祥更递了折子致仕归乡。

两年之后，满朝腥风血雨，沈氏几乎灭了全族，林氏屹立不倒，昌旺更胜往昔。

沈嘉兰经历过抄家，知道主人家落难后那些奴才的下场更加悲惨——她听说原先她身边那几个大丫鬟尽数入了娼门。

她默默安慰自己，如今朝堂上大局已定，林家眼观六路，应该不会走沈家的老路，这个奴才的身份大约暂时能坐得安稳。

小时候她养在佛门里，镇日和定逸师太一处，日子虽清贫，倒也平安喜乐。当她从佛门回到红尘，才骤然发觉事态严峻：懦弱贪杯的爹、身体孱弱的娘，而她马上要及笄，家里已经张罗给她说亲事了。

薛氏是个美人，陈香兰这具皮囊便更美貌上几分，加之气韵灵秀，识文断字，又做得一手好女红，平时文文静静，脸上常挂着三分甜笑，且陈氏夫妇都是老实人，于是上门打探的人几乎踏破了门槛，更有几家在林府极有头脸的管事都来询问。

她爹相中了米铺黄二掌柜的三儿子，她娘看好了绸缎庄柳大掌柜的幺子，这两位都是林家的家生奴才。人她都见过，斗大的字不识几个，并无心胸见识，不过是大世家的奴才，比别的少两分土气罢了。

薛氏已经喜滋滋地在挑拣对象，预备年底定下来，过年时花银子打点，央有头脸的管事婆子进府求主子个恩典，让香兰成亲，自己也算了了一桩心愿。

香兰只想仰天长啸——她宁死也不愿这样嫁人！嫁了林家的奴才，将来生的子子孙孙永远是林家的奴才。奴才是什么？奴才是货物，是主人的财产，不能科举，不能自由婚配,不能有自己的田产地契,就是主人的玩意儿!主人要卖、要杀、要剐、要送人,都是无可厚非的!

香兰不想一辈子都当个玩意儿。她好容易又活了一世,这一生立志做个有房有地有牲口的地主婆,守着家人,日子恬淡平安就好。

她当年还是个小孩童的时候,就盘算着如何让全家人脱籍,又得以保全日后的生活了。

自从她听说她爹当年卖身时签的并非死契,仍能赎出来,便双眼放光——只要将她爹赎了,自己脱籍便有了希望。而且她听闻林家确有家生奴才为自己赎身的!

她曾偷偷画了几幅画,让他爹挂到古玩铺子里去卖,谎称是寺里的尼姑画的,为了赚些银子修建庙宇,等画卖出去,铺子可收一成的佣金。

这几幅画没几日竟全卖了,香兰赚了一两二钱的银子,喜不自胜,把银子妥帖藏好了。

今日吕二婶子刚好一头撞上来,她第一要给她娘出气,第二震慑平日那些欺负她家的无耻小人,第三就是立一立自己彪悍的名声,把定亲的事缓下来再徐徐图之。

话说香兰狠打了吕二婶子一记门闩,又当众搜出衣裳落了吕二婶子的脸面,吕二婶气得在屋里蹦脚,想着等吕二叔当差回来,便好生哭诉一番,正咬牙切齿的工夫,忽听门响,有个声音道:"家里有人吗?春燕姑娘回家了!"

吕二婶子急急忙忙地开门,只见她的大女儿春燕正站在门口,穿着件藕色凤尾菊花纹的褙子,头上插着一支赤金滴珠步摇并两根玛瑙簪,耳上晃着碧玉耳环,手腕上套着金银绞丝镯,端的是富贵气派,只是有些憔悴,脸上涂了厚厚的脂粉衬着颜色。旁边站着个老婆子,身后还有个七八岁的小丫头,手里抱着个包袱。

吕二婶子喜得抓耳挠腮,拍了下手道:"我还当谁?原来是我们家的凤凰回来了!"往屋里让,又要给跟着的婆子倒茶。

春燕从袖里摸出一把钱塞到那婆子手中,拿捏着矜持神色道:"麻烦嬷嬷带着小丫头回马车等我,这钱先拿去买点儿酒吃。"

那婆子得了钱眉开眼笑,拽着那小丫头便走了。待关上门,吕二婶子道:"怎么好端端的回家来了?你回来得正好,你不知道,方才有件事……"

谁想春燕先"哇"的一声哭了出来,吕二婶子吓了一跳,一叠声询问。春燕用帕子捂住脸,一边哭一边摇头,吕二婶子把她拉到里屋,打发三个孩子出去玩耍。春燕方用帕子擦着泪道:"鹦哥那个小浪蹄子有一个月的身孕了!"

鹦哥也是林家大爷林锦楼的通房,虽比春燕收房晚两个月,却处处踩春燕一头。

吕二婶子一愣神的工夫,春燕便恨声道:"我就不服!大爷三个通房,论容貌、身段,我哪点比不过那小蹄子?就连大奶奶也高看我一眼,待我比她们都亲厚,事事抬举我。大爷原也爱我，还送我几件首饰衣裳，偏被那小骚货迷住了眼，缠软了腿。那浪蹄子不过会唱几首曲儿哄爷们高兴，粉头一般的下流货色，抬举她当姨娘奶奶还不打了林家的脸？！"

吕二婶子道："她有了孕，大奶奶说了什么？"

春燕满面泪水："大奶奶进了门四年都无所出，她能说些什么？老太太的赏赐都下来了，还派了两个老嬷嬷、两个媳妇儿去看顾那小蹄子，另外还拨了两个小丫头粗使，都快赶上小姐的风光了，还有银子和首饰——崭新的赤金头面和金银镯子呀，还说只要孩子生下来，不管是男是女，都抬她当姨娘……"说着俯身趴在炕上号哭起来。

吕二婶子一听这话也急了起来，鹦哥的爹娘也在府里当差，原本还没什么，自从两家的女儿都被大爷收了，便针锋相对起来，见了面便冷嘲热讽，指桑骂槐，甚至好几回动了手，简直刻骨仇恨。

若是鹦哥先抬了姨娘，吕二婶子也觉自己脸上无光，比香兰再打她几记门闩还要没脸，当下拍着春燕后背道："既然那个小媳妇有了身子，便不能伺候大爷，你赶紧笼络大爷的心，让他在你房里宿上几晚，早些有了儿子，也抬上姨娘！"

春燕直起身子，擦着泪道："哪有这般容易？大爷总不在府里，一时去京城，一时去扬州，好容易在家待上几天，便叫画眉那狐媚子伺候，要么去鹦哥那屋，对我淡淡的，连大奶奶也不放在眼里。这些时日大爷在京城，听说大太太在京里又给他娶了个良妾，漂亮温柔着呢。大奶奶听了这事也是怔了许久，拉着我的手说：'燕儿，你我虽是主仆，但情同姐妹一样，即便那些陪嫁的丫头也不如你知心，我见了你便说不清地投缘。鹦哥看着狐媚，我本就不喜她，但如今你我的境地也是一样，大爷不喜我，我也无话，只盼着自己得意的人儿能得大爷青眼，谁想你也是个可怜人。'

"我一听这话便恼了，跟大奶奶说：'鹦哥那浪货都欺负到奶奶头上了，大奶奶是个贤惠人，我却忍不下这口气。'大奶奶却流着泪说：'忍不下去也得忍，谁叫我的肚皮不争气？眼看京里又给大爷娶了妾，听说还是个读书人的女儿，容色出挑，如此更没有咱们两个的立足之地了。如今鹦哥是大爷心坎上的人，你也避一避她罢，免得自寻死路……'"

春燕一边说，一边接过吕二婶子递过来的温茶一饮而尽，将哭湿的帕子丢在一边，从袖里又抻出一条，擦着眼角道："府里多少脏心烂肺的等着看我笑话，鹦哥天天托着腰捂着肚皮在我眼前晃，成天不是要吃鱼就是要吃鸡，一会儿嫌饭菜咸了，一会儿又说汤水淡了，小厨房上赶着做这个做那个，生怕怠慢了，我想要碗别的菜都得遭白眼看脸色……我心里再堵得慌，脸上还得带着笑，再不回家来哭一场，日子便没法过了……"

吕二婶子急得团团转。他们一家的前途都系在大女儿的裙带子上，若女儿让别人抢了宠爱，吕家的好日子便要到头了，更别提鹦哥那一家子跟吕家都不对付，若事事处处被压上一头，别说自己女儿，他们全家都难立足。

吕二婶子咂了咂嘴道："大奶奶这般厉害威风的人，也没一点儿办法？"

春燕立着眉道："能有什么办法？莫非还能把鹦哥肚皮里的种揪到我的肚子里？"

吕二婶子想了想，面色阴沉道："就算揪不到你肚子里，也不能让她怀着生下来！"

"怎么说？"春燕看着吕二婶子狰狞的脸色，微微向前靠了靠。

"你有个三姑奶奶原是府里头的稳婆，我早年在府里伺候的时候跟过她一阵。想不叫孕妇把孩子生下来，办法多的是，虎狼药、流产针、犯冲的吃食，添上两三样佐料就够那小贱人受的。"

春燕唬了一跳，觉着汗毛都立了起来，低声道："这万一查出来……"

吕二婶子哼了一声道："做得干净些，谁能查出来？你以为老太太、太太她们就是干净的？大宅门里头脏得很，谁手里没攥过人命？"说着握住春燕的手，殷殷道，"我的好闺女，打小我就知道你跟你那些妹妹不同，生得俊俏又伶俐，如今进了府做了大爷的通房，眼看就能成林府半个主子，大奶奶又抬举你，这可是天赐的良机！爹娘的后半生，你的兄弟姐妹，还有你一辈子的体面，全在这几年了。你三姑爷爷管着个药材铺子，回头我找他配点儿药……哼哼，一样给那小贱人吃，一样你悄悄下在大爷茶碗里，保管他晚上多疼你几回。"

春燕先是脸色发白，听到后来又满面通红。吕二婶子把她散落的鬓发捋到耳后，轻声道："头一个月最不稳，最是容易滑胎的……"

春燕从家门里出来的时候已神清气爽，重新梳了头发，脸上也匀了胭脂水粉，只是双眼还有些肿。

香兰抱着木盆出来泼脏水，恰瞧见春燕站在院门口转过身来跟吕二婶子说话，便闪身躲在葡萄架后头。

吕家的大女儿她见得最少，先前因她住在静月庵，等她跳墙还俗时，春燕已进府当丫鬟好几年了。香兰依稀记得春燕是个生得俊俏的女孩，还跟薛氏感叹吕二婶子这根孬竹竟长出了好笋，薛氏却说吕二婶子当年也貌美过，只是生了孩子之后便肥如母猪一般了。

如今再看春燕，那一身富贵打扮衬得人比当初更俏上几分，原本清秀白嫩的脸蛋涂了厚厚一层脂粉，更添了几分媚气，水蛇腰一扭，端的像个以色侍人的通房大丫头了。

香兰撇了撇嘴,听三姑六婆的闲话说,春燕为了做新巧昂贵的衣裳、打好看的钗环,将月例和主人的赏赐几乎用了个干净,她不爱的衣裳和首饰才拿回家来送给爹娘弟妹。香兰心想,若是春燕肯多拿些钱给家里度日,吕二婶子何至于天天偷她家的东西?

眼见着春燕出门上了马车,香兰摇了摇头,扬手泼了盆里的水,转身进了屋。

这几日吕二婶子早出晚归,鬼鬼祟祟不知忙些什么,也没来陈家寻晦气,香兰过得分外愉悦,一心扑在作画上。

她与吕二婶子这一架果然令她"一战成名",许多人家绝了同她家结亲的念头。薛氏愁眉苦脸起来,心里很不痛快。

这一日薛氏从外面回来,见香兰画了一幅牡丹,正在题字,心里愈发不悦,阴沉着脸道:"好好的女孩子不干正经事,你爹也纵着你,写这些、画这些破玩意儿有什么用?还有看那些闲七杂八的烂书,把人都看魔怔了,去学学女红绣花才是正理!家里不指望你赚这几个小钱!"

香兰道:"我虽不如庵里的师父们画得好,但前儿个画的一幅画还卖了两钱银子呢,抵得府里头三等丫鬟的月例了,怎么叫'小钱'?再说,圣贤书怎么是闲七杂八的书?读一读明智明理,一辈子才不至于稀里糊涂的。"

薛氏皱眉道:"什么话?你天天整那套之乎者也的有个屁用,又考不了秀才。学一手好针线能说个好婆家,哪头轻重你分不清?你若是个大家小姐,琴棋书画的随着性儿弄去,你是什么身份自己还不清楚?还是赶紧收收你的心!"

香兰冷笑道:"娘的眼皮子何必这么浅?莫非我们全家人合该给别人当一辈子奴才,没个出头之日么?"

陈万全正在里屋吃饭,闻言端着饭碗出来道:"你想如何?想要造反不成?过这样的日子,生在这样的人家你还不知足?外头多少人都羡慕不来的!小毛孩子口出狂言。你赶紧给我做点儿女红,过两年也该出嫁。你顶着这样凶悍的名声,绸缎庄的柳大掌柜还是相中你了,前儿个要了你做的荷包回去瞧了,过两日就差媒人来。到时候柳掌柜到老爷太太面前讨恩典,把你许出去,明年把婚事操办了,我跟你娘也算放了一半的心!"

薛氏大喜道:"当真?柳家真这样说了?"

香兰却大吃一惊:"柳大掌柜?他儿子我才不要!听说他儿子小时候得过重病,脑子都不大灵光,如今看起来还傻呆呆的。"

陈万全瞪了香兰一眼:"你想嫁什么样的?想嫁秀才、举人、老爷,你也配!"又松了一口气,"柳掌柜家那小子你也见过,小时候还跟他一起玩,比你大两岁,那不是傻，是厚道，老实巴交的，嫁人就要嫁这样没花花肠子的懂不？他爹打算日后在庄子上给他谋个差，总也不亏，你嫁过去不会吃苦。况且柳大掌柜在老太爷跟前有脸面，家里殷实，还养着小丫头伺候，我眼瞧着跟小地主家差不多。他就一个儿子，宝贝得跟眼珠子似的，多少人家惦记着，如今相中了你，嫁到这样的人家是你的福分。"

香兰鼓起腮帮子怒道："若让我嫁个那样的，我还不如现在就铰了头发做姑子去！"

陈万全气道："听听！你这说的什么话！你想过什么日子？府里太太奶奶们的日子好，你可投了这个胎？！这山望着那山高，如今吃穿不短你的，又有好亲事，你竟还不知足。"

香兰道："我才不羡慕府里太太奶奶的日子，我为的是自己的终生。爹，你有没有想过赎身出府？这些年咱们家也攒了点儿小钱，出去你也开个古玩铺子，或是我卖卖画，咱们家也有些银子，自由自在的不比当奴才强？！"

陈万全道："你当开古玩铺子容易？你可有这个本金？！"他说着叹气，"我也想早些离开林家，铺子里的两个掌柜也是挤对人的主儿，干着也糟心，可赎身是一笔银子，当年我到林家不过卖了五两，可这些年在林家连吃带住，不知要抬多少倍银子出去。"

香兰道："爹爹就是胆小，若自己悄悄收了古玩来卖，不知能赚多少呢。"

正说着，听见门口有人高声道："陈嫂子可在家呢？"

薛氏忙下炕道："在呢，是哪位？"

那人道："是我。"说着进来一个三十五六岁的妇人，浓眉方脸，身量高挑，穿着墨绿色的褂子，头上髻子油光水亮，只绾了两支银簪，脸上的脂粉也匀得精细妥帖，带着一股精明强干之气。

此人姓杨，闺名红英，原是林府管家杨顺的女儿，嫁与了林府里颇有头脸的管事，因她能说会干，在府中的媳妇儿里颇受重用。

薛氏一见她来了，忙忙地往屋里让，命香兰倒茶来吃，陈万全忙回避到里屋去。

杨红英笑道："嫂子不要忙。"说着坐到了炕上。

薛氏笑道："今儿什么香风把你吹来了？"

杨红英道："我特地来瞧瞧你，上回你还领了些府里的针线走，这几个月就一直瞧不见人了，府上还有些新活计，工钱给得丰厚，回头你找二门的崔嬷嬷去。"又往炕桌上看，拿起一张纸，连连咋舌道，"好俊的字，比府里的哥儿们写得还好。这是谁写的。"

薛氏往里屋努嘴道："闺女写的，闲着没事才搞这些乱七八糟的东西，刚我还说了她一回。"

话音刚落，香兰端了茶从里屋出来，摆在炕桌上。杨红英拉住香兰的手，笑道："哎哟喂，我的儿，我先前看你还那么高，这一晃都那么大了。"说着细细打量。面前的女孩十三四岁年纪，身材纤巧，生得一张桃花面，长眉入鬓，唇红齿白，一双眸子明亮清澈，端的是个绝色，清丽淳厚，见之忘俗。

杨红英喜道："真真儿是个俊俏姑娘，难得又会写又会念，怪道是佛门里养出来的，跟她们不一样。"她又去问薛氏："找婆家了没？"

薛氏道："还没有，横竖年纪小，也不急于一时。"

杨红英默默点头，又仔细打量香兰，问她平时做什么、玩什么等语。

薛氏以为杨红英要给香兰说亲，心中欢喜，暗道：这杨娘子在府里奶奶太太跟前有身份，底下的人谁不远接高迎地敬着？跟她打交道的都是府里的体面人，若能托她找一门比柳大掌柜还好的亲也未可知。柳家虽富，他家儿子确实有些憨傻，配不上我的闺女。

薛氏便打发香兰进屋，想跟杨红英攀谈攀谈。

那杨红英端起碗来吃了一口茶，看了薛氏一眼，道："唉，我这几日忙得紧，曾老太太眼看不行了，就这几天的工夫，府里就得挂孝。到时候大老爷、大太太、两个姐儿，还有庶出的一个哥儿一个姐儿，都要回京守孝。"

薛氏一怔，道："大老爷不是在京城做官么？"

杨红英道："做官也要回来给祖母奔丧，这叫'丁忧'。这一来，府里的丫头就不够用了，我为了这档子事儿，已忙了两天没怎么合眼。"

薛氏已猜到了八九分，心里突突直跳，强笑道："找人牙子买几个丫头回来就是了。"

杨红英叹道："哪里有那么容易的？买来新人要调教，还要教规矩，怎比家里的知根知底？"压低嗓门道，"这几年楼大奶奶管家，账上给管亏空了不少，已拿不出多少银子来买丫头，如今楼大爷催得急了，这才急慌慌地让我们下来挑几个家生子去听差。我看你家香兰不错，生得好，性子也文静，一准儿讨老爷太太们喜欢，不如进府去伺候两年，学些规矩，也能图一番前程。都道'宁要大家婢，不娶小家女'，有体面的丫鬟们都能有一番造化。"

陈万全听了，忙从里屋出来，连连摆手道："不可，不可，我们家香兰哪有那个能耐，平时只会写几个字，拈不得针也不会说话，惯不会伺候人的，进去还不讨打？！再者她年纪也大了，过两年就该嫁人。我拢共就这么一个女儿，还求杨娘子把她留下，往上报她染了病或是别的什么，我这里断不会忘了你的好处。"

杨红英道："陈大哥何必说这些？我这也是为了你闺女好，香兰这样的品貌，日后抬举了做了姨娘,或是以后脱籍放出去嫁个殷实人家,不比找府里的奴才强?"

薛氏急得掉泪道:"若是在身边,总好做主,挑拣好人家定亲,再向老爷太太讨恩典就是了。这进了府,万一配给哪个年岁大的光棍,我们家香兰的一生就毁了。"

杨红英道:"待过两年,替香兰择定了人家,向府里讨恩典出府成亲就是了,主子们多半还给添嫁妆,原有几个府里拉出去配了的,都是犯了错处……"说到此处猛然想起薛氏也是"拉出去配了"的,便住了嘴,讪讪道,"就算如此,如今看来,那几个过得也不错。"

陈万全道:"隔壁刘家的四姑娘、张家的五姑娘,都跟我们家香兰一般大……"

杨红英打断道:"还有吕家的二姑娘、龚家的六姑娘,这几个我都看了,不是太丑就是性子懦得上不了台面,他们还都塞银子央我,巴巴地想把姑娘往府里送,哪是那么容易?楼大爷要亲自相看,还特地嘱咐要选品貌端正、性子和顺的,这哪是塞银子的事儿?"

陈万全夫妇仍苦苦央求,香兰躲在门帘后头听了个真章,暗道:爹娘的意思就要跟柳家定亲,明年就让我出嫁,两人都拿定的主意只怕不好改了,不如先进林府,能拖一日是一日,拖个几年,银子也攒够了,再做打算。况且林家若家风厚道,日后也保不齐能脱籍放出来。想到此处走出来道:"杨大娘,若进府当了丫头,日后就能给脱籍放出来?"

杨红英道:"也不是个个都能放,但哥儿、姐儿和太太跟前体面的丫鬟,多能放出来的。如今世道艰难,旁人谁不想傍着林家呢?所以讨恩典放出去的少些。"

香兰斩钉截铁道:"那我进府。"

薛氏惊呼一声,香兰看了母亲一眼,对杨红英道:"我愿意进府。"

杨红英满意地点了点头,对陈万全夫妇道:"你这个女儿还是有志向的。"言罢将剩下的半盏茶吃了:"如此也再不叨扰了。"说着推门走了出去。

陈万全急得团团转,喝住香兰:"你答应这个做什么?!我好生央告她,再塞些银子,你就不用进府伺候人,等到一把年纪出来,体面人家哪还要你?"

香兰淡淡道:"若是绸缎庄柳大掌柜就算体面人家,那这等'体面人家'不要也罢。不进府,只能找个奴才家嫁了,生的孩子还是个奴才;若进府,将来总有可能放出去嫁个平头百姓。"

陈万全愈发恼怒:"那有个屁用!平头百姓有的过得还不如咱们家体面!"

香兰道:"平头百姓便可自己做主,日后有了孩子督促他上进读书,保不齐也能当个爹口中的'秀才举人老爷'。若不济事,也可有自己的田地产业,总比世世代代做奴才强得多。"

陈万全道:"你是自小到大没吃过亏,不知道厉害轻重。东家虽厚道,但府上也不是没死过丫鬟,况且就算你过几年出府,到时候若连黄二掌柜那样的人家都找不到,你……"

香兰打断道:"那也是我的命,我便认命了。"说话间语气淡然,目光却盈满坚毅果决之色。

薛氏看看丈夫,又看看女儿,默默地闭上了嘴。

初春,天气还有些冷。

林府二门外院子里站了十几个女孩子,香兰穿了半旧的淡红杏子衫,头上绾了丫髻,手上挽着花布包袱,站在最末。

站在她前头的女孩十一二岁,穿着半新的花布袄,圆圆的脸,一双大眼,皮肤白净,瞧着分外讨喜。女孩转过身对香兰笑道:"我姓梁,爹娘叫我娟子,是刚买进府的。姐姐你从哪儿来?"

香兰也笑了笑道:"我叫陈香兰,是林家的家生子。"

两人三言两语攀谈起来,娟子性情天真,言语爽利,片刻便熟络了。

娟子道:"不知道咱们日后要去哪儿伺候。你是家生子,对林家里面的事知道不少罢?林家都有什么老爷、太太、少爷、小姐?快说来让我听听。"

香兰想了想低声道:"老太爷林昭祥原是吏部尚书,后来致仕归乡。皇上即位后曾想起复,但林老太爷因身有旧疾,只在国子监做了五年祭酒,又告老还乡。林老太爷只有两个儿子。嫡长子林长政为两榜进士,点为庶吉士,外放过几年,回到京城入翰林院,又经几年转任户部侍郎,娶了名门之女秦氏,有三子三女。林锦楼为嫡长子,娶了世家之女赵氏;林锦轩为次子,是庶出,与杨家之女定亲;林锦园是嫡出幺子,年纪尚小;长女闺名林东纨为庶出;次女是嫡出的林东绮;三女是庶出的林东绣。

"林老太爷次子林长敏从武,几年前追随建威将军张焕平过倭患,如今留在金陵做参将。林长敏娶了文臣之女王氏,只有一个嫡子、一个嫡女,嫡子叫林锦亭,嫡女叫林东绫。"

娟子道:"这么说,大老爷一家如今还在京城?"

香兰点了点头:"只是大老爷的长子楼大爷是从小跟在老太爷、老太太身边养大的。"

两人又絮絮说话,这时二管家杨忠走出来说道:"静一静,待会子楼大爷要亲自来相看,莫要闹了笑话。"

四周顿时静下来,女孩儿们面面相觑,都不再言语了。

香兰抱着包袱抬头望去,只见从拱门里走出个二十四五岁的年轻公子,穿着墨绿色绣兰花八团常服,头上乌发用金玉冠束起,身材颀长挺拔,宽肩阔背,五官英挺,一双眼光射似寒星,威严轩昂,尊贵风流——正是林府嫡长孙林锦楼。

　　这些女孩儿年纪小的只有八九岁,大的不过十三四岁,或有红了脸猛低头的,或有羞得往后躲的,或有藏在旁人身后偷往外看的。

　　香兰微微震了震,心想:小时候曾见过他两回,当时还是个粉琢玉砌的小娃儿,任性霸道,淘气异常,都道他是个人间太岁。十四年未见,竟长成了这个模样,瞧着儒雅多了。

　　想到此人曾与自己议亲,心里泛起异样的感受。

　　杨忠喝道:"都站好,方才怎么叮嘱的?"将女孩们重新排成一排,把花名册递到林锦楼手中,道:"共十五个女孩子,家生的十个,采买来五个,请大爷过目。"

　　林锦楼拿了花名册对照相看,然后用毛笔将名册上勾去了几个,道:"不是说过了么?要容貌端正的,这几个也算得端正?"

　　杨忠点头哈腰地赔笑道:"有的是长得粗糙点儿,但手巧,能做一手好针线……"

　　林锦楼斜了杨忠一眼:"府里难道还少会做针线的?丫鬟先要长得顺溜,摆在屋里看着才舒心。杨忠,你平日里挺伶俐的,这难道不清楚?是不是有家生的奴才给你塞了银子让把女儿、侄女的送进来?"

　　杨忠叫屈道:"我的爷,小人怎么敢?!"

　　林锦楼哼了一声,让把勾了的人领走,剩下的又一一问话,又重新起了名字,给娟子改名"小鹃"。待问到香兰的时候,小厮双喜跑来道:"大爷,码头那边来了两个管事,在外院等着见您,说有要紧的事。"

　　林锦楼立即道:"我这就去。"说完又想起有最后一个丫头没询问过,便用笔在香兰的名字上画了个圈作为标记,想着日后再问她话,把名册塞给杨忠道,"就这几个,你带到霁虹堂,让老嬷嬷们好好教几天规矩。"言罢匆匆走了。

　　杨忠唤了杨红英,将花名册和选出的十个丫头交给了她。

　　杨红英立即带人往霁虹堂去。

　　香兰抱着包袱走在最末,一路东张西望,只见走过了二门的小穿堂,走上抄手游廊,眼前便豁然开朗,处处皆是雕梁画栋、奇花异草,另有曲水小溪从廊下蜿蜒而过,从花木深处泻入一方奇石环绕的小池,如若仙境一般。

　　香兰只觉目不暇接,忽想到自己前一世住在京城中的深宅大院内,景致尤胜此处,如今家破人亡,正应了那句"雕栏玉砌应犹在,只是朱颜改"了。

　　当下绕过一扇乌木云头雕刻山水的大屏风,便看见四间间厅,后面则是正房大院。有个穿着银红比甲的丫鬟正站在台阶上头,对杨红英道:"怎么才来?我在这儿可等了许久了。"

这丫鬟唤作迎霜，是林锦楼之妻赵月婵的婢女。杨红英素知赵月婵和其身边的下人均是张牙舞爪不好相与的，不免有些头疼，脸上却堆了笑，迎上前道："不知找我有什么事？"

迎霜神态倨傲，并不答话，往台阶下看了一眼，道："这是大爷挑好的丫头？就这么几个？"说完也不待杨红英答话，从她手里抽走花名册，转过身道，"都带进来罢，大奶奶要亲自过目。"

杨红英无法，只得带着香兰她们往里面去。

待进了正厅，香兰微微抬头向上一看，只见正对面的椅子上坐着个艳光照人的妇人，头戴点翠滴珠如意大凤钗，项上挂赤金璎珞圈，缀着羊脂玉，裙上系着五彩丝攒花结长穗宫绦，身上穿二色金牡丹团花褂，下着玫瑰紫褶裙，两弯细细的吊梢眉，一双水汪汪的香兰眼，艳若桃李，目光流盼处无情也似含情，百般风流，极有韵致。

迎霜忙上前对那妇人道："大奶奶，人都带来了。"

赵月婵端起茶碗喝了一口，淡淡道："不是领来了十多个，怎么才剩下这么几个？"说着去看杨红英。

杨红英连忙道："这是大爷亲自挑的，其余的都送回去了。"

赵月婵冷笑道："我倒看看大爷的眼光如何，都抬头我瞧瞧。"

众人抬起头，赵月婵仔细打量一番，忽看见个小丫头穿着簇新的湖蓝衣裙，一张瓜子脸生得颇为俏丽，眼珠滴溜溜乱转，便指着问道："你叫什么名儿？"

那丫头吓了一跳，怯生生道："叫……刚大爷给改了名儿叫银蝶。"

赵月婵冷冷道："听听，还叫银蝶，净起些妖妖娇娇的名字。"

屋内静悄悄的，谁都不敢吭声。

香兰暗想："这大奶奶生得天仙一样，但这脾气像罗刹，不显得可爱了。"

因赵月婵不识字，便命迎霜把名册上的名字念一遍。迎霜念到最末一个时微微一怔，将名册册子捧到赵月婵跟前，指着香兰的名字低声道："奶奶，这个叫香兰的，名字让大爷用毛笔画了个圈。"

赵月婵眉毛一挑，道："谁叫香兰？"

香兰道："是我。"

赵月婵将香兰上下打量了几回，见这女孩子容貌灵秀，气质脱俗，脸色便阴沉下来，暗想："我就知他火急火燎让我买丫头回来，里面有文章。哪是为什么'爹娘和弟弟妹妹在家住得舒服'，全是为他自己那点子下流心思。果不其然让我料中了！"再看香兰就愈发不顺眼，这时听见迎霜悄悄说道："莫非奶奶想把这小蹄子赶出去？这可使不得，大爷既在她名字上画了圈，就是已经对她上了心，奶奶这阵子正跟大爷闹不痛快，又赶了他相中的人，岂不是又添堵了？"

赵月婵绷着脸道："不赶出去就给我添堵了。"

迎霜道："我有个主意，不如把她放到荒僻地方去，许是大爷一时兴起，过后忘了也说不定。若大爷真想不起她了，再打发出去也不迟。老太太就这几日工夫了，待老太太没了，大爷再有多少心思也没用。"

赵月婵道："那大爷要问起来呢？"

迎霜道："先搪塞，搪塞不过去，这丫头不是还在府里么？"

赵月婵想了想，点了点头，对杨红英道："香兰留下，剩下的你领走罢。"

杨红英心道：大奶奶一张嘴就留下样貌最拔尖儿的姑娘，不知这个小女孩子日后会怎样了。担忧地看了香兰一眼，也不敢分辩，忙忙地带着人走了。

娟子频频回首看着香兰，似是十分依依不舍。

赵月婵对迎霜道："你把人带到罗雪坞，凑巧了，前几日表姑娘跟我要人，说手底下没个丫头使唤，你去跟她说，这个丫头归她用。"

迎霜得了令领着人出来，香兰皱了眉暗想："表姑娘是什么人？怎的先前没听说过？"

"表姑娘是老太爷二妹的外孙女，她长辈去得早，兄嫂家道单薄，便来投靠咱们。"迎霜瞥了香兰一眼，"你精心伺候着，表姑娘年幼时就定了亲，如今不过在咱们家住一年半载，等孝期一满便成亲，到时候成亲从咱们林家抬出去，脸上也有光。"

香兰暗哂：不过一个丫头，一口一个"咱们""咱们林家"，真是笑死人了。脸上却不露声色，依旧低眉顺眼地往前走。

迎霜带着她们二人走了许久，只见前方有一幢精致小巧的房子临水而建，一明两暗，一色的水磨群墙、黑色筒瓦，无任何朱粉涂饰。

有个五十多岁、身形高壮的婆子正坐在大门口洗衣裳，看见迎霜便站起来，往屋内喊道："环姑娘，迎霜来了！"说完靠在门框上，一双大眼滴溜溜地打量着香兰。

院内有人应了一声，紧接着出来个十七八岁的姑娘，生得高挑健壮，眼小眉淡，五官尚算端正，皮肤白皙，却有点点雀斑，虽堆着笑，却仍能看出一股厉害。头戴玉兰钿翠步摇，身穿宝蓝缎撒花褙子、白绸裙子，耳上戴烧蓝耳坠子，手上一对白银镯子，打扮得体面爽目，纵然生得不算美人，却平添了几分姿色。

表姑娘名叫曹丽环，一见着迎霜便眉开眼笑，迎上去道："迎霜姑娘怎么来了？快屋里坐，吃杯热茶。"

迎霜道："前儿你不是跟大奶奶说身边的丫头不够使唤么？大奶奶一直惦记着，今儿恰巧府里来了几个丫头，给你留下一个。"

曹丽环念了句佛，道："我的好奶奶，真心体贴人，我才念叨一回，她竟记住了。"说着去打量那丫鬟，见其容颜甚美，登时愣了愣。

迎霜大有深意地看着曹丽环道："这是大奶奶特意吩咐到你这儿的，新进来的不懂规矩，还要你多调教，别让四处乱跑。"

曹丽环脸色微变，心想：刚进府的丫头，还没调教过，居然送到我这儿，分明狗眼看人低。一瞬间，脸上又挂上笑容，对门口的老婆子高声道："刘婆子，带她去里头安置。"

刘婆子擦了擦手，引着香兰往屋里去。

罗雪坞狭小，屋中陈设华美，玩器不多，却极其精致，家具很新，样式也巧妙。明堂里设着书画条案并一张八仙桌，左侧一间屋是卧室，右侧一间则设为待客的宴息。刘婆子招呼香兰把包袱放进宴息角落里的小柜子里，又指着窗边设的一张软榻说道："你晚上就在这儿歇罢，柜里还有一套被褥，洗得干净，前儿个还拿出去晒过。"

香兰连声道谢。刘婆子朝窗外看了看，见迎霜和曹丽环仍站在外头，便低声道："委屈你睡在这小偏堂里，寝室里暖阁倒有张床，不过已有丫头占了。"

香兰笑道："不过是个睡觉的地方，我瞧着这里好得很。"

刘婆子握了香兰的手笑道："我的儿，说话好听和气，还这么俊，只怕府里的姐儿都比不了了。"细细问香兰今年多大，父母是谁等。香兰一一答了。

一时曹丽环进屋，刘婆子连忙躲了出去。曹丽环往厅中八仙桌旁一坐，伸手叫香兰过来，又上下打量了几遍，方问道："你可知你为何到我这儿来？"

香兰一怔，摇了摇头。

曹丽环瞥了香兰一眼，神色骄矜，淡淡道："你年岁大了，府上的丫头进来时都不到十岁，听话也好调教，你这个年纪，主子都不爱要，而且长得太妖娇了。老太太、太太常说，丫头生得太艳可不是好事，难免心高眼高不安分，粗粗笨笨的才讨喜。方才迎霜跟我说了，若你干得不好，便让我回了嫂子把你撵出府去。我却觉着你看着有几分老实，存了善心将你留下来，你可别辜负我的一片心。"

香兰垂着头道："姑娘明鉴，我从未存什么'心高'的念头，只想尽心竭力地平安伺候主子几年便家去。"

她听说要把她撵出去便有些焦急，但脸上不带出声色来，又看了曹丽环一眼，心说这表姑娘一上来便先给了一记杀威棒，看来是个刺儿头，有些扎手了。

曹丽环死死地盯着香兰："你没存这个心可不代表别人不那么想。你在我这里，日后言行举止、行动坐卧都是我的脸面。你犯了错、有了羞，旁人不说你如何，会在背后戳我的脊梁骨，说我不会调教人。我原在家里有四个嬷嬷教习规矩仪态，就算举手投足都是要讲规矩的，如今连曾外祖母看见我都要赞几句，我手下的人儿也不能掉了身价，去学那些疯疯癫癫的丫头。你可别丢我的脸。"

香兰连忙欠身道："我一定好好服侍，本分做人，不给环姑娘丢脸。"心里却对曹丽环很不以为然。

香兰前世是京城闻名的淑女，虽后来人生巨变，又投生到小门小户人家，变得泼辣许多，但风度到底与旁人不同。她见曹丽环举止不过小门户女子的形容，却硬拿捏着千金的款儿标榜自己，便觉得有些可笑。

曹丽环见新来的丫头生得貌美，气韵文雅，心里便有些忌妒，故先狠命打压一番，见香兰乖顺，脸色便缓了缓，又道："我这里事务多些，却很清净，屋里还有两个丫头，一个是卉儿，自小在身边服侍我的，另一个是怀蕊，老太太给的。这两个一个管首饰，一个管吃食，外头还有个刘婆子是原就在罗雪坞粗使的。这儿人口简单，但谁干得好就能拔出尖子来，你若真做得好，我也替你跟嫂子美言，早些升你的等级，将来也有一番前程。"

香兰恭顺道："我不求什么前程，只要伺候好姑娘，平平安安的就是我的福气了。"心中却惊奇，好歹也是投奔林家的表小姐，若家道衰微破落，身边只一个丫头伺候也说得过去，但林家只从老太太房里拨来一个丫头伺候，这便有些意味深长了。

曹丽环道："不知你针线如何？"

香兰忙道："姑娘请看，我裙子上的花便是我绣的。"

曹丽环一听忙让香兰离她近些，一打量那裙子上的花纹，便满意地点了点头，道："还好，我这儿正缺个做针线的，卉儿只会绣些简单的花样子，怀蕊拿不得针，常常是我自己一坐绣上一天，生生累死人。你会绣花便省事了……"

一语未了，外头传来女孩子的嬉闹声，这个说"好好的花簪在头上才好，你偏把花瓣都揪下来，嫩生生的花都让你糟践了"，那个道"环姑娘还在孝里呢，哪能戴花？我看这朵开得正艳，不能便宜别人，就算咱们不能戴，也能碾碎了花瓣做胭脂"。

香兰侧过脸一瞧，只见走进来两个十五六岁的女孩，一个稍矮，身材微胖，另一个高壮，都生得不丑不俊，穿得素净，但一个头上戴赤金五福簪，另一个脖上戴了一条赤金项链。

那两个女孩见香兰站在屋里也不由一怔。

曹丽环招手道："这是今儿新来这儿伺候的丫头香兰。"又指着矮胖的那个道："这是卉儿。"又指那个高壮的："这是怀蕊。"

香兰微笑道："卉儿姐姐、怀蕊姐姐。"

怀蕊肃着一张脸，漫不经心地同香兰点了点头，算作招呼。

卉儿上下看了香兰一番，见她身上穿着旧衣裳，目光里便带出几分不屑来，把头扭开了，似是没瞧见香兰，转而对曹丽环说道："姑娘，这是我方才在园子里掐的花,正好洗澡蒸胭脂用,还有几枝桃花,回头咱们插在瓶子里赏玩赏玩。"

香兰心里暗叹一声,依稀觉得在罗雪坞的日子大约不那么好过。

曹丽环命怀蕊取来一只木匣,里面有十几条崭新的帕子。曹丽环挑拣出两块,递给香兰道:"你去绣这两块帕子,花样子是我昨儿个描的,放在妆台上了,针线匣子在妆台抽屉里。"

香兰立刻领了帕子,正要去拿花样子的时候,曹丽环又唤住她道:"你领了帕子就去偏堂绣罢。"说完领着卉儿和怀蕊进了卧室。

香兰低头应了一声:"是。"然后取了东西走到偏堂里,坐在软榻上,取出针线比照着花样绣了起来。

那花样倒也简单,一样是宝瓶,另一样是寿桃,香兰仔细选了颜色,飞针走线。忽从寝室里传来欢笑声,竖起耳朵再听,又能听到有人絮絮说话。

香兰放下手里的绷子,揉了揉脖子,心想:但凡体面人家新来了近身伺候的丫头,必先打赏些东西,或是几样首饰,或是几件旧衣,虽会说重话敲打,但大多也会和颜悦色地体贴下人两句。这表姑娘一分打赏未出,反疾言厉色指教一番,派了一堆活计来,同身边两个丫头说笑,把我支到这间屋里,这便是有意排挤的意思。罗雪坞里的两个丫头,打小在表姑娘身边伺候的卉儿骄横张狂有余,谦和不足,恐怕是个刺儿头。怀蕊是老太太给的,瞧着是不多话的,却同她们主仆二人关系融洽,想来表姑娘因怀蕊出自老太太房里便高看一眼,刻意交好。我爹不过是个古玩铺子的三掌柜,在府里无依无靠,若是那表姑娘心存几分厚道,看在我日后用心干活儿的分上,日子多少不难过,若是个刁丫,那便艰难了……

香兰转过头朝窗外望去,只见刘婆子手里执一把大扫帚,正将满地落英扫到潺潺流淌的小溪里去。

想到自己原也是望门贵女,如今竟沦落成丫鬟,小心谨慎,处处看人脸色,便如同这落入溪水的点点落英,随波逐流,命运半点儿不由人,香兰不由得有些感慨神伤,转念又想:如今的境遇,比当初流放边陲,横死异乡强百倍了,还能有什么不知足的?荣华富贵早已见过了,家破人亡也经得了,孟婆汤未饮又活了一世,这点儿坎坷再勘不破便枉活那些岁月年光了。况这世间起起伏伏,命运无常,谁又知道自己的因缘际遇究竟如何?原先我做首辅贵女的时候,又何尝能想到日后竟会碾落成泥呢?同样的道理,如今我只是个小丫头,又何以见得日后没有翻身的日子!

香兰自我开解了一番,方才那点子惆怅善感便随春风一吹,尽化成尘烟,又鼓起精神将手中的绷子拿起来,一针一线绣了起来。

第二章
鞭笞透骨深

卉儿探头探脑地朝东屋里望了好几眼，然后轻手轻脚地回到西屋寝室，低声对曹丽环道："还在绣花呢，连头都没抬，瞧着像是个老实的。"

曹丽环冷笑道："这才刚来，当然要勤快两天，谁知道以后怎么样？"

卉儿皱眉道："长得可太招眼了，就冲这张脸，只怕踏实不了，不知她是个什么背景？买来的，还是家生的？"她肤色发黄，身量又胖些，偏又好美爱俏，所以看着香兰玉雪一般的脸、窈窕的身段，心里头就泛酸。

"迎霜告诉我了，是个家生子，她爹是个古玩铺子的三掌柜。"曹丽环吃了一口茶，"这样的人家不上不下，不过有些小体面，倒也好拿捏，不必担心刁奴欺主。"

卉儿嗤笑道："我的好姑娘，别说是刁奴，就是刁奴的祖宗，在你面前也得俯首称臣。"

曹丽环面带得色，扭头对怀蕊道："你们俩日后多给我盯着她些。"又带着恼意道："赵月婵那死东西，枉费我还送了一对上好的玉镯子给她，竟给我个刚进府没调教过的丫头！"

怀蕊道："这也是说了好多时日才送来一个。"

卉儿拈了一片糕，一边嚼一边道："谁说不是？可咱们能说上话的只有大奶奶了，好歹送来一个也比没有强。"

曹丽环仍沉着脸，冷笑道："我权且忍着，等我嫁出去，非报仇不可，整个林家上下就没一个好东西！"

"谁说没有？咱们姑娘就是极好的！"卉儿执着彩绘花鸟陶壶给曹丽环添茶，对怀蕊使了个眼色。

怀蕊便笑道："可不是？府里这几个姐儿，全捆一起也没姑娘有才有貌、精明能干。"

这句话直说到曹丽环心缝儿里，嘴角掩不住笑意，却叹道："我就是没投个好胎，早些年爹病在床上，家里这么些儿女，也就只有我伺候病榻前罢了。爹刚走，娘又生病，没多长时间撒手闭眼，家里的银子折腾光了不说，最后连说亲都没说上好的。"

卉儿道："说起这个，我也别扭，就凭姑娘的品貌，若老爷、太太还在，来求亲的还不踏破门槛，什么样的找不着？如今……唉，也是委屈了姑娘。"

"任家也不错了，前些日子任家给府里送马车的时候，我还看见了任公子，端的是一表人才。任家人口简单，姑娘嫁过去只伺候任家老太太和小姑子就好，过两年小姑子再一嫁人，再过两年，老太太倒头，家里就清清静静的，比嫁那些大家庭强得多。"怀蕊一边说，曹丽环一边点头，脸色方好了起来。

晚饭前，香兰将绣好的一块帕子送到曹丽环手里。曹丽环见香兰这么快便绣好一块，不由大吃一惊，拿来细看，只见针脚匀称细腻，配色淡雅，虽是个小绣品，却极鲜亮。

曹丽环心里满意，早先对香兰的不满也淡了两分，但又觉得不指出些毛病显不出自己高明，便硬挑拣了几处"绣得不好"的地方，又道："虽说绣得快，却也不能一味图快，还要绣得好。我的针线是家里请了最好的绣娘教的，七八岁的时候绣得就比你如今强。"

话一出口她也觉得有些不妥，又挂上笑容道："怀蕊的针线是不能见人的，卉儿管的事情又多，你把针线练好了，就有你的出头之日了。何况在宅门里，做得一手好针线的丫头总是得主子青眼。你刚来，什么都不懂，也是我这样的人好心才提点提点你，别的主子哪管丫头死活？"

香兰已把曹丽环的性情摸清几分了，心想：这表姑娘自命不凡，喜欢捧高踩低，不是个好相与的人，我便顺着她说两句罢了。遂诚惶诚恐道："谢谢姑娘关心提点，是我命好，遇见了姑娘这样的主子。"

曹丽环果然露出笑容，从跟前的碟子里挑出一块自己不怎么爱吃的点心，递与香兰道："做了一下午的活儿你也辛苦了，这点心是我特地给你留的，吃一块歇歇罢。"

香兰接了点心，笑道："谢谢姑娘的赏，我回去绣花了。"

待一出门，香兰脸上的笑容立即消失，她径直走到罗雪坞旁边的竹林里，举起手里的白皮酥看了看，嘴角扬起一抹嘲讽的笑，喃喃道："今儿下午我分明听见她在屋里嚷嚷'这白皮酥桂花糖放多了，做得太甜腻，吃了想吐。怀蕊，剩下的两块你端出去喂狗，狗要不吃就扔到池子里喂鱼'。我费神熬力地绣得一块帕子，一句体贴的话没有，只赏一块狗都不爱吃的点心，还说是特意给我留的，这位表姑娘真的'好、大、方'。"

香兰狠狠咬了一大口点心，只觉得一股又甜又油又腻的味道直冲头顶，让人想吐。

她用力嚼了几口，忍下吐意，把点心狠命咽了下去，对自己说："陈香兰，你可要记住这块点心的滋味，你做人家一日的奴才，便要忍一日这样的屈辱。可你不应该是这样的命，你一定动心忍性，修忍辱，平戾气，早日脱籍出去，体体面面地让谁都不能轻贱你！"

她在竹林里站了片刻，看天际染成橘红的晚霞，静静听潺潺水声，默诵了两遍《大悲咒》。微风从窗子吹进来，拂过她的脸颊，将她心头最后一丝躁郁吹散，她才深深吸了几口气，整了整衣裳，慢慢走了回去。

第二日早晨，曹丽环拿出大红的绸缎，描好花样子让香兰绣一对鸳鸯戏水的枕套，又有大红嫁衣并百子衣等，花色繁杂，极费功夫。

香兰目瞪口呆，暗想："这些都是出嫁必备之物，本应是未出阁的小姐亲手缝制，手艺太差的才由父母置备，请几个绣娘赶工，这表姑娘怎么把一大堆活儿都给我一个人？这何年何月才能绣完？我一个人，只怕绣上三年也绣不得。"

曹丽环道："活儿都在这里，你紧着干罢。"说完叫卉儿陪着给长辈请安去了。

香兰无法，只得埋头穿针引线。活计多，偏曹丽环又是挑剔异常的主儿，稍有不可心便叫香兰剪了重做，末了还要训斥几句"笨手笨脚，原先我身边管针线的丫头小园比你伶俐一百倍""你忒笨忒慢，小园比你快多了，两个枕套，还有一整幅喜鹊登梅被面，才半年的工夫就全做做得了"。每每训完，却又挂了笑容，语重心长道："我这么做是为你好，别的主子哪像我这般精心调教人？日后你就知道我的好处了。"

香兰听了这话还要做出呆笨老实的模样，"诚心诚意"地说："我知道环姑娘是为了我好。"只将委屈咽了，一味装乖装傻。

香兰性情随和，又生得乖顺，干活儿不会偷懒耍滑，手脚麻利，在罗雪坞里言语也少，两三天下来，竟让人觉得老实可欺，无论做什么都要喊她。

"香兰，快帮我把炉子扇扇。"

"香兰，你拿抹布把窗户都擦一遍。"

"香兰，姑娘的汤怎么还不端过来？"

"香兰，姑娘说她要穿豆绿色的衣裳，你去柜子里翻找翻找。"

"香兰，去把帕子洗了，再把荷包缝了。"

因她新上手，难免忙中出错，又少不了挨骂。

香兰镇日忙如陀螺一般，往往一件事未做得便又添了一事。曹丽环分配活计的时候，也把容易露脸和轻松活儿交给卉儿和怀蕊，把粗笨不好干的都交给香兰。她整天让卉儿陪着她逛园子，一处聊谁戴的簪子好看，哪家的香粉好，谁穿的衣裳如何称肤色，说说笑笑，打打闹闹。怀蕊时不时地便不见踪影，溜出去躲闲儿，曹丽环也睁一眼闭一眼。

渐渐地，每逢香兰做好了活计，或是在茶房里煮得了汤水，又或是做得了针线，卉儿便抢过去道："好了，你歇着罢，我拿进去就是了。"然后拿了东西到曹丽环跟前奉承讨好。

曹丽环自然满意，便会赏赐些小东西，再安排别的活儿。卉儿一出来，便把活儿丢给香兰。

香兰默默忍了，只埋头干活儿，不多说一句话。

这一日天气晴好，香兰正想抱着被子出去晒晒，忽然听见曹丽环在厅里喊道："香兰，去把这几样东西交给楼大奶奶。"推了推桌上的金盏花洋漆木盒，"你要亲手交给大奶奶，说是我给她的，她一看便知道了。"

香兰点点头，问明了地方便抱着盒子出去了。罗雪坞在林家院子的最偏处，香兰沿着幽长的石子小径迈着轻快的步子走了出来。

此刻春意正浓，芭蕉深绿，竹叶浓碧，桃杏如霞似火，树间时有鸟儿啼叫，和风吹皱一池碧水，拱桥上不时走过两个穿红戴绿的丫鬟，正是万物生辉。香兰一路欣赏，只觉得心胸也开朗起来。

出了园子，最东侧是赵月婵所居的知春馆。知春馆极大，三间高大华丽的正房并四间抱厦，院里东西各有若干厢房。香兰小心翼翼地进了院子，只见院里一片静悄悄的。她扬声喊了几遍："有人吗？"却无人回应。

香兰只得往前走，不敢进正房，见右边一扇窗隐隐约约地半开着，便走到窗底下，凑上去一看，只见赵月婵正坐在一张海棠式雕花木椅上，右边站着的丫头赫然是迎霜。

赵月婵脚下跪着两个女子，一个低着头肩膀不住抖着，显然在哭，另一个哑着嗓子哭诉道："大奶奶，我真的没有撞春燕姐姐……"

"芝草，明明是你撞我的，怎么说没撞？大奶奶，你可要给我做主。"那低头抽泣的女子听了这话便猛地抬起了头，正是吕二婶子的大女儿春燕。

"大奶奶，我当时是站在春燕姐姐身后，但的的确确没碰着她，是她自己不知怎的往前倒了一下，碰到了鹦哥姐姐……"芝草是个十三四岁的丫鬟，单薄的身子不断打战，哭得好不可怜。

　　"胡说八道！"春燕咬牙切齿地瞪着芝草，一张姣美的脸显得有些狰狞，"你这小蹄子满口胡呲，也不怕天雷劈了你！"说着话忍不住伸手拧了芝草两记，芝草躲闪不迭，疼得嗷嗷直叫，泪珠子"噼里啪啦"地掉了下来。

　　赵月婵一拍桌子喝道："好了！还有完没完？！"

　　屋里瞬间静了下来，赵月婵扭头往旁边看去，说："鹦哥，你身子好些没有？"

　　香兰适才发现墙边的罗汉床上歪着一个美人儿，穿着浅青金色绣折枝迎春的褙子，头上戴着赤金并蒂莲金步摇，面色苍白，一副西子捧心、不胜娇弱之状。鹦哥右手放到小腹上，含着泪道："我是没什么，只是担心这肚子里的孩子……大奶奶，这可是大爷的第一个孩子啊，要有个三长两短，我可怎么有脸见老太太和太太？"说话间两行清泪顺着腮滑落了下来。

　　墙角"扑哧"传来一声笑声："我说鹦哥妹妹，这屋里头的人，谁不知道你是老太太给大爷的？你也不必每次都把老太太挂嘴边儿上吧？你只管放你的心，大奶奶明察秋毫，指定让你沉冤昭雪。"语气不阴不阳，带着一股幸灾乐祸的酸气。

　　香兰顺着声音看去，见一个穿着二色金菊花刺绣褂子的十七八岁女郎坐在角落里，头戴赤金瑞珠大凤钗，下着玫红色金襕裙，生得一张瓜子脸，下巴嫌尖了些，明眸皓齿，左眼下有一点黑痣，容貌十分艳丽，脸上浓妆艳抹。别人这样打扮定然十分俗气，偏她这样却觉得十分耐看。她好似不耐烦地伸出两只手看着新染上的指甲，金光闪闪的镯子衬得手腕分外雪白。

　　香兰暗想："满屋的女人，除了赵月婵美艳绝伦，便数这女郎最抢眼，一身气派仿佛正正经经的小姐，定然不是小门小户出身的。"

　　"画眉姐姐，你怎能这么说话？我只是一心担忧大爷的骨肉罢了。"鹦哥一副惊讶难过的神情，眼泪又掉了下来。

　　画眉仿佛在笑，用帕子掩着嘴道："行了，你这楚楚可怜的一套在大爷跟前使罢，放我这儿可不管用。你不是总是一会儿闹着胸口疼，一会儿闹着肚子痛地把大爷往你屋里领么？一会儿大爷就回来了，你今儿得了天赐良机被那么一撞，更得在大爷跟前哭诉哭诉，再博点儿怜爱痛惜什么的，赶明儿个我也去学鹦哥妹妹，淋场雨，在床上哼哼唧唧地把大爷招来，然后就这么怀上身子了也说不定……"

　　赵月婵冷冷道："画眉，你说够了没有？"

　　画眉巧笑倩兮："说够了，我闭嘴。"说完从袖里掏出一支靶镜，照着镜子理着自己的头发。

香兰简直要笑出来，心想："大爷的三个通房，春燕、鹦哥、画眉，春燕活泼娇美，鹦哥我见犹怜，画眉妩媚浓丽。这一屋子莺莺燕燕，类别齐全得紧，再加上貌若天仙的赵月婵，林锦楼这厮艳福不浅。不过这三个人里，春燕最没头脑，鹦哥最会做戏，画眉倒是有意思得紧。"

赵月婵盯着鹦哥问道："方才你可曾瞧见是谁撞了你？"

鹦哥垂着脸摇了摇头："方才我们几个从大奶奶房里出来，我刚走到台阶，身后就被猛推了一下，要不是蕾儿拽我一把，我早就摔在地上了……可还是撞到了肚子，有些疼。"说着捂着小腹，蹙着眉头，神情有些痛苦。

赵月婵道："你只管躺好了，迎霜已经打发小幺儿请大夫去了。"

芝草忽然放声大哭起来："大奶奶，大奶奶，真的不是我！真的不是我推了春燕！"

"放屁！分明就是你在我身后猛推了一把，让我撞到了鹦哥身上！"春燕指着芝草，两眼几欲冒出火来。

"不是我，不是我，真的不是我！"芝草奋力摇头，张大嘴巴哭到打嗝，耳坠子乱摇打在她的脸上。

春燕气得浑身乱颤："我分明看见你那双手拽着我的衣裳，竟然敢说不是你！我撕烂你的嘴！"起身便往芝草身上扑。

芝草惊叫一声被春燕压在地上捶打，屋里的丫头们大吃一惊，连忙上前拉架。鹦哥嘴角挂着冷笑，却捂着肚子直"哎哟"。画眉坐在墙角，口中尖叫："哎呀呀，这可怎么得了？你们赶紧拉架呀！春燕姐姐你快松开手，别把那小丫头打死了。"那说话的声音里分明含着笑。

香兰瞪圆了眼睛。这春燕那火爆的脾气还真尽得吕二婶子真传，一言不合还真就动手了。香兰瞧着屋里那两人滚成一团，旁人谁都分不开，忽然肩膀上一沉，有个声音道："你在这儿看什么呢？"

香兰吓了一跳，三魂七魄都没了一半。她回转身一看，只见有个脸蛋圆圆的小丫头站在她身后，满脸挂着笑，正是进府那天认识的小丫头小鹃。

香兰拍着胸口道："原来是你，真吓死我了。"

小鹃笑嘻嘻问："你在这儿鬼鬼祟祟看什么呢？……"话没说完，表情却忽然神情一肃，拽着香兰站到一边，低声道，"快低头站好。"

香兰忙跟着她垂着头做恭敬状，余光向旁边一溜，只见一个高大的身影急匆匆地走过来，却没往她们俩这边看，推门进了屋，语气严厉道："这是在闹什么？！"

正所谓"一鸟入林百鸟压音"，屋里的莺莺燕燕顿时肃静了。

春燕还骑在芝草身上，听见说话声连忙爬了下来，手忙脚乱地整理着松散的发髻，偷偷朝门口看了一眼，喃喃道："大爷。"

芝草还半卧在地上抽泣，头发早已被春燕抓散了，戴的簪子、花钿七零八落地挂在头发上。有个婆子去拽芝草，拽了两回方把芝草扶起来。

林锦楼半眯着眼睛，目光犀利如剑，缓缓地在屋里扫视了一圈。他站在那里便让人觉得威慑压人，众人都觉得透不过气，不自觉地往后退了退。

林锦楼最终将目光落在赵月婵身上，问道："这是怎么回事？"

赵月婵挑了挑眉毛，道："鹦哥让人给撞了一下，说撞到了肚子，我赶紧让她歇在这儿，又打发人请了大夫。当时春燕和芝草站在鹦哥身后，春燕说是芝草推了她，她才撞上了鹦哥。芝草又说她没撞春燕，是春燕自己撞上鹦哥了。"

林锦楼寻了张椅子坐了下来，声音冷硬如石："请了大夫没有？"

迎霜小声道："已打发人去请了，这会儿应该快要到了。"

林锦楼看了看鹦哥，鹦哥惨白的脸上挂着泪珠，见林锦楼朝她望过来，便益发可怜，蹙着细长的眉，眼巴巴地望着，一副君须怜我的形容。

林锦楼又扭头看着赵月婵："你在这儿搞出这么大阵仗，从三堂会审变成了全武行，可查问出什么没有？到底是谁推了鹦哥？"

赵月婵拨弄着手上的红麝串儿，表情淡淡的："我搞出这么大阵仗还觉得良心不安稳呢，鹦哥怀着的可是大爷的骨肉，如今她也是大爷心尖上的人，大爷已来来回回地告诫我这么多回，让我尽着鹦哥小心看护着，如今这么一撞，倘若这骨肉有了好歹，我悬梁上吊、抹脖子都难辞其咎。别说是三堂会审全武行，就算让我演一回楚霸王乌江自刎也是省得的。"

春燕"扑通"一声跪在地上，带着哭腔道："大……大爷，不是我推的，真的是有人在背后推我，我站不稳才撞的鹦哥……"一边说一边往前蹭，想去抱林锦楼的腿。可林锦楼一记眼光下来，便不敢动了，讪讪地垂下手，浑身软在地上，犹自哭叫着："我不是故意的……"

迎霜眼光一凛，跨出一步喝道："住嘴！大爷、大奶奶都没发话，哪有你插嘴的余地？！"

春燕吓了一跳，缩着脖子不敢言语了。

此时小厮来报，说是郎中到了。一众女眷进里屋回避，林锦楼命人围上屏风让郎中给鹦哥诊脉。

那郎中号过脉说有些小产的征兆，又因孕妇身体略微虚弱思虑过重，开了一剂补气血安胎宁神的方子。

林锦楼绕到屏风后头，坐在罗汉床的边上对鹦哥道："大夫说胎儿好好的，回头你把药吃了，身子就好了。"

鹦哥怯怯地拉着林锦楼的衣袖摇了摇，道："只要大爷心里头能对我有一分挂念，我的病也就全好了。"她双目含泪，却偏不叫泪珠儿滚下来，不胜柔弱之态惹人怜惜。

林锦楼拍了拍她的手，道："你好生养着，别胡思乱想，我对你自然是挂念的。"

他知道鹦哥向来身子骨弱，有病没病都要呻吟上几声，这"病美人"他先前还有几分兴致，觉着那娇弱可怜的小模样挺招人喜欢，哄一哄，再怜爱一番也别有滋味。可他心情好的时候还有这个闲情逸致，若是心头烦闷或是俗务纠结，再看见这迎风流泪的便觉着不耐烦了。况且鹦哥天天多愁善感，他先前的新鲜劲儿一过，也便腻歪了。

鹦哥分明听出林锦楼在敷衍他，张嘴唤了一声："大爷……"一手轻柔抓着林锦楼的手指，另一手却狠狠抓着身子底下的褥子，直抓到骨节泛白。

林锦楼命人撤去屏风，见赵月婵等人走出来，便道："大夫说鹦哥有小产的迹象，开了药方子，回头煎几剂吃吃看，再炖些滋补的汤水，大房账上的银子不够就找我要。"又淡淡扫了一眼芝草和春燕。这两人草草收拾了头发衣衫，芝草垂着头一副木呆呆的样子，春燕哆嗦着嘴唇，直勾勾看着林锦楼。

林锦楼沉声道："既然鹦哥身上没有大毛病，至于是谁推的她，我便不再追究，但该罚还要罚。春燕掌嘴二十，禁足一个月，罚三个月月例。芝草，掌嘴三十，罚三个月月例，撵去做洒扫，日后不准进屋伺候，再有差池，便不要在这府里待着了。"

春燕悄悄出了一口气，心里轻松下来，谁想林锦楼忽然抬头看着她，目光深沉如海，缓缓道："春燕，你年纪也渐渐大了，心思也比以前活泛，好歹也算伺候过我一场，回头去账上支一百两银子，另配一套金银头面，让你老子娘领你出去罢。若想要身契，也可以放了你。"

香兰偷偷躲在窗后，闻言一惊，心想：林锦楼是不打算留春燕了！像这样的通房丫头生得再美也是残花败柳，能配什么好人家？可一百两银子也算丰厚了，而且还能脱了奴籍，只要春燕不存太高的心，也能找个踏实的人家。

她正胡思乱想着，却听见春燕凄惨地号哭一声："大爷——"直挺挺跪在地上，泪如泉涌，凄厉道，"大爷，我不走，我不走，我宁可一头撞死也不出林府！"

林锦楼淡淡道："你也可以不出府，适龄的长随、小厮们也有几个，你瞧谁合适便同大奶奶说，不会亏待了你。"

春燕拼命摇头，张大嘴巴撕心裂肺哭着："大爷，大爷你听我说，我知道你恼我了，可鹦哥真的不是我故意撞的。"说着回头，手里攥着帕子，指着芝草骂道："贱人！我与你往日无冤近日无仇，你为何陷害我？！"

芝草看见春燕恶狠狠的目光，不禁向后退了一步，又跪了下来，咬着嘴唇，眼泪"吧嗒吧嗒"地往下掉，哽咽道："奴婢……冤枉……"

春燕忙不迭地扭过头，见林锦楼垂着眼帘面无表情，鹦哥虽一脸悲愁，却掩不住讥诮和快意。

画眉站在罗汉床旁边，一脸悠闲地咬着帕子，仿佛看了一场好戏。

春燕发疯般指着画眉和鹦哥大喊道："我知道了！是你！还有你！是你们联合起来算计我！整个儿知春馆里除了大奶奶，你们全都瞧我不顺眼，变着法儿害我、挤对我，想让大爷厌弃我将我赶出去，你们好称心如意！"

鹦哥一副吃惊的模样，两眼含着悲愤："你说什么？！"又去拽林锦楼的袖子："大爷，真是跳进黄河也洗不清这冤枉，我怎么敢用林家的骨肉冒险？"

香兰默默点了点头，心想还是这鹦哥会演戏，看看画眉，见其一言不发，又觉得这画眉也是个聪明人。林锦楼没来的时候，画眉说话句句尖酸，此刻倒是无比乖顺。

春燕"呸"了一声："谁不知道你最会演戏，天天装'病西施'……"说到一半忽想起此刻不是掐架的时候，转而望着林锦楼，哀哀地乞求道："大爷！大爷我求求您，别把我赶出去，我给您当牛做马，一心一意伺候。大爷您说过，就喜欢我性子疏朗，爱看我梳妆贴花钿的模样，喜欢听我吹笛子，还在我胳膊上写过'谁家玉笛音婉转，散入春风帐帷中'。这是您亲手为我写的诗哇，您就看在往日恩爱的情分上……"说着"咚咚"磕头。

谁家玉笛音婉转，散入春风帐帷中？

香兰抖了抖鸡皮疙瘩，暗想这一句诗就算放入淫词艳曲当中也不算高明，林锦楼实在没什么文采，难怪只考了个秀才就不再科举了，省得考不上举人嫌丢人，反倒考了武科一举夺魁，还落了个"文武双全"的佳名。

"够了！"林锦楼大喝一声，"来人，带她下去掌嘴！"喊了两声，从屋子后面走进两个老嬷嬷，拖着春燕便往外走。

春燕张牙舞爪，凄声尖叫道："大爷！大爷！我对您从来都是真心真意的……"那婆子掏出一团布就堵住了春燕的嘴。

香兰躲在柱子后面，看着春燕狼狈挣扎着被老嬷嬷拖走，心里很不是滋味。这如花的女孩儿到底跟屋里坐着的男人恩爱过，当日也是他得意过、宠爱过、缠绵过的，若春燕当真算计谋害他的子嗣，如此打发也在情理之中，但他竟连一点儿不忍的神色都没有，从头至尾都是一副淡淡的模样，仿佛春燕只是他素不相识的人罢了。

林锦楼站起身对赵月婵道："你随我来。"说完便掀帘子进了寝室，在一张绣墩上坐了下来。

赵月婵进了屋，坐在床上，看了林锦楼一眼："什么事？"

林锦楼吐出一口气，看着赵月婵似笑非笑道："鹦哥肚子里的孩子是我们林家的血脉，也是大房的香火，还劳烦你多多爱护。""多多爱护"四个字咬得格外重。

赵月婵将腕上的红麝串儿摘下来当佛珠似的左右捻动，抬头看着林锦楼，目光幽怨狠毒："大爷若是不放心我，便交给别人看着，省得那小贱人和她肚子里的野种出了事，我也担不起大爷判的罪。"

林锦楼忽然笑了起来。他本是绷着脸，十分威严，这一笑却带了两分纨绔的风流不羁，上前捏住赵月婵的下巴，拇指抚弄着她的嘴唇，脸缓缓地垂了下来。

赵月婵心如雷击，口干舌燥，连身子都抖了起来，只等着林锦楼亲吻她。谁知林锦楼却把唇凑在她耳边，带着两分轻佻的笑意，低沉的声音犹如绸缎丝滑："楼大奶奶可要听好了，如今我把鹦哥放在你手里，因为你如今仍是我名义上的妻，这是给你脸面，你可别给脸不要脸。春燕是个傻子，你挑唆她在大房里闹事，又撺掇鹦哥和画眉不和。鹦哥险些小产，却不是春燕故意撞她的，春燕单纯鲁直，若是她存心算计，方才早就露出马脚了。别以为你背地里搞的龌龊我不知道，我拿你当一坨屎，所以懒得搭理。你仔细听好了，鹦哥肚子里的孩子有任何差池，我都让你好瞧。你知道我有什么手段，明白了吗？"

温柔的呢喃竟说出如此尖锐的话，仿佛一盆冰水兜头泼下来，赵月婵浑身僵硬如石。

林锦楼直起身，摸了摸赵月婵的耳朵和寸把长的玛瑙耳坠，含笑道："这红玛瑙耳坠子衬得你皮肤愈发白了，不愧是金陵第一美人，连耳朵都生得这样美。可惜这样美的人竟守了四年的活寡，你说这是为什么？"

赵月婵不可抑制地浑身抖了起来，林锦楼仍然微微笑道："我还是那句话，我答应过双方长辈，自然不能休你。若你什么时候想要和离便告诉我一声，爷亲手奉上大笔银两，保准你满意。"言罢，如同对待勾栏粉头那样，手指轻轻滑了滑赵月婵的下巴，拍拍她的脸，"你可得仔仔细细地想通了，女人的青春年华有几年呢？晚了，等你这张脸都没了看头，就更找不到好人家了。"

说完他后退一步，从袖子里掏出一块手巾擦了擦手："摸你，都觉得恶心。"说完将那手巾丢在地上，转身走了出去。

赵月婵浑身乱颤，恨得双眼都要瞪出血来，抄起手边一个茶碗丢在门框上，怒吼了一声："王八蛋！"

林锦楼从屋里出来，正要出院子，忽然听有人道："大爷，等一等我。"

他停住转身，见画眉拿了一个荷包递到他眼前，轻柔笑着："这是我给大爷做的荷包，爷看看喜不喜欢。"

林锦楼拿来一瞧，见是个云烟如意五彩绣的荷包，配了宫穗丝绦和指盖大小的玉石珠子，显是十分精巧费功夫。

林锦楼笑道："这荷包我收着，做得这样好，我当然要赏。你想要什么东西？钗环还是衣裳？或是给你重新打一副头面？"

画眉嗔道："讨厌，大爷怎把人家想得这样俗了？"说着把两只手举到林锦楼面前，嘟着嘴道，"我什么都不要，就是缝荷包的时候让针扎得两只手上都是窟窿，就让大爷吹一吹。你一吹，我就好了。"

林锦楼捏着那又软又绵的小手，笑嘻嘻道："你当我吹的是仙气，一吹就好了？"

画眉撒娇道："当然一吹就好了，不然大爷就试试。"

林锦楼果然握着她的手吹了吹，把她揽在怀里笑道："快让我瞧瞧，是不是好了？"

画眉"咯咯"直笑。

香兰站在廊檐底下看见这一幕不由瞠目结舌：我的乖乖，这光天化日朗朗乾坤之下啊，林锦楼竟然跟自己的通房丫头站在大门口调情！这……这楼大爷风流倜傥的名号真不是盖的，果然是风流阵里的急先锋！

此刻赵月婵也站在窗户旁，望着大门的方向，指甲深深抠进窗棂。

身后迎霜道："大奶奶，我把芝草带来了。"

赵月婵转过身，走到椅子旁边坐下，从袖口里掏出一块银子递到芝草跟前道："今日的事纵然你没做好，我还是赏二两银子给你，记着把嘴闭严了。"

芝草已掌过嘴，脸颊肿得高高的，接过银子，低低说了一声："是，打死奴婢也不敢说。"

赵月婵挥了挥手，让迎霜把人带走了。今日的事是她设的计，让芝草在背后推春燕撞上鹦哥，将鹦哥肚子里的孩子弄掉，然后由芝草亲自做证是春燕推的鹦哥，如此一石二鸟解决她两个心腹大患。谁想鹦哥的丫头蕾儿拉了鹦哥一把，此计竟未能得手，反招来林锦楼警告。赵月婵瘫在椅子上，一动不想动。

迎霜轻手轻脚地走了进来，奉上一盅热汤，轻声道："奶奶累了一上午，喝口汤补一补精神罢。"

赵月婵只望着窗外，半晌道："你说他为何就这么恨我？若他肯回心转意，我短寿十年也心甘。"

迎霜不敢吭声，又隔了一阵，低声道："奶奶，环姑娘打发人来送东西，见还是不见？"

赵月婵撑起身子道："让她进来。"

香兰低着头走进来，双手将木盒子奉上："奶奶，这是我们姑娘让我带来的。"

赵月婵命迎霜把盒子接过来，道："迎霜，叫人抓把糕饼果子给她。"便打发香兰去了。

迎霜把木盒子打开，从里面取出一件簇新的墨绿缠枝桃花刺绣圆领马甲，赞道："好鲜亮的衣裳。"拿出来却瞧见衣服底下还藏着一只小匣子，打开一瞧，只见里头是一套赤金镶红宝石的簪子。那簪共有八支，或是宝瓶样式的，或是福结样式的，或是双鱼样式的，正是吉祥八宝的图案，每一根簪子上都镶了米粒大小的红宝石，又精致又名贵。饶是迎霜见惯了好东西，也要赞一声："这套玩意儿好得很。"说着呈到赵月婵眼前。

赵月婵拿出两支簪子在日头底下看了看，冷笑道："这么一套簪，曹丽环可是下了血本了，可真难为那个小气的人儿。"

迎霜把衣服折好："她想求奶奶什么事？"

赵月婵伸出两根手指："不过两件，第一想让她哥哥接咱们府里采买的活计，这可是个捞钱的肥差，她已旁敲侧击好几回了。"

迎霜哼了一声道："她是脑子里灌了风，府里上下都盯着这差事呢，怎可给她哥哥？"

赵月婵道："即便是些小采办，里头的油水也够他们吃一年的，可就曹丽环平时那点儿孝敬，还割心割肉似的，我还真瞧不上，索性装傻了。至于这第二件嘛……"赵月婵嘴角缓缓勾起一抹笑，"她送这簪子来，是想让我给她寻高门第的亲事。"

"啊？表姑娘不是孝期一满就要成亲么？怎么还……"

"她是嫌夫家门第低，家道还单薄。如今她在咱家住了一段日子，眼界开了，怎么肯回去受苦？可就凭她的长相出身？哼。"

"这事确实难办……要不把簪子退回去？"

"退回去做什么？这样一套赤金镶红宝石八宝簪也要将近一百两银子呢。你收好罢，这事我心里有数。"

迎霜点了点头，取了钥匙，将那盒簪子锁进了赵月婵的首饰匣子里。

且说香兰从赵月婵屋里出来，一个大丫鬟白露带她到旁边的抱厦里，抓了一大把糕饼点心给她。

香兰用帕子包好，谢了又谢，出门的时候，看见小鹃正站在廊下等她。香兰连忙迎了上去，将帕子递到跟前，笑着说："来，请你吃点心。"

小鹃爽直活泼，又生得娇憨，见到糕点更是睁圆了眼睛。香兰觉得她像只"喵喵"叫的奶猫，不由笑了起来，把帕子又往前递了递。

小鹃拿了一块松仁糕，一边吃一边把香兰引到她住的屋里。房间里一个人都没有，小鹃把门关好，笑嘻嘻说："你分到哪儿去了？咱们同来的几个女孩子，唯独不知道你去了什么地方。"

香兰道："我现在在罗雪坞，环姑娘那里。"

小鹃脸上立刻带了同情之色："原来你去了那儿……唉，也难怪，你这么漂亮，大奶奶怎么可能让你在离大爷近的地方晃？"

香兰推了小鹃一把，笑骂道："你说什么呢？！"

小鹃含着糕点笑眯眯道："你比大爷屋里那三个丫头生得都俊呢，我看要不了多久，等你长开了，一准儿比大奶奶都好看。大奶奶可是金陵第一美人，只怕日后要让贤了。"

香兰一把捂住小鹃的嘴："我的小祖宗，你浑说什么呢，还让不让我活了？"

小鹃"呜呜"两声，掰开香兰的手道："你放心，我有数，这不是只有咱们两个么。今天鹦哥让人撞了，那些丫头婆子躲到后院去了，生怕主子们瞧见了拿着撒气。"

香兰点了点头："难怪前院一个丫头都没有。你在知春馆干什么活儿？"

小鹃叹口气道，"我做洒扫的活儿，看炉子、浇花、打扫院子。那回廊的地，每天要用水冲三遍，天天累死累活的，那几位姐姐还是不满意，每回都训我，还把别人都不爱干的活儿推给我。"

小鹃年纪还小，见了香兰如同见了亲人，絮絮叨叨地说了一堆委屈。

香兰摸了摸她的头道："我也是，活儿干得不少，还不招主子待见，这也是没法子的事，新进来的丫头，都是这样熬的，等过两年成了老人，就没人敢欺负咱们了。"

此时外头有人高声叫道："小鹃！小鹃呢？不看着炉子去哪儿疯跑呢？！"

小鹃一吐舌头道："那个催命的又找我了，我先去了。香兰姐，你要常常来看我，我得了闲也去罗雪坞找你。"说完便一溜烟地跑了。

香兰将帕子里的糕点又给小鹃留了两块，放在她的床头的枕头旁，然后推门走了出去。经过西边一间厢房，隐隐听到哭声，似乎是春燕一边哭一边骂："鹦哥你那小蹄子休得意！你下套作践我，我让你有哭的那一日！"

香兰只觉背后一寒，忙不迭地拔腿回去了。

回去向曹丽环回禀，曹丽环细细查问了一通，香兰一问三不知，只说赵月婵把东西收了，又给了她几块点心。

曹丽环脸色有些沉。她打发香兰去送东西，其实是相中了香兰老实，不会打开那盒子偷拿东西。卉儿手脚有时不太干净，怀蕊又是个内在精明的，都不太对她心思，可这香兰也"老实"过了头，该长的眼色一概没有。

曹丽环阴着脸将香兰打发走了。

一时相安无事。

这一日，曹丽环特意画出鞋样子让做一双鞋，跟怀蕊一同选了配色，又让卉儿把鞋上的花样子描出来，限时限刻地让香兰赶工一双鞋。

香兰埋头做鞋，连中饭、晚饭都草草吃两口了事，夜里又点灯熬油地绣花样子，三天便将鞋子做得了。

卉儿见了，一时说花样绣得不好看，一时说鞋面绷得不够平，然后在鞋口绣了一圈小花。

早上请安回来，曹丽环面带喜色，卉儿更大声嚷嚷道："今儿在老太太跟前，姑娘可是露个大脸，姑娘把鞋一呈上去，说'前几日老太太说脚有些肿，我这几天赶着做了一双鞋出来，老太太回头试试看合不合脚'，你们猜怎么着？老太太当场那么一试，还真合脚，高兴得跟什么似的，当下赏了姑娘一对金丁香。"

曹丽环颇为得意，一边吃茶一边道："可不是，东绫那死丫头脸都绿了，可是出了我胸口的一口恶气。"林东绫是二房嫡出小姐，素看不惯曹丽环，事事处处打压她，曹丽环提起来便咬牙切齿。

怀蕊讨巧道："还是姑娘会讨老太太欢心，鞋样子就画了两天，斟酌来斟酌去，费了一番心血，怪道得了赏了。"

曹丽环含笑道："哪是我？这鞋子上的花样子都是卉儿绣的，配色的是你，香兰也帮了不少忙，才把鞋做得的。"

卉儿乖觉道："还是姑娘教得好。"

香兰脸上仍挂着笑，心里却冷冷道：好，好得很，三天熬得双眼通红做得的鞋，最后归成一句"帮了不少忙"。

曹丽环眼风一扫，看见香兰立在一旁，灵秀的一张鹅蛋脸清减了不少，且带憔悴之色，知她这些日子任劳任怨，便多夸了一句道："我知道你是个实在的孩子。"紧接着又捎上怀蕊："你这孩子也是，干活儿任劳任怨的。"当下赏了香兰几个钱，却给了卉儿和怀蕊一人一枚小银簪子，然后打发香兰去做针线，对卉儿和怀蕊招了招手道："你们俩随我来。"便进了寝室。

香兰坐在软榻上拿着绷子发呆，心里十分委屈，见四下无人悄悄抹了抹眼泪。她在府里无依无靠，像卉儿、怀蕊那般奴颜婢膝地溜须拍马，她又实在做不出来。本指望努力干活儿立住脚跟，又处处与人为善，忍辱无争，但不知怎的反倒处处被人欺负抢功，越发没有立足之地。正用袖子抹眼泪的当儿，忽听窗口有人说："香兰，出来帮老婆子个忙。"

香兰慌忙回头，见刘婆子站在外头，从窗口对她招手，连忙将泪眨回去，从屋里走出来，强笑道："刘嬷嬷什么事？"

刘婆子道："到茶房帮我拾掇拾掇。"

二人进了屋后的小茶房，刘婆子盯着香兰的脸看了片刻，叹口气道："你这孩子也忒老实，连受气都背着人偷偷哭，难怪受她们几个欺负了。"

香兰勉强笑道："倒不是哭，方才有灰眯了眼，使劲揉了揉……"待看到刘婆子一脸精明了然的神情，便讪讪地住了嘴，低下了头。

刘婆子拉了一个小马扎坐下，又拍了拍她旁边空着的马扎道："闺女，坐这儿。"

香兰便挨着刘婆子坐了。

刘婆子长出一口气道："你初来乍到，我也不便多说什么，只冷眼瞧着你是个好的，不跟她们那些轻狂丫头似的，却只会一味傻干，好几次有心劝你都没得着机会。今儿个瞧见那几个明摆着挤对你，我这老婆子实在看不下去了。你天天当牛做马的，熬了三天做得一双鞋，我都知道，也都看在眼里了。"

香兰心中安慰，觉得委屈灭了一半。

刘婆子道："你这丫头，性子太软了，等被人欺负死，还要被骂窝囊废！那表姑娘哪是什么好东西！她外祖母不过是咱们老太爷的一个庶妹，因几十年前闹了龃龉，便再也不走动了，如今她倒巴巴从外省赶过来打秋风。老太爷、老太太本来也想着她父母双亡，着实不易，即便她外祖母有些不善不妥的地方，外孙女总没有什么错，她一张巧嘴也讨人喜欢，便将她留下了。老太太因她外祖母品性不好，却有些不放心，命二太太四处打听了一下，你猜怎么着？"

香兰问道："怎么着？"

"原来这环姑娘在家中横吃恶打，她爹娘一死，她便跟她哥联手夺了她两个庶姐妹的嫁妆和一个庶弟的家产，还出主意，把她庶姐嫁给又老又肥的盐商当填房，庶妹嫁给白胡子一把的七品芝麻官做妾。因为这两人都不要嫁妆，还能给他家一大笔银子！"

"啊？"香兰顿时惊呆了。

"二太太是个眼里不糅沙子的人，当下把这事禀报了老太太。老太太起先还被表姑娘糊弄住了，让她跟绫姐儿住一处，没过两日两人便吵架，她还把绫姐儿给打了，老太太便让这表姑娘搬出来，住最远最偏的罗雪坞，还把自己屋里最不受待见的怀蕊给了她。"

"啊？"香兰目瞪口呆，怀蕊竟然是老太太屋里最不受待见的丫鬟！

"怀蕊她爹是老太爷跟前有头脸的管事，非要把闺女送进府来，其实是打了当姨娘的算盘，可他闺女……啧啧，长相、口齿、能耐哪一样拿得出手？怀蕊又好吃懒做，惯爱耍滑，老太太只看在老太爷的面子上容忍了，把她塞给了表姑娘，没想到她们倒是相投。"刘婆子冷冷一笑，"我曾看见怀蕊偷偷塞给环姑娘一块银子、两块料子，环姑娘不动声色地收了。哎哟喂，真是天大的笑话，这年头素来只有小姐打赏下人，如今倒也有丫头给小姐送礼的了！"

香兰却微微一笑："难怪表姑娘不派活计给她，想来是那块银子和那两块料子的功劳。"

刘婆子叹了口气道："可是环姑娘已进了府，再出去便没那么容易了，如今只好等她满了孝出嫁。环姑娘为了多捞些银子，让府里多给她添嫁妆，见天地巴结老太太，老太太对她淡淡的，她还是不肯死心。偏老太爷对她还念几分旧情，总让老太太善待她，楼大奶奶跟她交好，这两人一起不知谋算了林家多少银子。"

香兰不知该说什么，只默默给刘婆子倒了一杯茶。

刘婆子哼一声道："眼见曾老太太就要蹬腿，到时候大房就要从京城回来奔丧，等大太太一回来，任他什么妖魔鬼怪都打回原形！"

香兰问道："大房太太真这么厉害？"

刘婆子笑道："这要是二十年前，大太太还在这儿，府里头哪是这样的光景？后来大老爷高升，大房去了京城，只把楼大爷留在老太爷身边养着。二太太性子鲁直，不是当家的好手，管了几年的家便有些不像样。等楼大爷娶了妻，便由了楼大奶奶当家，越发的不像样。那楼大奶奶只爱听奉承，谁马屁拍得响，谁往上孝敬得多，就提拔谁，府里头没几个人正经干活儿，一门心思偷懒耍滑，往兜里捞钱。要说楼大爷，没有不赞的，人长得俊又有本事，不光考了秀才，还考了武状元，帮衬着家里做大买卖，赚的银子几辈子都花不完。可真应了'好汉无好妻'，娶了这个东西，楼大奶奶过了门儿五年还下不出个蛋，还管着不让大爷娶小老婆。"

香兰暗想："赵月婵也是个夜叉似的人物，跟曹丽环交好，也算物以类聚。"

那刘婆子显然憋屈已久，滔滔不绝道："当年大太太在的时候，提拔我到账房里算账，我也是风光了一阵，每笔钱银过手便没有错过的。后来二太太掌家，我虽不讨巧，但也算得用。这楼大奶奶一来，怕亏空银子的事做不了手脚，便将我打发到这地方来当了粗使婆子……"说到此处颇为怅然。

香兰安慰道："嬷嬷别气馁，等大房太太回来了，念着旧情，也该给您另安排差事。"

刘婆子笑了笑道："我已经这把年岁了，过两年就该回家养老了，还求什么差事呢？你却不同，生得这样好，性子也淳厚，不该跟着那坏到骨子里的贱人……唉，其实那表姑娘也是个可怜的，自小爹娘反目成仇，她爹的小妾便有五个，糟践过的丫头更不计数，只要略生得好些的便往屋里拽，把她娘撵到庄子上去住，她这也是可怜之人必有可恨之处了。"

香兰也叹了一声:"她原先花言巧语哄我一心卖命给她干活儿,一时说到大奶奶跟前给我美言,一时说没有她我便留不到这府里,指定让大奶奶撵出府去卖了……"

刘婆子瞪大双眼,"她说什么?没有她你便被大奶奶撵出府了?"

香兰点了点头。

刘婆子嗤笑道:"她当自己是谁?是太太还是老太太?竟敢说这样的大话,也不怕闪了舌头!她跟大奶奶没有那样深的交情,你大可放心在林家待着,管她表姑娘是什么东西!"又叹了一口气,摸了摸香兰的头,"你需记得,越能干的人活儿越多,旁人乐得清闲,把活儿一股脑推给你。你这样干习惯了,到后来不干都不成了,反倒被别人嚼舌根子说你偷懒。你这孩子心眼太实,日后该油滑的时候要油滑,多长几个心眼罢!"

香兰笑道:"实在点儿是好事,我若不实在,刘嬷嬷也不会觉得我是个好的,专门来提点我了。"

刘婆子想再说两句话,但见香兰笑得一脸娇憨可爱,心里一软,又闭上了嘴。

香兰脸上笑得虽憨,心中却有另一番计较,暗想:"这'没心眼''呆傻'的印象既已落下,倒也不是坏事。反正我也不是精于算计之辈,看着粗粗笨笨反比那些拼命显得聪明灵巧的人妥当,但日后不能再让人随意拿捏,也要想法子离开表姑娘。"细细想了一回,又同刘婆子打听了些林府的情况,暂且不提。

自那日以后,香兰仍然本本分分地干活儿,只是手脚慢了下来。平日半天做得的针线,如今不紧不慢做上一两天才交工;往日房间里的洒扫半个多时辰就能做完,如今却不慌不忙做满一个时辰;出去跑腿,也不像原先那样小跑着快去快回,反而慢慢走,顺带欣赏园子里的景色。

因她干活儿慢了,又总是忙碌着,曹丽环也不好再派她,便去支怀蕊和卉儿。若再有叫香兰帮忙的,芝麻小事她便去帮一帮,倘若是变着法儿推活儿给她,香兰便立刻拒绝道:"我手里还有活儿,一时忙不开,真对不住。"

她这一推托,日子便轻松了些,只是曹丽环便瞧她越发不顺眼,动辄斥责一番。香兰只听不语,态度仍十分恭顺,心里则盘算着如何找时机再画两幅画卖钱。

没过几日,曾老太太病亡。因是高寿而终,所以又为喜丧。一时间府中一色的素孝,连猫儿狗儿都要裹上白布。林大老爷林长政携妻子儿女回金陵奔丧,因大房将要归来,府中一时议论纷纷。

"大房老爷太太回来,那二爷、三爷、大小姐、二小姐和三小姐也要跟着回来了。"卉儿从柜里拿出一只五色花纹小陶罐,用小银勺子挖了一勺茶叶,用热水沏了,把杯子捧在手心里。

"那茶叶是大奶奶给环姑娘的贡茶,就这么一小点儿,你馋嘴非要吃,当心让环姑娘瞧出来！上回你偷吃两个桂花圆饼，还是我给你圆的谎。"怀蕊歪在藤条凉床上笑骂道，"再说他们回不回来，跟咱们也没什么相干。"

"怎么不相干？听说大太太是个厉害人，原就跟大奶奶不对盘，她一回来，跟大奶奶之间就是一场龙虎斗！还有林锦亭林三爷，是二房唯一的男丁，还是从二太太肚子里爬出来的，前两年跟着林大老爷上京求学去了，这次也一并回来奔丧，听说生得一表人才，是个美男子。"

怀蕊哼一声："呸！不害臊的丫头，原来是想男人了。"

卉儿昂着头："想又怎么了？还不准想想了？大房的林二爷林锦轩，虽是庶出，听说也是个极风雅的才子，可自幼身子骨不好，总生病，这回留在京城没能回来。单亭三爷回来，府里头上下的丫头们就都闻风而动，一个个变着法儿地裁衣裳做首饰，都暗暗较劲呢。"

怀蕊嗤笑道："在曾老太太的孝里，一律穿素，不准戴花抹脸，还能折腾出来什么花样？"

卉儿"哧哧"笑道："有俗话说'要想俏，一身孝'，前儿个我看银簪、金簪她们两个凑一处用雪青色的线在白衣服上绣花，还有要打银器在孝期里头戴的，送来的样式给我一瞧，啧啧，真真儿新颖好看，我都想打两支戴戴了。"说着高声招呼道，"香兰，你打不打首饰？我问了金簪，打四支钗可以便宜六十个钱，咱们俩拼凑拼凑各打两支如何？"

香兰支着耳朵将厅里二人的对话听了个遍，听见卉儿喊她，便拿着绣花的绷子走出来，笑道："我头上这根银簪子使得还顺手。"

"那怎么一样？你那根簪子早就发乌了，样式又老又旧，亏得你还用细布一遍一遍擦，要是我，早就丢了完事。"卉儿嗤笑一声，抓了把瓜子来嗑，"甭说那簪子，你这浑身上下都是旧衣裳，看着又破又土气，这样不体面出去岂不是打咱们姑娘的脸？"

卉儿说话一贯带刺，香兰忍了忍，脸上却带出俏皮的笑意来："我进府晚了，没赶上裁新衣，不如怀蕊姐姐家里富裕，吃喝穿戴一应不缺，更不如卉儿姐姐体面，在环姑娘跟前总能得赏赐。我是指望月例过日子的穷丫头，一根银钗就够我宝贝了，倒是让卉儿姐姐见笑。我知道卉儿姐姐手里是有好些好东西的，要是嫌我穷酸，不如送我几样？"心里暗哂：卉儿号称"雁过拔毛"，自己的吃喝、玩意儿全都握得死死的，还喜欢串门子四处蹭吃蹭喝，偷拿曹丽环的吃食，我方才这样说，肯定怄死她了。

她刚进林府，立足不稳，不想招惹是非，且两世为人，也早就懒得和人争闲气，所以卉儿有意无意的言语，她只当没听到，但也不能随意让人欺负侮辱。

卉儿顿时没了声音，脸上一阵红一阵白，显然是生了气。

香兰对着卉儿笑了笑，说："我方才是跟卉儿姐姐说着玩呢。"转身回去绣花，心里却想：果然还是个不经事的小丫头，这两句话就堵得没话说了。若是我，肯定就从首饰里拣出两样给人家了，这样的心胸，日后也走不长远的。

卉儿被香兰这么一噎，有几分气恼，正想再刺香兰两句，却瞧见曹丽环风风火火地从外头回来，进门便高声说："了不得了！"

怀蕊正拿了块熏肉逗狗，见曹丽环进来，一边匆匆把狗弄出门，一边问道："什么了不得了？"

曹丽环往八仙桌后头一坐，喘了口气说："鹦哥的孩子掉了，是春燕下的药！"

香兰大吃一惊，针差点儿扎在指头上，忙忙地站起身走了出来。怀蕊和卉儿愣住了，纷纷问道："真的假的？这事是听谁说的？"

"当然是真的，是楼大表哥亲自断的案，春燕自个儿都招了。前些日子郎中诊出鹦哥有滑胎之兆，便开了方子让煎药服用，春燕平日就与鹦哥不和，就偷偷找了机会支开煎药的丫头，往药里头加了一把虎狼药。许是药力太足，鹦哥一碗下去就滑了胎，如今还流血不止呢，啧啧，真是可怜。"曹丽环说着接过卉儿给她倒的茶，一饮而尽，"我方才到知春馆去，见门禁森严，扯住知春馆的徐婆子问了半天，她才告诉我的。"

香兰忍不住问："那春燕怎样了？"

曹丽环冷笑道："还能怎样？大爷发话给远远卖了，连同她家里人也都跟着吃挂落，大爷说了，一个都不留。大表哥都二十五岁了，膝下还空着，好容易有个血脉还让人害死了，要是我，就把那贱丫头活活打死。"

怀蕊说："大概也是念着往日里的一点儿情分，春燕到底伺候过大爷一场。"

卉儿撇撇嘴说："我看也该她倒霉，好几回我去知春馆送东西，都瞧见她站在院里训小丫头，好大威风的模样，楼大爷那几个通房丫头哪个跟她似的？春燕不过就仗着楼大奶奶对她高看几眼，才那么猖狂，如今作到这份儿上，楼大奶奶也保不住她。"

香兰却觉得此事绝非"远远发卖"这样轻巧，想到春燕鲜花嫩柳一样的人儿，竟鬼迷心窍葬送了自己，百般算计竞却落了这么个下场，更连累一家老小。

纵然香兰跟吕二婶子不和，却也不是什么深仇大恨，都是在世间讨生活的可怜人而已。

林家大太太秦氏坐在马车里闭目养神，默默思虑金陵家中的事，又想到林锦楼，心绪颇不宁静。

林锦楼是她的大儿子，自小聪慧过人，顽劣异常，读书写文章也有些天分，但渐渐不爱读书，只爱寻些闲书野闻来看，十三四岁陪着亲朋好友科考，竟中了个秀才，但无论林老爷怎么打骂，便再不肯参加春闱了。但他尤爱习武，幼年特意拜访了高人，居然考中了武状元，林家上下高兴得跟什么似的，特开了流水席大宴宾朋。

林老太爷四处活动，林锦楼便谋了都指挥断事，没两年又升为正六品的千总。

林锦楼顶着武将的官职，官场上长袖善舞，又擅经营自家的买卖，将铺子一路开到了京城，一年之中有两个月都要进京瞧瞧，那赚来的白花花的银子，养了一支军纪严明的"林家军"。

自林锦楼逐渐出脱成少年模样，秦氏便开始留意合适的亲事，确也有不少人家托人来打探。江南望族林家的嫡长子孙，祖父曾是朝中的二品大员，父亲林长政为户部侍郎，叔叔林长敏为参将，林锦楼文武双全又生得仪表堂堂，风度翩翩，不少人家极乐意结这门亲。

秦氏本已物色了两个人家，谁想人算不如天算，林锦楼正月十五上元节出去游玩，在灯会上遇见一女郎，美艳如画中之人，对林锦楼频频回首妩媚而笑，万般风情。林锦楼魂牵梦萦，后听人说此女乃金陵第一美人，是六品布政司理问赵学德的小女儿赵月婵。

秦氏听说林锦楼看中了赵理问的女儿，对方虽门第低了些，但赵家乃百年望族，在朝中也是人才辈出，便也没说什么，只派人详细打探，却听说赵学德官声不好，这赵月婵为人风流多情，跟表兄甚至家中小厮都有些不清不楚的。

秦氏只听这两条便不乐意了，要将这事回绝。谁知林锦楼跑去央求他祖母，林老太太对林锦楼向来千依百顺，竟托媒人提亲，将亲事定了下来。消息传到京城，秦氏又惊又怒，但木已成舟，也只能无可奈何了。

林锦楼新婚夜便发觉赵月婵并非完璧，且对床笫之事十分稔熟，顿觉绿帽压顶，一腔子柔情蜜意登时灭了一半，冷眼看去，赵月婵只爱吃穿打扮，为人并无格局。

林锦楼自悔"色"字迷眼未听长辈之言，对赵月婵不冷不热的，因心里添了大堵，一怒之下连着收用了鹦哥、春燕、画眉三个美貌俏丽的丫鬟。

夫君在新婚里便收通房，还一连三个，赵月婵只觉得自己被扇了一记火辣辣的大耳刮子，对林锦楼撒泼哭闹不止，一时要撞墙，一时又要抹脖子。

林锦楼冷笑道："要寻死也别在这里，没白的脏了我家的地！莫非你想闹到官府，让我告你个婚前失贞？已然如此，林家倒不怕丢这个脸！"话一出口，赵月婵便不敢再闹。她对这门亲事还是极得意的，只得忍气吞声。

林锦楼成婚方一年的时候，看中了秦氏远房亲戚的女儿，闺名唤作芙蓉，生得极标致又端庄，定了亲却死了未婚夫，和林锦楼也算得上青梅竹马，对林锦楼颇有情意。林锦楼有意纳她为贵妾，芙蓉一家也求之不得，林家便要正正经经摆酒宴纳芙蓉进门。孰料天有不测风云，芙蓉被歹人引走遭了奸杀，至今仍是一桩悬案。

　　三年之后，秦氏见林锦楼膝下犹虚，便又派出人四处物色，最终选了个读书人的女儿，唤作王青岚，长得秀丽无双，性子又极温柔，极有眼色，秦氏放在身边调教了一段日子，亲自做主，在京城摆了酒宴，让林锦楼娶进门做了小妾。

　　赵月婵听说只能暗恨，却也无可奈何。

　　"太太是不是身上不爽利？"秦氏想到烦心处忽听耳边有人唤她，睁眼一看，只见青岚手中拿了一个铜胎掐丝的小盒。

　　青岚乖觉道，"我看太太刚刚皱眉，大约是因路途遥远让马车晃得头疼，我这儿有一盒子冰片薄荷膏，取一点儿抹在太阳穴上，或是嗅一嗅都能提神醒脑。"

　　秦氏微笑道："我好得很，倒是你，这两日坐马车上犯晕，吐得厉害，下巴都尖了，回头信哥儿看了该心疼，说我没好好疼你。"

　　青岚听秦氏提到林锦楼，脸微微红了，垂下了头。秦氏拍了拍青岚的手，这时听马车外面有人道："太太，到二门了。"

　　曹丽环在罗雪坞中听说大房的车马到了，口中抱怨道："不是说明儿个下午才回来么？怎么这么快就到了？"忙忙地梳洗打扮，换上了当季最好的一套衣裳，茶白色满绣花鸟绸缎长身褙子，料子和绣工均是上乘，又让卉儿给她细细上了妆。

　　她原本生得白，皮肤却不细嫩，且有点点雀斑。卉儿手巧，用茉莉紫粉膏将她一张脸涂匀了，遮上瑕疵，又扑上淡淡一层胭脂，淡扫了眉黛，精心梳了一个既端庄又别致的桃心髻，戴上了素银钗环，整个人便焕然一新，虽不是美人，但也别有风韵了。

　　因怀蕊告假回家，曹丽环便想带卉儿去迎人，可又信不过香兰，唯恐香兰单独在屋子里偷拿东西，只得将卉儿留下，带了香兰去了。半路上听说大房一行人已经去了寿禧堂，厮认完毕，正准备摆饭，曹丽环便急匆匆地往寿禧堂去。

　　香兰看了看足下生风的曹丽环，斟酌着言辞小心道："姑娘，寿禧堂摆的是家宴，又没派人过来请咱们去，这样贸贸然怕是……不妥吧？"

　　曹丽环撇嘴道："有什么不妥的？是家宴我就去不成了？我可是林家的正经亲戚。许是请咱们去的小丫头跟咱们走岔了呢，与其让人家等咱们开席，还不如直接过去。"曹丽环一贯看不上香兰，轻蔑斜了香兰一眼，冷冷道，"你进府有几个月了罢，怎么还是一副缩头缩脑上不得台面的窝囊样儿？好歹学学卉儿的眼界罢！待会儿可别给我丢脸。"

　　香兰好意提点，却吃了一通排揎，便低下头不再言语了，心中暗叹：明摆着是府里不受待见的便宜亲戚，还硬要把自己当成个人物，若是有心相请引见，几日前就该派人过来打招呼了，可直到大房回来，寿禧堂都摆了饭还不见通知消息，就知道人家是不愿见呢，这么巴巴地贴上去，唉，待会儿就等着没脸罢。

林府的寿禧堂，三间正房高大华丽，精巧的雕花门向外敞开，可见得明堂里的描金紫檀案上设一只青绿古铜大鼎，鼎中焚着香，若有似无地燃出一缕细细白白的烟。

"表姑娘请回罢，这一趟是老太太张罗大房、二房的人一起用饭，下回姑娘再来。"林老太太身边的大丫头雪盏慢声细语地说，"再说屋里都已经摆饭了，表姑娘这会子进去也不合时宜。"

曹丽环捏着帕子站在寿禧堂院外，脸色一阵红一阵青，仍强撑着道："既是家宴，我也是林家的亲戚，为何不能进去？我还给大舅舅、大舅妈和几位表哥表妹都备了东西。"

琉杯道："难为姑娘有心，还备了礼物，只是提醒姑娘一点，我们大老爷、大太太是姑娘的表舅舅和表舅妈，沾着一个'表'字，到底不是亲的。"琉杯是林老太太房里的二等丫鬟，性情泼辣，一张利嘴常常不留情面。

香兰站在曹丽环身后，揣着手垂着脸，暗想："果然不出我所料，环姑娘啊，人家摆明了是不想让你进去，何必自己跑来找没趣儿？碰了一头灰罢？这下面子里子全没了。啧，这环小姐可是火暴性子，待会儿倒要有好戏瞧了，可别殃及池鱼，连累我挨罚。"

曹丽环脸色愈发阴沉，指着琉杯厉声道："这是你的意思还是老太太的意思？我不信她要把我关在外头！"说着理了理衣裳便要往里冲。

雪盏张开双臂挺胸一拦，脸上仍带着笑："表姑娘请回罢，这是老太太的吩咐，您别为难咱们。"

曹丽环冷笑道："甭拿老太太说嘴，今儿我还就非进去不可了。我要亲自问问老太爷、老太太，有没有把自家亲戚关在外头不让进去的道理！莫非要欺负我父母双亡，无依无靠一介的孤女不成？"曹丽环身高体壮，一把推搡开雪盏便要进去。

雪盏被曹丽环推了一个趔趄，琉杯迈步上前一挺胸，拦着曹丽环，横着眉道："你想干什么？寿禧堂岂是你能撒野的地方？！"

琉杯比曹丽环还要高挑些，冷着一张脸，胳膊用力一推，竟把曹丽环推了出去。

曹丽环万没想到丫鬟会跟她动手，跟跄往后一倒，香兰赶紧在后头伸手接住。香兰生得娇小，一时没接住曹丽环又往后退了半步，差点儿跌进花池子里。

"好啊，竟然敢推我！反了反了！真是反了！"曹丽环勃然大怒，大步走上前伸手便打了琉杯一记耳刮子，指着怒骂道，"没脸没规矩的小贱人！不过是家里几两银子买进来的玩意儿，竟敢蹬鼻子上脸打你主子！今天我便教教你规矩，让你知道奴才该怎么伺候人！"说着又一记耳刮子扇了下来。

琉杯没想到曹丽环突然使泼打人，捂着脸一时怔住。待曹丽环第二个耳刮子扇下来，琉杯才明白过来，一把攥住曹丽环的手腕，冷笑道："我是林家买进来的，林家的老爷、太太、公子、小姐们才是我的主子，你是哪里来的主子？不过是个八竿子打不着的亲戚，占着林家的便宜，整天要这要那，今儿个吃鱼，明儿个吃鸡，后天又要金子银子绫罗绸缎，还不如我们这些奴才呢！"

雪盏连忙上来拉琉杯道："胡说什么呢？！"又跟曹丽环说："环姑娘别恼，琉杯嘴里没把门的，回头让嬷嬷们教训她。"

曹丽环哪里肯依，琉杯说的每一个字都戳中了她的羞恼之处，她恨不得把琉杯生嚼活吞了，咬牙道："我就不信今天我还治不了你个小贱蹄子！"另一只手伸出去猛地去抓琉杯的脸。

琉杯大吃一惊，手朝前一挡，曹丽环没抓到，便一把揪住了琉杯的头发，用力撕扯，口中骂道："小贱人，今天不治死你我再不活着！我是你这张臭嘴能随便编派的？"

琉杯疼得龇牙咧嘴，往曹丽环怀里撞去，泼哭道："你治死我，你今天就治死我！大不了我陪你同归于尽！"她这一撞把曹丽环撞了个倒仰，曹丽环却还不松手，仍抓着琉杯的头发，琉杯便顺势往曹丽环身上一趴，两个人一齐滚落在地。

曹丽环气红了眼，早就忘了今夕何夕，两只手一边死命捶打着琉杯，一边往死里骂道："小贱人！小贱人！"

琉杯直挺挺地躺在地上任她打，只管敞开嗓子号啕大哭。

香兰早已看呆了，心想自己活了两世，富贵乡里待过，市井窟里活过，却从未看见有主子和丫鬟这般掐架的，只干巴巴地喊了几句："别打了"。

雪盏急得团团转，跟几个婆子上前拉架，看香兰傻傻地站在一边，跺着脚道："跟棍子似的戳着做什么？还不快劝劝你家姑娘！"

香兰本来也不想帮忙，曹丽环不待见她，她说什么做什么都是错，一个不好反倒成了撒气桶，可面子上的事还是要做。

瞧着曹丽环气势汹汹，抡圆了胳膊给琉杯大嘴巴，香兰便上前一把抱住曹丽环的胳膊道："姑娘，快停手，别气坏了身子。"

曹丽环一把将香兰搡开，并一脚踹过去，骂道："没用的小蹄子！看你主子受罪都不知过来帮忙！"

香兰挨这一脚正求之不得，仿佛被踹得倒退了几步"哎哟"一声跌倒在地，一边揉着被踹的肚子一边装死。

第三章
惊鸿引君顾

　　雪盏一把攥住曹丽环的手腕,大喝一声道:"都别闹了!难道要我把老太太请来不成?!"

　　曹丽环听见"老太太",脸上略过一丝惧意,随即满不在乎道:"即便你把老太太请来,我也不怕。我还正想找她老人家,让她给评一评理,这样敢欺主的刁奴,莫非老太太还要留在身边?……"

　　一语未了,便听有人说:"谁这么大架子,还要劳烦老太太?"从院门口走出一个三十五六岁的贵妇,合中身材,雪白的一张脸生得美丽端庄,荣耀高洁,身穿天青色软缎褙子,衣上绣着极精致素雅的折枝梅花,下着月白长裙,头上干干净净绾了油亮的倾髻,只别了两根玉簪,那玉水头通亮,翠绿剔透,一见便知不是凡品。

　　雪盏一见来人,便诚惶诚恐地唤了一声:"大太太。"曹丽环不觉住了手,直起身子整了整衣衫和头发。香兰见有人出来,一骨碌爬了起来,悄悄站在不远不近的角落里,心想:"这样的穿着做派,又这样眼生,这应该是大房太太秦氏了罢?真是好风度。论年龄,她今年也该四十岁出头了,瞧着还跟三十多岁似的。"

　　大房太太秦氏静静扫视一周,先瞧见躺在地上发髻散乱、衣衫不整、泪涕满面的琉杯,又看了看鬓发松散的曹丽环,沉着声音问:"这是怎么回事?"

　　曹丽环脸上狠戾之色未去,指着琉杯大声道:"我好心好意来给大表舅他们一家子人接风,这小蹄子竟堵着门不让我进去,末了还敢跟主子动手,指名道姓地骂我!"

秦氏见了这光景，心里早已知道面前站的是何人，脸上仍装作不知，看了看曹丽环，微微蹙起眉道："你是……？"

雪盏低声说："她就是老太太方才跟您提过的表姑娘。"

秦氏脸上泛起了然之色，淡淡地看了曹丽环一眼道："你该叫我一声表舅母。"见曹丽环张口欲喊，秦氏一摆手又说，"罢了，你先随我来。"转身走了两步，又扭头看了看琥杯道，"别让她在地上躺着，扶起来回屋去，回头让老太太瞧见了成什么体统？"言罢便往旁边的厅上去。

曹丽环无法，只得跟着秦氏走，心里憋了一大口气。林家二房她一早就去奉承过，林长敏乃一介武夫，只将心思放在军中，在家里是甩手掌柜，万事不管；林二太太王氏滑不留手，任她怎么讨好，永远是一副笑意盈盈却疏远的模样。林老太爷深居简出，林老太太不待见她，赵月婵倒是跟她有几分交情，可她金银首饰缎子玩器送去了不少，赵月婵答应她的事却没做到几件！

眼下大房回来，看情形是秦氏重新管家，曹丽环早就准备好过来巴结攀亲。她平时在府里，丫鬟仆妇面上都尊她一声"表小姐"，她本性便飞扬跋扈，又贪爱虚荣，时日一长，当初进府惴惴不安的心思便被抛到一旁，便把自己当成了林家的正经小姐，再也不见外了，却没想到今日遇上这么一出，尤其琥杯那一番话更说得她恼羞成怒。新仇旧恨加在一起，曹丽环便狠狠地打了琥杯，如今一脑门子的怒火还没平息下来。

香兰跟在曹丽环身后，待到了小厅门口，乖巧地站在外头守门，见雪盏并一个小丫头搀着琥杯走了进来。雪盏慢声细语地说："幸好你头发浓密，被抓下来一撮倒也不显……"琥杯抽抽搭搭的，进了一间耳房。

厅内，秦氏叹了口气说："方才老太太还同我说起过你，说你可怜见的，早早没了爹娘，有个兄长却还指望不上，让我平日里多照拂一二。"

曹丽环心里骂道："照拂一二？放屁！那老家伙恨不得我立马消失了才好。"冷笑着说："老太太照拂我怎不让我进去，反倒让两个丫头把我拦在门口，一口一个'老太太吩咐的'，说是什么'家宴'，合着把我当外人呢？老太太都这样，那些个狗眼看人低的丫头哪个能把我放在眼里，当正经主子敬着？"

秦氏听她这一说，登时脸色一沉，往椅上一坐，便不说话了。过了好一阵，方才缓缓道："今天确实是我们林家的家宴。""我们林家"四个字咬得格外重，"男女虽分席坐，却不设屏风，你到底也大了，眼见着就要出嫁，家里几个哥儿年纪也大了，只怕在一处吃饭不妥，所以才没叫你。但是老太太命人给你送了四道你爱吃的菜，还有两碟点心，想着明天让你们几个女孩子到她跟前用午饭。"

曹丽环说："老太太想得真周到。"言语里泛着讥讽的意味。

秦氏的脸色愈发沉了："林家最重规矩，你虽不姓林，但好歹叫我一声'表舅母'，我便脸皮厚拿个大说你两句。你也是小姐出身，合该有小姐的做派，那些个丫头甭管心里怎么想，面子上仍然敬着主子，就算有个把丫奴不尊重，也该告诉管家媳妇或者老嬷嬷们，何苦不顾自己尊贵体面跟个丫头撕掳？琉杯再不堪，也是老太太房里的人，打狗还看主人，你打琉杯岂不是打老太太的脸？你也快嫁人了，要是有人将今日的事传扬出去，你落个不好的名声，将来在夫家怎么立足？"

曹丽环冷着脸硬声道："我行得端，走得正，论做派、论举止，谁能挑我的理，毁我的名声？我也是有名的端庄千金，不信表舅母打听去。今儿个要不是那丫头欺人太甚，我又何至于打她？满口下作话，横竖欺负我父母双亡，无依无靠，连个丫头都要爬到我头上来。"

秦氏活到这把年岁，还没有哪个晚辈敢这么顶撞她，更何况这还是她好意提点，不禁给气乐了，说："好，好，好，姑娘的意思是你今天做得没有错，错的只有那个丫头？可那丫头得的是老太太的令，换句话说错的是老太太？"不待曹丽环回答，便猛地站了起来，走到曹丽环跟前，脸上带了两分笑意道，"俗语说'恩大成仇'，我今日算是明白了。既然表姑娘觉得我们都对不住你，老太太对你百般照拂，反倒生了仇，既如此你便收拾收拾东西回家去，我们林家不在乎多添一双筷子和一箱嫁妆，却从不养白眼狼！"

曹丽环登时呆了。她万没想到秦氏一张嘴便要赶她走，不由咬牙道："你赶我？天下竟有这样的表舅母，回来头一遭就是赶她外甥女出门！"

秦氏仍然微微笑着，笑意却未达眼底："姑娘这话我就不懂了，分明是你嫌了老太太，怨恨我们。这里是林家，你不是我们林家的人，把你送回去也是天经地义。"

曹丽环目瞪口呆，愣在原地。她横行霸道惯了，万没想到秦氏竟说出这番话，当场让她没脸！

秦氏看着曹丽环的脸色，暗暗冷笑，走到门口，回转身轻轻说："赶紧回去收拾行李，回头我差人备好马车送你。"说完袅袅地走了出去。

香兰见秦氏走出来，赶紧退到一旁，等了许久也不见曹丽环出来，便探头探脑地往门内瞧。只见曹丽环呆愣地立在厅里，双眼直瞪瞪的，仿佛痴了过去，香兰心说："都说秦氏是个厉害人，果然不错。估计秦氏是排揎表姑娘了，否则不会有这样的光景。"想进去，又怕曹丽环在气头上自己进去讨骂，可不进去，在这儿立着也不是个事儿，想来想去，唯有硬着头皮进屋，轻声说："姑娘别光站着，坐下来歇歇罢。"

一连说了几遍，曹丽环眼珠子动了动，回过神来，见香兰做小伏低地站在自己身侧，一股子怒气登时喷薄而出，伸手上前狠狠打了两下，骂道："狗奴才！方才你主子受欺负时你上哪儿去了？这会儿知道蹦出来叫魂儿！我让你叫！让你叫！不知天高地厚的东西，一个当奴才的人竟敢欺负到我头上，我打死你！打死你！"曹丽环一边骂一边狠命地打，拿香兰出气煞性子。

香兰给打懵了，反应过来脸上已着实挨了两巴掌，她心里万般委屈愤恨，原本想嚷几句："姑娘保重身子，可别动了气。"但冤屈上来，这样忍辱的话一句都说不出，只跪在地上咬着牙流泪。

曹丽环狠狠打了香兰几下，心中愤懑之气散了不少，余光瞥见有丫头探头探脑地往这边瞧，便住了手，见香兰双颊红肿，只怕瞒不住旁人，狠狠踢了一脚道："没用的东西，还不赶紧滚回去！"说完整整衣裳走了出去，心思一转，便想着："我是万万不能从林家出去的，否则这些日子的经营便如同竹篮打水一场空了，眼下只有赶紧去求大房那个老不死的，央告她让我留下来，再求赵月婵给我说几句好话。啧，少不得又要送银子打点，赵月婵那娘们儿岂能白白给我出力气！"站在寿禧堂院外越想心里越恨，随手揪了一把叶子狠狠揉碎了出气。

香兰用袖子抹着眼泪颤巍巍地站起来，脸上火辣辣的，浑身都疼，心里更难受得好像揣了个秤砣。她掏出帕子用力抹了抹脸，重新将头发拢了拢，轻声轻语地跟自己说："陈香兰，这世上的事本就乐少苦多，今天你只当被狗啃了，你要忍辱，忍到最后，迟早有你出头之日。"

深深吸了一口气，又用帕子蘸了蘸眼角，不敢在屋子里久待，拽了拽衣裳，低着头快步走了出去。

厅里的珠帘一掀，从次间里走出来两个人。一个十五六岁，中等身高，锦衣素服，面如敷粉，目如点漆，仿佛金童郎君似的，是林家的二房嫡子林锦亭；另一个比林锦亭年纪略大些，身量高出一头，面色白净，眉长目秀，鼻梁高隆，丰姿雅量，着实一位美男子，穿一身半旧的蓝色绸衣，腰间的织金带也是旧的，上镶着玛瑙，有一颗玛瑙已掉了，只用一颗普通的绛红石头替着，却浆洗得极为干净整齐。

此人名唤宋柯，表字奕飞，是二房太太王氏的外甥。

王氏的二姐原嫁与王家世交之子宋芳为妻，宋芳中了举，家中上下活动，给他谋了大理寺的小官，一步步熬到五品，家中本也和美，谁想三年前宋芳得了急症撒手人寰，只留下一儿一女。

宋柯的母亲宋姨妈性子软弱，在宋家饱受算计屈辱，宋柯便带着母亲和妹妹宋檀钗分出家来单过。

王氏与宋姨妈姐妹情深，又体恤他们家道败落，便往京城去了信请秦氏照拂。秦氏见宋柯是个聪明上进、知礼仁厚的，也生出几分喜爱之情，便让宋柯同林锦轩、林锦亭两兄弟一同读书。

这厢回金陵，宋姨妈也动了思乡的念头，便同儿女一齐跟了回来。

林锦亭皱着眉头说："那个表姑娘怎么像个市井泼妇似的，这样的人怎么还能留在家里？幸亏大伯娘要将她赶出去，我看这样的人趁早逐出去才省心。"嘟嘟囔囔了一阵，见宋柯不说话，便推了一把，"你想什么呢？"

宋柯背着手说："只怕赶不走，你们家老太爷那关就过不去。你也知道，老太爷最好面子，万不能让别人说出一个'不'字，怎么能把她这么个无父无母的孤女赶走，让人戳脊梁骨？老太爷和老太太都不待见她，只是面子搁在这儿，横竖花点儿银子打发她罢了。"

"她可是个小人，留她在，只怕家宅不宁。再让她带坏几个姐姐妹妹，辱了林家的名声，累得她们嫁不出去，这可大大不好。"林锦亭说着叹口气，"那个被打的小丫头倒是真可怜了，平白惹了无妄之灾，挨打还不懂讨饶，只怕是给打傻了。"他还记得那个女孩子跪在地上被曹丽环连扇带打，纤弱的身子抖得跟寒风里的秋叶似的，满脸的泪，瞧着分外娇弱，让人勾出一股子怜惜之情。等曹丽环走了，她把自己收拾干净了才低着头出去，嘴里小声说着什么，生怕被人瞧出来是被主子打过了，便愈发让人觉着可怜了。

宋柯笑了笑，唤着林锦亭的表字说："修弘，你还是这么心软，怪道你大哥拿你打趣，说赶明儿个你曾祖母的孝期满了，就亲自送两个能谈会唱的美人儿给你，准保比你房里的素菊知情知趣。"

林锦亭脸一红，瞪着眼说："你浑说什么呢？！可别跟大哥那浪荡子学坏了，他送的美人儿我是消受不起……还……还有，素菊是母亲给我的……打小儿就服侍我了。"

宋柯见林锦亭有些扭捏，便不再打趣他，只拍拍他的肩，二人一同出去。

走到厅里，宋柯忽然瞧见地上有一朵小小的白色绢花，想起来是从方才那个挨打的小丫头头上掉的，嘴角向上讽刺地扬了扬。

那丫头可怜？他瞧着却是个精明的，方才从东次间的窗缝看见曹丽环和琉杯掐架，丫头婆子们是抱的抱，拦的拦，唯有她，嘴里虽然喊着"别打了"，却离得远远的，分明是不想管。待雪盏骂她，她才跑上来故意挨了一脚，却做了十足的姿态摔在地上，便再不起来了，等太太出去却一骨碌爬起来，比谁都快。

等到小厅里挨了打，别看她泪流满面一副可怜形容，可曹丽环走了，她不是哭着跑出去，而是有条不紊整理衣裳和头发，一声都不再哭了！这样的委屈就如此忍下来，后来更说了一番话："陈香兰，这世上的事本就乐少苦多，今天你只当被狗啃了，你要忍辱，忍到最后，迟早有你出头之日。"声音虽轻，可宋柯耳目过于常人，正听了个真，登时便惊诧了。受了委屈憋闷，不是哭天抢地，萎靡自怜，而是自强果决，百忍成金，这样的见识和心性，岂是这样一个十三四岁的丫鬟应该有的？即便是大男人，只怕也不多！

他远远瞧见那女孩子坚毅的神色，恍惚间好像看见了另一个人。那个人比这女孩儿大不了两三岁，生得也这样单柔，原是名门之女，一夕碾落成泥，眉宇间便常常带着这样的倔强与坚韧，受了天大的委屈苦楚都忍下来，一心一意维护着他……有时他想起遥远的前世，只觉是一场怪异的大梦。

宋柯走到厅门口，忽然又转身走回去，把地上那朵小小的白色绢花捡了起来，放在鼻前闻了闻，绢花上依稀还带着一股子鬓间的幽香。此时听见林锦亭喊他，连忙把绢花揣在袖中，大步走了出去。

且说香兰，出门瞧见曹丽环正在正房外求着见秦氏，被守门的婆子拦在外头。曹丽环几番冲撞都被拦了下来，香兰暗：方才屋里的事定然闹大了，否则曹丽环怎巴巴地冲出来找大太太？

香兰不想跟着曹丽环，可满院子的丫头婆子都瞧见她从小厅里出来，便只好低着头走了过去。

曹丽环确实有几分厉害，又生得高壮，得了机会冲开前头挡着的两个婆子，掀起帘子便进去了。

香兰恰在曹丽环身后，却被两个拦截的婆子给拥进了屋子。此刻饭毕，林老太太正歪在罗汉床上，秦氏坐在绣墩上向前倾着身子和林老太太说话，二房太太王氏坐在另一边，正亲手剥榛子给林老太太吃。

林老太太一愣，朝秦氏看了过来。秦氏皱眉，神情却淡淡的："你怎么来了？不是让你回去？长辈都在这儿，没有通传就往里头硬闯，竟愈发没有规矩了。门口守着的都是死人不成？还不赶紧给我撵出去。"

那两个婆子立刻上来带人，香兰在屋里进也不是，退也不是，便缩着脖子站在门口，心想着：要是曹丽环被人带出去，她也好一并跟出去；若是曹丽环留在屋里，她便站在这儿装死。

曹丽环左右挣扎："放开！放开！""扑通"跪了下来，哭道："老太太，救我！"

林老太太六十多岁，生得慈眉善目，心宽体胖，像尊大佛，头发已经花白，用白玉兰簪子绾了个发髻，戴着珍珠抹额，身上穿着霜色软绸衣裳，手里揉着两个文玩核桃。闻言微微起身，旁边立着的雪盏立刻上前相扶，把两个秋香色金钱蟒靠枕塞到林老太太背后。

林老太太不紧不慢地："出什么事儿啦？快起来，你们小姑娘家家可不兴哭哭啼啼的。快，有话起来说。"

曹丽环非但没有起来，反而"咚咚"地磕了两个头，满脸泪，带着倔强可怜的神色，抽噎着："老太太，方才我做了错事，惹得大表舅母不高兴。我知道自己错了，求表舅母责罚，别……别赶我走……"说着呜呜哭了起来。

秦氏声音平和："不是你嫌了林家，怨恨了我们么？怎么张口闭口说是我赶你？"

曹丽环拼命摇头，耳坠子打在脸上："不，不，表舅母，是我说错了话，您看在我年纪轻不懂事的分上教教我，怜恤我是没爹没娘的浮萍，自小没几个人指教，这才顶撞长辈……"泪光闪闪地看看林老太太，又看看秦氏，哽咽道，"我……我真的错了……饶了环儿罢……"

王氏是个软心肠的，不知道方才那一番变故，只觉着曹丽环哭得可怜，便想给说情，看着秦氏："这……这环姐儿也是年纪不大，她……"却瞧见秦氏向她递眼色，便立刻住了嘴。

秦氏心里头拱火。她在京城时就听说这曹丽环跟赵月婵沆瀣一气，合谋捞林家的好处，又惯会在老太爷、老太太跟前装乖买好，今日见曹丽环言谈举止简直同市井泼妇没什么区别，心里便愈发厌恶，正想抓个时机将此人逐出去，没想到这竟是个精明的，竟一鼓作气地闹到了老太太跟前。

秦氏深吸一口气，说："那你说说，你错在哪儿了？"

"我不该顶撞长辈，不该乱发脾气跟丫鬟打架，不该惹太太生气……表舅母，饶了……"

"你怨怪老太太把你当外人，说这明明是家宴，却让两个丫头把你拦在门口不让你进来，还说老太太都这样，那些个狗眼看人低的丫头哪个能把你放在眼里，当正经主子敬着？这话是不是你说的？"

秦氏悠悠将曹丽环方才说的那番话讲了出来，林老太太脸上有些不好看。谁知曹丽环神色坦然，仿佛早就料定了秦氏会这样说，反而惨然一笑："表舅母，您可知方才那些个丫鬟是怎么说的？她们说林家的老爷、太太、公子、小姐才是正经主子，问我是哪里来的主子，不过是个八竿子打不着的亲戚，占着林家的便宜，还不如她们这些当奴才的……表舅母，这番话每一句都字字诛心哪！纵我是个无父无母的孤女，可好歹也懂得'廉耻'两字怎么写，这让我……怎么忍得下？……"曹丽环哀哀哭，用袖子拭泪，将脸上的脂粉都拭了下来，反倒显得愈发可怜了。

王氏脸上显出怜悯的神色，林老太太也似是有些不忍，乍盏听曹丽环要攀咬琥珀，不由有些焦急，看了看秦氏。

秦氏脸上仍平静无波："就因为这，你就能不顾体面地跟小丫头打架？一口一个'小贱人'骂着，我且问你，你大家闺秀的体面上哪儿去了？我好意提点你，你却还迁怒我，迁怒老太太。我们不图你念着林家的恩，却也不想同你结怨结仇。"

曹丽环一听这话，哭得更厉害了，双膝向前蹭了几步，流着泪说："表舅母，都是我年纪小不懂事，我是油蒙了心才说出这样的话，也不怪表舅母恼我，我也恨我这个脾气和这张惹祸的嘴！"说着"啪啪"狠狠抽了自己两记耳刮子。

唬得林老太太连忙摆手说："这是做什么？！环姐儿快住手！"又看了秦氏一眼，唤着秦氏的闺名："英丫头，你看这事……"

秦氏心中暗骂，如今曹丽环这般做派，反倒显着无辜可怜，若是再相逼下去，便显得长辈刻薄可恶了。

曹丽环见事有转机，忙加了把劲儿，眼泪扑簌簌滑下来，眼眶、鼻头都红红的，凄然道："老祖宗，也怨不得表舅母恼我，千错万错都是我做得不对。只求长辈们怜惜我父母双亡，虽有个亲哥哥，却只做点小本生意，半分指望不上。我本就是无依无靠之人，到哪里不被人踩几脚、啐几句？是我自个儿有好强的心气儿，生怕嫁出去让夫家瞧不起，这才厚着脸皮投奔，好让人知道我是从林家抬出去的，也算有个靠山，从此让人高看一眼……也不怨丫头婆子会这么说……本来……本来我也不是林家的正经主子……是我当时拉不下这脸罢了……只盼着老祖宗和两位表舅母念着我年纪小，又是个浮萍之人，在府里赏我一席之地，我也不要府上的月例，有个容身的地方便知足了……"说着便要大哭，却偏偏忍着不让哭声太大，"求求你们，别赶我出去！"一边说着一边磕头，脑门上立刻红了一片。

林老太太急忙起身相扶，一把托了曹丽环的手臂，说："好孩子，快起来，地上凉，别冻坏了身子。"

曹丽环不肯起，只将头扭过去看秦氏的脸，万般可怜凄惶，连那原本高壮的身子都佝偻起来，缩得更小，哀哀说："表……表舅母……环儿真的错了，以后环儿即便出嫁……也会常回来……孝顺你们……求表舅母别赶我……"

这一番形容实在是见者伤心，闻者流泪，王氏都忍不住滴了两滴眼泪，跟秦氏说："嫂子，你念在她年纪小，就别赶她了。我看她也不像个坏孩子，不过欠点儿规矩，以后你多教教她，啊。"

秦氏脸上早已泛出慈爱之色，上前拉着曹丽环的手，把她散乱的鬓发捋到她耳后，语重心长地说："你这傻孩子，我哪是真要赶你走？不过刚才见你不服管教，便编个话儿吓唬吓唬你罢了，都是一家子的亲戚，哪能说出两家的话？别说我们让你走，就是你自己要走，我们也是不依的。方才你还带了礼物特地来接我们，我这高兴得跟什么似的，一回来就打发人给你送些土特产、小玩意儿过去。只是你以后要记着，可别再跟丫头吵嘴，丢了身份，也让我们瞧着糟心。"

曹丽环小鸡啄米似的点头，还在连连抽泣。林老太太张罗雪盏给曹丽环倒茶，王氏已经吩咐丫鬟打水给曹丽环净面了。秦氏拉着曹丽环的手，坐在床榻边絮絮说话，俨然母女一般慈孝。

转瞬间，屋中已从一派肃杀变成了其乐融融。

厉害！真是厉害！！香兰缩在门口，目瞪口呆。

在心里忍不住给曹丽环伸出大拇指——怪道这位表姑娘能在林家如此横行霸道、如鱼得水，原来真的是有两下子的！原本曹丽环立马要卷铺盖走人，没想到三言两语之间颠倒黑白，不但让自己留下，还博了长辈的慈爱，能撒泼闹出去也能舍脸拉回来，能伸能屈，口舌了得，会看眼色，甚至用上了苦肉计，那两记耳刮子力道决计不轻！

香兰心中感叹，这台上的戏子都没有曹丽环能说会演。

但那秦氏更不是省油的灯，明知曹丽环狡辩，甚至在言辞上故意曲解为"表舅母要赶我走"，可不乱阵脚，兵来将挡，不动声色间把曹丽环骂老太太的坏话就抖搂出来了，所说每一句话的意思都占着一个"理"字，让所有人都明白，是小辈在跟长辈无理取闹，长辈却不以势压人。

到后来，曹丽环祭出苦肉计，林老太太心软了，秦氏便急转直下，毫无表情的冷脸登时慈爱备至，将"赶走"的话用一句"编个话儿吓唬吓唬你"轻轻揭过。姜到底是老的辣！

香兰心里细细琢磨一番，再看秦氏的眼神便隐隐带着敬畏。

待出了寿禧堂，曹丽环和煦的笑脸瞬间阴沉下来，回到罗雪坞发了好一顿脾气，砸烂了两个杯子。

香兰对着镜子一照，只见雪白的脸颊上浮出森森指痕，肿得老高，便躲在茶房里，寻了些药膏涂上。刘婆子见了连连跺脚，骂了几声"造孽"，用冷水泡了毛巾给香兰敷脸。

香兰把头发重新散下来梳理，却发现鬓边戴孝的白绢花没有了，不由自叹倒霉——那绢花是府里发的，上好的白丝绢，每人只有一朵，如今她丢了，又不知去哪里领，以后只得拿白纸扎朵花戴了。

曹丽环第二日便去秦氏的正房请安，门口的婆子却拦住了不让进，说秦氏身体欠安。

曹丽环三言两语被打发回来，她送给大房的表礼，秦氏只收了一色针线，其余名贵的全都退了回来。

如今曹丽环的日子不好过。先前赵月婵当家，因与曹丽环还有几分薄面，丫鬟仆妇们对曹丽环还有几分尊敬，自从秦氏当家收了权柄，曹丽环吃穿用度上远不如之前，偏她又是个抠门的，不肯打赏疏通，下人便对罗雪坞越发糊弄起来。

曹丽环见饭菜愈发不像样，每日的糕点也不正经给送，不由大怒，亲自领了卉儿去厨房吵闹。

　　管厨房的旺财家的，斜靠在门框上，一边剔牙一边说："眼下年景不好，连老太太都减了三个菜，姑娘顿顿有鱼有肉，还有什么不知足？姑娘要想吃好的，自己掏银子买去，厨房的灶台随便用。前儿个大奶奶想吃胭脂蘑菇汤，还是挂大房的账，出去买了蘑菇回来做的呢，姑娘不服气就找太太去，这是太太下的令。"说完一摔帘子进了屋。

　　曹丽环一怒之下去找秦氏诉苦，狠狠告了旺财家的一状。

　　秦氏肃着脸道："竟然有这样的奴才？回头我要好好立一立规矩。不过今年年景不好，宫里的娘娘还削减开支了呢。咱们府里的人总不能比太后、娘娘们更金贵罢？所以家里的定例都削减了，就连绮姐儿想多吃一碗银耳羹，还磨了我半天，回头自个儿噘着嘴添了银子才做了一碗。"话里话外的意思就是想在林家继续好吃好喝——没门儿！嘴馋了自己添银子做罢。

　　秦氏没说几句便端茶送客，末了打发身边的丫头绿阑给旺财家的送了一把赏钱，夸她这件事做得好。

　　曹丽环回来自然又发了好大一通火气，香兰躲了出去。

　　曹丽环舍不得打卉儿，又不好责骂怀蕊，便拿了鸡毛掸子撵着狗狠狠打了几下，又不解恨，摔了一只茶杯。

　　香兰无处可去，便往知春馆那里转了一圈。恰好小鹃正在茶房看炉子，见香兰来了忙忙地把她让到小木凳子上坐好，又一溜烟地跑出去拿了两块绿豆糕给香兰吃，拿了自己的杯子给香兰倒茶喝。

　　香兰笑道："不用忙了，我坐不了多久就该回去呢。我屋里那位小主子可不好伺候，我也不敢在外头晃太久。"

　　小鹃把杯子塞到香兰手中道："是呢，府里上下都说环姑娘不好，心眼小又爱摆阔，最爱虚头巴脑的，没有什么大家子气度。横竖你也要熬出来了，等她一嫁人，你就远远地离了她，大房的大姑娘、二姑娘和四姑娘都比她好伺候。"扇了两下炉子，低声道，"我的日子好过多了，大太太一回来，大房上下就跟换了个天地似的，没过几天就狠狠罚了最爱打骂小丫头的吟柳，又罚了大奶奶几次，如今房里真真儿的消停了。"

　　香兰看着小鹃圆圆的脸和笑弯的眼睛，也微笑起来。她自从进林府以来，小鹃是最没有算计的女孩儿，也是她在府里结交的第一个朋友，两人在一起便觉着一颗心都松快下来了。

　　她本来想打探打探消息，这会儿却歇了念头，一点儿都不愿再想罗雪坞的糟心事，便同小鹃小声地聊天，说说家中的亲人，又讲些平日的琐事。

正此时，有个高瘦的女孩儿走了进来，小鹃一见便笑道："刚还想去叫你，偏巧你来了，这就是我跟你说起过的香兰，进府那天我遇见她就觉得投缘，有说不完的话。"又对香兰说："她叫汀兰，别看大不了咱们一两岁，可是二等丫鬟呢，多亏了她常常护着我，要不我可糟了。"说着一吐舌头。

香兰笑着打招呼："汀兰姐姐。"。

汀兰穿着半新的靛蓝缎子袄儿、白色掐牙背心，下面是石青色裙子，容长脸面，眉毛淡得看不出，用眉黛笔画得很长，生得一双杏眼，嘴有些大，一笑露出一口白牙，纵然并不十分美丽，但是谈吐温柔，让人一见就心生好感。

汀兰笑着摆摆手："叫什么'姐姐'，平白把我喊老了，小鹃都叫我汀兰呢，你也别见外。"瞧见香兰手里的绿豆糕，瞋了小鹃一眼道，"这绿豆糕还是昨天的呢，已经不新鲜了，我过来的时候看见咱们小厨房里正蒸芙蓉糕，我去拿两块来。"

小鹃连忙扯住汀兰的袖子："你疯了，要是让迎霜她们看见，还不撕了你？！"

汀兰笑着眨眨眼："小厨房里可不全是迎霜的天下了，你放心，我心里有数。"说着出去了。不多时回来，帕子里兜了几块热腾腾的芙蓉糕，另一手拿了一只金盏花陶壶，张罗道："快把杯子拿来，这里头是蜜茶呢，早晨给太太沏的，太太没吃完给了红笺姐姐，红笺嫌太甜了，放在小厨房里没个人吃，我悄悄问过端出来了，咱们兑点儿热水，就着糕吃。"

小鹃连忙提了铜壶沏茶水，三个人便团团坐在一起，吃着糕喝着茶。

香兰刻意交好，汀兰也随和，再有小鹃叽叽喳喳的，三人便言笑晏晏，十分欢快。

汀兰是家生子，进府的时候年龄还小，留在知春馆做些杂活儿，后来年纪渐大，赵月婵将长得妖媚的丫头全都打发了，见她生得并不十分美丽，且老实伶俐，交代的活儿没有不尽心竭力的，便将她留了下来，过了几年，汀兰升了二等。

香兰吃了一块糕，喝了一口暖融融的蜜茶，便问道："说起来，今儿个我们姑娘倒是给太太添麻烦了，说吃食不如原来的好，减了份例，点心也不像原来按时给送，即便送来也只有四五块，不够吃的呢。不知道其他几位哥儿、姐儿是不是也减份例了？"

小鹃含着糕，含含糊糊说："就你们姑娘事儿多，她在寿禧堂外头跟琉杯打架，全府的人都知道了呢！琉杯还因为她挨了十个板子，真是没做好梦。"

汀兰显然比小鹃老练知事，好似明白香兰为何说这些话，笑了笑，说："饭菜的例儿都减了，只是……每月的例银却涨了，只是涨的那些银子直接补贴到吃食上了。"说完便闭了嘴，将话头扯开去聊小鹃衣服上的花样子。

香兰愣了愣，睁圆了眼睛。哎呀呀，这表姑娘跟太太比，道行可真太浅了！

太太把吃用的份例减了，却把主子们的月例升了，升的那部分银子直接补贴到饭菜里——合着换汤不换药，主子们吃的用的和原来一样，只是这环姑娘就跟原先大不一样了。她在府里白吃白住，府里却是不给她月例的。这可完全是针对着曹丽环来的，偏这位表姑娘还不识趣，没问明情况就找太太闹了一场，人家还指不定在背后怎样笑她呢！

香兰颇为感慨了一番，心下盘算再过几个月，曹丽环就要出阁，自己是林家的丫头，当然不能给陪送出去，自然要再换主子伺候，当下便三言两语地跟汀兰套问府里几位哥儿姐儿的性情。

汀兰便将她知道的说与香兰听，不知不觉过了两盏茶的时间，香兰便起身告退。

临走的时候，汀兰给香兰抓了一把瓜子和杏干，笑着说："没事的时候便过来找我跟小鹃串门子罢。"

小鹃笑道："你们名字里都带一个'兰'字，怪道跟姐妹似的。"

香兰也有些依依不舍，约定下次一定多坐上一会儿，这才回到罗雪坞来。

香兰回到罗雪坞，站在大门口探头探脑往内一瞧，见厅里静悄悄的，依稀从寝室里传来低低的说话声。

刘婆子站在一丛芭蕉底下跟她招手。香兰跑过去，刘婆子对屋里一努嘴说："方才还撑着狗打呢，后来大房的绮姑娘打发个小丫头送来个帖子，好像明儿个绮姑娘要开个茶会，请罗雪坞这位母夜叉去呢。等那个小丫头一走，母夜叉就消停了，又打开衣箱开始挑衣裳了。"

香兰点了点头。曹丽环最爱出风头，有了这样跟林府小姐攀缘的机会定不会放过。此时卉儿在窗户里喊香兰的名字，让她过去给曹丽环改明天要穿的衣裳。

香兰便收拾心情，回去给曹丽环修改衣裳，暂且不提。

且说第二日，曹丽环一早起来便琢磨着衣服穿戴，鼓足了兴儿要在一众姊妹里拔头份，等用了早饭，便里里外外收拾起来。

香兰心里暗暗高兴，这样的场合，曹丽环必然要带卉儿去，等她们主仆一走，怀蕊也在房里待不住，指定溜出去找相好的姐妹玩耍。她前些日子托刘婆子买来纸张、毛笔并水墨胭脂等物，等罗雪坞里只剩她一个人便可以拿出来作画了。

果然，曹丽环装扮一新，握着把小扇和卉儿款款地去了。不多时，怀蕊也跑得不见人，香兰便将纸笔铺开，凝神静气，闭目想了许久，方一鼓作气，画了一枝桃花。刚要画桃花旁的飞鸟彩蝶，便有个还未留头的小丫头子进来说："环姑娘让姐姐取她妆台抽屉里的那盒子堆纱的花过去。"

香兰只得匆匆收了桌上的笔墨，到妆台前拉开抽屉，看见有一只描金绘凤的黑漆木盒，打开一看，果然见里面有五支头花，虽是民间作坊做出的货色，但做工精致，绢纱都是上好的料子。

因罗雪坞一时空了人，香兰便将刘婆子从茶房里唤过来看门，揣着那匣子花，跟着小丫头去了。

林东绮住在惠丰斋，这一带种了桃、杏、石榴、梨、桂等各色树木，一年四季都有景色可赏，前方不远处还有一处池塘，池边立着的嶙峋假山与岸上的山石相连，景色十分别致。

香兰头一遭往园子这一处来，不由暗自赞叹，忽见那丫头把她引到假山的山洞前，待钻了山洞，眼前豁然开朗，两边是抄手游廊，顺着游廊直下，便是这惠丰斋的三间正房并四间抱厦，茜窗绿瓦，佳木葱茏，清雅非常。

香兰心里大大赞了一声"妙"，跟着那小丫头走到门口，有个穿着褐色掐牙背心的丫头打起帘子说："环姑娘，东西送来了。"

香兰微低着头，眼神不敢乱瞟，只听待客的宴席里传来说话和笑闹的声音，曹丽环正高谈阔论："我上次去仙霓斋花了五十两银子，买了件披风和一件袄，就这个价，还是掌柜的说看我是老顾客才便宜的。我在仙霓斋林林总总可花了二百多两银子了……"

香兰听曹丽环又在摆阔，撇了撇嘴，低眉顺眼地走了进去。

屋里坐了六个小姐，曹丽环正坐在八仙桌旁喝茶，见香兰进来，脸色一沉，道："你怎么来了？怀蕊呢？"

香兰说："怀蕊没在屋，我就来了，临走的时候让刘嬷嬷看着门。"说着把那匣子花递了上去。

曹丽环想到方才支了卉儿到赵月婵处送东西，眼下身边没个得用的人，便对香兰道："你等下再走。"她接过匣子打开取出一支宫花，比画着笑道："这就是我方才说的，我哥哥托人从京里特地捎回来的宫花，内务府责成采买的，我哥哥托人给我留了一盒子，全是时兴的款式呢。来，你们都挑一支回去戴罢。"说着把那匣宫花往前递到林东绮跟前。

林东绮年纪既不居长，也不年幼，但因是秦氏唯一的嫡女，曹丽环有心巴结，便故意让她先选。

林东绮看着十四五岁，容貌清丽，一双凤眼微微上挑，蜂腰削背，形容举止和秦氏一个稿子，透着一股子精明干练，身上规规矩矩穿了白色的缎袄和绫裙，头上除一根银簪并无首饰，手腕上戴一对镌刻福禄寿纹饰的银镯，衬得皓腕如雪，捧着一杯茶对曹丽环款款笑道："既然是这么好的花，姐姐就留着戴罢，我有呢。"

曹丽环笑得又可亲又熨帖："妹妹何必这么客气？盒子里有四支呢，你们一人选一支刚好合适。妹妹你看我手里这支怎么样？上头的花蕊还是米粒大小的珍珠穿成的呢。"

林东绮还要推辞，便听旁边有个细柔的声音说："这可是人家的一番心意呢，在座的大大小小的姊妹，特地让二姐姐先挑，你呀，可别糟蹋了人家这一番美意。"

香兰送上匣子便退到墙角了，闻言循着声音一望，只见炕桌旁正坐着一个十三岁上下的女孩。女孩瓜子脸，细眉细目，樱桃口，看着病恹恹的，却娇弱犹怜，姿态极美，头上一色素白银器，穿着白色牡丹提花暗纹的褙子，下着白色棉绫裙，比林东绮的穿戴都要显眼些。

香兰暗想："汀兰说过，大房庶出的长女林东纨已经出嫁了，还有个庶出的三女儿叫林东绣，想来就是她了。端的是个美人，只是这言语刻薄些，当众就落曹丽环的脸面。"

曹丽环一听这话，脸色果然变了变，想发作又碍于对方身份，便强忍下来，装作没听见，招呼其他女孩子说："来，绫妹妹也挑挑罢。"

香兰的目光顺过去打量，见一个女孩坐在炕桌另一边，满脸不屑地嗑着瓜子，看着跟林东绮年纪相仿。生得浓眉大眼，琼鼻檀口，生得英气俊俏，头顶只绾了一个髻，余下的头发编成了一条辫子，上头缀着点点珍珠，身上是锦缎的白色袄裙，绣着精致的白花，脖子上一个白银的项圈，缀着一块温润的白玉。

这是二房的嫡女，林家三小姐林东绫。

还有一个女孩坐在林东绮左边，看着十三岁上下，鹅蛋脸儿，雪肤凝脂，柳眉秀目，神态温柔内敛，穿着半新不旧的云雁纹锦绲宽雪青领口对襟长褙子，下着墨绿裙子，头上戴着两三样金器，不觉奢华，却极有富贵人家的做派。

香兰不知她是哪一家的小姐，又见她生得美，不由多看了两眼。其实这女孩是宋柯的妹妹宋檀钗，到林府上做客的。

曹丽环张罗着几个小姐妹挑花，林东绫跟曹丽环有过节，理都不理。

宋檀钗性情内向，本不太爱跟人交际，又心思细腻，往盒子里看了一眼，暗想："盒子里拢共就四支宫花，应该是林家姐妹一人一支，环姑娘自己再留一支，断没我的份儿，我又何必上赶着挑一支抢了人家的花戴？也怪没意思的。"所以脸上微笑着，一动也不动。

曹丽环喊了几声都没动静，脸上便有些挂不住，道："这花可真是最上等的，听说做这一支就要上好的工匠费上一天的工夫，宫里的娘娘们才戴得起呢，外头想买都买不到。这一匣子花，我哥哥花了整整二十两银子……"

"宫里的娘娘戴这个花还不打了皇家的脸？好表姐，你就收起来罢。"林东绫满脸讥诮，吐了瓜子皮说，"宫里头的花哪个敢打上字号的？你那花后头分明写着商家的字号'明记'，我都瞧见了。不知名小作坊做的花，还敢要你哥哥二十两银子，唉，可知你哥哥是被骗了。"

林东绣浅笑，露出唇边一对酒窝，却用帕子微掩住嘴，说："就是呢，京城里有名的几家做首饰的，永记、万宝楼、袁馥芳，却没听过有叫'明记'的。花儿我们都有呢，上回宫里赏下来两匣，每个姐妹都能分着五支，过年时母亲还特地打发人给三姐姐送过来，不知三姐姐收到没有？"

林东绫笑眯眯说："自然是收到了，还有衣裳和首饰，大伯娘心细，什么好事都忘不了我。当时打开匣子一看就知道那花是宫里的，精致着呢，外头商号做得再好，也不如皇家的体面。"

这两个人每说一句话，曹丽环脸上便黑上一分。她野心大，总恨不得攀上上层权贵路子，非但不能让人看轻自己，更要凡事争先。到了这茶会上，自然要炫耀自己是有见地的小姐，谁想却无人买账。她好心好意把自己珍藏的花拿出来讨好，却惹得一身臊。

林东绫原就跟她有过节，可林东绣也跟着奚落她，当众落她脸面！

曹丽环是炭火脾气，脸涨得通红，立时就要发作。

林东绮笑着说："这个花是挺好，可眼下在曾祖母的孝期里，红的紫的都不能戴，环姐姐好意我们心领了。再说环姐姐就要出阁了，这些好看的花儿还是自己留着戴罢。"

林东绣见林东绮要给曹丽环台阶下，哼了一声，扭头跟宋檀钗说话，和颜悦色的："檀钗姐姐，要说新奇好看的宫花，我那儿有几支，在曾祖母的孝期里戴不了，白白放着也是落灰，回头让人给你送去，有一支藕荷色的，配你今天穿的衣裳正好。"

宋檀钗笑着说："纨姐姐一番好意本来不该推辞，可我不爱戴什么花，还是姐姐自己留着。"

林东绣亲亲热热地说："你跟我还客气什么？不爱戴也留着罢，总有戴的时候。"

林东绫马上抢着说："我那儿也有花儿，堆纱的，绢的，绸缎的，里头的花蕊都是用玛瑙、水晶嵌的，漂亮得紧，是金陵最有名的师傅做的，檀钗妹妹也拿去戴，回头我就让点犀给你送过去。"

这一番话更把曹丽环的气性勾了上来，暗恨道：我才是林家正经的亲戚表小姐，宋檀钗算个屁！不过是二房太太的姐姐的女儿，也是穷家败业的，看那一身穷酸的衣裳，料子倒好，谁知穿了多久了？林东纨和林东绫这两个可恶的，明摆着是为了挤对我故意捧高宋家的小冻耗子！心里一怒，嘴上也夹枪带棒："檀钗妹妹好福气，两个姐姐争着送你花呢，你还推辞什么？哪像我这样不受待见的，上赶着给人家送，人家还嫌弃不好。你这白来的还不要，倒叫人说你是傻子了。"

林东绫立刻道:"我们乐意,跟你有什么相干?还是赶紧看好你的花儿和你的东西,别回头又闹唤有贼,再打我一巴掌,我身体娇贵,跟那野疯野长会打人的不一样,可禁不起拳脚。"

林东绣仿佛吃了一惊,用帕子掩着口:"绫姐姐挨打了?姐姐这么金贵的人儿,就连二婶都舍不得弹一个手指头,怎还能挨别人的打?"

林东绫冷笑道:"自打来咱们家就打闹多少场了,老太太的脸面都敢不给……"

"三妹妹,"林东绮忽然开了口,往地上一努嘴,"你辫子上的珍珠掉了。"

林东绫往地上一看,果然地上躺着一颗圆滚滚的珍珠,便摸了摸发辫,满不在乎说:"回头让丫头们捡起来就是了。"

林东绮的大丫鬟踏莎极有眼色地把珠子捡了起来,亲手替林东绫放回荷包里。

林东绮嗔道:"三妹妹这丢三落四的毛病还没改好。"

林东绫笑着说:"横竖就一颗珠子,丢了就丢了,也没什么打紧的。"

林东绣说:"咉,也就是你,这样大的珍珠丢了不心疼。"

"回头这几颗珠子从我头发上拆下来,给咱们姐妹一人打一根珠钗。"林东绫一边喝茶一边笑眯眯看着宋檀钗说,"也有檀钗妹妹的份儿。"

这言下之意是没有曹丽环的了。

香兰暗暗摇头,心想这位表姑娘脸皮也忒厚,林家的小姐们分明已是极不待见她了,偏她还非在这里耗着。香兰又感慨曹丽环这种假冒的大家小姐与真正的大家小姐就是不同。曹丽环当初是怎样夸她手上的花来着?——"上头的花蕊还是米粒大小的珍珠穿成的呢"。

不过一颗米粒大小的珍珠曹丽环就得意扬扬,林东绫指甲盖大小的珍珠丢了都满不在乎,还要给姐妹一人打一根珠钗,一下子就高下立判,这下表姑娘怕是忍不住了。

果然,曹丽环登时大怒,"噌"地站了起来,瞪着双眼高声道:"你们……你们欺人太甚!三番五次挤对我,到底是什么意思?!"

林东绮连忙起身,走到曹丽环身边拉着她的胳膊,笑劝着说:"这是怎么了?环姐姐别生气,千万别生气,她们跟你闹着玩呢,你可别放在心上。"

林东绫拿腔拿调地说:"哎哟,这是怎么了?莫非你又要打人?"

正此时,外头有人说:"你们倒热闹,谁要打人了?"

说话间林锦亭从外面走进来,看见满屋子的姐姐妹妹不由呆了呆,连忙就要退出去。

林东绫笑着说:"哥哥都来了还跑什么?这儿有热热的茶,还不吃上一盏再走?"

林锦亭退到门外笑着说:"我是顺路过来还二妹妹书的,奕飞还在院子外头等我,就不久留了。"

林东绮、林东绫和林东绣两眼瞬间发亮,林东绫早已一叠声问道:"宋哥哥来了?还不赶紧请进来。"

林东绮连连点头道:"都是自家亲戚,怕个什么?来我这儿哪能不给盏好茶喝?"命丫鬟赶紧将人请进来,又亲自执了壶茶端了出去。

众小姐闻风而动,纷纷走了出去。

林东绣被挤在最后一个,冷笑着喃喃说:"刚才拿着嫡女的款儿,没见着有多殷勤,这会儿听说宋郎来了,倒跑得比兔子还快。呸呸!不要脸。"

香兰挨在门口,将将把这句话听个满耳,只装作没听见。抬头一瞧,只见林东绮、林东绫二人围着一个儒雅俊逸的少年,脸上都现出了微微的红晕。

林东绮亲手倒了杯茶奉上前:"宋哥哥好容易到我这儿一趟,怎么能不进来急急忙忙就走呢?"

宋柯接过茶,只是微笑。

林东绣柔声说:"宋哥哥年纪大了,反倒跟我们生分了,小时候咱们几个还一起在院子里荡秋千、解九连环呢。宋哥哥就知道到二姐姐这儿来,也不去我那里坐一坐。"

林东绫听了这话顿时拧眉,往前跨一步把林东绣挤到身后,去拉宋柯的衣袖:"宋哥哥,你跟我哥哥这样好,又是我的亲表哥,我小时候虽不在京城,不是跟你一起长大的,你可不能厚此薄彼。"

话音未落,她拉着宋柯的衣袖的手已被林东绣拍了下来,林东绣似笑非笑地嗔道:"三姐姐,宋哥哥是你表哥,可不是亲哥,可不好跟你拉拉扯扯的。"

香兰心里大叹:方方林东绣和林东绫还一起挤对曹丽环呢,这位"宋哥哥"一出现,便马上针锋相对起来了。都说红颜祸水,这蓝颜也是祸水。

林东绣见宋柯来了,暗暗后悔自己今天穿得不够鲜亮,虽说气派是有了,但跟林东绫一比,远不如林东绫明艳别致。

林东绫看看林东绣,却后悔自个儿今天图方便,没搽胭脂抹粉,一张脸这样素,一双浓眉也没用剃刀好好修一修,跟林东绣站在一起便显得男子气了。

林东绮却对自己今日穿得如此朴素十分满意。宋家一直以勤俭持家为家训,且如今的气象也不比往常了,她这身打扮正合适。

宋柯笑着说:"今天我是陪修弘过来的。兄弟姊妹大了,不常见面也寻常,大家这么关心我,倒真让我受宠若惊。"

话音一落,登时莺莺燕燕的声音响成一片。

宋柯喝了口茶，说："今天庄子上送来几筐早桃，比不得水蜜桃甜，汁水却也饱满，给府上送来两筐，姐姐妹妹们也尝个鲜。"

林东绣摆手道："不成不成，二姐姐吃不得桃子，就连碰一碰都要长癣呢。"

林东绮瞋了林东绣一眼说："就你话多。"

林东绫却笑嘻嘻地："二姐姐没口福，我却是最爱吃桃子的，回头给我屋里多送几盘子来。"

众人又寒暄了一回，宋柯说："还有事不叨扰了，舍妹在这儿，还劳烦姐妹们多多照顾。"

林东绮马上说："宋哥哥说这样的话就生分了……"

林东绫连忙表白自己："就是的，就是的，我当檀钗是自个儿的亲姐妹一样，我还说呢，我这儿有一匣子上好的宫花，都送过去给她戴。"

林东绣则上前揽住宋檀钗的肩膀，极为亲昵："就是的，我还说让檀钗姐姐多在府里留几日，跟我住一处，我们姐妹也好多说说话。"

香兰恍然大悟：原来这宋檀钗是那位"宋哥哥"的妹妹，怪道方才几位林家小姐都费心讨好呢。不知这位"宋哥哥"是什么来路，端的是文采精华，风度不凡，瞧着像是人中龙凤，只是穿戴无富贵十足的气象。

香兰想着眼神落在宋柯的腰间。就拿他腰上的织金带来说，掉了玛瑙，不是找同色玛瑙补上，就是寻红宝石、红玉之类的名贵石头重新镶嵌上去，他这带子反而补了个不值钱的绛红石头。衣裳虽干净，但也能看出有六七成旧，想来他家里是富贵过的，如今却有些不如了。

她正想着，冷不防宋柯的眼神也扫了过来，二人目光相撞，宋柯一愣，继而眯了眯眼。香兰则一惊，马上低了头。

林锦亭笑着说："看看，奕飞兄一来就成了香饽饽，我是没人疼，姐姐妹妹们都不理我。"

林东绫白了他一眼："你天天在我们跟前晃，想不见都不行，宋哥哥却难得来一趟，你还能有他金贵？"

众人都笑了起来，宋柯趁机寒暄了两句，便拽着林锦亭走了，众人跟出去相送。

香兰看了半天热闹，一转头，曹丽环正站在她身边，脸上潮红，双眼冒光，呼吸也有些急促，眼睛紧盯着宋柯和林锦亭的方向。

此时卉儿回来，香兰不动声色地轻轻唤了一声："环姑娘，如果没事我就先回去了。"

曹丽环这才回神，跟香兰说："你去后头找踏莎，二姑娘给了我一盆花，你正好搬回去。"

香兰听了，便转回到后头。

林东绮送了曹丽环一盆白玉兰，香气芬芳沁脾，花瓣晶莹剔透，堆雪砌玉。

香兰深深地吸了一口香气，抱着花盆晕陶陶地往外走，想起前世因自己的名字里有个"兰"字，又爱兰花高洁馨香，屋里屋外都摆满了各色兰花，什么墨兰、蕙兰、春兰、剑兰、寒兰，梅瓣的、荷瓣的、水仙瓣的、蝴蝶瓣的，摆在梁上、窗户上、厅里的桌子或条案上，正是万花围绕。

每到春季玉兰开放，她便摘上一朵，别在鬓发边上，头发丝里都带着馥郁的芬芳。

她还和丫头们把凋零的兰花采集起来制成香饼子、香球子熏衣裳，这些都是她前世极其无忧无虑的少女时光。

香兰出了惠丰斋，拐到石子铺成的小路上，又走了一段路，闪身躲到假山后面，看着四下无人，便把花盆放在旁边的石桌上，偷偷摘下一朵玉兰别在鬓发边，俯身凑到湖水边看。

那湖水碧绿平静，倒映出一张桃花脸，水里的女孩子豆蔻芳华，鬓边簪着玉兰，真不知是人比花娇，还是花把人衬得更娇美清丽。

香兰知道这具皮囊惹人，自来到林府便没有好好打扮过，头发都是胡乱梳上一梳，扎根蓝色或白色的头绳了事，衣裳也多是旧的，不过石青和靛蓝两种颜色，自打曾老太太去世，府里统一做了素服，她才穿了白色衣裳。

可她也是爱美的，这会儿趁着没人，便从怀里摸出一把桃木梳，把一头乌发放下来，口中颠三倒四地拣了一出《西厢》哼着："雪浪拍长空，天际秋云卷……东风摇曳垂杨线，游丝牵惹桃花片，珠帘掩映芙蓉面……空着我透骨髓相思病染，怎当他临去秋波那一转。休道是小生，便是铁石人，也意惹情牵……"

待头发也梳好了，她又把那朵玉兰端端正正地簪在发髻边，俯下身子左照右照，做了个鬼脸，忍不住笑了起来。

忽然，那湖水里倒映出一个男子的身影，不声不响地出现在她背后。香兰吓了一跳，猛地回头一看，只见林锦楼正站在她身后，双眼直直地看着她。

香兰有些慌，连忙从地上站起来，整了整衣裙，低着头往旁边退了两步，小声唤了一声："大爷……"

林锦楼嘴角一勾，扬起一抹懒洋洋的笑，往前走了一步问道："你方才唱的是什么小曲儿？怪好听的。"

香兰垂着头，嗫嚅着："我……我……只是听别人浑唱的，就学了个调调。"

林锦楼身材高大，加之本就有压人之威，香兰觉得有些喘不过气，便又往后退了一小步。

林锦楼今天原本在花园前头的水榭里宴客，来的几位小爷都是京城里的权贵之子，平素都跟他称兄道弟的，如今下江南游山逛水，他必然要做东。

那几位早就听说林府畅园的美名，闹着要来园子里赏玩。林锦楼便将人迎到前园摆宴，因在曾祖母的孝期里，不可太过，便不备丝竹，只敞开了吃喝一番。

好容易将人送走，林锦楼也喝得有五六分醉意，便转到后园子里来，却三绕五绕地到了这一头，见景色优美，便举步慢走。

隐隐听到那假山后头有人在哼唱小曲儿，偷眼一看，却瞧见有个丫鬟正歪坐在地上梳头发，远远地看不清相貌，只看见穿着一件石青色的褂子，下面是白色的裙子，裙裾下依稀探出一点儿秋香色的绣鞋，身段窈窕柔软，乌黑的发直垂到腰际。

那女孩的歌声甜糯糯的，让他心痒痒的，直想把那头发撩起来仔细看看她的模样。

后来那女孩绾好了发，一张雪玉般的脸便显了出来，又见她自得其乐，以湖为镜，簪花弄姿，便觉得有千百只小手在撩拨他的心，再按捺不住，轻手轻脚地走了过去。

林锦楼长在富贵窟，生在温柔乡，尝遍了各色胭脂，方才头前宴宾，他还特地命人两抬小轿抬了怡红院的三个头牌妓女来，眼下腰间就系着名妓小翠仙方才给他抹嘴的一条翠绿汗巾，可眼前这女孩儿如此素净的装扮，却忽地让人眼前一亮。他远看只觉着是个有些姿容的女孩子，近看却一呆，忍不住一看再看。

只见那乌发蝉鬓拥出一张雪白的鹅蛋脸庞，长眉红唇，一双大眼睛清明水润，此刻眼睛低垂，睫毛浓密如扇，年纪虽小，却自有明媚光丽之美，仔细端详，愈发觉得清灵出众，竟百无一有。

林锦楼只觉得口干舌燥，心"咚咚"地在胸膛里撞着，直想俯下身子去嗅她发间的那朵玉兰是否如他想的那般芬芳诱人。

可他如同被施了定身法似的不能动，真是笑话，眼前不过是个小丫头，他却觉得她高贵矜持，不能让人随意侵犯调笑。

香兰已觉出林锦楼愈发灼热的目光，这眼神让她极不舒坦，仿佛她是一块让人垂涎欲滴的肉。

一阵风吹来，香兰闻到林锦楼身上的酒气和隐隐的一股脂粉浓香，心想：林锦楼生得这样好，可惜是个风流坏，方才不知在哪里偎红倚翠快活。莫非这会儿火气没消，便瞧上我这个小丫头了？脸色更冷了几分，往后再退了两步，垂着头问道："大爷有什么吩咐？"

林锦楼轻轻咳嗽两声："你叫什么名儿？是哪儿的丫头，我怎么没见过你？"

香兰垂着手，规规矩矩说："回大爷的话，奴婢叫香兰，在罗雪坞伺候表姑娘的。"

林锦楼皱起眉头:"你是曹家的丫头?"

香兰恭恭敬敬说:"奴婢是林家的,大奶奶命我去伺候表姑娘。"

林锦楼的眉头这才松了松,见香兰低着头,便有些不悦,刚想让她把头抬起来,却瞧见她雪白优美的脖颈仿佛上等的白瓷,又像是温润的羊脂玉。他忍不住想伸手去摸一摸,谁知刚举起手,便听背后有人说:"我的爷,可找着您了,原来在这儿。"

林锦楼回头一看,见是在他身边贴身伺候的小厮吉祥。

吉祥急急忙忙跑过来在林锦楼身边小声说了几句,林锦楼挑起眉说:"竟有这事?方才不是让人全都妥妥地送回去了么?"

吉祥小声说:"当然是特命人送回去了,谁知道李二爷瞧上了小翠仙,硬要带回去留宿,后来听说翠仙姑娘是……"看了看林锦楼的脸色,才说,"是大爷包了的,不敢太造次,便点名要小翠仙的妹妹小翠云。可翠云是个雏儿,这些日子给大爷写了不少诗词,又用自个儿的头发打了五彩络子送过来,大爷都收了,她觉着大爷对她有情,便认定自己是大爷的人了,自然不肯就范……就这么闹起来了,如今翠云又抹脖子又上吊的,李二爷钻了牛角尖,发狠要给翠云开苞不可。"

林锦楼笑起来说:"李小二还是这牛脾气,对待佳人牛嚼牡丹可不成。罢了,我出面说和便是。"说完他回头一瞧,却发现香兰已经不见了。心里想着回头再去找那小丫头,随吉祥去了。

香兰抱着那盆玉兰花小跑了一阵,又将花盆放到地上,用袖子揩了揩汗,想到林锦楼方才灼灼的眼神,不禁打了个寒战。

她不由得安慰自己,林锦楼是吃醉了才会如此,等酒一醒,便必然把她这个小丫头忘到脑后头去了。

快走到罗雪坞的时候,香兰忽听到有人喊她,扭头张望,竟然看见宋柯站在竹林里对她招手。

香兰心下疑惑,只得走上前问道:"公子什么吩咐?"

宋柯笑如春风,一双眸子湛湛生光,指了指衣摆道:"不知道你有没有帕子?"

香兰低头一瞧,见他的衣摆上弄上了一大块脏污,好像是一团湿泥巴,便连忙把花盆放到地上,从怀里掏出帕子,弯下腰帮宋柯清理。

宋柯连忙摆手说:"不用了,我自己来就好。"说着把帕子接过来,自己擦着,口中说道,"这可要谢谢你了,若不是碰见你,我穿这衣裳可没法见人了。"

香兰见宋柯脸上笑意融融,更显得一张俊脸非凡出色,加之态度可亲,便也跟着微笑起来,心想:这样的珠玉男子,就算当年萧杭号称风采冠绝京城也不过如此,怪道那几个林家小姐都吹皱一池春水了。想到她前世的丈夫,心里不禁有些黯然,只低头看了看那污渍，说道："幸好只是些泥巴，也好清洗，留不下污迹。"

宋柯仿佛松了一口气："那就好。"又仿佛漫不经心问道，"还没问过你呢，你叫什么名儿？是罗雪坞的丫鬟？"

香兰只回答："我是在罗雪坞当差的。"

宋柯因香兰不肯说自己名字，微微皱了眉，只见那帕子的一角绣着一丛兰花，便笑着说："这兰花绣得好，不知姑娘名字里是不是有个'兰'字？"

香兰只得说："倒是有个'兰'，这帕子不过是胡乱绣的……"

"胡乱绣的竟然都这么好。"宋柯眼睛里闪着光彩，将腰间的荷包解下来，递过去说，"帮我看看，这荷包破了的地方好不好修补？"

香兰接过荷包一看，只见是一个簇新的五彩金线五子登科荷包，只是那精细的刺绣上破了个洞，不由可惜道："这荷包做得真精细，刺绣的活计也好，只可惜破了，修补有些难，但也并非不可……"

宋柯连忙说："既然如此，能不能请你帮我补一补？"

"啊？"香兰张大了嘴巴，"我帮你补？"

宋柯见她目瞪口呆的模样只觉得可爱，脸上做出忧愁的神色，说："这荷包是我娘亲手做的，图的就是'五子登科'的好兆头，只是我前两天不慎弄破了，身边又没个心灵手巧的人，要是让母亲知道岂不难过？我看你这帕子绣得好，想来活计不错，不如帮我补一补罢。"

香兰刚要张嘴推辞，宋柯便堵上了一句："就这样罢，大后天上午巳时正，我就在这里等你把荷包给我。"说完自顾自把香兰的帕子往袖中一塞，转身走了。

香兰想叫又怕人听见，急急忙忙提了裙子去追，可转过山坡，宋柯就没了人影。香兰又怕丢了那盆花，只得回来，怏怏地搬着花盆回去了。

回到罗雪坞时曹丽环还没有回来，香兰便把花摆到厅里的八仙桌上，回去把荷包拿出来仔细看了一遍，叹口气歪在软榻上，心想：宋公子只要吆喝一声，大姑娘、二姑娘、三姑娘还不都上赶着给他补荷包？别说是补，就连一模一样做一个都使得，他何必要我这根本不熟的小丫头给他补？也不怕我补坏了，这位爷也真放得下心。他是无所谓，若是因为这荷包传出我跟他有些什么，不单几个小姐得把我生吞活剥了，我这辈子也就毁了。

越想越心烦，忍不住把荷包扔到地上狠狠踩了两脚，片刻又垂头丧气地把荷包捡起来，掸了掸上头的灰，没精打采地拽过针线笸箩，开始一针一线地补那荷包。

过了好一会儿，曹丽环才回来。香兰本以为曹丽环在林府的小姐那里受了气，回来必定要打骂一通使性子，谁想她竟不声不响地回屋了，还把卉儿叫了进去，两人把房门关得严严实实，过了好久也不见出来。

第四章

隔墙旧约焚

且说林家几位小姐上午热闹了一番,午饭之后人就都各自散了。林东绮把宋檀钗留在惠丰斋,林东绣有些不悦,哼了一声扶着丫鬟寒枝的手往外走,刚出院子就听见林东绫在后面喊她:"妹妹等一等我。"说话儿小跑了过来,挽了林东绣的胳膊,将寒枝挤到一旁去了。

林东绣瞥了林东绫一眼,冷笑说:"你怎么不留下来?惠丰斋里热闹着呢。"

林东绫笑眯眯说:"那里头怎么好待?那谁假惺惺的,处处端着范儿,拿着款儿,充自己是千金闺秀典范,我才不爱看她。"

"那谁"显然指的是林东绮。林东绣自幼就同林东绮别苗头,她虽也瞧不起林东绫,但此刻看林东绫却顺眼了些,嘴角扬了扬,小声说:"原来三姐姐也是个眉眼通挑的,虽然咱们几年没见了,你只这么几日就瞧出谁是忠的、谁是奸的了。"

林东绫昂头:"这当然,哪个妖魔鬼怪能逃过我的法眼?"又皱了眉说,"二姐姐顶多是让人瞧着不爽,可真正讨厌的是那个曹丽环。都快八竿子打不着的亲戚了,也巴巴来府里认亲,死赖着不走。对外清高,说自个儿不拿林家的月例,可吃穿住用哪一项不是在咱们家?一天到晚要这要那,还觉着自己高人一等,天天炫耀自个儿吃这个花销多少,穿那个花销多少。"

"可不是,说自己是有名的才女,写的诗词有几十首,都成集子了,"林东绣微微冷笑,"也不瞧瞧自己气度,以为穿金戴银、满身绫罗就是大家小姐了?活脱脱的泼妇母老虎样,偏她还以为自己是美人,张口闭口都是在原先多少才俊往她家提亲去。呸，闺阁里的女孩儿谈论这个，也不怕丢人！"

林东绫"哈哈"笑了起来："她是满口狗屁大话，全府的人都知道呢。"

两人一言一语地议论曹丽环如何，几句下来便亲热了许多，走到岔路口才互相别过。待林东绫走了，寒枝走到林东绣身边望着林东绫的背影，小声道："三姑娘这是干什么？怎么好端端的对姑娘示好起来了？"

林东绣哼了一声："无事献殷勤，非奸即盗。她能存什么心？她先前觉着自己是檀钗妹妹的正经表姐，便能事事占尽先机，却没想到林东绮那个小蹄子贴着宋檀钗，三言两语就把人给留下了。林东绫这才巴巴找我，指望我能跟她一致对外呢。她还当我看不出她的心思？宋郎一来，她眼睛都绿了。"

寒枝扶着林东绣慢慢往回走："要说宋大爷真是一表人才，还有学问、有本事，跟咱们姑娘这样的才是一对，可三姑娘是宋大爷的亲表妹，咱们还要远些，有这层关系，只怕也不好办。另外还有二姑娘，也不得不防。"

林东绣冷笑着说："二姐姐可是太太肚子里爬出来的，太太才不甘心让她嫁到宋家那样气象衰微的人家，一门心思给她筹划个高门大户，要是她看上宋家，早就出手把亲事定下来了。同理，二伯娘也是这个心，听说二伯父有意京城同僚之子，也是个军功显赫的家庭，三姐姐那点子小心思恐怕也要付之东流。宋家如今什么状况？宋老爷死了，留下孤儿寡母还从世家里分出来单过，就算宋哥哥再上进，毕竟才是个秀才功名，哪怕日后中了举，金榜题名，要想振兴家门，最起码也要十年光景。"

寒枝忧虑道："姑娘，那这样的人家……？"

"这样的人家对我却再好不过了。宋家人口简单，宋姨妈又是软性子，嫁过去不会受气。俗话说'瘦死的骆驼比马大'，宋家眼下瞧着衰微，但暗财暗禄多着呢，田产地契就不少，何况他们京城里还有几家铺子。宋郎聪明上进又有担当，这样的男子比什么世家少爷都强上百倍！"

林东绣越说越激动，双手紧紧攥成了拳，想起宋柯风度翩翩的俊雅模样，脸涨得通红。

寒枝说："既如此，姑娘还得早些跟老爷太太露个口风，只可惜姨娘是个怕事的，否则也能帮衬姑娘一二，何至于姑娘都这个年纪了，还没将婚事定下来？"

林东绣拍了拍寒枝的手，叹了一口气："谁说不是，姨娘是让太太给整怕了，如今什么事都不肯出头，我又没有个兄弟帮衬……"

原来大房的庶长女林东纨和二爷林锦轩是一母所生的姐弟，生母尹姨娘原是跟在林长政身边伺候的大丫鬟，后来开脸收了房。早年秦氏生性强悍，每每与林长政夫妻口角，尹姨娘温柔小意，又与林长政有多年情分，林长政便偏宠尹氏。秦氏却也是个聪明人，慢慢收敛了心性，娘家得力，在仕途上对林长政多有帮助，加之她刻意笼络，林大老爷觉得自己正室老婆的见识胸襟是那些只知伺候人的小妾比不了的，便对妻子热乎起来。

尹姨娘逐渐失宠，心有不甘，暗地里也使了些手段。秦氏一边笼络林长政巩固地位，一边暗地里打压尹姨娘，经过两三次雷霆手段，尹姨娘骨子里到底是老实人，被秦氏整破了胆，再也不敢生别的心思，事事唯唯诺诺。后来林长政的上峰又送来一个姓包的美妾，林长政爱宠了一阵便没了新鲜，包姨娘只生了林东绣一个女儿，便如同府里的摆设一般，林长政不再放心上了，连带着对林东绣也不十分上心。反倒是五年前，秦氏老蚌生珠，又生了一子，起名林锦园。林长政喜不自胜，对秦氏也愈发敬爱。

生母得力，儿女便有依靠。此刻林东绮重新换了一身半新不旧的靛蓝色绸缎衣裳，坐在罗汉床的炕桌边描花样子，宋檀钗坐在另一边做荷包，两人时不时说上两句。

踏莎端了盏热茶过来说："两位姑娘都歇会儿罢。"

林东绮小声说："还不累。"又朝踏莎努嘴，"去把糖果点心盒子拿来。"

踏莎不一会儿便取来了，林东绮将紫檀螺钿八宝盒推到宋檀钗跟前说："这奶油杏仁和琥珀核桃，都是新做出来的，妹妹尝尝新鲜。"

宋檀钗拈了一块放到嘴里，林东绮把宋檀钗做的荷包拿过来看了看，赞道："妹妹真是一双巧手，将来也不知谁有福气把你娶了去。"

宋檀钗脸"噌"一下红了，讷讷地说："姐姐说什么呢？！"

林东绮含着笑说："怎么害臊了？这里横竖没有外人，妹妹想要个什么样的门第，回头我跟母亲说说，让她帮你们留意留意。"见宋檀钗垂着头不说话，便旁敲侧击问道，"要说起来也是长兄先定亲，你才好谈婚论嫁，宋哥哥的年纪也不小了。"

宋檀钗说："娘也想给哥哥说亲呢，看了几户人家，我娘都觉着好，可哥哥不满意，说考了功名之后再订，还说什么男子汉大丈夫，再等上几年娶妻室也无妨，我娘也就撩开手不再管了。"

林东绮笑吟吟点头附和："你哥哥这番话才是正理，横竖屋里也有丫鬟伺候，日后再成家也不迟……就说我大哥哥，成亲之前有两个通房伺候着，倒也妥帖。"心里默默添了一句"不过成亲之前就全打发了，都没留下"。

宋檀钗摇了摇头："原先哥哥房里有一个叫红袖的丫鬟跟别个不同，谁想一年前害病死了，娘想把她身边的珊瑚给他，哥哥却不要，只说明年就春闱，一切以学业功名为重。"

林东绮套问出她想知道的，心下满意，又探听宋家其他家事，两个人一问一答，说了许久。

吃罢晚饭，宋檀钗扶了贴身丫鬟卷华到湖边散步，卷华见四下无人，不由对宋檀钗有些抱怨道："姑娘真是的，今天同绮姑娘说了这么多自己家的事，连大爷房里有没有通房也拿出来磨牙，这哪是闺阁里女孩儿应该议论的？何况说给外人听，回头传出是非可怎么好？"

宋檀钗揉了揉眉心说："不怕，我是故意说的。哥哥品貌都是高才，原本求娶个林家嫡出小姐也不算什么，可如今宋家式微，便没那么容易了。哥哥总说林家的姑娘也就二姑娘还算和善，让我多跟她亲近。我冷眼瞧着，绮姐姐也有这个心思，我就透出点儿给她知道，也算不得什么。"

卷华连连点头，主仆二人相偕离去，暂且不提。

时节已入四月，处处春光明媚。

香兰从早晨便有些心绪不宁，手里攥着荷包又暗暗地把宋柯骂了个遍。探头探脑地往屋里望，见曹丽环正跟卉儿小声说着什么，便借故去烧水，从罗雪坞里溜了出来，到那山坡上去寻宋柯。还未走到，便瞧见那桃树底下一个翩翩少年长身玉立，不是宋柯又是谁？

香兰立刻提了裙子跑上前，把荷包往宋柯手里一塞，说："还给你。"说完转身便走。

宋柯急忙一把拉住她的胳膊："哎，哎，你急什么？"

香兰气愤地转过头，狠狠甩了一下胳膊，却没能把宋柯的手甩开，怒道："我怎能不急？我是撒谎跑出来的，待会儿让表姑娘发现，我吃不了兜着走！"

宋柯一呆，手就松开了，脸上带了歉意，讪讪道："抱歉，是我想得不周全了……"

香兰见他这番形容，消了些气，站定了说："荷包已经补好了，宋公子没什么事，我就先告辞了。"

宋柯仔细一瞧，只见那荷包破了的地方被细细修补好，还用了同色的丝线将花样补齐，又平整又精巧，竟看不出原先是破的，不由惊喜道："补得这么好！"望着香兰，笑容诚恳说，"你补这荷包可见是花了不少工夫，我自然要好好谢你。"

香兰本想拔脚就走，但听了这话，心说：你要感谢就给我些银子罢。抿着嘴看着宋柯，没有作声。

宋柯笑着说："给你银子只怕太俗气，这个送你。"说着从怀里掏出一个缂丝缎缝制的小荷包递给香兰。

香兰本想故意推托一番，可转念想到自己前两天提心吊胆地补荷包心中就有气。当日宋柯让她补荷包，她就稀里糊涂地补了，等补到一半方想起来，自己若是推托补不好，宋柯又能如何？可看看那已补了一半的荷包，还是咬咬牙给补好了，点灯熬油地做活儿，又怕被人瞧见，这样费心力，收宋柯一件谢礼倒也不多。想到此处，便将那小荷包接过来说："既如此，我就不客气了，多谢宋公子慷慨。"福了一福，转身又要走。

宋柯两步上前拦住："你就不想瞧瞧里面是什么？"

香兰有些恼，抬头却看见宋柯一张笑吟吟的脸，这样一张谪仙似的俊颜笑起来愈发风采过人，香兰也不由呆了呆，心想：这宋公子生得真好，风采也好，难怪林家几个小姐都魂牵梦萦的。这一呆，火气竟一丝都发不出了。

宋柯仍在旁边催道："快打开瞧瞧，看你喜欢么。"

香兰无法，只得依言把小荷包打开，倒出一瞧，只见是一只翠玉雕琢的小青蛙，剔透水润，是一块极好的料子，雕工平平，却有种拙朴的憨态，着实喜人。

香兰"呀"了一声，喜爱得左看右看，喃喃说："翠玉琢的玩意儿常见，这样有趣的倒不多。"

宋柯见香兰喜欢，嘴角也向上扬了起来："这小东西是我闲来无事雕着玩的，你喜欢就好。"

香兰听这话说得暧昧，方惊觉自己和宋柯靠得太近了，忙退了两步，定了定神说："奴婢谢谢宋公子的赏，若没有别的事，奴婢就先走了。"

宋柯紧紧皱了眉头。之前两人一言一语已有几分熟稔和亲密，方才她又自称"奴婢"，还称他"宋公子"，显是又生分起来，心中一急，便再次上前拦住香兰："且慢，你的帕子还在我这儿呢。"

香兰方想起上回借给他擦衣摆污渍的帕子宋柯并未归还，便伸手讨要道："既如此就赶快还我罢。"

宋柯脸上露出无辜的神色，摊开两只手说："我忘带了。"

香兰又有些恼，宋柯又连忙补上了一句："不如你明儿个还巳时正过来，我把帕子还你？"

香兰把手收回来，淡淡道："算了，不过是条帕子，我也不要了，宋公子烧了罢。"说着又要走。

宋柯又伸胳膊拦住，脸上仍笑眯眯说："不如这样，帕子就当你送给我，我拿一样东西跟你换。"说着伸到袖里摸出一朵白色的绢花。

香兰一愣，宋柯带着几分得意，把绢花送到香兰跟前说："就这朵绢花罢，比你头上的纸花好看得多。"

香兰把那绢花接过来一瞧，见那花的背面有墨笔染上的一点儿黑色墨迹，她丢的那朵背面便让她轻轻用毛笔画了一道作为记号，原来自己丢的那白花竟让宋柯捡了去。

宋柯看着香兰，见她垂首低眉，浓密的睫毛掩了灵秀的双眸，一肌妙肌，弱骨纤形，宋柯看得有些怔，喃喃说："你丢花的时候，我正好碰见，不知道这算不算有缘？"

香兰听这话越发不像样，疏地笑了笑："宋公子物归原主，奴婢在这儿谢过了。"福了福身，又要走。

宋柯这回却没有拦，只在背后问了一句："我还不知道你的名字呢？"

香兰想装听不见，宋柯却提高了调门儿大声说，"你要不说，我就到罗雪坞打听去。"

香兰暗骂一声可恶，回头瞪了他一眼，不情不愿说："我叫香兰。"言罢提了裙子飞快地跑了。

快到罗雪坞的时候，香兰顿住脚，整了整衣裳和头发，从小茶房里拎了半壶水，慢慢地走回去。刚一进门，便瞧见卉儿倚在门口夹小核桃吃。

卉儿瞥了香兰一眼，冷笑说："这一大早起，就不见人了，疯哪儿去了？"

香兰小声说："烧水去了。"闪身进去添茶。

卉儿看着香兰的背影哼了一声，把嘴里的核桃壳吐到地上，仰起脸对刚从卧室里走出来的曹丽环说："你也不管管她，一天到晚就知道出去疯。"

曹丽环说："眼下还得哄着她多干活儿呢，我看那小蹄子不如先前勤快了，要是再骂她，她生出烦心来，绣活儿上不精细反倒不好。"

卉儿不屑地说："怕什么？她敢偷懒耍滑，就让楼大奶奶撵她出去！"

"如今大太太回来了，楼大奶奶说话的分量可不如先前了。"曹丽环一脸精明道，"香兰归根结底还是林家的丫头，要是咱们的，想打想骂还不是一句话的事儿？你还是少跟那小丫头置气，我问你，我交给你的事你办得怎么样了？办成了，才是咱们长长久久的出路。"

卉儿压低声音说："已经按照姑娘说的办了，一句都不带差的。"又有些后怕，说，"姑娘，你说这事万一被查出来……"

"你放心，查不出来！"曹丽环斩钉截铁地说，"再说查出来又怎样？还能把咱们生吞活剥了？实在不成，铺盖一卷，咱们直接走人就是。事情已然到这一步，不做也得做，索性赌上一把。"看着卉儿畏缩的神色，曹丽环拍了拍卉儿的手道，"你只管放心，出了事有我呢。"

卉儿叹了一口气，迟疑道："姑……姑娘，你都和任家的公子定亲了，就等着日后嫁过去了，任家就算家底单薄了些，可任公子是个温柔疼人的，守着田产度日也有一方平安，姑娘又何必……？"

曹丽环不语，盯着桌上的青花釉杯子出神，忽然把杯子拿起来递到卉儿跟前说："我问你，即便我爹娘没走，在咱们老家，家里用得起这样的杯子么？"

卉儿一愣，摇了摇头。

曹丽环指着四周："那用得起这戗金雕花的床铺、螺钿嵌宝的屏风，还有案上那个成窑的花赏瓶？我虽有几件体面衣裳，可一只手都数得过来，林东绮随便一身衣裳便是上好缂丝锦缎的，最少要四十两银子！"曹丽环越说脸越红，眼睛惊人地亮，"我以为自个儿原来的家，三进的大宅便是气派了，来了林家才知道老家那宅子简直跟猪棚一般，林家那花园跟仙境似的，我都不知道竟还有人能这般富贵地过日子……卉儿，我当时就跟自己说，若不能找到一门比林家更好的亲事，我绝不从林家搬走！否则我娘给我那套红宝石金簪子，岂能便宜赵月婵那个贱人？！"

卉儿欲言又止："可……可这事即便成了，姑娘也至多给亭三爷做个妾室，旁人还要说长道短，姑娘许是一辈子都抬不起头，可到任家是正头娘子，这……"

"那是以后的事！船到桥头自然直，原先这么多大风大浪我不也闯过来了？卉儿，你也见过亭三爷，五官俊秀不说，那举手投足才是大家公子气派，跟他一比，任羽就能当个屁给放了。"曹丽环拨弄着手腕上的镯子，"就算任家把我当尊佛供起来，可他们家一年四季穿得起缂丝、烧毛、锦缎的褂子，喝得上宫里赐的御酒？"

卉儿嗫嚅着说不出话，神色有些呆呆的，

曹丽环脸上的笑容有些迷离："遑论任羽是个脑筋不灵光的，读书不成，做生意也不成，读了十几年书，还是个童生……我对外说得天花乱坠，说任家人口简单，好伺候，又是本分人家，有宅有田，是个殷实的，说任羽本分老实，又有个好性子，其实……其实都是为了给自己长脸罢了，到底如何，我心底跟明镜似的，只不过说得多了，也能把自己给骗了，好像自己有多中意这门亲事似的……"

卉儿见曹丽环神情惨淡，忍不住开口："姑娘……"

曹丽环摇了摇头："纵然我再好强能干，可终究还是得指望男人得力。任羽是个软蛋，日后别说考功名封妻荫子，就算好好经营祖业我看都不成。"

曹丽环说话的声音渐渐低了下去，二人默默无言。忽然，曹丽环挺起了胸脯，大声说："我原也是望族小姐，凭什么林家一个庶出的林东纨都能嫁官宦子弟，我还是嫡出的，就该找个穷人家成亲？即便是做林家的妾，我这一生也要尽享荣华富贵……哼，我做了林家的妾，哪个人敢真把我当成妾室看？日后正室奶奶的位子迟早还是我的！"

曹丽环目光凌厉，隐露狠绝之色。卉儿想到日后曹丽环留在林家，对自己也只有好处，便殷殷地给曹丽环倒了一盏茶，绞尽脑汁地帮主子出谋划策起来。

这几日曹丽环和卉儿不知叽里咕噜地商量些什么，两人关门在屋里一待就是一天。曹丽环时不时要去逛园子，通常也是逛一天才回来。怀蕊成天溜出去玩耍，没人成天紧盯责骂，香兰便觉得日子松快了很多。

这天中午，香兰到茶房里同刘婆子一道用午饭，饭毕，刘婆子瞧着四下无人，便悄悄问香兰："听说最近府里的传闻没有？"

什么传闻？香兰咽下一口茶，想了想说："最近只听说二太太想给亭三爷说亲，因在曾老太太的孝期里，所以只私下里偷偷相看了几家……还有大爷的小妾岚姨娘，诊出有两个月的身孕了……"

香兰扳着手指头数了几桩，刘婆子通通摇头，故作神秘地凑过来说："我听说亭三爷跟环姑娘看对眼了！"

"啊？这……这不可能罢！"香兰大吃一惊，"亭三爷怎么会看上环姑娘？环姑娘又不是什么美人，家世更提不到台面上，更别提她还比三爷大三岁呢！"

刘婆子一拍大腿说："谁说不是？！方才有老姐妹跟我打听这事儿，我也惊出一身白毛汗。可眼下府里已经有人在传这事了，有人看见这俩人在园子里一块儿散步，还吟'湿'吟'干'的，还有说瞧见环姑娘给三爷送荷包，还说这两人脸都红了，含情脉脉的；更有说看见三爷对着落花抹眼泪，是因为他想起环姑娘就要嫁人……总之越传越神，就差有说看见三爷跟表姑娘亲嘴儿了。"

香兰越听越心惊，听到最后一句没忍住"扑哧"笑了出来，说："嬷嬷操这个心干什么？横竖是他们主子的事，和咱们没什么相干的。"

刘婆子道："怎么不相干？万一流言坐实了，或是环姑娘趁机赖上三爷，真成了林家的主子可怎么好？"

香兰摆弄着裙带，漫不经心道："嬷嬷说的正是表姑娘的如意算盘呢，她倒是心大，也不怕偷鸡不成蚀把米。"

刘婆子长吁短叹："这种事怎么说得清？万一真赖上三爷，以她的身份在林家讨个贵妾也不是没可能。"

香兰说："你当太太们都是吃素的？她进了门更好摆弄，随便说她身子不好给送到庄子上'养病'，养个几十年，她就算再厉害、再狠毒，还能闹出什么花样？"

刘婆子眨了眨眼，看着香兰抿嘴一乐："哎哟我的儿，我先前还以为你是只病猫崽子呢，竟能说出这样的话，真叫我老婆子吃惊了。"

香兰笑而不语。比这狠绝十倍的手段她都见识过，可真论起来，曹丽环的伎俩虽不高明，却极有效，她倒是豁得出去，为了贪慕林家的富贵，竟能拼着把自己的名声毁了。

两人正说着，却听见外头卉儿喊道："香兰！香兰！"

刘婆子骂了一句："刚吃完中饭就让人不安生！"

香兰叹了口气,将杯子放下,起身走出去,卉儿斜了她一眼,说:"环姑娘在屋里找你有事。"

香兰便往屋里来,曹丽环交给她一个信封,和颜悦色道:"你拿着这个,到卧云院交给亭三爷。"

香兰心里"咯噔"一下,继而暗暗冷笑,心说曹丽环打的是好算盘,这样私相授受的事交给她来做,日后有人彻查流言,定然会查到她头上,她是跳进黄河也洗不清。便不用手接,迟疑道:"姑娘,这是……?"

曹丽环十分不耐,想呵斥几句,终究按捺住性子,脸上仍挂着笑说:"这里头装的是诗稿,三爷知道这事,你只管拿去给他就是了,一定要亲手交他,你快去快回。"说完破天荒地给香兰抓了一把钱。

香兰从屋里出来,一边走一边暗恨,心道:我本来就厌恶极了曹丽环,如今她又在这事上算计我,偏生我还瞧不惯她的小人行径,如今到我手里,我定不能让她如愿!

香兰慢慢想着,出了园子,余光往后一扫,见怀蕊正远远地跟着她,心里不禁冷笑。

出了园子拐过一道门便是林锦亭住的卧云院,香兰迈步进去,见院子里有个小丫头正在浇花,便上前打招呼道:"我是罗雪坞的香兰,环姑娘打发我来送样东西,不知三爷在不在?"

那丫鬟瞥了香兰一眼说:"三爷正在屋里和宋大爷说话呢。"

香兰一听这话,正求之不得,便连忙说:"那我也不便打扰,请问三爷身边哪位有头脸的姐姐在?环姑娘说她给的是要紧的东西,让我要交给个妥帖人。"

那丫鬟又看了香兰一眼,转身进了屋。片刻门帘掀开,从里面走出一个十五六岁的少女,生得桃脸杏腮,有些姿色,却又不是极美,但气质端庄,白净的一张瓜子脸,弯眉杏眼,颧骨微高,穿着素白绣花的袄儿、月白裙子,头上戴着缠丝垂珠的钗,耳上垂着白玉银杏耳环,打扮已是颇为体面的小姐模样。

香兰心中警醒,此人如此装束,地位绝不是一等丫鬟这般简单,应是三爷的"房里人"。

那丫鬟道:"这是素菊姐姐,你有事同她说罢。"

香兰殷勤笑着说:"素菊姐姐好,我是家生子,前一阵刚进府的,叫香兰,如今在罗雪坞当差,环姑娘让我把这个交给三爷。"说着把信封交了上去。

那素菊捏着信封将香兰上上下下打量了几遍,口中说:"知道了,我回头就交给三爷。"

香兰见旁边的小丫头拎着水壶去别处浇花了,便对素菊说:"表姑娘打发我来送东西，还是这样的信，我觉着不妥，环姑娘叮嘱我要我亲手把信交给三爷，这就更不妥了……但我们做丫头的也没办法，如今三爷年纪也大了，我也听了些关于环姑娘和三爷的传闻，还请素菊姐姐斟酌。"

方才那番话，香兰先点明了自己是林家的家生子，与曹家无半分干系，又隐隐暗示这番做法不妥，若是聪明些的便能听明白她说这番话的意思，提点主子也好，禀明二太太也好，也好有个防备，也好把香兰从这件事里洗脱出来。

素菊一怔，万万没想到香兰会说出这样一番话，不由有些迟疑："你……你是什么意思？"

香兰心里一沉，心道莫非这素菊只有个光鲜皮囊，她方才那番话说得这样直白了，素菊竟然还听不懂？

香兰有些郁闷，微微笑了笑，说："素菊姐姐，我虽然伺候环姑娘，但到底是林家的丫鬟，心还是向着林家的。"

素菊呆呆的，还是懵懂模样。

香兰刚要再说，就看见宋柯从屋里出来，脸上有些惊喜的神色："你怎么来了？"

香兰福了福身，说："请宋大爷的安，小婢送东西来了。"

宋柯刚张嘴就看见素菊站在旁边，便对她说："修弘说想吃奶冻糕，你进去罢。"

素菊见宋柯出来正浑身不自在，闻言赶忙进屋了。

宋柯笑着对香兰说："好几日没见着你了，这些天都在做什么？"

香兰看着宋柯稔熟的态度，仿佛两人已相交许久的模样，不由有些头疼。

宋柯若是直言调戏，或是盛气凌人的，她都可以做出疏远冷淡的模样，可偏偏宋柯态度谦和，脸上时常挂着和煦的笑意，实在让人讨厌不起来。

香兰叹了口气说："没什么，天天做做针线罢了。"

宋柯今天穿了墨绿底子团花刺绣的缎子直裰，腰间围八宝带，头发只用一根蝙蝠流云簪绾起，更衬得人俊雅风流。他笑着对香兰说："你活计好，回头得了闲给我做个放文房四宝的套子罢。"

香兰假笑着说："宋大爷身边那么多丫鬟，她们定能又快又好地做出来一个。"

宋柯笑着说："她们的手艺都不如你好，你看你补的荷包，我天天戴着，连母亲都没看出来是重新补过的。"说着指着腰间的荷包给香兰看。

香兰只得敷衍："那等我得了闲罢。"说着想走，脑子一转，又跟宋柯说，"宋大爷，今天是环姑娘让我过来送一封信给三爷，环姑娘说信里是些诗词，还再三嘱咐我要亲手交给三爷。"

宋柯脸色微变，旋即又展开笑容，点了点头，不动声色道："然后呢？"

"我觉得此事不妥，可我一个丫头又做不得主。信我刚刚给了素菊姐姐。今天中午的时候我又听到些关于三爷和环姑娘的传闻，这其中的利害也不用多言了。"香兰深吸了一口气，"方才我还跟素菊姐姐说，我到底是林家的丫鬟，心还是向着林家的，所以才多嘴说这几句……"

宋柯脸上仍微笑着，打断说："我知道了，回头我就让修弘拿着信去找二太太，此事不会牵累到你头上。"

香兰这才舒了口气，跟聪明人说话就是省心。点了点头说："多谢宋大爷，那我就告辞了。"

宋柯说："你做个文具套子给我，就当谢我了。"声音很低，顺着风吹进香兰的耳朵，香兰装作没听见，跨过门槛走了出去。

香兰回到罗雪坞，曹丽环便把香兰叫跟前问道："东西亲手交给三爷了？"

香兰点了点头。

曹丽环面露喜色，又一叠声地追问道："三爷说了什么？可让你给我带什么话？"

香兰很不以为然，心想：表姑娘为了留在林家，还真是把脸整个都豁出去啦。唉，可惜她不懂'命里有时终须有，命里无时莫强求'的意思，算计来算计去，最终算计的是她自己罢了。嘴里却说："三爷只拿了信，什么都没说就把我打发了。"

曹丽环厉声说："怎么可能什么都没说？！你当时是怎么跟他讲的？"

香兰一脸老实乖觉："我跟三爷说，这信封里是您交给他的诗稿，还说他一见这信封里的东西就什么都知道了。"

曹丽环立着眉冷冷说："然后三爷什么都没说？"

香兰"嗯"了一声。

曹丽环登时沉下脸，一甩帕子进了卧室。

卉儿连忙跟了进去。

香兰默默出了一口气，坐在软榻上倒了半碗茶喝，却不知怎的忽然想到宋柯，想起他方才笑容和煦、温言细语的模样与她前世的丈夫萧杭有几分相像，心里不由怅然起来。盯着那水杯发了一会儿呆，余光看见引枕上搭了一块石青色的料子，想着：这料子是织锦的，正好可以做文房四宝的文具套子，再绣上几丛竹子就更精细了。紧接着"呸呸"了两声，心想自己怎么可能再给那个居心叵测的主儿做针线？把料子撇到一边，坐到绣架前，看着那鲜红枕套上的五色鸳鸯长长叹了口气，打起精神一针一线地绣了起来。

二房正房内，金猊口中缓缓吐出苏合香气，窗边的长案上摆着一只玉胆瓶，插着千瓣独步春，窗棂上悬着一只方形红木鸟笼，一只黄鹂扇着翅膀"吱吱喳喳"叫个不停。

"要不是我偶然听见罗雪坞那个叫香兰的小丫头跟素菊说这番话，还不知道曹丽环居然有这么大胆子，私底下给修弘送信，这事传扬出去岂不是闹笑话？"宋柯站在蟠螭流云罗汉床边，把那信交到二房太太王氏手中。

王氏四十出头的年纪，身量丰腴，保养得宜，弯弯一双新月眉，杏核眼，嘴巴稍显大了些，穿着素缎银丝褙子，底下石青色裙子，头上戴着宝髻，插了两根银簪，正是风韵犹存。她脸色沉沉的，三两下把信拆开看了起来。

宋柯也不说话，瞧见王氏的丫头珊瑚端来一盏热茶，便连忙接了去，挥了挥手把丫鬟打发了，亲手把热茶放到王氏手边的炕桌上。

王氏看了信，脸色稍霁："这上头也没写什么，只不过是些日常问候的话儿，请教亭儿诗词，最后还有两篇诗，不过这吟诗作对的我倒不精了，你帮我瞧瞧这诗是什么意思。"

宋柯看了两眼，说："诗也没什么，可就因为这没什么，才显得高明。"

王氏刚把茶碗捧起来，闻言赶紧放下，问："此话怎讲？"

宋柯弹了弹信笺，字斟句酌道："曹丽环长修弘三岁，两人也算年纪相当，曹表妹眼见就要嫁人了，私下给表弟写信本就不妥，这信要是真暴露了，里头写的东西倒勉强说得过去。最怕的便是这个，这回是请教咏柳咏春让修弘指点，若修弘回了信，那下次她写些情意绵绵的情诗呢？再下次写淫词艳曲呢？修弘正准备秋闱，就怕这一来二去挑唆坏了心性。"

王氏拿着手里宫纱鲛绡的帕子擦了擦嘴，笑说："哪可能如此？你这孩子，想得也忒多了，当心小小年纪变成老头子。"

宋柯连忙说："就算上头那些是我瞎想的，可今儿我在姨妈跟前大胆说句不知好歹的话，曹表妹这段日子在府上所作所为，姨妈心里有数。假若她以这信为由，在外头宣扬修弘对她有意，常常跟她通信，传扬出去就是丑事，外头的人才不管这事是不是真的呢。再添油加醋地传到曹丽环的未婚夫家，人家为这事闹起来，或是要退亲，曹丽环趁机赖上修弘，这事她也不是做不出。那个叫香兰的小丫头说她在府里听到些关于修弘和曹丽环的风言风语，我稍微打听了一两句，顿时吓出一身汗，这事……"

宋柯每说一句，王氏的脸色便阴沉一分，忽然喊了一声："够了！"紧接着站起身，一把抄起那信，说，"我这就找大嫂去！"火急火燎地就往外冲。

宋柯连忙紧走几步，跟到王氏身边低声说："此事不宜声张。"

王氏一怔，方明白过来，对宋柯道："你同我一起去，你把你同香兰怎么说的，再同大嫂说一遍。"

宋柯无奈，他这位姨妈心性厚道，可脑袋里一根筋，性情也鲁直，吃了不少亏，好在为人豁达。他若不在他姨妈跟前晓以利害，只怕她就将这信的事一笑置之了。

当下两人往大房的正屋去。

秦氏正拿着算盘对账，见了忙命沏好茶，又重新摆上点心果品。

王氏显是没有品茶的闲情逸致，一把扯住秦氏道："我的好嫂子，我有话跟你说。"王氏把人屏退了，命宋柯将话重新说了一遍，又将那信奉上，身子朝秦氏微倾，"大嫂，你看……"

秦氏草草将那信看了一番，嘴角挂一丝冷笑："那小蹄子一脑子下流，我说她这两天怎么乖乖消停了，原来是瞄上了亭哥儿。弟妹，这信你看起来没什么，可要传扬出去，让有心人知道了，还指不定怎么编派呢！想来是她看上了咱们林家的富贵，又相中亭哥儿的人品做派，就打定主意要赖上，呸！想瞎了她的心！"

王氏听秦氏的口风和宋柯的分毫不差，不由倒抽一口冷气。在她心里秦氏乃是她见过的第一聪明人，忙一叠声道："嫂子说的怎和柯儿说的一样？那此事该如何？要不……要不嫂子赶紧把那小蹄子赶出去罢。"

秦氏摇了摇头："如此赶出去显得林家不厚道，反倒落人口实。况且赶她要立什么名目？到底快要嫁人，不能把她的名声毁了。做人留一线，她没把咱们逼到死路，我们倒不至于治她。"

宋柯听了这番话，不禁侧目，暗想："都说这秦氏是个女中豪杰，单凭这番话便知道她是有些心胸见地的。"

紧接着秦氏表情一肃："可这事也不能轻轻放过，否则她以为林家是软柿子，能让她随便拿捏？我先前给她几场雷霆暴雨，想来是没管什么用，她还真算得上皮糙肉厚。"

王氏巴不得秦氏发威，连忙点头应和道："大嫂你快些拿出个章程，她这么张狂，竟敢打我们亭哥儿的主意，万一真闹出什么事，我怎有脸见我们老爷，更没脸见老太爷、老太太了。我只有亭哥儿一个儿，他真被那个母夜叉赖上了，一辈子可就毁了……"

秦氏笑着拍了拍王氏的手，凝神想了一回，问宋柯道："那个罗雪坞的小丫头还说什么了没有？"

宋柯道："别的就没再说了，她只说她是林家的丫头，心到底是向着林家的。"

秦氏点了点头，对王氏低声道："回头你打发个信得过的丫鬟，悄悄找那个叫香兰的去，给她塞点儿好处，让她盯着曹丽环，有个风吹草动就赶紧把信儿送过来。"

王氏连连点头。

秦氏又说："旁的事你就别管了，从今儿起，让亭哥儿先搬到离园子远些的屋子住罢。"

王氏忙道:"我正有这个打算,让亭儿先搬去跟柯儿一起住,两人在一处读书,也好有个照应。"

秦氏笑了笑,捧起茶碗,眼风扫了扫宋柯,喝了一口,慢条斯理地说:"柯哥儿是个上进的好孩子,亭儿跟他一起学,断然错不了。只是秋闱也快近了,柯哥儿还得多帮衬帮衬你表兄,让他少逛园子,多在屋里用功罢。"顿了顿又说,"虽说檀儿、绫姐儿是你的正经妹妹,你可要把纨姐儿、绮姐儿和绣姐儿也都当成亲姐妹看,将来你要出息了,还要多多照拂着才是。"

宋柯脸色微变,旋即又微笑起来:"这自然,我向来都把几位姐姐妹妹当成亲的看待,况姨妈又特地请了有名的大儒来教习,我跟修弘自然要苦读一番,闭门不出了。"

这两人在打哑谜,三言两语间就各自表明心迹,王氏却浑然不觉,对宋柯笑呵呵说:"幸亏你这孩子机灵,保全了亭哥儿就是保全了我,我得好好谢你。"

"姨妈谈'谢'字就生分了。"宋柯说着起身作揖,风度翩翩,眸子如同黑玉一般,俊雅的笑容连秦、王两人都看得有些怔。

王氏心想着:柯儿聪明伶俐,也厚道上进,若不是家世差了些,我就把绫儿许配给他了。

秦氏则暗想:"绮姐儿是我的心尖肉,这宋柯倒是配得起她,只是太过老练,野心又大,绮姐儿到底耍不过他的手段,齐大非偶。宋柯只怕看不上庶出的绣姐儿。可惜了这样的品貌,日后也是有一番前程的,却做不得林家的女婿。"

待王氏和宋柯走了,秦氏靠在闪缎葵花蕉叶引枕上,忽然说了一句:"人走了,出来罢。"

里屋门帘一掀,林东绮走了出来,眼眶有点儿红,低着头不说话。秦氏拍拍身边的椅子让她坐下,也不说话,只是喝茶,过了好一会儿才说:"方才的话你都听见了?"

林东绮只垂着头不吭声。

秦氏悠悠道:"我知道你百般对宋檀钗好是什么意思,知女莫若母,若无所求,你不必天天放下身段哄宋檀钗高兴。你纵然大方,也断没有把老太太赏你那根金镶珠宝花簪送人的道理。你听说宋柯的腰带少一颗红玛瑙珠子,便拆了一支半翅蝶金步摇上的玛瑙镶宝,让宋檀钗拿给她哥哥。那步摇是一对,也是我的陪嫁,你喜欢得跟什么似的,我才给了你,你平时都舍不得戴,如今为个男人,倒真舍得了。"

林东绮只觉着自己一腔小女儿心事都被母亲看透,又羞愧又难堪,哀哀叫了一声"母亲",眼泪已滴了下来。

秦氏握了林东绮的手，说："孩子，断了这个念想罢，啊。"

林东绮泪流满面，忽然哽咽着说了一句："我有哪儿配不上他？还是母亲看不起他家如今落魄？……"

秦氏打断道："我从不敢看不起他，宋柯这孩子身上就带着一股子上进争强的劲头，以后断然不会错的，可他心思太深。你以为他为何频频出入咱们林家，又把他妹子送进来？明明绫姐儿才是他家最正经的亲戚，宋檀钗却跟你住一起，你甭跟我说是你硬留她住的，宋檀钗是个有脑子的，倘若不是她愿意，你也留不住。"秦氏叹一口气，"绮儿，宋柯的容貌、才学虽然好，可说来说去也不算上乘之选，我最不喜他摸不清、猜不透的性子，瞧不出他到底品性如何……他到底是个聪明人，今天我只点化几句，他居然完全明了了。"

林东绮泪眼蒙眬，秦氏说了什么话，她都听不进。她情窦初开便遇上宋柯，心里偷着比较，只觉得见过的兄弟当中，没有一个比得上他。她倾慕他的风采和才华，又听林锦亭说，自从宋柯的父亲去世，他便一肩承担了家业，打理商铺、田产，没有一项不精通的，闲暇时只一门心思地用功读书，她心里便更添了几分爱慕。今日秦氏的话仿佛一盆冷水，兜头浇她透心凉，可就这么割舍情思，她心中委实舍不得，一怔一愣间，眼泪又从腮边滚落下来。

秦氏见她说了许久，林东绮都毫无回应，不由变了脸色，厉声说："林东绮！今日我便明明白白告诉你，宋柯的事到此为止，从今往后你给我好好待在闺阁里，不准瞎了心想那没羞没臊的事！我已给你和绣姐儿打听了几户人家，过几日我就把这几家女眷请来，若是看着好，等出了曾老太太的孝期便议亲！你可听明白了？"

林东绮自幼畏惧母亲，闻言纵然心里有天大的委屈不愿，也只得含着泪点头，回去却抱着枕头哭了一宿。

且说王氏回了房，心里还是不安定，急急忙忙命人去收拾林锦亭的行李，当晚就打发他去宋柯家住。

王氏的心腹婆子钱嬷嬷低声说："如今也好，哥儿出去避避，等大房整治了那小贱蹄子，哥儿再回来也不迟。"

"你再嘱咐素菊，一定要多带两套衣裳，还有亭哥儿平常喜欢吃的几样点心，都多包几包。"王氏大声吩咐了几句，听见外头丫鬟应声，才松了口气，靠在贵妃榻上，揉了揉太阳穴，"嬷嬷说的我自然省得。可有这档子事，到底觉着堵心。"

钱嬷嬷说："柯哥儿读书好，是个好孩子，太太有什么不放心的？我瞧着他跟咱们绫姐儿倒是般配，玩笑一句，要是真成了亲家，倒是亲上加亲了。"

王氏满不在乎地摆摆手："柯儿是不错，可家道落魄了。虽然有句俗话'瘦死的骆驼比马大'，可绫姐儿打小富贵堆里长起来的，身边伺候的丫头都没少过八个，让我的心肝儿跟着宋家吃苦，我可舍不得。"

钱嬷嬷叹一口气，自家主子的眼皮子永远这么浅，但凡有秦氏一两分聪明，这些年也不至于明里暗里吃这么多亏："柯哥儿是个上进的，明年要是春闱中了……"

"中了又如何？没人提携，没银子活动，兴许连个缺都轮不上。"王氏摇摇头，"钱嬷嬷，这事别再提了。柯儿是个好孩子，回头我替他多留意留意别家的小姐，我们家绫姐儿跟他吃不起这个苦。"

钱嬷嬷说："既然太太是这个意思，我就不说什么了。只是绫姐儿慢慢大了，倒是有自己的念想，这几天一直缠着她哥哥问柯哥儿的事，整天往卧云院跑，惦着能碰见柯哥儿，还说要好好学一学针线，给柯哥儿做双鞋。前儿个我还听她抱怨说在孝期里穿不得鲜艳衣裳，要打一套时鲜花样的银器。"

"哎哟我的小祖宗。"王氏差点儿跳起来，"你说你说，这闺女、儿子怎的一个让我省心的都没有？！"

钱嬷嬷说："太太少安毋躁，只是绫姐儿有这个心思，太太要心里有数。"说着不放心地看了看王氏。她这位主子做事颠三倒四，不该着急忙慌的时候反倒风风火火，该快些办的事反倒磨磨叽叽，这些年全赖身边几个忠仆提点，所以她跟王氏说"心里有数"，也不知这王氏心里到底有数没有。

王氏又去揉脑袋，命珊瑚给她拿一丸清心的药。药丸子揉开蜡，将吞未吞的工夫，林东绫掀开帘子"噔"地跑了进来。林东绫四下寻找打量，从厅里找到里屋，又去掀次间的帘子。

王氏正有气，把半丸药放进嘴里，含糊问："你找什么呢？"

林东绫性子似王氏，风风火火："奕飞哥哥呢？我刚进院儿的时候就听丫头们说奕飞哥哥来了，这会子人呢？"

自从她听说几个堂姐妹叫宋柯"宋哥哥"之后，心里便不乐意，琢磨着自己要有个与众不同的称呼，最好显得更亲近的，于是便直呼宋柯的表字，称之"奕飞哥哥"。

王氏听见"奕飞哥哥"这四个字，药丸子差点儿卡在喉咙里，大声咳嗽起来。钱嬷嬷急忙给王氏顺气，看着林东绫说："宋少爷已经走了。"

林东绫嘟着嘴说："早知道不回去换衣裳了，没准儿就碰见他了。"

王氏差点儿没背过气去，怒道："你是大家小姐出身，怎能这般没脸地惦记一个男人？我就是这么教你的？"

林东绫翻了个白眼，嘟嘟囔囔说："奕飞哥哥又不是外人，我惦记他有什么不对的？"

王氏烦躁地站了起来，走上前在林东绫的额上戳了几记，咬着牙说："死丫头，这话传出去你还做不做人了？宋柯就算是你表哥，可也是个外男，你们年纪渐渐大了，我已让亭哥儿搬到外院去住，日后不准你再跟宋柯见面。若是宋柯到府里，不准你再往跟前去！否则我就告诉你爹！"

林东绫大惊，完全没在意王氏说不准她再见宋柯的话，只想到若林锦亭搬到外院，自个儿跟宋柯便再难见面了，不由着急道："哥哥不是在卧云院住得好好的么？为什么要搬？"

钱嬷嬷说道："哥儿年纪大了，搬到离园子远些的地方住也是正理。"

林东绫正在气头上，倏地瞪圆了一双眼，指着钱嬷嬷骂道："你给我闭嘴！我跟我娘说话，哪有你插嘴的余地？！"

钱嬷嬷呆了。

王氏怒火上涌，搡了林东绫一把，骂道："打你的嘴！连你哥哥都恭敬着钱嬷嬷，你再敢说这样的话就家法伺候！"

看见林东绫穿着簇新的金蓝线刺绣的菊花素缎裙，里头的中衣却悄悄穿了玫红的，露出一痕绣花领子，用白色一衬，显得愈发娇艳，头上是镶宝的银簪、银钗，脸上妖妖娆娆地用了脂粉，王氏更是气不打一处来，指着林东绫骂道："这还是在你曾祖母的孝期里，你瞧瞧你这是什么打扮？穿红戴绿、搽脂抹粉，你是要成精了，说出去别人还不戳你脊梁骨！"

王氏是慈母心肠，对幼女诸多溺爱，加之是软性子，教导子女向来雷声大雨点小，林东绫忤逆惯了，哪里会怕她？

王氏方才那番话仿佛对牛弹琴，林东绫只管扯着她的袖子着急道："娘，你怎么能让哥哥搬走？他走了，奕飞哥哥怎么会到咱们府里来？"

王氏狠狠地甩开林东绫的手，林东绫仍不死心地拽住，脸上飞起两片红云，忍着羞意说："娘，奕飞哥哥他……他是极好的，才学品貌，哪一项不是个尖儿？姨母又喜欢我，奕飞哥哥待我也好，我……我……"

"'你''你''你'，'你'什么'你'？你是不是想气死我？"王氏指着林东绫气得差点儿说不出话，"我告诉你，宋柯只是你的表哥，你那些见不得人的心思赶紧给我收收！"

林东绫大怒，撒着狠跺脚怒道："我就知道！我就知道！你们都嫌弃他家里如今穷了，所以看不上他！你们都是嫌贫爱富的势利眼！"

钱嬷嬷大声呵斥道："住口！绫姐儿怎能如此忤逆长辈？！"

林东绫冷笑道："怎的？被我说中了就恼羞成怒了？我万没想到，娘竟然也会俗气成这样，心思只盯在对方家财上。"

王氏给气得脸一阵红一阵白。她本就不是口舌凌厉之人，听了这话，眼泪便掉了下来，正要举帕子擦，便听门口一声怒喝道："孽障！你这说的都是什么混账话？！"

紧接着有个人一阵风似的从门口冲进来，对着林东绫就是一巴掌，更指着骂道："再敢这样丢人现眼，看我不打折你的腿！"

王氏见来人是林二老爷林长敏，不由大吃一惊。

林东绫也怔了。她向来最惧怕父亲，此刻顿时没了气焰，捂着腮帮子呆呆地站着，只觉得脸上火辣辣的，眼泪便流了下来。

林长敏瞪着眼，黝黑的脸隐隐气出一层暗红颜色，骂道："婚姻大事自古是父母做主，你是堂堂千金小姐，竟然上赶着倒贴去找男人，传扬出去还不让人笑掉大牙？！我还不如打死你个孽障干净！"说着轮圆胳膊再打。

林东绫下意识侧身闪躲，王氏急了，一把抱住林长敏的胳膊，跪着哭道："老爷保重身子，绫姐儿身子骨娇弱，还是别打了罢！"

林长敏一把推开王氏，指着又骂："还有你，无知蠢妇！你平时就是这么教导我女儿的？教得她比窑子里的粉头还没脸没皮！"

王氏一口气窝在喉咙里，又"呜呜"地哭了起来。

林长敏方才在外面吃了酒，回家时在屋外听到房中动静，在门口站了半晌，前因后果已大致明白了八九分。他本就不喜欢王氏，如今知道这些由头便更加厌烦，又抡起胳膊"啪"地打了王氏一记，暴喝道："这就是你娘家的好亲戚，好哇，来到我们林家打秋风，还要拐带我女儿！天杀的小王八蛋，赶明儿个让他收拾东西滚蛋！"

他瞪圆了双眼，指着王氏吼道："你就是老林家的祸根！自从我娶了你，没有过过一天安生日子！你再生出幺蛾子，我就休你这混账娘们下堂！"

王氏又委屈又羞恨，将头埋在罗汉床上的引枕里，号啕大哭起来。

林东绫却已经吓傻了，方才飞扬跋扈的劲头一丝都不见了，捂着脸呆呆地站在角落里。

林长敏闹了一通，酒醒了大半。他回来不过是取些银子跟外头人耍钱，哼一声进了屋里，径自从王氏的妆台抽屉里取了五两银子，临走时又指着林东绫骂道："我告诉你，我早已给你相好了人家，是桩上等的体面姻缘，再让我知道你有别的心思，我就生撕了你！"说完一摔帘子走了。

王氏还伏在床上大哭，钱嬷嬷劝了几句，见王氏没有好转，便走到林东绫跟前，把她拉到角落里，深深叹了一口气，去拉林东绫捂着腮帮的手："姐儿让我看看打得重不重，若重了，赶紧上些化瘀的药。"

林东绫只觉着自己丢了脸，只是哭，倔强地捂着腮，不肯把手放下来。

钱嬷嬷说道："绫姐儿，别怪我这老婆子多嘴，咱们太太的处境你是知道的，你又何苦任性让她再受委屈？你快跟太太认个错罢。"

林东绫此刻心里只有林长敏说的那句"我早已给你相好了人家"，又惊又怕，方才被林长敏打了耳刮子，心里又重新恨上来，哪有心思管王氏哭不哭死，哭喊了一句："你们都想逼死我！"跺了跺脚，捂着脸便跑了出去。

钱嬷嬷连忙命个小丫头跟在后头追了出去，只得转回来安慰王氏，低声说："太太别难过，老爷今儿个只不过是灌了几两黄汤使了脾气，往日里……往日里他也不是这般……"说着说着，钱嬷嬷觉得这话自己都不信，便住了嘴。

王氏哭得打嗝，好一阵才平静些，流着泪说："绫姐儿怎这般不让我省心？我原先只觉得她是个小孩子，就娇惯些，如今才发觉她大了，竟这般让我寒心……"说着又"呜呜"地哭了起来。

钱嬷嬷再三摇头，拍着王氏的后背给她顺气："姐儿还是年纪小，太太好好教导，她便知道太太的苦心了。"

王氏摇了摇头，又掉了几滴泪，过了好半晌才吩咐："方才老爷打了绫姐儿，她这会子心里肯定不痛快，告诉厨房，待会儿做几样绫姐儿爱吃的点心。上回我记得她想做几身鲜明衣裳，我柜里还有匹雪缎，回头打发人给她送去。"

钱嬷嬷不由又叹气。王氏每回都这般，教训林东绫之后，又百般怕孩子受了委屈，赶紧送东西过去抚慰，过不久便又做小伏低地纵容溺爱，便叫原先那一番教训付诸东流了。

第五章

毒计陷危难

红泥小火炉上正烫着一只青花白玉瓷壶,隐隐有酒香从壶里飘出。香兰拿着把小扇守在炉边,偶尔掏出帕子擦擦额上的汗。

刘婆子轻手轻脚地走进来,提着鼻子闻了闻,道:"我说怎么有股酒香,原来是你这儿。"

香兰朝外头努了努嘴,小声说:"环姑娘请大奶奶过来用饭,添了半两银子让厨房做点儿菜肴,让我给烫壶酒。"

刘婆子哼道:"才半两银子,打发别人便罢了,大奶奶哪看得上这个?听说她前阵子吃的八宝珍圆,一筷子夹上来的吃食就值一两银子,大奶奶不过吃了三筷子就嫌腻,赏了底下几个丫头吃了。"

一筷子的吃食就能值一两银子?香兰吐了吐舌头,即便前世在沈家都不曾这般奢侈过。她心里默默感叹赵月婵太过挥霍,手脚却麻利,把烫好的酒取出放在托盘上。看见刘婆子馋嘴的模样,不由抿嘴一笑,悄悄拿了个白瓷小酒盅,倒出来一杯,塞到刘婆子手里说:"嬷嬷拿去吃,可别叫人瞧见了。"

刘婆子笑眯了眼:"可这酒少了……"

"就这么一丁点儿,瞧不出来。"香兰端起托盘起身到厅里去。

八仙桌上摆着四个凉菜、八个热菜,鸡鸭鱼肉一应俱全。曹丽环正倾身跟赵月婵小声说着什么,赵月婵垂头听着,脸上却带出一丝不耐烦的神色,大声打断道:"你说得轻巧,事情哪有这么简单的?你想住拢翠居?那处虽然空着,原本也不是什么紧要的地方,可离卧云院太近,太太怎么可能让你搬过去?"

"怎么不行?罗雪坞太偏了,拢翠居正好,有一片好景致,跟嫂子的知春馆也更近些,咱们走动起来便更方便了。"

"不行,不行。"赵月婵烦躁地挥了挥手,"我可做不了这个主。"曹丽环想住哪儿她才不想管,若不是看在曹丽环送了那一匣宝石金簪的分儿上,她都不想来。

香兰讽刺地翘了翘嘴角。

这表姑娘为了林锦亭还真是煞费苦心,竟然都打起搬家的主意了。

香兰小心翼翼地把酒壶放在桌上,却放慢脚步退下。

曹丽环殷勤地举起壶亲手给赵月婵斟酒,脸上带着柔和的笑意:"这点儿小事嫂子怎么就做不得主了?就说我这罗雪坞该修葺修葺,想让我挪去拢翠居住一住。我绝忘不了嫂子的好处,跟那匣子金簪配的还有旁的首饰,也嵌着宝石的……"

赵月婵淡淡地看了曹丽环一眼,把酒盅举到嘴边抿了一口,想了想说:"这样,园子里空着的还有一处山月阁,不如……"

曹丽环截断说:"我就喜欢拢翠居那头雅致。"

赵月婵狐疑地看着曹丽环的脸:"你怎的就瞧上拢翠居了?那处房子也不大,旁边除了一片竹林子,也没什么特别的……"脑中电光石火,失声说,"难不成你真惦着卧云……"

曹丽环见赵月婵想到了,便也不遮掩,给赵月婵满上酒,脸色微红,淡淡道:"嫂子管我打什么主意?就只管给我句痛快话,我倒是能不能搬过去?若事成了,我哥哥的差事便不必再谋了,我再孝敬嫂子一对镶着红宝石的耳坠子。"

赵月婵咂了咂嘴,脊背靠在椅背上,拿着帕子往怀里扇着风,看着曹丽环笑了起来:"你这小蹄子倒是狼子野心,这么大一块油糕你吞得下去?也不怕撑破了肚皮。"

"这年头不过是撑死胆大的,饿死胆小的,就算死也得做个饱死鬼。嫂子便说帮不帮罢。"

赵月婵微微沉吟,刚要开口,就听外头有人说:"大房太太来了。"

说话间,秦氏已提了裙子走上台阶。

香兰忙打起帘子,秦氏走进来便愣了愣,看看桌上的菜肴,又看看站立在八仙桌后的两人,嘴角勾了勾:"哟,你们这儿倒是热闹。"

赵月婵见了秦氏便有几分怵,连忙上前搀扶秦氏的胳膊,赔笑说:"不过是得了闲跟表妹说说话,中午顺便用了点儿饭。"

曹丽环也连忙过来请安,笑着说:"表舅母怎么来了?"又高声张罗,"快,再添一副碗筷,告诉厨房再做几个菜……"

秦氏在上位上一坐，整着衣裙说："不必了。我今天来也没心思吃。"

曹丽环心里一沉，跟赵月婵对了个眼神。赵月婵何等机灵，听秦氏口风不对，连忙低眉顺眼地站在秦氏身后，不再说话了。

曹丽环做贼心虚，忙不迭地端茶倒水，亲手奉茶。

秦氏也不看她，只吩咐了一声："把门口都给我把严了，人给我带上来！"

门口进来几个粗手粗脚的婆子，带上来三个人。

香兰躲在隔断后头探头一瞧，有两个她是认得的，一个是厨房烧火的吴三家的，一个是看园子的冯双家的，还有一个看着十五六岁，穿着玉色小袄儿，是寻常丫头装扮。这三人个个瑟缩着肩膀，跪倒在秦氏跟前。

曹丽环一见这三个人，脸上立时没了血色。

秦氏淡淡地看了她一眼，挺直了背："这些天总有些不干不净的风吹到我的耳朵里，原先我以为不过是几个丫头仆妇闲来没事嚼蛆垫牙，没想到竟是几个黑心下流坯子存心祸害主子的名声！"扭头看着曹丽环说："环儿，这事还与你有关，听说这三个人平素跟你身边的卉儿走得近，我特意带这几个人来让你瞧瞧，什么叫知人知面不知心。"

曹丽环白着脸抿着嘴说不出话。吴三家的却开嗓号上了："太太，太太明鉴哪，我是受了卉儿那个小蹄子的指使，才往外传的闲话！"

她这一号，冯双家的和那个丫鬟也禁不住哭了，秦氏淡淡说："她是受了指使，你们两个呢？"

冯双家的咬了咬牙说："那天老奴看见三爷跟环姑娘在园子里遇见了，两个人不过见了个礼，寒暄了两句，卉儿给了我一根金簪子，让我说自个儿瞧见三爷跟环姑娘一块儿在园子里散步说笑……老奴……老奴……"

那丫鬟已经哭得上气不接下气，只一味求饶。秦氏眉眼一立，厉声说："谁是卉儿？出来！"

卉儿打着战走上前，腿一软就跪在了地上。秦氏一打量，见是个姿色寻常有些胖的丫鬟，身上穿黑色缂丝小褂，底下是银白素缎裙子，脖子上挂着小金锁的项链，手腕子上一对细细的金镯，描眉打鬓，隐隐赶得上小姐们的穿戴，一见便知是个得势的奴才。

秦氏冷笑一声："你可是个好丫头！听说你没少给这三个人塞金子、银子，想方设法地算计三爷呢。说！是谁主使的？！"

卉儿吓得手脚冰凉，抬头看了曹丽环一眼，见曹丽环面无表情，也不看她，低下头暗想："横竖我不是林家的丫头，林家也不能把我怎么样，我若是说出这事是姑娘让我干的，才是死无葬身之地。"便"砰砰"磕头说："这都是我不对，是我瞎了心要这么做，与旁人无关！还求太太饶命，求姑娘饶命。"

曹丽环听卉儿这么一说，悬着的心慢慢放了下来。

秦氏冷笑道："你自己要这么干？为什么？再说，谁给你的金银首饰？你一个丫头，能有这些东西？"

卉儿连连磕头："我是管首饰的，东西……是我偷拿的……我……"

曹丽环咬牙，出声道："卉儿是我的丫鬟，办错了事，我自然会管教，给表舅母一个交代。"

秦氏目光凛冽，直直朝曹丽环望了过来，一拍桌子，指着身边的赵月婵说："你，去给我啐她！教教她什么是小姐的规矩！"

赵月婵立刻上前，狠狠啐了曹丽环一口，骂道："你给我跪下！长辈在上头教训下人，哪里有你插嘴的份儿？亏你还是大家小姐，哪有一点儿气度？没见着我都屏声静气地听着？卉儿是你的丫头，你管教不严，太太没来骂你，你倒长了精！"

曹丽环哪里吃过这个亏，心里恨得翻江倒海，却不敢再犟嘴，乖乖地跪了下来。秦氏捧起茶杯，缓缓喝了一口，说："卉儿虽说是你的丫鬟，却黑了心要坏我林家子孙的名声。她是受谁指使，怎么会有贿赂的钱银，你们自个儿心里最清楚，我不说破，是给你们留脸……"

曹丽环这厢再忍不住，"噌"地站了起来，高声喝道："表舅母的意思是，卉儿这么做都是我指使的？表舅母这么说可有什么证据？"

秦氏一怔，怒得一拍长案，她身边的韩嬷嬷便走上来，抡圆了胳膊狠狠打了曹丽环一记耳光，骂道："顶撞长辈，目无尊长，竟然质问起太太来了！再说一句，撕烂你的嘴！"冷笑地看着曹丽环说："别说你是个表小姐，就连当初楼哥儿我也打过，要不服，就去找老太太、老太爷！莫非你爹娘没教过你规矩？"

秦氏高声说："如今你年纪大了，生了别的乱七八糟的心思，又要护着你身边的丫头，听不进我说的话也就算了，只是你再住园子里就不合宜了，打今儿起搬出去。你愿意回你哥哥那里，我们备好马车送你回去；不愿意回，府后头西侧还空着间房，但从今往后，你不准再往园子里头来！待会儿就去收拾东西吧！"接着，又看着卉儿，连连冷笑："就算你不是林家的丫头，可下黑心作践我们家三爷的名声，也最是可恶，今儿我还非要管管你了！"看了看身边的大丫头红笺。

红笺会意，扬声道："把卉儿给我拉到二门外，打三十板子！脱了裤子打！"

这一句"脱了裤子打"，生生把卉儿的魂都吓飞了。二门外，那是小厮长随走动的地方，她被脱了裤子打板子，等于所有的体面和脸面都不复存在，这一生都别想嫁个好人家了，不禁大声哭喊道："我错了！我错了太太！饶了我吧！姑娘……姑娘救救我……"话还没说完，便被几个婆子架出去了。

屋里静得连根针落在地上都听得到，秦氏转回身来，又看了红笺一眼，红笺点了点头，看着堂下跪着的三个下人，说："吴三家的，革三个月银米，降到二门上看门子，掌嘴三十；冯双家的，革三个月银米，从今往后去守园子西门，掌嘴三十。"又看了看那个浑身瑟缩的丫头："思巧，你是三爷身边的丫头，竟然也做这等背主的事，府里是容不得你了，既然你一心向着别人，不如从今往后你就跟着环姑娘当差，过会儿就把你的卖身契送来，拖出去打十个板子，回去收拾东西吧。"

思巧放声大哭："太太，太太您发发慈悲，别赶我走，我这次是被猪油蒙了心……"哭着被几个仆妇拖下去了。

秦氏端坐如钟："罗雪坞里平常都还有谁伺候？"

香兰闻言，连忙从里屋出来，跪在秦氏跟前，怀蕊跟刘婆子也都在秦氏跟前跪了。秦氏上下打量，一一问她们叫什么名字，当差多久了，严厉训诫呵斥了一番，若她们"敢挑唆主子学坏，就打断双腿"等语。最后她看着站得直挺挺的曹丽环，轻声说："你自己从今往后好自为之。"说罢起身带着人走了。

香兰被秦氏雷厉风行的手段惊了半晌，暗想："秦氏倒是厉害，也不审问，直接就坐实了曹丽环指使婢女乱传谣言的罪名，今天来就是为了杀鸡儆猴，直接警示给曹丽环看的。若曹丽环是个聪明人，从今往后收起那点儿小心思，还能平平安安地出阁，如若不然……"正想着，却听见一阵"丁零当啷"声，曹丽环把桌上的茗碗一股脑儿地扫到了桌子底下，狠狠骂道："老不死的！迟早要把你千刀万剐！"

香兰垂着头默默地进了屋，秦氏这一番敲打动作可能是对牛弹琴，曹丽环平常在家里也口放狂言"我管你什么太太奶奶，欺负到我头上，让我过得不舒坦了，我就让你好看！"。这样死不悔改、有仇必报的性子，还指不定要闹出什么风浪来。

秦氏命曹丽环搬家，因卉儿挨打倒床不起，曹丽环只好亲手收拾贵重细软等物，原想顺手揣几样罗雪坞里值钱的东西走，却没想到韩嬷嬷亲自带人过来，拿着簿子清点罗雪坞的各色玩器家具。

曹丽环心头暗恨，却做出光明磊落的模样，对香兰说："姓秦的老不死的真是脏心烂肺，我是什么人？我可是顶有风骨的，猫的狗的事儿才不屑做，就算饿死在大街上，也不拿他们家的一毛线头！"

香兰低着头冷笑着出去了，刘婆子扯了扯香兰的袖子说道："她搬出罗雪坞，我今后算是清闲了，横竖我的差事是看罗雪坞院子的，她去哪儿跟我没关系，倒是你，还要受她的气。"

香兰笑了笑说："也受不了多久了，最多半年，她就该嫁出去了。"

曹丽环原本常常抱怨罗雪坞狭小，但与新搬的这处屋子比，罗雪坞便是富丽堂皇了。府西侧这一处院子极小，房子也是半旧的，虽重新糊了纱窗也曾修葺过，但仍然不鲜亮。屋里的家具也是旧式的，若不是熏着香，就能闻出隐隐散发的霉味儿。

曹丽环的脸色黑得如锅底一般，香兰和怀蕊只埋头收拾东西，一句话都不多说，偏这会子思巧被人搀扶着到曹丽环处行礼。

曹丽环看看思巧，见她姿容平淡，不是个机灵模样，便不太欢喜，再一问，原来思巧是外头买来的，家里人都快死绝了，不由得咬牙暗恨，心说："原本想着出阁的时候身边的丫头太少，找林家开口讨一个，最好是怀蕊，她爷爷老子管着铺子，是个有油水榨的，顶不济香兰也凑合，活计好，任劳任怨好摆弄，不承想被塞个什么都指望不上的小蹄子。听卉儿说思巧上手的活计没一样能成的，又是个傻透了的，真是糟心！"眼皮都没抬，三两下就把思巧打发回屋了。

香兰收拾了曹丽环住的寝室，又转回到自己住的小屋里，进门便看见思巧正伏在床上呻吟。香兰两三步走上前一瞧，只见思巧面色惨淡，头上密密麻麻的一层细密的汗珠，嘴唇干得起皮。

香兰暗自叹了一声，转身去倒了一杯水，回来轻声说："喝点儿水罢，刚搬过来，还没有热的，等过会子我烧上一壶，给你泡些热茶喝。"

思巧小声说："有水便好了。"挣扎起来灌了一大杯。

香兰轻手轻脚地褪下思巧的裤子一看，只见臀部一道青一道紫，渗出血丝，高高肿了一片，不由得"哎呀"一声，心想这回可是下了重手了，若是再重一点儿，恐怕就要伤筋动骨，搞不好日后思巧要成个瘸子。

思巧带着哭腔说："我……我的伤怎样了？"

香兰安慰说："没什么，只是皮肉伤，等上了药好好休息几天就好了。你等等，我去拿药给你。"摸到曹丽环房里，偷偷拿了半瓶卉儿涂剩的药油，轻轻涂在思巧的臀上。

思巧不断呻吟，双手狠狠掐着枕头，疼得嘴唇发白，汗珠子成串地滚了下来。香兰一向心软，见了愈发怜悯起来，说："你忍着些，待会儿药性散开就没事了。"

思巧半天没吭声，香兰搽好了药，起身出去的时候，才发觉她早已泪流满面，泪珠都打落在枕头上，湿了一大片，只是咬着唇，不肯出声。香兰叹了口气，重新坐回去，道："你……你日后警醒些罢，环姑娘是个精明的，日后你谨言慎行，埋头做活儿，也差不到哪儿去。"

思巧"呜呜"哭道："都怨我，要不是贪那对银镯子，心里觉得不过跟着附和几句没轻没重的话，谁知道竟然落到这步田地了……"

香兰再三摇头，压低声音说："主子们的闲话哪是能乱传的？"

思巧含着泪说："我如今知道，却也晚了……"

香兰劝了几句，见思巧还在淌泪，只得提着水桶出来打水。出了院拐两道弯便有一口水井，香兰吃力地把桶从井里摇上来，忽觉得手上一轻，扭头一瞧，正看见宋柯站在她背后，伸出手来帮她摇水，对她微微一笑，眉目光辉尽生，暗含风月婉约。

香兰吃了一惊，手一松往后退了两步，宋柯的手也松了，那水桶便"扑通"一声掉入井中去了。

香兰又往后退了两步，虽然宋柯常常在笑，但方才那笑容十分不同，就仿佛……仿佛……她前世的丈夫萧杭……萧杭笑起来也是这般，嘴角微微向上勾起，眼睛上扬。他原有些严肃，只在闺房里才会展露这样的笑容，眼角眉梢都含着温情——她原是最爱看萧杭笑的，在新婚的夜里，他挑开她的盖头，她抬起头，撞入双眼的就是这样的笑颜。

如今虽是不同的人，但那笑容极其熟悉，好像她的丈夫死而复生，就这样站在她跟前。

宋柯自从见香兰第一眼，便觉得这女孩有说不出的熟稔，让他忍不住想再靠得近些。香兰的眼睛极美，仿佛两颗玛瑙，但最美的是眼中蕴着的神韵，像两汪深潭，看久了就能让人溺在当中拔不出魂魄来。

宋柯还记得，在自己前世病入膏肓的时候，他的妻子沈氏就有这样的双眼，她坚定地看着他，一遍一遍地跟他说："你的病一定能好，再忍耐些，等过了这座山，就能给你找来最好的郎中！"

两人便站在井边对望着。宋柯觉着胸口的那颗心开始乱蹦。

他知道自己不该这么直瞪瞪地盯着人家看，勉强将目光移开，转过身默默地摇动绳索，帮香兰把水提了上来。

香兰稳了稳心神，心里暗暗啐了一口：陈香兰，快醒醒你的白日梦罢！萧杭他……他早已变成一抔黄土了，眼前这个是表少爷宋柯，你可莫要搞错了身份！

当下便敛了敛衣裙，福了福身说："谢谢表少爷。"说着便去提水。

宋柯却挡住，说："水桶太沉，我帮你拎罢。"

香兰急忙去抢，说："这怎么使得！"

宋柯却执意将水桶拎了起来，对香兰道："走罢，我就替你拎一段路。"说着紧走两步，又回过头对香兰笑了笑，"早就和你说过了，心里过意不去便做个装文房四宝的套子来谢我罢。"

香兰看着他的笑容，心里不知为何涌出一股热流。

这个少年举手投足与萧杭太相像，像得让她想起前世最纯美恬淡的年华，那时她和萧杭新婚宴尔，恩爱正浓，一同吟诗作对，簪花斗草，形影不离，即便流放发配，也相濡以沫，生死相守。而转世之后的生活，早已湮没了往日高洁优雅的贵女沈嘉兰,她如今被碾落在微尘里,挣扎着求生,艰涩的岁月已经让她有些疲惫。宋柯身上有她贪恋的影子,可他是高高在上的少爷,她却是个卑微的小丫头。

香兰垂着头跟在宋柯身后,拐过一道弯,轻声说:"就送到这儿罢,奴婢谢谢宋大爷。"

宋柯因她生疏的态度微微皱了皱眉头,却也知不便再送,便将桶放了下来,嘴唇动了动,又不知该说些什么,只得看着香兰费力拖着水桶一步一挪地走远。

香兰回到小院里,曹丽环叫着要水洗漱早已不耐烦了。

香兰把热水壶放到炉子上,却有些心不在焉,等水烧开了,先给曹丽环端了一盆热水,又沏了一壶热茶送到曹丽环寝室,然后才将剩下的水拿回房,拧了热毛巾给思巧擦脸,又找了药丸帮其服下。

思巧口中仍絮絮叨叨地说自己后悔云云,香兰劝了两句,又提点了些在曹丽环跟前伺候的事项,思巧立时便将香兰当成知心的人,一口一个"妹妹"地喊着,带出亲热的意思来。

待用过午饭,思巧便沉沉睡了。香兰从包袱里把宋柯送她的绿玉青蛙找了出来,托在手心里看了好久,又默默地放了回去。

曹丽环自搬了地方,心里十分不痛快,每日都要跟卉儿关起门来大骂秦氏几回,怒上心头便拿香兰煞性子,又不咸不淡地说思巧:"也不知是装的还是真没好,天天在床上挺尸,比当主子的还享福,合着我这儿又多供出来一位奶奶,好大的谱儿!"

思巧听了,只得忍着痛起来,一瘸一拐地夫伺候。曹丽环又嫌她在跟前笨手笨脚,让她去做针线。思巧手笨,常常一天还绣不好一朵花,免不了又要挨骂。香兰心里怜悯,得了闲儿便帮她做做活儿。

思巧绣着绣着,眼泪便"吧嗒吧嗒"地滚了下来,香兰立刻捅了捅她,低声说:"哭什么呢?泪再溅到衣料子上,那个母夜叉还不生吞了你?赶紧把眼泪收收,你委屈什么?大家都是这样熬。你欢欢喜喜也是一天,愁眉苦脸也是一天,自己可要想开点儿。"

思巧用袖子擦眼泪,呜咽着说:"我觉着我熬不住……"

香兰斩钉截铁道:"熬不住也得熬着,难不成还把自己吊死?有些时候就这样,你明明看着前头没有路了,可谁知道是柳暗花明又一村。有些时候你明明觉着花团锦簇风光无限,可谁知前头却是悬崖峭壁,摔得粉身碎骨……"

"你说什么呢,听得我怪怕的。"思巧搓了搓胳膊,还要说话,就听院里曹丽环喊道:"香兰!香兰!"

香兰口中答应着,连忙放下手里的绣绷子走出去,原来曹丽环又让她去打水。

香兰便拖了水桶出去，等打了水回来，便瞧见一个五短身材的汉子正站在院门口。

香兰装没看见，低头便想走过去。如今住的这处院子跟二门相连，曹丽环自搬到这里，便常常叫自己的心腹小厮四顺儿过来商议些事。曹丽环是个有心计的人，当初她爹娘倒头，她跟她哥哥合谋家财，自个儿落了一笔钱，在金陵城郊购了一个小庄子，交给她奶娘一家打理。这四顺儿就是她奶娘的儿子，二十多岁了，身量虽矮，相貌还算周正，原看着也是精干的，可惯会吃喝嫖赌，心思不走正途，专爱在女人身上下功夫，相好了两个小寡妇，又在勾栏里撒钱，浑身便透着猥琐之气。原本家中有一房媳妇儿，这厢到了金陵，偶然见了几个林府的丫鬟，便立刻觉着自己家的婆娘跟头肥猪似的，哪像林家的丫头，一个个小腰细软，如风摆柳的，比天仙还俏。自此他一来林家便上下捯饬一番，有心勾搭几个俏丫头，却无人搭理他。

当下，四顺儿正百无聊赖地在院子门口站着，冷不防看见个美貌的女孩拎着个木桶走过来，顿时瞪圆了眼，魂儿都飞了，觉着自个儿花五两银子嫖一宿的有名粉头都成了粪土，忙不迭地凑过去，堆上笑说：“这位姐姐，手上的东西沉罢了？我帮你拎。”说着就去抢那个木桶，趁机摸香兰的手。

香兰曾在曹丽环和卉儿口中听说过四顺儿，如今一见便知道是他，心里便含了警惕，见四顺儿过来，急忙忙闪开了，低着头说：“不用了。”便往里头走。

四顺儿哪能放过，一路跟着，拿着折扇摇了摇，自以为英俊潇洒，殷勤地笑着：“姐姐可是在环姑娘这儿当差的？我以前怎的没见过？今日见了这般面善，莫不是前世有缘罢？”

香兰听这话觉着可笑，又十分厌烦，绷着脸往前走。四顺儿还在没话找话，喋喋不休：“姐姐是伺候环姑娘的么？听姑娘说府里给了她一个叫思巧的，人长得跟仙女一样，又手巧又伶俐，真应了她的名字，难道说的就是姐姐？”

香兰顿住了脚步，转过身肃着一张脸说：“你来这儿有什么事？这是内宅，你再往里闯，我就喊了！”

四顺儿见香兰冷眉冷眼，却更有一番冷艳滋味，骨头愈发酥了，笑着说：“是环姑娘让我来的……”

"既是姑娘叫你来的，你就该在门口等着！姑娘传你进来你才能进来。你到底懂不懂规矩？你这样不要廉耻，是打环姑娘的脸呢！"说完水桶也不拎了，直接甩脸子进了屋。

进屋一瞧，见思巧没在屋里，炕上还扔着绣了一半的彩蝶牡丹。香兰便拿起绷子，待绣完一片叶子，悄悄将窗子拉开一道缝向外看去，见四顺儿已经走了，才出去把水桶拎到茶房，将水灌到铜壶里烧水。

且说四顺儿见了香兰掉了脸子，反倒觉着有股泼辣的风情，一嗔一怒愈发娇艳了，心里头跟被猫抓似的，正失魂落魄的当儿，听见怀蕊喊他进屋，便转回到曹丽环屋里来。

曹丽环交代他两桩事，一桩是过几日秦氏做寿，让四顺儿从庄子上拉两筐新鲜的果梨，另一桩是让他给自己的哥哥曹刚带个信儿，说赵月婵允了一桩采办花木的差，只等秦氏点头，让她哥哥少安毋躁。交代完抓了把赏钱便打发走人，谁想四顺儿却"扑通"跪下了，磕了两个头说："大姑娘，不，不，奶奶，祖宗奶奶，要是这件事你不应小的，小的可就没法活了！"

曹丽环吓了一跳，问："什么事？"

"方才小的看见个拎水桶的丫头，不知道是不是大姑娘说的林家给的丫头思巧，小的一见就失了魂魄了。要是大姑娘能把她许配给我，我回去就把家里的婆娘休了，从此给大姑娘一辈子当牛做马，把这条命搭上都省得！"说完又磕头，"砰砰"作响。

曹丽环知道四顺儿是个好色的淫棍，心里其实也瞧不上他，可奈何身边没有再得用的人了，平时也就睁一眼闭一眼，背地里没少跟卉儿骂他"浪驴公，一见女人腿就颤，管不住裤裆，成天就想着下流勾当，不得好死的玩意儿"，可当面还要和颜悦色地哄他给自己卖命。闻言心思转了转，捧起茗碗来吃了一口："思巧？拎水桶的丫头？长什么样儿？"

四顺儿直挺挺地跪着，两手连说带比画："就是……长得挺俊的，脸儿白嫩嫩的，眼睛大大的，小腰儿细细的，梳着个丫髻，身上穿着月白的裙子……"

"行了行了。"曹丽环一听这形容就明白了，嘴上噙着一抹冷笑，"我猜你也瞧不上思巧，那个丫头是香兰，林家的，你趁早死了这份心。"

四顺儿一听就不依了："林家的丫头又怎么了？横竖都是伺候姑娘的！"觍着脸跪着往前蹭了两步，脸上打起十二万分的笑意，给曹丽环递了个眼色，"我的好姑娘，小的对姑娘的心，那一向是忠心耿耿的，这桩事你要应了我，你就是我的再生父母，再造爹娘。何况这些年我对姑娘忠心耿耿，没有功劳也有苦劳呀……"

曹丽环见四顺儿觍着一张脸来套亲热便觉着恶心，往后坐了坐，冷着脸说："行了，行了，瞧你这点儿出息！"静下心来又一想，这香兰有点儿傻，人情世故不大精通，也没个心计，干活儿还是任劳任怨，是个好拿捏的，何况做得一手好女红，自己也早有意留她。只可恨她长得太美，若今后自己成亲，留在身边绝对是个祸害，若是给了四顺儿，那便不一样了，一来可笼络四顺儿的心，二来下人的媳妇儿也翻不出什么风浪，三来今后也有个好摆布的奴才。思来想去觉着靠谱，她本就不是良善之辈，一门心思为自己策划，哪管什么阴司报应、他人死活，脑子一转，便想出一条毒计。见屋里无人，只有卉儿在暖阁里趴着睡觉，便道："你说的事，倒也不是不可行……"

四顺儿仿佛得了佛旨纶音，急忙往前凑。

曹丽环一边说，四顺儿一边如小鸡啄米似的点头，末了一拍巴掌，咂嘴笑道："若事成了，我真是死了也愿意。"

曹丽环笑得和煦："原我就知道你是个明白人，也不求你记着我的好处，日后妥帖办差就当回报我的一片心。"

四顺儿连连道："明白！明白！小的不敢忘！"

曹丽环攥着手帕子，笑容里带了两分凉薄。其实她心底也知道，她忌妒香兰！香兰那小蹄子虽是个丫鬟，可身上就是带着一股气派，仿佛天生就该是主子，举手投足带着矜持贵气，她瞧着就讨厌。她想方设法地折磨打压，香兰瞧着也确实乖顺，唯唯诺诺，可她却隐隐觉着自己始终没驯服那一身傲骨。

曹丽环眼里透着冷意——姑奶奶倒是要瞧瞧，往后你委身一个猥琐赖汉子，那身骨头还怎么傲得起来！

屏风后面，思巧浑身瑟瑟发抖。原来房里开一后门，正设在这屏风后面，方才曹丽环让思巧搬两盆花到院子里晒晒，思巧搬花回来，待要关门的时候，忽听到四顺儿提到自己的名字，便大着胆子躲在屏风后头偷听，这一听便惊出一身冷汗。

思巧有些恍惚地回到她跟香兰住的小屋，进门便看见香兰正拿着个绣花绷子帮她做活计。她迷迷糊糊地坐到炕上，臀上一疼又立刻站了起来。

香兰"扑哧"一笑："哪这么快就能坐了？如今你走路还有些跛呢，再上两天药便好了。"

思巧看着香兰笑吟吟的脸，话都到嘴边了，却硬是咽了下去，什么都没有说。

三日后是秦氏的生辰，因还在曾老太太孝里，故并不大办，只请了几个亲朋好友摆几桌席，乐一乐罢了。林老太太却极看重秦氏庆生，吩咐酒席要最上等的，又特意命秦氏歇着，让别人来操持。王氏不善主持中馈，林东绮又没个心思，林锦楼便操办起来，请了各大酒楼做素食有名的厨子做菜，倒也红红火火。

秦氏本意并不想请曹丽环来，曹丽环却乖觉，巴巴打发人送来两色针线庆寿，林老太太便说："终归是亲戚，不请她也不合适，不过添一副碗筷，里外我让几个老嬷嬷关照着，你眼不见心为净便罢了。"秦氏见林老太太这么说，便只得请曹丽环过来。

曹丽环两天前就盘算着穿什么，从箱子底翻出了在仙霓斋裁的两身衣裳，都是没怎么上过身的，如今对着镜子一试，不是嫌样式老了，就是嫌花色太艳热孝里穿不出去，最后只得别别扭扭又穿回那件茶白色满绣花鸟绸缎的长身褙子，命卉儿给她细细梳妆，戴了蓝宝石头面。末了，命香兰跟她一起去。

香兰诧异。卉儿挨了打，走路不利落，但这露脸的好事怎样也要轮到怀蕊头上的，如今曹丽环和颜悦色地让她跟着，香兰倒是有些不习惯。

"你这张脸太素净，怎么也要来些胭脂，回去再换身衣裳。"曹丽环揽镜自照，拿着一朵珠花在头上比画，话却是对香兰说的，"这回表舅母的生辰虽不大办，可听说来了好几家官眷，还有有头脸的管事媳妇儿也到，你好好打扮打扮，到时候露这么一小手，即便混个脸熟也是好的。这对你以后有的是好处。"

香兰脸上微微笑着："我原就不喜欢搽胭脂抹粉的，况且身上这身衣裳就好得紧……原还有一条石青色的裙子，洗了还没干。"

曹丽环有些不悦，斜了香兰一眼，嘴里咕哝一句："不识好歹的东西，烂泥糊不上墙。"

香兰分明听见了，却装没听见，但瞧着身上的袄儿早晨浇花时弄脏一块，便回房换衣裳，进屋见思巧正心神不宁地站在窗前，见自己进门吓了一跳。

香兰爬上炕打开樟木箱子，一边翻找衣裳一边说："思巧，你这两天怎么总六神无主的，是不是遇上什么事了？"

"没，没，没有什么事……"思巧急忙摆手，"我好得很。"

香兰把衣服找出来，把外头罩着的赭石色小袄儿脱了，换上一件霜色小褂儿，道："若是碰上什么为难的事情，我能帮上忙的就只管说。"

思巧看着香兰欲言又止，攥紧了拳，指甲深深扎进肉里。

香兰待她极好，对她事事帮衬，还时常说些宽心的话，她心里也是感激的，可又止不住地忌妒香兰生得貌美又做得一手好女红，况且香兰是林家的丫鬟，等曹丽环嫁了人便可功成身退，继续留在富贵的林家舒舒服服地过日子。

可她呢？她是被太太送了身契到曹丽环这儿来的，主子脾气差、心眼小不说，还是个折磨人的主儿，没几个钱还爱摆阔，以后自己就算饿不着，也指定不是好日子。她如今便水深火热了，往后的日子还指不定怎么难熬。

可凭什么呢？如果她不被赶出来，给曹丽环的丫头就应该是香兰呀！

凭什么她就这么倒霉？！

凭什么香兰事事处处都比她强？！

若是……若是四顺儿的事成了，香兰便同她一样倒霉了，不，不，比她还不如！

不知怎的，思巧这样一想，心底瞬间舒坦了。她低下头，片刻又抬起头，强笑着说："这个自然，我若有事，指定告诉你。"

香兰对思巧笑了笑，推门走了出去。

曹丽环又打扮了好一会儿，又在耳后搽了一层香膏，这才肯出门，一路到了园子，这厢宴席已经开了。

曹丽环与林东绮、林东绫、林东绣、宋檀钗坐一桌，秦氏等人却团团围着一张八仙桌坐着，赵月婵立在身后伺候。香兰略一打量，见那八仙桌除了秦氏、王氏及宋柯之母宋姨妈之外，其余三个均是没见过的妇人，但锦衣华服，珠光宝气，显然出身不俗。她乖乖地同另外几个小姐的丫头站在墙根——要伺候小姐们用膳之后，才能得空去吃饭。

宴席是在剪秋榭办的，对着碧湖红杏、半塘荷叶，真个别有意趣，和风从敞开的镂雕朱窗里缓缓吹进来，令人心旷神怡。

香兰默默赞了一声，在曾老太太的热孝里，一概丝竹管弦全免，也不能请戏班子来唱戏，这做寿必要冷清许多，如今却选这么一处风景优美的地方，待会子看看景，喂喂鱼，再打几把牌，也有一番好消遣。听说这席面是林锦楼操办的，想不到这厮除了好色无情，也有聪明的地方。

此时，只听一个人笑道："你们林家的三个姐儿真是五官一个赛一个的俊，原先我见过纨姐儿，就觉着是个上等美人儿了，谁知道如今见了绮姐儿、绫姐儿、绣姐儿，才知道什么叫山外青山楼外楼。"

"周家姐姐见笑，哪有你说的那般好了。"秦氏脸上带笑，"还是你家的凤丫头生得俊，这回本该带来，让她们小姊妹一同乐乐。"

周氏笑着说："来了没得淘气，哪像你家绮姐儿，端庄娴雅，活脱脱另一个你。我可不管，上回纨姐儿的年岁大些，跟我们没缘，这回绮姐儿怎么说也该轮上我们家了，我那大小子你也见过，人品性子都是顶顶出挑的。"

"周姐姐可是自卖自夸，莫非单单你家有儿子？我们家的洪哥儿跟绮姐儿的品貌也相当。"段氏笑得一脸和煦，看着林东绮俏丽淑雅的模样，愈发中意。

秦氏笑得愈发开怀了。

周氏又笑道："不光是绮姐儿，我看绫姐儿、绣姐儿还有钗姐儿，眉眼儿五官都一个赛一个的，你们家可是个美人窝子。"

其余几人纷纷附和，一时王氏、宋姨妈也笑意盈腮。每个人都夸到了，唯独没说曹丽环，仿佛这个人不存在似的。

曹丽环当即便黑了脸。

这几人说话声虽不大，却将将传到旁边这一桌，林东绮微微红了脸，却硬装出镇定的模样。林东绫笑眯了眼，胳膊肘捅了捅林东绮，低声笑着说："二姐姐，大伯娘想给你说婆家了呢。"

林东绮啐了林东绫一口："你瞎说什么？"

"我怎么瞎说？一个是通政使司家，一个是忠勇侯家，都是高门第，跟咱们家门当户对，可都相中姐姐了。"只要林东绮不同她争宋柯，林东绫便高兴，连带着性情都和顺了许多，调侃道，"还有一个按察使家的太太没开口呢，我瞧着可也是中意的样子。"

林东绣牙根发酸，半冷不热地说："姐姐有母亲谋划，自然能有个好前程了。"想到长姐林东纨，生得美眼界高，却因庶出的身份高不成低不就，直到十八岁才嫁了人，虽也是个世家望族，却不像外头看着那么风光，听说那世家里没出来几个成器的子孙，如今在朝中为官的，最大不超过五品，像是要衰败了。林东纨的夫君也不像个成器上进之辈，每回她回娘家，眼角里都好似藏着风霜，人也愈发憔悴。如今林东绮谈婚论嫁，却有这么些高门大户争抢着，不过是从太太肚子里爬出来的，竟有这般云泥之别！

曹丽环听说这桌上坐的太太们都非富即贵，当即红了眼，心里又一阵怒。她这次来本是想出风头的，也暗含着结交权贵再攀高枝儿的念头，谁想秦氏都不曾将她与几位太太引见，分明是瞧不起她！新仇旧恨，她再不报复便不姓曹。

席间几位太太谈笑风生，丫鬟、婆子端着托盘不断穿梭。香兰站了一会儿便累了，肚子也饿得叫了两声，悄悄攥起拳头捶了捶腿，却发觉曹丽环偷偷把一个桃子揣到袖中，站起来便走了出去。

香兰赶紧跟在后面。曹丽环去了后头净房，跟香兰说："我要解手，你替我守着，别叫别人进来。"

香兰点头应了，却按捺不住好奇，心想：上个茅厕，她偷藏个桃子做什么？悄悄从门缝往屋里看，只见曹丽环从荷包里拿出一个美人肩小瓶，把里头装的生津雪露丸倒出来，把桃子剥开挤出汁滴到瓶子里，剩下的桃核皮肉往窗外一扔，直接丢进湖里，掏出帕子擦了擦手。

香兰赶紧低眉顺眼地站好。曹丽环走出来，径自回去入席。香兰百思不得其解，这表姑娘到底要做什么？

曹丽环将面前的酒壶拿起来轻轻一晃，知道里头还剩小半壶，悄悄藏在袖中的小瓶拔开塞子，把桃汁倒了进去。旁人或说笑或吃东西，没人发觉。香兰站在曹丽环斜后方，又一直紧紧盯着，将这一幕看得清清楚楚。

曹丽环给林东绮满满倒了一杯，举杯相碰，殷勤劝酒，林东绮推辞不过，只得吃了一盅。

林东绫见了也要敬酒，曹丽环又将林东绮的酒杯斟满了，林东绮不得不再吃一盅。

女孩儿这一桌吃的是果子酒，本是葡萄酿的，就算添些桃汁也不大尝得出味道，曹丽环连劝了林东绮吃了好几杯，嘴角勾起冷冷的笑容。

香兰浑身打个寒战，猛然间想起，上次曹丽环给林家几个小姐送宫花的时候，林东绮曾说过自己吃不得桃子，别说吃，就连碰一碰身上都要长癣！香兰瞬间明白了，原来……原来……曹丽环是存了这样狠毒的心肠！

香兰的心突突往上撞，脸上强装镇定，正想该怎么办的工夫，却见曹丽环招手让她过去，说："你回去把我妆台里的小荷包取来。"

香兰只好出去，曹丽环看着香兰的背影冷冷一笑，举起杯子吃了口酒，暗想："待会儿有你受的，乖乖让我拿捏在掌心儿里一辈子罢！"

香兰走出门脚步便缓缓慢了下来，心想着：我上一世吃不对鱼虾也要起癣发肿，有一回喉咙肿起来喘不过气，险些丧命，要是二姑娘吃了桃汁有个好歹可就糟了，需想个法子给太太送信儿才是。攥了攥拳头，四下打量，见秦氏的大丫鬟红笺正在廊下跟几个丫头吃喝说笑，心中暗喜，走过去俯下身悄声说："红笺姐姐，我有要紧的事说。"

红笺抬头，见是个雪白灵秀的小丫鬟，一双大眼睛忽闪忽闪的隐含焦急之色，瞧着面善，却想不出在哪里见过，不由问道："你是……？"

香兰忙说："我有极要紧的事要跟姐姐说。"也不管红笺是否乐意，低身附耳道，"我方才瞧见表姑娘把桃子汁放到葡萄酒里，哄着二姑娘吃了好几盏。"

红笺勃然变色，大惊道："当真？"

香兰点了点头，又低声道："我亲眼瞧见的，表姑娘从盘子里拿了个桃子，借出恭到净房里把桃子拧成汁，灌进瓷瓶，回来悄悄添在酒壶里，给二姑娘满了好几杯。我在她身后头瞧得一清二楚。"

红笺脸色惊疑不定，起身拉着香兰到人少处，问道："你叫什么名儿？在哪儿当差的？"

香兰道："我叫香兰，是林家的家生子，进府以后在罗雪坞服侍。"

红笺又将香兰上下打量了几遍，点了点头说："我知道了。"言罢进了屋。

香兰吐出一口气，想在原地等等红笺，又怕被曹丽环瞧见，犹豫间，却看见林锦楼带着个小厮站在湖边的假山后头，正朝她这处直勾勾地望过来，两眼好似冷电一般。

香兰一愣，连忙背过身，心想着自个儿还是先躲开是非之地，回去给曹丽环拿荷包罢。

出了园子，走到府后西侧，人便渐渐少了，才到院门口，便瞧见四顺儿在那儿探头探脑。香兰心里一阵厌烦，也不去瞧他，径直往屋里去。

四顺儿看见香兰，好似喜从天降，嘴角直咧到后脑勺，颠颠地跑过来说："哟——香兰妹子，你可来了，让哥哥我好等。"

香兰心里有事，哪顾得上跟他废话，进了曹丽环的屋便拉开妆台抽屉翻找小荷包。四顺儿早已急不可耐了，见着香兰雪玉似的侧脸儿，吞了吞口水，一把上前拥住，嘴里"妹妹""好妹妹"一通乱嚷，说道："环姑娘早已准了的，哥哥今日好好疼疼你。"嘴就凑了过来，带着一股酒气，抱住就啃。

香兰吓坏了，拼命挣扎，张口欲喊，便让四顺儿大手掩住口鼻往床上拽。香兰连蹬带踹，可哪是男人的对手，眼见就被四顺儿压在床上，小褂衣襟已被扯开。四顺儿见那一痕雪肤，眼睛都直了，恨不得立刻办事，"刺啦"一声便将那褂子扯烂了。

香兰恨极了，拼了命地往前一冲，手狠狠去挠四顺儿的眼睛。四顺儿躲闪不及，"嗷"一声，脸被抓出四道血痕，头撞在床架子上。香兰瞅准了机会往外跑，大声喊道："救命啊！救命啊！"院子里却静悄悄的。刚跑到院门口，四顺儿便追了出来，口中大骂一声："小娼妇！"上前一把抱住腰。香兰脚下一滑便跌在地上，四顺儿便拽了香兰的两条腿便往里拖。

香兰心里又是绝望又是害怕，凄厉地喊了几声，眼见快要拖上台阶，眼泪止不住地滚滚落了下来。正惨烈挣扎的当儿，却听见门口传来暴喝声："住手！这是要疯了！"

香兰只觉得这一声大喝就是仙乐，抬起头泪眼蒙眬地看见有个男子从外走了进来。

四顺儿抬头一望，见是个锦衣华服、身材高壮的年轻公子，立时认出来，这不是林家大爷林锦楼又是谁？登时骇住，暗道一声"坏了"，拽着香兰的手不由松开了。

香兰手脚瘫软，使不出一点儿力气，用力爬到林锦楼脚边，抱着那靴子"呜呜"哭了起来。

林锦楼脸色阴沉，双眼戾气翻涌，往四顺儿身上看去。

四顺儿后背一凉，冷汗便下来了，再想跑，却看见林锦楼正堵住去路，惊疑不定时，林锦楼对四顺儿招了招手说："你过来。"

四顺儿无法，只得往前挪了几步。林锦楼微微冷笑："光天化日，你要做什么？"

四顺儿嘴角不自觉抽动几下，强堆着笑说："没……没什么……大爷……这……这个丫头是环姑娘给我的……不……不是，是她想勾引我，谁知勾引了又不认账，她……她……她……"

话还没说完，就听"啪"一声，这一记大耳刮子直扇得四顺儿头目晕眩，耳朵轰鸣，仿佛要聋了，"咚"地倒在地上。四顺儿知道不好，有道是好汉不吃眼前亏，等缓过劲儿便慌不择路往大门口奔去。

林锦楼抬腿就是一踹，一脚把四顺儿踹出一溜跟头，瘫在墙根哇哇大吐，呻吟着起不来了。

谁也料想不到看似风度翩翩的男人竟有这样的狠手，林锦楼的小厮双喜守在院子门口咂了咂嘴，知道这位大爷性子的人都晓得此刻主子正怒火沸腾呢，别人最好有多远滚多远。

双喜缩着脖子在门口站着装死，见有几个婆子媳妇儿想凑过来看热闹，便绷着脸叉着腰大声说："都看什么看？看什么看？都给我滚，滚滚滚！"

众人都认识双喜，知他和他双胞胎哥哥吉祥是林锦楼身边得用的人，便再不敢靠前，一个个吐舌头缩脑袋，灰溜溜地走了。

林锦楼俯下身，将香兰拽起来，香兰一个站不稳，又要软在地上。林锦楼见她衣衫不整，隐隐能看见里头穿着的胭脂色肚兜，头发凌乱，绾好的双髻都已散了，垂下的发更衬得一张小脸雪白姣美，只是这会儿哭得梨花带雨的，显是被吓狠了，浑身发抖，睁着一双雾蒙蒙的大眼睛怯怯地看着他，不禁心里发酥，可怒意又往上激了起来，强忍着怒火，声音低柔道："你身上可好？哪里伤着了？要不要请个郎中过来瞧瞧？"

香兰真个觉着自己是死里逃生，惊魂未定，软着身子号啕大哭起来。

林锦楼本来是给秦氏操持寿宴的，见剪秋榭里都是女眷，便只在厨房里转转，出来安排了十二个水葱似的丫头，每人手里捧着一样吉祥名贵的物件，给秦氏齐声背诵了一篇献寿的辞，秦氏开怀不已，叫了一声："赏！"

林锦楼赶紧命小厮撒赏钱，正忙着，在假山旁边看见了那个叫香兰的小丫头，穿着霜色小袄，头上仍绾着双髻，不见挂半点儿首饰，却有说不出的素雅好看。林锦楼这一看便觉得意动，再挪不开眼珠子。香兰好像看见了他，之后转身便走了。

林锦楼鬼使神差似的跟在后头，中途碰见个管事，耽误了片刻，等他再追来，却辨不清香兰往哪里去了。这时听见几声凄厉的惨叫，便循声追了过来，谁想竟看见这样一幕。

林锦楼觉得肺都要气炸了，这明摆着就是在他府上意欲非礼丫头，也不瞧瞧这是谁的地盘，竟敢跑到他头上撒野，难不成是吃熊心豹子胆了？！更何况这个丫头还是他中意的，从来都是他找人家晦气，居然还有不长眼的奴才敢捋他的虎须。

林锦楼看看香兰被扯坏的褂子，怒到极致，脸上反倒没了表情，走到四顺儿跟前，俯下身："你打哪儿来的？谁允许你进的二门？"

四顺儿见林锦楼浑身煞气，吓得浑身筛糠，却仍咬牙不说。

林锦楼抬脚就踹，"咔嚓"一声，伴随四顺儿惨叫，林锦楼冷笑着说："爷先踹断你的一条腿，再不说实话，踹断你两条腿，再不说，就把你的手指头一根一根地卸下来，看你能嘴硬到什么时候。"说着在断腿处又踢了一脚，"快说！"

四顺儿是个软骨头，方才林锦楼那一脚便踢折他几根肋骨，这一脚又踹断他的腿，他早就疼得哭爹喊娘，号哭道："小的是环姑娘家的奴才，是环姑娘让我进来的。"

"你跟那丫头，是她勾引你？"

"是……不……不……不是，大爷，是环姑娘把她给了我。"

林锦楼开始不耐烦，伸腿又是一踹："少给爷装蒜。给了你？你还至于干了这畜生勾当？"

四顺儿哼一声："是……是环姑娘说的，香兰是林家的，她做不了主，可我要是把香兰睡了，香兰想不跟我都不行……等大太太生辰那天，她找个茬把香兰支出来，让我堵上香兰的嘴把事办了……"可他没料到香兰看着柔柔弱弱，竟不好摆弄，半途又杀出个程咬金。

林锦楼冷笑，又狠狠踹了一记，"咔嚓"一声，四顺儿"嗷嗷"乱叫，竟是另一条腿也给踹断了。

林锦楼道："爷踹断你两条腿，好生在这儿待着，敢跑，揭了你的皮！"说完回去一把捞起香兰，推开左侧小屋的门，却听见"啊"一声尖叫，原来思巧和卉儿竟然都躲在屋里。

林锦楼沉着脸，将香兰放到炕上，对她说："去把你的东西收拾了，今后不必在这儿当差了。"两眼在思巧和卉儿身上扫过。这两人头皮发麻，卉儿缩在炕角，思巧屏声静气地站在墙根底下，林锦楼淡淡道："方才院里热闹成这样，你们竟不出去瞧瞧？"

卉儿和思巧不敢说话。

林锦楼指着思巧问道："你叫什么？"

思巧心里一哆嗦，期期艾艾说："奴婢叫……叫思巧。"

林锦楼冷哼一声走了出去。

香兰两手抖着从箱子里拿出一套衣裳勉强换上，草草绾了个髻，将箱子里仅有的四套衣服收拾了，三三两两的日常东西包了个小包袱。临出门的时候，她停住脚，扭头看了卉儿和思巧一眼，忽然开口说："今日四顺儿的事，你们两个原先都知情，对不对？"

二人躲躲闪闪不敢看香兰的脸色，香兰心里一片冰凉，走到思巧跟前举起手狠狠地扇了一记耳光，双眼直直看着思巧："我待你如何，你心里明了。"

思巧面带愧色，捂着脸低低垂下了头。

香兰本想再痛斥几句，可忽然之间又觉得没什么意思，只慢慢说了一句："你往后,好——自——为——之!"不再看她,推门走了出去。

林锦楼正站在院门口,见香兰出来了,便对双喜说:"守着院子别让人进,回头影影绰绰告诉底下的,说院子里那个狗奴才跟曹丽环有奸情,趁着寿宴热闹溜进来幽会,没想到吃了酒把丫头思巧当成了表姑娘要非礼,幸好被爷撞见了。"

双喜捏把冷汗,暗道这曹丽环不开眼,正惹得他们爷心里不高兴,这不是找死嘛,口中则连连称是,拍着胸脯说:"我的爷,您就擎好儿罢!"

第六章
新庭豺虎蹲

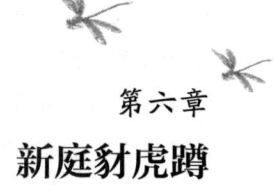

且说剪秋榭里，秦氏说笑吃酒正尽兴，红笺悄悄进来在秦氏耳边低声说了几句，秦氏听完就变了脸色，立刻打发人取来两丸药，把林东绮叫到里屋不由分说便灌下。

不多时，林东绮果然起了一身红癣，又疼又痒，眼皮也肿了起来。秦氏心疼得跟什么似的，把女儿揽在怀里揉了又揉，连连合掌说："阿弥陀佛，幸亏提前吃了药，否则万一喉咙也肿起来，喘不上气可如何是好？"又咬牙发狠道，"曹丽环小贱人竟用这么歹毒的手段害我女儿，枉我原先还对她网开一面……"

林东绮抽抽噎噎哭道："女儿跟她素无仇怨，就连三妹妹和四妹妹存心挤对她，我还从中斡旋，帮衬一二，她竟用这样狠毒的心思害我……"

秦氏半眯起眼，曹丽环便是一头喂不熟的白眼狼，原先是可怜她才被收容进来，她会卖乖，讨老太、老太太欢心，如今她害了绮姐儿，虽有个丫鬟做证，可曹丽环素来是个会狡辩的，只怕一个弄不好，反惹一身臊。如今秦氏是下定决心要铲除这个祸害了，需要再细细谋划谋划。

幸而前头吃酒耍乐已经散了，秦氏正送着客，绿阑过来低声道："环姑娘那院儿里好像出了事……听大爷说……说环姑娘跟她一个小厮有了私情，那小厮趁着今天府里热闹混进来，又吃了酒，错把一个丫头当成表姑娘就要非礼，幸好让大爷撞见，事儿才没成。大爷说如今那奴才两条腿已经让他踹折了，躺在院子里呢，这来讨太太示下。"

秦氏一听顿时两眼精光，这简直是想睡觉便有人来送枕头，忙不迭问："非礼的那个丫头呢？"

　　见绿阑支支吾吾说不清，秦氏急急忙忙把林锦楼叫来，一见面便绷着脸说："你个小浑蛋别跟你老子娘耍花腔，这到底是怎么回事？"

　　林锦楼轻笑一声："我今儿个去府里西边转转，听见有人喊救命，过去一瞧，正看见个奴才拖着小丫鬟的腿往屋里去，分明是要非礼。这光天化日之下，分明是打林家的脸呢，我当然得过去管一管，一问才知道奴才是曹丽环的，那个丫鬟却是咱们林家拨给曹丽环使唤的。原来那狗奴才看上了那丫头，又怕得不到手，曹丽环就给他支招，让他先用强。"

　　秦氏气坏了，两眼冒火，"啪"一拍桌子："岂有此理！这样脏心烂肺的下流手段都想得出，简直半分礼义廉耻全无，黑心肠的下流东西，她把林家当什么了？！"

　　林锦楼冷笑道："可不是，她要下流，咱就让她下流个够。我跟双喜说了，就当那狗奴才是曹丽环的相好，吃多了酒错调戏了丫头。"

　　秦氏一怔。她这长子聪明绝顶，狡猾多端，手段也阴狠，竟毫不客气将这样大一盆污水往曹丽环身上泼，纵然她觉得解气，可也觉得毒辣了些。

　　林锦楼好似看出秦氏的心思，嘴角讽刺地勾起："不过是个投奔的孤女，竟敢算计咱们，只当林家是她的了，将内宅搅和得乌烟瘴气。我是一个爷们，不爱插手内宅的事，可也觉得母亲就是心慈手软，当年的果决都哪儿去了？不下死手段整她一整，她还当自己是个人物，能把咱们一家都玩弄于股掌之中呢……母亲只管放心罢，她那样的人，即便坏了名声也决意不会寻死，等过两年风声过了，照样出来耀武扬威地上下蹦跶。即便她为这事寻死觅活嫁不出去了又如何？把她赶出去都算便宜她。"

　　秦氏叹了口气，自己也承认儿子说得有理。她这些年行善积德，又有儿女傍身，心肠早就柔软了，办事也留几分余地，对曹丽环也是敲打居多，不肯下重手，如今倒是养虎为患。若不是那小丫鬟告密，她让绮儿提前吃了药，若真发起症候来，兴许要了她女儿的命也未可知，于是又狠下心来，眉眼一派凌厉，问道："你说那丫头是咱们家的？可是叫香兰？"

　　林锦楼微微诧异："母亲怎么知道的？"

　　秦氏松了口气："果然。她人呢？"

　　林锦楼便命人唤香兰进来。

　　香兰正站在秦氏的正房外头，怀里抱着个小包袱，心里忐忑，听里头有人传唤她，便连忙走进去，也不敢四处乱瞥，进去便规规矩矩磕头："太太金安。"

　　秦氏凝神打量，见是个貌美的小丫鬟，似是吓坏了，脸色惨白，眼睛红肿，浑身还有些抖，勾起人一番怜惜之情来。可秦氏最不喜看起来娇滴滴的女子，这一类的，通常弯着心思爬爷们床的居多。

秦氏先存了两分不喜，仍温言道："你叫香兰罢？怪可怜的，生得这样单柔，快起来罢。"

香兰又磕了个头，方才起身。

秦氏和颜悦色道："今日的事多亏了你，不光这一桩，还有先前亭哥儿的事，我得重重赏你。"说着向红笺看了一眼，红笺立刻掏出一个小荷包塞到香兰手里。

香兰一掂，只觉得沉得有些压手，摸着硬邦邦的，想来是些黄白之物，可她此刻没心思高兴，只流着眼泪说："奴婢不图什么赏，只要让我不再伺候环姑娘，奴婢当牛做马都愿意。"

秦氏微微颔首，端起梅花几上的牡丹粉彩杯，轻轻吹了吹上头的茶叶，异常缓慢地说："我听说，环姐儿经常叫个小厮往她院儿里去，是也不是？"

香兰心尖儿一跳，抬头看了一眼，正撞上秦氏似笑非笑的眼神，心里百转。

听弦歌知雅意，秦氏这么一问，香兰便明白了。香兰虽恨死了曹丽环，但为人方正，若真要去陷害谁，她下不去手。秦氏已将话引到这个份儿上，香兰迟疑了好一阵才说："环姑娘时常叫四顺儿到院儿里来，有时候也关起门来说上一阵子，到底说的什么，我便不知情了。"

这一番话说的是实情，秦氏觉得单以"时常到院子里来""关起门来说上一阵子"火候还是不够，又道："我可听说了些环姑娘的风言风语，底下有人嚼舌头说她跟四顺儿有些什么不清不楚的，这事……？"

香兰心头雪亮，这事没凭没据，秦氏是想让自己做个人证了，可一来这栽赃陷害的事她做不出，二来前两回向主子告密是为了自保，也是为了良心，这一遭却不愿再当出头鸟了，只一副老实模样，垂下头规规矩矩说："四顺儿的名声不好，我听卉儿她们说他是个爱吃喝嫖的，不是正经人，来府里也爱盯着丫头们看。至于他跟环姑娘……奴婢只在后头绣花，做做洒扫，从不往前头凑，便不知情了。"

秦氏半晌没说话，林锦楼却忽然笑起来，说道："这样也好，过犹不及。"

秦氏与林锦楼对了个眼色，微微点了点头，站起身对香兰道："你随我去见老太太，到了那儿，把这番话跟老太太说，回来还有你的赏。"

香兰连连称是。

秦氏又进去瞧了瞧林东绮，见她吃了药已经睡着，方才出来，也不换衣裳，手在头上抓了两把，让鬓发都有些松散，往帕子上撒了些桂花油抹在眼睛四周，瞬间便熏出了两包泪，带着大丫头红笺，身后跟着香兰，火急燎燎往林老太太的正房去。

林老太太午睡刚醒，方才秦氏遣人报信儿说林东绮起了一身红癣，林老太太放心不下，差了两三拨丫鬟婆子去看，又想要亲自去瞧瞧，让雪盏等人劝了下来。这时听说秦氏来了，连忙命人请进来，一见面便问道："二丫头怎样了？"见秦氏鬓发松乱，双眼红肿，频频拭泪，便大惊道："二丫头到底怎么了？"

秦氏几步走到林老太太跟前"扑通"便跪下了，抱着老太太的双腿哭道："媳妇儿还求老太太做主。"

秦氏素来精明妥帖，做事有条不紊，林老太太还是头一遭瞧见她这副形容，连忙把人扶起来，在自己身边坐下，惊疑不定道："你这是怎么了？莫非……莫非真是二丫头……？"

秦氏哭着摇了摇头，拉着林老太太的手说："老太太，您可要给我和绮姐儿做主哇……绮姐儿这回实在是飞来横祸，让人……让人存心加害的……"

林老太太脸色微微发白，问道："怎么回事？"

秦氏抽泣道："今天宴请几位夫人给我庆寿，本是件高兴的事，谁想红笺到我这儿来跟我说，有个小丫头看见环姐儿偷了个桃子出去，在净房里挤成汁藏在瓷瓶里，出来掺进葡萄酒，哄着绮姐儿喝了几大杯……我是将信将疑的，又不敢不信，就让人拿了两丸药先给绮姐儿吃了，谁想到果不其然，没过多久绮姐儿身上就起了大疱疹子，浑身肿得没法见人……老太太，幸亏是提前吃了药，否则闹出大症候可怎么得了？这……这是要人命的呀……"

林老太太勃然色变："当真？"

秦氏擦着眼泪说："怎么不是真的？如今到这个份儿上了，我豁出这张脸皮也要和您说一说，您只当曹丽环是个好人，觉得她这个女孩儿可人会说话，又会做这个那个讨您欢喜，就冲着您喜欢，我们便什么都没说，老太太可知她……她在外面是什么情形？她对下人颐指气使的，半分大家闺秀的体面样子都没有，还爱打小丫头煞性子……这些小毛病咱们就不提了，她这丫头也是胆大包天，明明有了亲事，闺中待嫁，可又不知怎么的看上了亭哥儿，上赶着送诗文，专拣亭哥儿爱去的地方守着，还花钱买了几个婆子、丫头传她和亭哥儿的闲话！这……这……"

"啪！"林老太太气得拍了一下罗汉床头雕着的貔貅，"这事你怎么早不跟我说？"

秦氏心想：我是攒着曹丽环的错处，等着一举击溃她呢。脸上仍做哀恸之色道："我也是顾及两个孩子的名声，又怕您老人家听了着急。我一听见下人们嚼蛆就让亭哥儿搬出去住了，还把被买通的丫鬟直接送给了环姐儿，本意便是敲打她一番，谁想好心被当作驴肝肺，环姐儿非但没听，反倒记恨上我，牵连二丫头遭了这样大的罪……二丫头您是最知道的，没人比她再敦厚了，环姐儿也下得去手……"

秦氏一边说一边看林老太太的脸色，果然见到林老太太脸色发青。她想得没错，林老太太这些年吃斋念佛，心眼儿软和，又爱热闹，觉得收留个女孩不过添副碗筷，临了添副嫁妆，林家难道还在意这点儿钱？何况曹丽环又会说会笑，会讨她欢喜，留着人既自己得了趣儿又积了阴德，落个好名声，何乐而不为呢？但曹丽环再会卖乖讨巧，可究竟是个外人，亲戚隔得远不说，家世还是个落魄的，故而林老太太再喜欢曹丽环，也是当个小猫小狗似的，曹丽环小打小闹的无伤大雅，林老太太便睁一只眼闭一只眼，可一旦牵扯自家儿孙便不一样了！

秦氏赶紧向旁边站着的雪盏递了个眼色，雪盏会意，端了碗汤过来说："老太太别气恼，为了她不值当的，喝碗汤先润润肺。"

林老太太皱着眉拨开雪盏的手："我不想喝。"

"老太太还是喝点儿吧，先压压火气，因为我怕……我怕接下来的事只会让老太太更着急……"秦氏垂着头绞着帕子，一副想说又不敢说的模样。

林老太太讶异地挑起眉："还有什么事比你方才说的那两桩还厉害？"

秦氏压低声音说道："就在方才寿宴的时候，楼哥儿撞见环姐儿的小厮正在院里调戏一个丫鬟，闹得……有点儿不像样，楼哥儿上去盘问，才知那小厮竟然和环姐儿有私情了！那小厮趁着今天府里热闹溜进来想和环姐儿幽会，不承想吃了酒脑筋糊涂了，错把那丫头当成环姐儿调戏了……"

"糊涂！混账！简直岂有此理！"林老太太大怒，连连拍着床头，这样的丑事闹出去是要连累府里女孩的名声的，曹丽环竟然不要脸到这步田地！"我原以为她就是因为家里落魄了，又太好强，才爱事事争竞些，谁想她骨子里都烂坏了！"

秦氏一边拍着林老太太的后背顺气一边说："老太太息怒，快息怒。这事楼哥儿已经处理妥帖了，横竖她没在府里住太长时间，又搬出了咱们园子，还不算有太大牵连。"又小心翼翼地看着林老太太的脸色，加了一把火，"老太太，方才跟您说的事，媳妇儿半句虚言都没有，老太太若不信，我这就发个毒誓……"

"让她马上收拾东西滚出林家！"林老太太大口喘着气，"咱们家没有这样不要脸的亲戚，你马上让人备车，把她送到她哥哥那儿去，不准再让她登门！"

秦氏心里暗暗欣喜，又做忧愁状："那老太爷那儿……？"

林老太太瞪眼："有我呢！还不快去？！"

"哎，哎。"秦氏心想我等的就是这句话，急忙起身便往外走，忽然又听到林老太太在身后叫住她说："再请两个好大夫给绮姐儿看看，还有亭哥儿，难为他为了这糟心事搬出去住，外头指定不如家里舒坦，等把人赶出去了，就把他接回来罢。"

秦氏一一应了，竭力忍着才没笑出来。

且说曹丽环，因林东绮发了病，一场寿宴不欢而散，曹丽环通体舒坦，得意扬扬地往回走，心里盘算着，也不知四顺儿得手没有。她让四顺儿将香兰用迷香迷了卷进席子里，连同香兰房里的两捆布一同带出去，如今香兰连个影儿都不见，想来四顺儿是得手了。

她摇着扇子款款走回去,到跟前才发觉院门口守着两个粗手大脚的老婆子,另还有林锦楼身边颇为得脸的小厮双喜。

曹丽环顿时便慌了,迎上前假笑道:"好端端的都在这儿站着做什么?嬷嬷们让一让,先让我进屋罢。"

那婆子黑着脸拦住曹丽环的去路,面无表情道:"慢着!环姑娘且等等罢,主子们有吩咐,说这个院子谁都不让进。"

曹丽环眉毛一挑,道:"主子们有吩咐?哪个主子?"

双喜翻着白眼道:"哪个主子姑娘管不着,反正这院子是被封了,谁都不能进。"

曹丽环的脸色瞬间阴沉下来,心里也愈发慌张了,此时只听里面有人号道:"姑娘!救我!救救我呀!"

曹丽环心头一震,心道坏了!脑子里一瞬间已转了好几个念头,想着若是事情败露,她就一口咬定是四顺儿那奴才起了色心要强奸香兰,她最多算是管教不力,只怕免不了要在秦氏那个贱人跟前哭上一场了。可她脸上惊慌失措的表情不是假的:"这到底是怎么回事?"

双喜冷笑道:"怎么回事?姑娘心里面最清楚,我们爷早就审出来了。如今我们守在这儿是为了守住姑娘的名声呢,若是姑娘聪明识相,就乖乖地别吱声,若想还跟上回硬闯寿禧堂打伤琉杯姐姐一样大闹,也先问问能不能过我这关。"

这番话说得极为不客气,曹丽环面色大变。若是平时她早就一巴掌扇过去了,可此时做贼心虚,真不敢使泼,看着双喜,脸上一阵白一阵红。

双喜哼了一声,余光都不扫曹丽环一下,里头四顺儿还在号着,双喜大吼了一声:"号什么号?哭丧呢?你们姑娘还没死呢!"

四顺儿登时消了音。

曹丽环此刻早顾不上跟双喜置气,只觉得风声不对,冷汗顺着脊背冒了出来。她刚想回去再打探打探消息,却见琉杯带着七八个媳妇儿、婆子走了过来。

正所谓仇人见面分外眼红,曹丽环瞬间僵直了身子,神色也戒备起来。

琉杯走到曹丽环跟前顿住,眼神冷冷的,嘴边却带着笑意,缓缓说道:"我是奉老太太的命来的,老太太说,让姑娘即刻收拾东西,门口马车已经备下了,让咱们送姑娘回家。"

曹丽环头上仿佛打了个焦雷,瞬间定住了。此时琉杯身后的那几个媳妇儿、婆子径直进了院子,曹丽环跟跟跄跄地往院子里一瞧,只见四顺儿像条狗一般趴在地上。她脑袋晕了晕,待见到那些人从屋里抬出她的东西,才真的害怕了。

这次……这次是真的!

卉儿还在拦那几个婆子抬炕上的樟木箱子，口中嚷道："你们这是干什么？这是干什么？这是我们姑娘的东西，快放下！"

思巧吓得满脸泪水，跌跌撞撞跑到曹丽环跟前，拽着她的袖子哭道："姑娘，这……这究竟是怎么了？姑娘还不管管她们！"

曹丽环脸上的肉抖了抖，刚想拽住思巧问问发生了什么事，却听琉杯高声道："老太太吩咐了，环姑娘这儿的东西金贵，别让人多手杂的偷拿了东西。这样吧，方昆家的，你带着两人跟着环姑娘两个丫头去房里清东西，可别让别人逮着机会说东西丢了是咱们的不是！"

方昆家的应了一声，像抓小鸡子一样将卉儿和思巧拎走了。

曹丽环明白自己是别想问出实情来了，又不敢问四顺儿，扭身便往外走，不承想门口撞上琉杯。她一抬头，只见琉杯正看着她，嘴角挂着讽刺的笑，居然还施万福礼："我的姑娘，这么急急忙忙做什么？这可不是你大家小姐、林家正经亲戚的做派，让旁人瞧见了要笑话不懂礼数呢。"

"你……"曹丽环脸色发青，狠狠地看着琉杯，却知道此刻不是斗气的时候，一把揉开琉杯就走。

几个婆子想上去拦，琉杯摆手，冷笑着说："她愿意去就让她去，自己要找没脸，谁还愿意拦着她？"

曹丽环足下生风，一路奔到老太太住的正房。院子里的丫头知道她要来似的，一个阻拦的都没有。曹丽环站在堂屋门口深吸了口气，才掀起帘子走了进去。

一进门她便哭道："老太太……"还没哭完，秦氏便站起身，上前一步道："老太太正因为绮姐儿的病身上不爽利，你一进来就哭，是不是还想添堵？"

曹丽环红着眼眶说："老太太要赶我走，我心里委屈……连哭都不让我哭了？"

秦氏眼角眉梢都挂着冷意，勾起嘴角："没不让你哭，你没瞧见老太太正卧床不起吗？你方才那一嗓子惊着老太太可怎么好？"

曹丽环一看，只见林老太太真个歪在罗汉床上，脸色有些苍白。王氏坐在床边，手里端着一碗药。

林老太太掀起眼皮看了曹丽环一眼，又将眼睛闭上了。

曹丽环咬了咬牙，"扑通"跪了下来，蹭到林老太太跟前，眼泪"吧嗒吧嗒"掉了下来："老太太身体有恙，本不该惊扰，可孙女实在是……实在是迫不得已，想请老太太明示，我到底做了什么错事，让老太太这般厌弃……"

林老太太闭着双眼，过了半响才道："你是出息了，我们林家容不下你这尊大佛，亭哥儿为何搬出去，绮姐儿怎么病倒的，你心里有数。"

曹丽环心里一沉，却哭着辩解道："老太太何必这样说？我……我真的是不知情……"

林老太太挥了挥手，脸上神情十分厌恶，似是不想再听了。

曹丽环磕头哭道："老太太，求您……求您再容我一回，我知道我先前任性妄为干了好多蠢事，让长辈生气，可……可亭表哥和绮妹妹的事我是真的不知情呀。"脂粉都混着泪流了下来，哭得像只花猫似的，倒也有几分楚楚可怜。

林老太太听曹丽环哭着说不知情，表情不似作伪，便朝秦氏看了过去。

秦氏暗暗咬牙，知道这林老太太最是面活心软，生怕老太太改了主意或是再让曹丽环糊弄过去，便冷笑一声，道："环姐儿，我们这是给你留脸面，莫非你非要闹大？"

曹丽环恨得牙疼，却哭得昏天黑地，可怜巴巴看着秦氏："表舅母这番话从何讲起？我知道表舅母早就……早就讨厌了我，只……只怪我当时不争气，入不了表舅母的眼……可表舅母也不能从此就只当我是个坏的呀……"说着"咚咚"磕头，额头都要渗出血来。

秦氏居高临下地看了曹丽环一眼，撩开门帘子对外说了一声："让她进来罢。"

当下，垂着头进来一个丫鬟，曹丽环一见，瞳孔瞬间便缩了缩。

进来的居然是香兰！

衣着整齐、梳妆妥帖的香兰！

香兰恭恭敬敬磕头："请老太太、大太太、二太太安。"眼尾都不扫曹丽环一下，行动自如，脸色恬淡，丝毫没有狼狈的模样。

曹丽环的心提了起来。

秦氏淡淡道："你说罢。"

香兰垂着头说："环姑娘曾给过我一个信封，让我亲手交给亭三爷，不管信封里写了什么，这都是私相授受，何况府里早就有了姑娘和亭三爷的流言蜚语，我本不想送，奈何环姑娘迫我，路上还派了个丫头在后头悄悄跟着。结果我送信之后没几日，亭三爷便从园子里搬出去了。"

"你……你胡说——"曹丽环眼中阴狠之色顿起。

"奴婢并未胡说，我说的有一句瞎话就天打雷劈，喉咙里生烂疮！"香兰猛地转头看着曹丽环，"姑娘还跟卉儿合计，打算搬到拢翠居去住，因为那里离亭三爷住的卧云院近些。后来太太带了思巧来敲打姑娘，姑娘很不服气，曾说过宁愿在林家当贵妾也不愿过穷日子的话，还说即便眼下是贵妾又如何？将来正房奶奶的位置迟早是姑娘的。"

林老太太的脸色愈发难看，王氏气得脸色都青绿了，秦氏却面带惊喜之色——她以为香兰是个三棍子打不出个屁的闷葫芦，不承想说起话来条条分明，刀刀见血！

曹丽环直想扑上来撕烂香兰的脸，口中高声嚷嚷道："小贱蹄子，你胡说！你诬蔑我！你胡说！"

香兰仍然一副不谙世事的天真模样，看着林老太太的脸："奴婢并未胡说，这些都是环姑娘跟卉儿私下里说的时候，我在房里做活儿，无意听进一两句罢了。我还劝过，姑娘跟任家少爷已经有婚约了，而且嫁出去还当正头奶奶呢，谁想姑娘听不进去，反而打骂我多事，我便只好不再说了。"

"老太太……老太太您别信她！"曹丽环连滚带爬地抱住林老太太的腿，"这个丫头心肠坏，又懒惰，不服管教还手脚不干净，我管教严厉些她就怀恨在心，所以挟私报复……"她立时做出伤心欲绝的神情看着香兰，哀哀道："我不过是对你严厉些，你又何必……又何必……"

话音未落，香兰便"哇"地哭了起来，哭得比曹丽环还要伤心："姑娘，您怎能这么说话？您身上的衣服、手里的帕子，还有嫁衣、嫁妆，全都是我绣的呀。还有烧水、洒扫、浇花，也通通是我。"说着举起双手，"老太太不信看我手上的针眼。姑娘凭良心说，卉儿、怀蕊，还有后来的思巧，哪个比我干的活儿多？我不讨姑娘喜欢，是我愚笨，可姑娘也不该因为我忠言逆耳就厌恶我……今日是当着老太太和太太的面，我才说出这番话来，否则姑娘可听我背后搬弄过什么口舌是非，从我嘴里何时说过姑娘一句不是？我这样说，也是为了让老太太和太太多劝劝姑娘罢了……"这一哭是真心，勾起了多日攒着的委屈，真个伤心欲绝。

秦氏几乎要拍手喝彩。这小丫鬟极其聪明善辩，原是背主告密，再怎样说都多少有些不光彩，可她偏偏做出一副天真模样，让人以为她真的没有多少城府，三言两语一解释，反倒变成"她忠言逆耳姑娘不听，她便只得告诉长辈，让长辈管教"的意思了。

香兰用袖子擦了擦眼泪，又哽咽着说："后来姑娘越发……糊涂了，今日寿宴上，姑娘从席间偷偷拿了一个桃子，又说要去解手，我跟在后头，看见姑娘在净房里把桃子汁挤到了瓷瓶里。姑娘回到席间，借袖子挡着，把桃汁倒进酒里，哄绮姑娘喝了几杯。我原还纳闷，后来猛然想起，上回绮姑娘请环姑娘小坐时，绣姑娘曾说过绮姑娘碰不得桃子也吃不得桃子，我生怕惹出事绮姑娘不好，也让老太太、太太着急，出去之后恰好碰上红笺姐姐，便告诉她了。"

此话一出口，屋里便静悄悄的。

曹丽环身上一软，只觉得浑身的血都凉了下来。

秦氏目光森然："环姐儿，你还有什么可说的？你是不是要说，桃子汁不是你放的，是这个丫头存心害你才这样说？"

曹丽环哭得肩膀一抽一抽的："就是她害我，因为……因为……"因为自己指使四顺儿要坏香兰的清白。可这话自己又如何说出口？

香兰万般委屈"难以置信"地看了曹丽环一眼，哭天抢地道："老太太明鉴，我决意没有诬蔑环姑娘，如若老太太不信，可搜搜环姑娘的荷包，那个装桃汁的小瓷瓶应该还留着。那瓷瓶是珐琅彩釉的，是环姑娘心爱之物，原是装些保养丹药的，总也不离她身边。就算今日装了桃子汁，环姑娘应该也舍不得扔掉。"

秦氏眼明手快，几步上前将曹丽环腰间的荷包摘了下来，打开翻找，果然看见一个美人肩的珐琅彩釉瓶，将盖子拧开，便闻到一股桃子的甜香。

林老太太闻了闻，脸上一片冰冷。

曹丽环身子一瘫，歪在地上。

秦氏心里痛快，只觉得女儿受的气讨回来一半，双眼看向林老太太。林老太太给她递了个眼色，疲惫地挥了挥手。

秦氏微微颔首，刚欲开口，曹丽环忽然厉声哭道："老太太，你怎么不问问缘由？"她伸手指着秦氏，"是大表舅母怠慢我在先！"

秦氏皱起了眉头，曹丽环哭道："我去赴宴，可一桌子的姐姐妹妹，还有宋檀钗，大表舅母都引见给贵客了，独独不曾说到我。纵然我知道自己家里落魄，自己也被大表舅母嫌弃，可不是我愿意争这个脸，只是众目睽睽之下，这让我怎下得了台？我这才窝了火，我……我……"

秦氏表情冷冷的，没有说话，王氏却怒极了，出言反讽道："哟，你这可是好算盘，原来是看攀不上我们亭哥儿了，所以打量着再找个富贵人家给人做小？"

曹丽环听了这话，哭得更厉害了，用哀怨可怜的眼神看着林老太太。

秦氏默默摇头，心想怪道王氏不招夫婿待见，这么些年，糊涂的脑子还不见精明一点儿。

秦氏上前一步说："若是按照你的意思，不帮你引见几位贵客，你就应该暗害二姑娘了？是以你害了人，还是有理的？"

见曹丽环要开口，秦氏便堵上了一句："你不但用下作手段暗害人，还百般抵赖，见抵赖不过，便把错推到别人身上，这也是情有可原的？"

秦氏说着再上前一步："明明身有婚约待嫁，却又贪慕富贵，不顾彼此名声暗地算计，这也是情有可原的？这些时日来，你吃林家，喝林家，住林家，但凡你念一星半点恩德，又何至于做出这样的事？"秦氏低头瞧了瞧曹丽环，"开宴的时候你来得晚，本来便惹几位贵客不悦，故而我当时不曾介绍，只想等宴会结束时再帮你们引见而已。"

曹丽环哀哀哭着："我错了，都是我的不是，老太太、表舅母饶了我吧！"

林老太太心头一片清明，缓缓说道："府西侧院子收拾得怎么样了？环姐儿的行李都整好了没有？若收拾好了，赶在酉时之前就送她出去吧。"

曹丽环痛哭流涕，抱着林老太太的双腿，哭喊道："老太太，饶了我吧！饶了我吧！我再也不敢了，以后我乖乖的……"

林老太太摇了摇头："你若好好走了，兴许你出嫁之日，林家还能给你添点儿嫁妆。"

曹丽环失声痛哭，恶狠狠地瞪着香兰，直欲将香兰生吞活剥。

曹丽环万万没想到，自己千辛万苦算计，步步为营，最后……最后竟然毁在三棍子都打不出一个屁的懦弱丫鬟身上！

她好恨！她原先怎么一直以为那贱蹄子是个什么都不懂、任凭她搓圆揉扁的傻子？！

曹丽环哭得浑身痉挛，号啕道："老太太，别把我赶出去……我……我……我还不如死了！"她说着起身便往墙上撞。

秦氏伸手去抓，只扯着曹丽环的衣袖，被曹丽环一挣便松了手。

香兰慌忙起身张开双臂去拦，曹丽环脚下踉跄，一头撞在香兰身上，香兰"哎"一声，后背撞上了墙边的八角花架子，上头养在青瓷盆里的秋海棠"哗啦"摔碎在地上，香兰被顶个倒仰，摔倒在地上。

听见屋里的响动，门口瞬间拥进来几个丫鬟婆子，曹丽环挣扎着起来，口中哭道："如今我再不活着！"她又要去撞墙，那几个仆妇连忙上前团团抱住她，口中嚷道："使不得！"

曹丽环这一番寻死觅活倒是真心实意，奋力挣扎着，连哭带闹，挥舞双臂。一个媳妇儿从背后抱住她的腰，曹丽环双腿离地胡乱蹬踹，涕泪横流，鬓发散乱，头上的珠翠掉了一地，口中尖声乱嚷着："若你们赶我出去，还不如马上找根绳子勒死我，倒也落个干净。"她又大叫，"我宁愿一头碰死，也不能就这么不明不白地出去！"

林家那泼天的富贵，她怎能就这么一走了之？！

林老太太已多少年没看过这个阵仗，直是目瞪口呆，气得浑身乱颤，用力拍着炕桌，指着曹丽环骂道："这是……胡闹！真是胡闹！喀喀喀……"

王氏正看得津津有味，见林老太太咳嗽得狠了，忙不迭地上前拍着林老太太的胸口顺气，嘴角还笑着说："老太太气什么？您就当看场大戏呗，环……"话音未落就见林老太太正瞪着她，才讪讪地住了嘴。

这工夫，曹丽环不知拔了谁头上的簪子，立刻要往自己的脖子上刺，众人齐声叫道："要了命了！"几只手上前去夺，把那簪子抢了下来。

林老太太一时情急有些喘不过气，王氏慌了，一叠声地喊道："那个谁，快去请大夫，快去拿老太太的药！"

屋里众人登时乱作一团。

秦氏皱着眉喝道："还不快把她给我按住，没瞧见老太太身上都不好了？！"

香兰心头雪亮，这事之后曹丽环绝难翻身。

香兰上前扯住曹丽环的胳膊，却以极小的声音在曹丽环的耳边说："姑娘省省吧，你以为自己寻死撞破了头或是见了血就能赖在林家养病？只怕是老太太、大太太、二太太都恨死了你，信不信你就算此刻晕死过去，林家人也只会拿个席子将你卷出去送上马车打发走人？"

曹丽环原本脸便涨得通红，听到这话脸更变成了紫色。她扭过头，正撞进香兰似笑非笑的双眸里，这才惊觉这看似唯唯诺诺的傻丫鬟竟有一双锐利清透的眼，直将她看得无处遁形。

曹丽环恨得想咬掉香兰身上的肉，只是周遭的仆妇将她制得死死的，哪里还有她动弹的余地？

香兰继续用轻柔的语调，在曹丽环耳边说道："已然闹到这一步，你还是给自己留两分体面吧……还有，姑娘莫要认为人人都是傻子，也别不信那地狱报应……不是不报，时辰未到！"

此时秦氏大喝一声："还不给我把人拖下去！"

香兰趁机松了手，仆妇们连拉带拽地把曹丽环拖了下去。曹丽环刚号哭了几声，便被人用巾布堵住了嘴。

香兰扭头看着曹丽环被拖下去的身影，听着屋中纷乱的话语声，心里一片茫然——

曹丽环就这样走了？

自己无时无刻不想着要跳离火坑，就这样跳出去了？这怎么跟做梦一样呢？

那……那她日后何去何从？

秦氏雷厉风行，不到一个时辰便将曹丽环的行李装箱，林锦楼亲自命人备马车一并送了出去。短短一个下午，曹丽环便从林府销声匿迹，如同一颗小石子投到湖里荡起一圈涟漪，而后风平浪静。

秦氏将曹丽环之事处理妥当便打发绿阑去探问林东绮的情形，之后转回自己住的正房。她在床上坐了下来，红笺立刻端了一只黄珐琅仕女小盖盅，亲手给秦氏捏肩膀。

秦氏喘了一口气，端起盖盅喝了一口，舒坦地半眯起眼，不知是茶叶清爽香醇，还是心里高兴痛快。

林锦楼掀开帘子走进来，往椅上一坐，跷着二郎腿，懒洋洋地说："事情妥了，她本来还想再闹闹，我吓唬了几句，最后她连个屁都没放，乖乖地走了。"

　　秦氏瞪了他一眼："坐没个坐相，待会儿你老子看见又要骂你。"

　　林锦楼嬉皮笑脸地说道："我老子才不会为了这事骂我，顶多瞪上几眼，若为这事生气，他怕是早就气死了。"

　　秦氏啐了他一口："越说越不像话。"她又语重心长地说，"如今上峰都夸你能干，能独当一面，想要再向上提携你一把，你可别像往日似的纵着性子，多少收敛些。你爹年岁也渐渐大了，你是长子，他对你格外严厉也是理所应当的，你可不准糊涂，跟他对着干。"

　　林锦楼把玩着桌上的小茶盅，俊朗的眉眼间带出漫不经心的神色，说："在军中要身先士卒，上峰和同僚间要虚与委蛇，跟铺子里管事的人要虎着脸，回到家要是不得恣意行事，那还有什么趣儿？"

　　秦氏一听林锦楼这样说，便有些心软，见自己儿子果然晒黑了，依稀还有些瘦了，想到儿子身边正房是个不省心的人，收的丫头都是妖娆之辈，她一个都看不上，好容易做主娶了个良妾青岚，这段日子有了身子也不好服侍，何况在曾老太太的丧期里，更不好再替儿子收房，便越发心疼起来，叹了一口气说："在外奔波也要注意身子，军中的事也不必太拼命，一家老小不指望你再争多大的功名回来。"

　　林锦楼轻笑一声说："我省得了。"他顿了顿，又开口，"母亲，那个原先在曹丽环身边的小丫头让我领走吧。"

　　秦氏怔了怔，脸色不大好看。

　　林锦楼原是想把香兰留在自己身边服侍的，见秦氏这个脸色，话在舌尖上打了个转，便吞了下去，换了个说辞："青岚身边的几个丫头都笨手笨脚的，我想找个伶俐的，听说那丫头还会做针线，正好得用。"

　　秦氏端起茶碗喝了一口茶："你要是短了丫头，就从我房里领一个，都是调教过的，规矩听话得很。"

　　林锦楼笑道："母亲身边的人固然不错，可我就是觉得那个香兰得用。"

　　秦氏微微皱眉。

　　香兰救了自己女儿一回，且自己是托香兰的福赶走了曹丽环这恶心的小蹄子，秦氏却觉得香兰看着老实，可骨子里并不是个乖顺的人。虽说曹丽环阴狠下作，可香兰三番五次背主是事实。

　　在身边当差的奴才，伶俐也好，乖觉也罢，或是识文断字、女红出众，这些都不过是锦上添花，首先一点最重要的，便是忠心。即便主子有再多不是，丫鬟也不该将事情捅出来。

方才在林老太太跟前，那小丫鬟看似可怜委屈，但说话有条不紊，每句话都拿捏住要害，浑身的气派便同别的丫头不一样。更何况，那小丫头长得是极美的，虽然还未长开，但眉眼已经出落得精致如画，如此貌美又不安生的丫头，已让秦氏起了戒心。

她原想把香兰指派到厨房之类有些油水又与主子不常接触的地方，权作答谢，但如今长子想要这个丫鬟，秦氏便犹豫了。

林锦楼看见秦氏的脸色，眯了眯眼睛，骤然站起来走到门口掀起帘子，回头笑了笑说："母亲不说话，我就当是应了我了。"他不理秦氏的呼喊声，直接出了门，见香兰还抱个小包袱可怜巴巴地在廊下站着呢，便指了她一下，说："你，在那儿戳着做什么，还不跟着爷走？"

香兰吓了一跳，看见是林锦楼招呼她，心里觉得不大妙，只好跟在他身后。

一路曲曲折折，两个人竟到了知春馆。

鹦哥正坐在芭蕉底下的摇椅上闭目养神，丫鬟丁香拿了个小杌子在一旁坐着，拿着蒲扇给鹦哥有一下没一下地扇风。

丁香一抬头见林锦楼进了院子，连忙推了推鹦哥，低声提醒道："姑娘快醒醒，大爷回来了。"

鹦哥激灵了一下，睁眼一瞧，果然看见林锦楼回来了，连忙起身，唤道："大爷回来了。"

听到这娇滴滴又婉转的声音，香兰不由得抖了抖，扭头一瞧，只见鹦哥鬓发微乱，带着娇怯病态，一袭宝蓝褙子衬着底下的白绫裙子，越发有一番不胜娇柔之态。

林锦楼微微点头便走，鹦哥连忙上前，轻轻拽住林锦楼的衣袖，凄婉道："大爷是不是恼我了？怎理都不理我？我也知道是我自己没用，没能保住大爷的骨肉，这段日子奴家也是生不如死……昨晚上还梦见了他，是个男孩，生得胖嘟嘟的，他拽着我的裙子哭着喊爹爹……奴……奴家……"腔调已哽咽，鹦哥抽抽搭搭地哭了起来。

丁香连忙扶住鹦哥的手臂，一副忠仆模样："姑娘这几天一直没睡好，晚上都是哭醒的。奴婢劝了好几回，姑娘还是想孩子，再这样下去，真怕姑娘身子骨熬不住。"

林锦楼听见"孩子"便心中烦躁。他对生养儿女并不关心，儿女之于他不过是百年后坟头有个磕头的人，只是他是长房长孙，祖父母时常念叨，父母也时时关心，生个儿子便成了他肩头的一副担子。

鹦哥的孩子被春燕下药流掉，林锦楼为之震怒，狠狠发落了春燕，也赏了金银绸缎给鹦哥，归家的时候也不时去鹦哥房里坐坐。先前见鹦哥哭哭啼啼，他心中也确实有些不忍和感叹，不免多体恤几句，如今鹦哥又过来拽着他的袖子哭诉，林锦楼纵然心中有些不耐烦，仍然和风细雨道："我没恼你，你也别日日想那糟心事。你身子骨不好何必站在院子里吹风？回屋吧，一会儿得了空我再去瞧瞧你。"

鹦哥眼角还挂着泪珠，见林锦楼有些不耐烦，便勉强笑了笑，屈了屈膝，声音柔柔地说道："那奴家回去沏一盏今年的新茶等着大爷。"说完背过身袅袅地走了。

不远处，画眉坐在窗前盯着鹦哥的身影，冷笑道："呸！不要脸的狐狸精，又装病呢。"她"咣当"一声把挑起的窗子关了起来。

香兰跟在林锦楼身后，径直走进知春馆的东厢，踏进屋门便闻到一股暖暖的香气。有个身材高瘦的女孩站在屋里摆弄花草，颧骨微高，眉眼姣好，姿色不过中上，却带着一股干练俏丽气息，正是青岚的丫鬟春菱。

春菱一见林锦楼来了，连忙放下手中的喷壶，一叠声说道："大爷来了。姨奶奶出去散步还没回来，大爷请坐着稍稍等一等，我让个小丫头去找姨奶奶回来。"

林锦楼说道："不必叫她，难得她有兴致出去逛逛。"说着他往身后一摆手，把香兰唤过来说道，"这是香兰，送过来伺候的，听说针线做得好，你帮她安置安置，先按二等的份例。"

春菱一见香兰是林锦楼亲自送过来的，不敢怠慢，连连称是，又说道："洒扫的丫头不够使唤，正巧原先伺候春燕姑娘的银蝶在茶房里粗用，姨奶奶看她手脚还利索就要过来使唤，大奶奶也点头了……"

林锦楼语气淡淡地说道："这些小事何必报给我知晓？"说着他转身深深地看了香兰一眼，这才出去了。

春菱将香兰上上下下打量了几遭，问她原先在哪儿当差，都会做什么等语，言辞亲切。听说香兰原先伺候表姑娘曹丽环，春菱不由得两眼冒光，一副想打探内情八卦的模样，却见香兰一副惷呆的神色，于是勉强压下好奇心，口中笑道："妹妹来了咱们这儿，从此后就是一家人了，我先带妹妹去住处瞧瞧。"

她们说话间，那个叫银蝶的丫鬟也抱着包袱来了。香兰见她眼熟，想起是当初一齐进府的丫头，曾经被赵月婵问过话，便对银蝶笑了笑。银蝶却一昂头，把脸转到了另一侧，一副没看见香兰的模样。

香兰怔了怔，也不再示好，拎着包袱跟在春菱身后出去了。

香兰的新住处是东厢右侧的次间。屋内有三张床，却不显得拥挤。床上均铺着半新的各色金钱蟒被褥，床下各有一只箱子，配有钥匙和锁。窗台下横一张条案，条案上有一面圆镜并妆匣、头油、脂粉等物，另有两张洋漆小几子，几子上放着茶碗、花瓶等物，瓶中插着当令鲜花，小果碟子里盛放着两三枚鲜果，墙角设有海棠式柜橱，墙上挂着一幅春归图，另有山水绣墩等物，不必细说。

春菱领着二人进了屋便出去了。

银蝶眼观六路，见春菱一走，立刻挑了一张靠窗的床铺。这床相对隐蔽，还离着妆台最近，不管梳头或是放东西都更方便些。只是她坐床上仔细一瞧，见被褥、枕头颜色看着发旧，心里便有些不高兴，用眼睛悄悄一瞄香兰，见香兰正对着墙上挂的画出神，便轻手轻脚地抱了床上的被子、枕头和另外一张床上的换了一换。

香兰早将银蝶的小动作看在眼里，只装作看不见，心里暗暗摇头。待将屋子看过一遍，香兰便拣了张靠门的床，将轻软的幔帐撩开，只见床上铺的是石青色金钱蟒被褥，玉色纱枕头，枕头旁还有一只绣了折枝花卉的半旧香囊，放了宁神辟秽的药材，拿起来一闻，还夹杂着一股茉莉香气。香兰摸着香囊的流苏，说道："这儿的住所用度比罗雪坞都强一大截，难怪都说林家是富贵乡，我看这屋子比寻常小姐的绣房还强，居然是给丫鬟住的。"

银蝶见房中陈设精美，兴奋得双目放光，左顾右盼赞叹不已，但听香兰这么说，偏做出不屑的模样道："这有什么？不过是给粗使丫鬟住的地方你就惊成这样，等你见了主子们住的正房，眼珠子还不掉下来？也难怪，原先你是伺候表小姐的，哪里见过真正富贵的屋子？"

香兰微微皱眉，不想为鸡毛蒜皮的小事同银蝶起争执，干脆装听不见，只将包袱解开，把里面的东西一一取出。

忽听见有脚步声，林锦楼掀了帘子进来，香兰和银蝶慌忙站起来，垂着手站着，有些局促。林锦楼眼睛一扫，见香兰站在床边，低眉顺眼乖乖的模样，不由笑了起来。他原就生得英挺俊朗，这一笑眉眼生辉，银蝶撩起眼皮瞧了一眼便有些呆。原先春燕管得严，林锦楼一来，所有丫鬟都不让靠前，平时离得又远，何曾这般近地见过主子？银蝶脸儿立刻便红了。

林锦楼看见香兰，声音也不自觉柔和了些，道："不必拘着，日后你们便住这里，按着规矩好好伺候主子，我必定有赏。"

香兰还在迟疑，银蝶早已脆生生地应道："大爷放心，我们必然好好伺候岚姨娘，这也是我们应尽的本分。"

林锦楼看了银蝶一眼，点点头，又看了眼香兰，见她仍埋着头一动不动的模样，想引她说两句话，屋里却还有旁人在，想着来日方长胡乱吩咐了两句转身走了。

当下屋里没了旁人，香兰也没心思收拾。这一日种种变故让她身心俱疲，浑身摊在床上，再也起不来了。想到今日险些被辱，腿还有些颤，心里又恨又怕；方才在林老太太面前的一番表演陈情，更耗尽心力；后来曹丽环被逐，香兰自个儿跟做梦一样到知春馆岚姨娘跟前听差，还莫名其妙地升了二等，又有些喜悦。这一天悲喜交加，事发突然又诡异，香兰总有种莫名的惴惴，只是她此时太累，不愿再去想了。

银蝶显然心情极好，将包袱里的东西一样一样地取出来。她是自来熟，嘴里有一句没一句地套问着香兰家中情形，听说香兰的爹只是个古玩铺子的三掌柜，立时又将身价拿捏起来，捂着小嘴儿笑道："我爹是京郊那处庄子的二庄头儿，就他的身份，若是在府里当差，大小也是二管家的身份，最差也是个执事，大爷对他器重得很……我堂姐含芳是在绫姑娘房里当差的，极有头脸，哪个小丫头见了不得恭恭敬敬地叫一声'姐姐'？"

香兰听她吹嘘实在不耐烦，又不想得罪对方，便时不时地"嗯"一声，也不搭腔。

银蝶忽叹了口气："我原以为春燕走了我便能换个差事，哪怕能去伺候小姐也是个体面长脸的差事，谁想还是伺候姨娘……啧啧，只怕日后难有什么大出息。"

香兰歪在床上，含着笑说："我倒知足，若是岚姨娘性情和顺些就更好了。"

银蝶也宽慰自己道："这倒也是，听说岚姨娘是太太亲手抬举的，还是良家出身，春燕只不过是个通房丫头，只在西厢占一间屋罢了，岚姨娘可是正经的姨奶奶，自个儿就住了一整个东厢呢，要是这回一举得男，咱们的日子兴许比小姐跟前伺候的人还风光。"

香兰只是笑，并不搭腔，心中却想："这不过是暂时待的地方罢了，给人当丫鬟的，再风光能风光到哪儿去？还是静下心来好好打听谋划，能脱籍出去才是正经。"

一时二人无话。银蝶收好了东西，也在床上躺下来，辗转反侧，回想自己使了半天银子，家里托了她堂姐含芳，又托了个有头脸的婆子，最后春菱才松了口，收了根金钗，把她从粗使的茶房里提到岚姨娘房里。她原还有些不乐意，如今瞧着却有些心气儿了，又想到林锦楼俊朗非凡，身量挺拔，气度尊贵风流，今日眼角眉梢都含着笑意，只感觉心里有一只小耗子挠来挠去，说不清是什么滋味，细琢磨还有些羞人。她实在躺不住，忍不住开口道："大爷今儿个对咱们笑了呢，你瞧见没有？可俊了。"

香兰半睡半醒，迷迷糊糊顺着答道："确实俊，也就大奶奶那样的美人儿才跟他相配。"

银蝶忆起赵月婵花容月貌，姿态冶艳，自己是万万比不上的，心中竟有点儿气恼，道："大爷跟大奶奶很不相谐，纵她生得美，也不讨大爷欢心。"

香兰道："咱们伺候的这位岚姨娘必然很得大爷欢心了，怀了身子能让大爷高兴成这样，想必也是个美人，待会儿倒要仔细瞧瞧。"

银蝶冷笑道："生得再美也是姨娘。眼下大爷是宠她，也不知这恩宠能到什么时候。"她又软了声音道，"我觉得大爷该找个更伶俐、更知心的，哪怕是府里的丫鬟呢，最好会做一手好针线，能给他做鞋裁衣，又会说话哄他，千依百顺的，才能更贴他的心。"

香兰听银蝶说得越发不像，鸡皮疙瘩起了一身，登时清醒过来，脑子转了转，便悟了，暗笑道："我还道她怎么有兴致，非扯着我说话儿，原来是'求之不得，寤寐思服。优哉游哉，辗转反侧。'"想了想说："横竖大奶奶跟大爷是正头夫妻，大爷再纳的都是姨娘……只怕有的还抬不了姨娘。大爷收房的丫头，哪个抬了姨娘了？"

银蝶情窦初开，满怀绮思，香兰的一席话硬生生地绞碎她一片美梦，她赌气翻了个身，不说话了。

香兰脸对着墙，听银蝶那头没了动静，安然合上双眼，嘴角微微向上翘了翘。

一时春菱进屋，说道："姨奶奶回来了，让你们两个过去。"

香兰急忙起身，理了理衣裳和头发。银蝶连忙对着镜子理鬓角，蘸了点儿胭脂抹在唇上，又觉得太艳了，把帕子放在唇上压了压。

春菱领着她二人进了旁边的厢房内。

屋里居然站着小鹃并一个婆子，条案边坐了一个十八九岁的妇人，因有了身孕故身材丰满些，乌发雪肤，长脸杏目，容貌虽不及赵月婵艳丽，但也是难得的美人，身穿雪青镶领碧色寒梅暗花缎面对襟褙子，头上只有一根金簪，耳上垂着玛瑙坠子，手上一对玉镯，其余一概首饰全无，看着极素净朴实。此人正是青岚了。

春菱道："岚姨娘，这两个丫鬟就是我方才说的，一个叫香兰，一个叫银蝶。"

银蝶极懂眼色，立时跪了下来，香兰也忙跟着跪了，口中道："请姨奶奶大安。"

青岚开口道："起来罢。"细细打量，见这二人都生得美貌，心里有些不舒坦，又看那个叫香兰的身上都是旧衣，头上只绑了两根白绳、扎了个丫髻，扎一朵白花，银蝶则穿了崭新的青绸衣裳，脸上好像涂了脂粉，像是精心装扮过的。心道："这个香兰看着老实，银蝶好打扮，不知是不是个安分的。"口中说道："你们俩既跟了我，只要守规矩，好好伺候便是，旁的也不多要求。"

春菱道："岚姨娘是最宽厚疼人的，你们俩跟了她算有福气了。"

香兰不动声色将屋子打量了一番，见东厢房收拾得干净，陈设奢华，就连秦氏房间的摆设也不过如此。香兰觉得不合规矩，微微蹙起了眉头，但又转念想到青岚是良籍嫁进来做妾的，身份比旁的妾不同，而今又有了身孕，身价更是不同。可目光扫过几件名贵的玩器，香兰又觉得这样的东西放在明面上未免太扎眼了些。

一时青岚乏了，便打发人都散了。春菱把香兰、银蝶并小鹃带到次间内，说道："我叫春菱，原是三太太屋里的丫鬟，因岚姨娘有了身孕，便被指派到这里伺候，日后你们有事只管来找我。"她指着小鹃介绍道："她叫小鹃，来得略早几天。屋里那个婆子姓吴，你们叫她吴嬷嬷便是了。"接着将服侍的规矩讲了一回，又安排了几项简单的活计，命银蝶做一个盛放宁神药材的香囊，又命小鹃出去浇花，再做一条绣花帕子，对香兰吩咐道："你随我来。"说罢领着香兰进了青岚住的卧房。

青岚正躺在床上小憩，牡丹镂雕拔步床上垂下轻软的绣花草幔帐，莲花鼎里燃着一缕安神静气的苏合香。

春菱轻手轻脚地走到柜前，将柜门打开，低声对香兰道："从今往后姨娘的衣裳针线都归你管，这柜子里放的都是应季的衣裳，上层是袄褂，中层是褙子，下层是裙子。秋冬的衣服都放在樟木箱子里。"说着把箱子打开，挨个儿指着解释，哪个是皮毛的，哪个是锦缎的，哪个是家常衣裳，哪个是见客衣裳，哪个是给太太、奶奶请安穿的，另还有多少上好的布匹，不一而足。

香兰一一点头记下。

春菱从柜里取出一只大托盘，上有两摞衣裳，道："这是岚姨娘赏的衣服，是去年才做的。衣服虽是半新的，但已浆洗过，干干净净，给小鹃和银蝶一人一套。"

香兰看那衣裳，是一套银白素缎冷蓝镶绲边的衣裙，还有一套肉桂色的褙子衣裙，衣服上还有几处刺绣，看着还很新，料子都是上好的，因是素色，正好在曾老太太的丧期内穿。

春菱不多时又端出一个托盘，上有两个瓷碟子，里面盛放着几件首饰，给小鹃、银蝶一人一份，说道："这也是岚姨娘赏的，说艳色的花等出了孝期再戴。"

香兰看其中一个碟子里有两朵红绒宫花、两朵蓝绒宫花、一根镏银的簪子、一根嵌水晶的银簪，还有一对银镯、一对玉镯并一对碧玉耳环。另外一盘也是同等的例儿，不过簪子和耳环样式有所不同。

春菱低声笑道："你是二等，自然跟她们不同，姨娘命我单给你备了好东西呢。"说着又取出一套牙色镶领碧色寒梅暗花缎面对襟褙子、一件黛蓝缕金提花缎面交领长袄，几乎是全新的，另外还有四支堆纱花儿、两根老银簪子、一支镶玛瑙小金钗、一对玉镯、一对极细的象牙镯子并一对珊瑚耳环。

春菱暗想："听说香兰家境平平，原又在曹丽环那里听差，定见不到什么好东西，如今见了姨奶奶这样丰厚的赏，只怕眼该直了。"却发觉香兰只是看了看，伸手摸了摸那衣裳的料子，虽面带笑容，却无甚喜出望外之情，说："姨奶奶真知道疼人，待会儿她醒了，我定要过去好好谢谢赏赐。"

春菱一怔，笑道："你也是个伶俐厚道的人，我今年十六，想来比你年长，托大自称一句姐姐，以后咱们姊妹还要好好相处才是。"

香兰微笑附和，两人说笑两句，便端着托盘回到房里，将东西给了小鹃和银蝶。

小鹃喜不自胜，立刻便将镯子套在手上了。

香兰也坐在床上看自己那份儿，把衣裳仔仔细细叠好，又把每样首饰仔细看了一回，心想：娘一直没有什么首饰，这几样东西我收起来，回去给她戴，她必定欢喜。只可惜衣裳小了些，否则也能带回去给她穿了。唉，自从进了府，拢共只回家探望过一回，往后得了机会便告假回去看看。爹娘要是知道我升了二等，心里指定高兴罢……一边想着一边道："岚姨娘真大方，刚见面就赏了这么些东西，可见是个好相处的人。"

银蝶也正坐在床上看刚赏下来的东西，见春菱出去了，便嗤笑道："这算什么？我姐姐在绫姑娘那房里，赏下来的都是真金白银、珍珠翡翠，衣裳不但料子好，连上头绣的花样也新鲜。你眼皮子别这么浅，赏了这点儿东西就当成天大的恩典了。上回我姐姐得了倩姑娘赏下来的一个金戒指，上面嵌的宝石有黄豆粒那么大，我姐姐就看了看，没当什么就给了我，让我戴着玩去。咱们今儿个得的东西，跟那戒指比，简直就是废铜烂铁了。"说着到小鹃这边看赏给她的东西，只觉得赏给香兰的衣裳比她的好，又觉得宫花也比她的新，瞧着簪子上的水晶也比她的剔透，那玉石耳坠子水头也比她的润，心里有些不痛快。

等银蝶晃到香兰身边，见床上摊着的钗环镯子，眼睛都瞪圆了，失声道："怎么赏你这么多东西？！"便忌妒起来。

她只道香兰无依无靠，又生得单柔娇弱，是个好拿捏的，便道："我喜欢你这珊瑚耳坠子，横竖你也没有耳洞，便给我罢。"

香兰愣住了，小鹃从床上蹦下来说："好呀，那就用你那对银镯子外加那个碧玉耳环跟香兰换。"

银蝶不高兴道："我跟香兰说话，有你什么事儿？"

小鹃走到香兰身边坐下来，跷着脚丫说："你脸皮厚，上来就找人家讨东西，我看不顺眼，就偏要说两句，你想怎么样？"

"你……"

香兰拽了小鹃一下，看了银蝶一眼道："这耳坠子我打算回去给我娘戴，既然你姐姐在绫姑娘那儿得了那么些真金白银的首饰，你问她要一个更好的让你戴着玩去。"说罢将衣裳、首饰收拾了，从床底拉出箱子，把东西锁了，对小鹃道："方才春菱是不是让你绣帕子？要不要我帮你描花样？"

银蝶一跺脚道："小家子烂气的，爱给不给，我还不稀罕。"气嘟嘟坐回自己床上。

此时春菱进来，银蝶转转眼珠，告状道："春菱姐姐，香兰做什么？姐姐是不是忘了给她安排活计了？还有，给她的东西怎么比我们多？"

春菱看了银蝶一眼，淡淡道："香兰是二等，跟你们俩当然不同了，日后管姨奶奶的衣裳针线，你做得了香囊就给她看看。"

银蝶目瞪口呆，心里暗暗后悔自己错估了形势。她以为香兰是个软柿子，谁想香兰比她还高一等，倘若以后给她上眼药、穿小鞋可不妙，便拿定主意以后要好好笼络。

小鹃听说香兰升了二等，心里有些不自在，可到底还是为香兰高兴，朝她挤挤眼睛。香兰勾起嘴角，也偷偷对小鹃挤了挤眼。

等四下无人时，小鹃悄悄问香兰："你怎么往岚姨娘这儿来了？听说环姑娘让太太给赶出去了，这事儿是不是真的？环姑娘因为什么事赶出去的？"

香兰看着她忽闪着大眼睛"求知若渴"的模样，"扑哧"一笑，点着她的脑门儿说："绣个帕子这么慢，打听这个就这么来精神。"

小鹃嬉皮笑脸地抱着香兰的手臂说："好人，告诉我罢，告诉我罢。"竖起三根指头发誓，"我绝不跟旁人说。"

香兰拗不过她，只得说："到底因为什么我也不大清楚，反正是惹恼了老太太和太太，才被送回去的。以后这档子事少提，免得吹到太太她们耳朵里不干净。"

小鹃听了这回答挺不满意，晃着香兰胳膊还要磨，香兰连忙岔开话头道："我是因为环姑娘走了，岚姨娘这儿缺人才过来的。你呢？你原是大奶奶房里的，怎么也过来伺候？"

小鹃掰着指头说："姨奶奶房里原来的三个丫头，一个染了病，怕过了病气，所以送回家去了。一个从台阶上跌下来摔伤了，回家养伤。还有一个死了老子，回家戴孝，岚姨娘怀着身子，主子们嫌死人冲撞，也就不让回来了。东厢就缺了人，本来好几个丫头眼红，原也轮不上我，谁想大爷略一过问，末了竟让我过来了。"说着高兴道，"这也是咱们有缘，以后在一处过日子，真是再好不过了，要是汀兰姐姐也能来就好了。"看着银蝶的床叹了一口气："谁知道是跟这个是非精一起住。"

香兰坐在条案前，帮小鹃细细描上花样子，说："以后少理睬，也别闹出什么不和睦，两边都难看。"

小鹃嘟着嘴："她上赶着招惹，躲都躲不及。原先她伺候春燕姑娘，她那个主子就是个刺儿头，银蝶还刺儿一百倍，跟她住一起有的熬了。"

正说着银蝶进屋，小鹃方才闭了嘴。

晚上，香兰早早梳洗一番，便将床幔垂下来上床安歇，小鹃和银蝶仍在净面卸妆。香兰将秦氏赏她的荷包拿出来，借着幔帐外微弱的烛光，将东西倒在掌心一看，只见有四个金锞子、一对金丁香并一个金镶玉的戒指。

香兰将每样东西都把玩了一遍，心里有些感慨。前世在沈家，每逢年节，当家主母都会拿出几包散碎金银熔了给工匠打成各式金银锞子——如意式的、牡丹式的、海棠式的、文昌笔式的，还有镌刻着"福禄寿喜"等吉祥字眼的，或大或小，满满

125

当当摆几大盘子，黄澄澄、白花花的倒也好看。她拿来送人或打赏，心里颇不以为然。

如今知道生活艰辛，才愈发明白做人要惜福。

香兰将东西装回荷包妥帖放好，把松软的菱花被往上拽了拽，忽然觉得日子又光明起来，闻着枕边香囊里清新的香气，甜甜地睡着了。

青岚因怀着身子，连给赵月婵立规矩都免了，每日里不过逛逛园子，做做针线，跟丫鬟们说笑说笑，偶尔到秦氏那里请个安。她又是个宽厚好伺候的人，对吃穿也不多挑剔，香兰再也不用整日没完没了地绣嫁妆、干洒扫的杂活儿，受卉儿、怀蕊挤对，听曹丽环刻薄责骂，每天只需帮着青岚做做小孩子的衣裳，做些端茶倒水的轻松活计，还能时不时偷得半日空闲。

林锦楼自上回送她到知春馆之后，只来过两三趟，便再没回来过。春菱说林锦楼往军中去了。

"大爷一向与兵卒同吃同住，有时在营里一个月都不回来一趟，真正爱兵如子呢。"春菱说起林锦楼时面带骄傲之色，隐含娇羞之情，"军务繁忙时，三个月都没回家，在外头提起'林家兵'，谁不高看一眼？别看二老爷的官职比大爷略高一点儿，可威信、名声远没大爷响亮，听说圣上都赞过咱们爷，等出了曾老太太的孝期，大爷就要再提拔一级，调到京里任个京官儿。"

香兰频频点头附和，随口说着大爷英明神武之类的阿谀之词。她听说林锦楼要去军队里许久不回来，又听说他以后要被调入京城，心里暗暗高兴。她恨不得林锦楼永远不回来才好——好似吃草的小兔子天生知道猛虎凶恶，她对林锦楼隐隐感到畏惧。

"等爷进了京，姨奶奶也生了儿子，就凭大爷对姨奶奶这么爱重，到时候兴许还能讨个诰命下来，到时候谁还敢给咱们东厢脸色看？！"春菱手里叠着衣服，嘴里也说个不停，"阿弥陀佛，只盼着姨奶奶这回能生下个小少爷。"

香兰疑惑："大爷还没有什么显赫军功，圣上怎么可能给大爷的妾室封诰命？"

春菱不以为然地说："怎么不可能？咱们爷的恩师是镇国公，是赫赫有名的大将军，大爷得军功是迟早的事。你别看大爷身边还有鹦哥和画眉，可那两个就是通房丫头……还指不定能在府上待多久呢，没瞧见春燕就被打发出去了吗？咱们姨奶奶是太太做主正正经经用轿子抬进来的良妾，而且有了身子，除了大奶奶，谁以后还能再越过她去？大爷回府，也多是在咱们东厢歇着……就是鹦哥、画眉那两个小蹄子，见天使手段让大爷过去，日后见到那两房的人不必给好脸色，呸，不要脸！"

春菱说着说着便横眉竖目，拉着香兰一道同仇敌忾，香兰便也只好做出一番义愤填膺的样子，用力点头说："对，大爷想去哪屋去哪屋，大爷就爱咱们姨奶奶，任凭她们使再多手段也没用！"

春菱觉得香兰受教，欣慰地拍了拍香兰的肩膀。

其实春菱自从听说香兰是大爷亲自送来提的二等丫鬟后，心里不免惴惴不安。她本是秦氏身边的三等丫头，给了青岚升到二等，原指望青岚生了儿子，她也跟着沾光当上一等大丫鬟，谁想凭空杀出个陈香兰。

她脸上跟香兰笑模笑样的，却时时担心香兰跟她在主子跟前争宠，可她这几日看下来，发觉香兰除了管好针线，旁的事一概不插手，也不多问，倒是看哪个小丫头活计忙了，便主动上去帮一帮。有些在主子跟前露脸的活儿，她故意让给香兰，香兰都与她推托。春菱这才放下心，觉得香兰是个傻子——谁不愿上进，多得主子的青眼呢？！对香兰的态度也愈发和气了。

春菱哪里知道，香兰心里正不愿意的就是"得主人青眼"。如今日子舒服了些，她早想着作画赚银子，若是青岚倚重她，她岂不是没了闲儿？

这样一来，她们一个在主子跟前卖力表现，一个乐得清闲，倒也相安无事。

知春馆每日里一片宁静。赵月婵窝在屋里足不出户。鹦哥也只守在屋里，只有黄昏时分爱站在院儿里的芭蕉树下或蔷薇架子前头，唱两声"杜宇啼血不忍闻"的伤春悲秋小曲儿，香兰觉得她这般做派是为了守在院子门口等林锦楼回来。画眉倒是喜欢时不时到东厢坐坐，拉着青岚闲话家常。

"画眉那小浪蹄子倒是脸皮厚，姨奶奶都打了两回哈欠也不知道该走了。"吴嬷嬷沉着脸扶着青岚半靠在床头。吴嬷嬷是林锦楼的奶娘，在林家地位超然，这厢听说青岚有孕，便自告奋勇地前来伺候。她原是秦氏娘家的陪嫁，最是忠心耿耿，也在秦氏的耳濡目染下，对妖娇的女子一概好感全无，所以对鹦哥、画眉之流十分厌恶。

"她好心好意来看我，我总不能将人赶出去罢？横竖也坐不了一会儿，就随她去罢。"青岚有些倦意颇浓。

"奶奶就是太好性子了，我看画眉不是好东西，等大爷回来我跟他说，甭让那些个小妖精到东厢来在奶奶跟前晃悠。"

"那可别，回头让大爷以为我多事。"青岚连忙睁开眼睛。

吴嬷嬷叹了一口气，把床头的海棠小几子上的茶点端过来，递给青岚一块糕："好，好，我不说。姨奶奶这几日食欲不振，吃块糕再睡罢。"

那是一碟子玉带糕，用茯苓、莲子、薏仁等蒸成，有调理脾胃虚弱、补中益气的功效，青岚吃着香甜，忍不住又吃了一块，对吴嬷嬷说："要说春菱这丫头，不愧是太太调教出的人，又伶俐又干练，事事都给我想周全了。有她在，我省了一半的心。别的不说，就说这糕，这两天她看我进的东西少了，就巴巴地做了这个点心过来，可见她的一片心了。"

吴嬷嬷一愣，眉头皱了起来："春菱说这糕是她做的？"

青岚点点头，喝了一口茶："春菱说她一早起来做的。"

吴嬷嬷的眉头皱得更紧了，她分明瞧见是香兰那个小丫头在厨房里又揉面又放模子，做了一屉玉带糕，用筷子夹在青瓷碟子里让春菱端进来，还给她和小鹃各留了两块，怎么这会子变成春菱做的了？半晌说道："这糕是香兰做的……"

青岚一愣，却也不放在心上，只是点点头说："那好，回头我赏赏她。"

吴嬷嬷说："倒不忙着赏，奶奶想想，春菱虽是得用，可我觉得她心眼子太多，不是实诚人，不过是做个糕，这个宠都要争，把别人的功劳昧下来。这虽说是小事，可也能看出点儿心性。小鹃太小，还是一团孩子气，那个叫银蝶的一副不安分的样儿，听说总打听大爷的事。这些日子我冷眼瞧着，香兰倒是个老实人，原我以为她那张脸生得美，只怕不安生，谁知道她天天安安静静地干活儿，交代的活计没有不用心的，也不争抢，也不爱生闲气，小鹃和银蝶拌嘴，也都是她在旁边劝架。"

青岚正把糕点往口里送，闻言停了下来，蹙起一双秀眉："嬷嬷的意思是……？"

吴嬷嬷回道："我的意思是，姨娘要在府里立足，不培养几个心腹怎么成？要往长远打算，等曾老太太的丧期一满，大老爷便要回京城，太太到时候也要跟着去，这座大靠山没了，再没几个贴心的人儿，只怕姨娘要受欺负。香兰年纪小，心眼又实，从不多说一句话，像是个好的。"

青岚皱着眉想了一回，只觉得这香兰清淡得好像一缕烟尘，好像不存在似的，谨言慎行，小心翼翼。只是因为她是林锦楼提的二等丫鬟，让青岚心里不大舒坦，连带着也不十分器重她，但如今想起来，大概是个老实规矩的，便缓缓点头道："说的是，我多留意留意那丫头。"

当下把香兰叫到屋里，和颜悦色地赏给香兰一个刻着"囍"字纹样的银戒指，又赏了一碗酽茶并一盘果子，打发她去了。

香兰一头雾水，不知道自己为何平白得了赏。回到房里她仔细一看那戒指，虽样式已经老了，但掂着还有些分量，暗道这岚姨娘果然大方怜下，欢欢喜喜地把戒指收了起来。那碟果子她本想留些给春菱，却想到春菱是爱忌妒的，上回青岚赞了一句香兰的面茶做得好，中午多赏了一个菜，春菱都黑了脸，过后对她暗示岚姨娘的吃食让香兰不必再费心："姨娘怀着身子，旁的东西不敢让她多吃，下回你做了什么想给姨娘的，先知会我一声，若是吃坏了，太太怪罪下来，我们脸上也都不好看。"

如今青岚又赏了一碟果子，香兰想了想还是不要说的好，便跟小鹃偷偷分着吃了。

第七章
硝烟抚枯木

　　第二日清晨,香兰拿了把长嘴的大壶站在院子里,一边默诵《大悲咒》一边浇花。时值入夏,院墙边的石头旁边开了几丛凤仙花,大房里的几个丫头正团团围着掐花,要回去染指甲。

　　香兰对大房里的丫头们一向能避就避,手脚麻利地把花浇了,拖着壶低着头,顺着树荫往回走,忽听有人唤她道:"香兰妹妹,香兰妹妹。"

　　香兰站住脚往后看,却见是赵月婵的大丫鬟迎霜正站在花架子后头招手喊她,满脸带着笑。这迎霜生得并不美貌,高颧骨尖下颏,有几分凌厉相,笑起来五官便显得柔和多了。

　　香兰见是迎霜喊她,顿时头皮发麻,又不得不走过去,低眉顺眼道:"迎霜姐姐叫我有什么事?"

　　迎霜一边吃着枣子一边笑道:"嗐,我能有什么事儿?不过是看见你了,跟你说说话儿。"把抱在帕子立的枣子一股脑儿全塞到香兰手里道,"吃枣子,吃枣子,这枣是去年秋天摘下来晾好藏在瓮里的,只主子们熬粥煲汤才拿出来几粒,这个季节能吃上,还算金贵。"

　　香兰连忙摆手道:"这么难得还是姐姐留着吃罢。"

　　迎霜硬将东西塞到香兰手里,笑道:"让你吃你就吃,我还有呢。"

　　香兰无法,只得收了,心中暗想:"无事献殷勤,非奸即盗。迎霜的葫芦里到底卖了什么药?大爷亲自下了令,说岚姨娘身重,日后不必到正室跟前立规矩,岚姨娘也处处躲着，大房和东厢的人一直井水不犯河水。这些日子大太太整肃内务，革了好些人的职，又打又罚的。大奶奶老实得跟避猫鼠一般，连门都没怎么出。这会子迎霜跟我一个小丫头套什么近乎？"

迎霜见香兰闷头吃枣，也不搭腔，便清清嗓子道："妹妹真勤快，一大早就起来浇花。东厢的活儿多不多？重不重？我冷眼瞧着，好像就妹妹一个人里里外外张罗似的。"

香兰心生警惕，脸上仍笑笑着说："我刚进府，年纪又小，什么都不懂，还处处要人教，怎么可能里里外外张罗呢？不过是听话罢了，姨奶奶让我干什么我就干什么。"

迎霜说道："年纪小有什么打紧的？我虽不能干，但好歹在大奶奶跟前伺候了几年，日后妹妹有什么不懂的，尽管来问我。若是受了谁的欺负，也只管告诉我。"说着顿了一顿，想听香兰说些客气道谢的话，谁想香兰只是憨憨地笑，低头去揉弄衣角，迎霜便又试探着道："也不知岚姨娘平日里都吃什么、喝什么，有什么喜欢的东西，我们奶奶常念叨，说岚姨娘怀了身子辛苦，惦记送她些东西，又不知送什么好。"

香兰咧嘴笑道："姨娘的吃食不归我管，我也不知她爱吃什么，不过偶尔到厨房端个菜，还笨手笨脚的。"

迎霜心里起急，暗道："这香兰看着有点儿灵气，没想到是个傻大姐，一问三不知，光知道傻笑……又或许她是个精明的？不见兔子不撒鹰，非要见到有利可图了才开口？她是大爷亲自指派过来的，指定知道大爷的事，还是再套问几句。"想着从袖里掏出一支老银的蝴蝶簪子，塞到香兰的手中道，"这簪子是大奶奶前年赏我的，我这个年纪再戴这个样式的显得太生嫩，妹妹不嫌弃就拿着。"

香兰连忙推辞，诚惶诚恐道："这怎么使得？"

迎霜笑道："有什么使不得的？大奶奶那儿什么样的金银首饰没有？前些天她还赏了我个金镯子。她还跟我说，看着妹妹这么伶俐勤快，还想跟岚姨娘张嘴，把你要到大房来呢。"硬把簪子塞到了香兰手里。

香兰嗫嚅道："大奶奶错爱，我哪有这么好。"

迎霜又问道："大爷每日从外头回来都去东厢吗？"

香兰道："我也不知是不是每日，有时大爷便往东厢这边看看。每逢大爷来，都是春菱去服侍，我只管做个针线、端个茶递个水什么的，不总到前头去。"说到此处，余光看见春菱站在窗前，眼风频频往这边扫来，便道，"我该回去了。"将簪子往迎霜手里一塞："无功不受禄，这簪子姐姐留着戴罢。"说完转身一路小跑溜了回来。

回到茶房里刚刚把壶放下，春菱便走过来问道："方才迎霜跟你在花架子底下说什么呢？"

香兰道："迎霜先请我吃枣子，又夸了我一通，要送我一根银簪子，问我姨娘平时喜欢吃什么、喝什么、做什么，还问大爷是不是每天都来。我是姨娘的丫头，这些事怎么能告诉她们？我便说什么都不知道，簪子也还给她了。"说着香兰摊开手，"这儿还有几个枣子，你拿去尝尝罢。"

春菱冷笑道："我就知道大房那几个妖魔鬼怪没安好心，知道我不待见她们，就朝你们刚来的丫头下手，呸，瞎了她们的心！昨天太太特意打发红笺来送了滋补药品，还问姨娘的身子，嘱咐了好几句，若是叫大奶奶她们打听了姨娘的事，生出什么幺蛾子，咱们可就吃不了兜着走了。你今儿做得不错，日后少跟大房的人牵扯，枣子留着自己吃罢，我去扶姨奶奶去园子里逛逛。"看见小鹃正拿着抹布擦窗棂，便说，"今天日头好，待会儿去把箱笼里的被子拿出来晒晒。"说完便掀了帘子走了出去。

小鹃一见她走，立刻对香兰说："什么叫'你今儿做得不错'？她可好大的口气，天天拿着架子摆着谱儿，是把自己当一等大丫头呢，你也是二等，干吗怕她？"

香兰把手里的枣一股脑地塞到小鹃手里，说："她乐意当大丫头就让她当去，跟她较真儿做什么？"

小鹃嘟起嘴："平时她总支使我干这个那个的，分明是她应该做的活儿也推给我干，然后跑到主子跟前邀功……香兰，你要升一等，压她一头就好了。"

香兰拿起一粒枣塞到小鹃的嘴里说："快省省吧，有吃的还堵不住你的小嘴儿呢。"笑着拍拍小鹃的头，转身进屋了，站在床前长长吁了口气。纵然她觉得自己待在东厢没有前程，但也决计不会去攀附大奶奶，与虎谋皮岂是闹着玩的？她倒了半碗温茶吃了，打开箱笼，把昨天做的一件玉色小褂取出来，在衣裳背面掐牙。

小鹃嚼着枣子跟进来，往床边一坐，耷拉着脑袋说："原以为在大奶奶那头受气，到了岚姨娘这儿就熬出头了，想不到好过没几天，又有这么个人添堵。"

香兰笑了笑："日子不就是这样，一关一关闯呢。你以为闯过了火焰山，后面就是阳关大道，可以随意畅快了，可稍稍把心放下来的时候，才发觉原来前头还有一个大油锅，旧的烦恼未去，新的麻烦又出来，没个停歇的时候。"口中说着，手里也不停闲，飞针走线。

小鹃眨巴着眼睛："没个停歇的时候？那活着岂不是太没意思了。"

"有句俗话'人生不如意的事十之八九'，可见如意的事只有一二，多想想'一二'，少想点儿'八九'，计较少了心里就敞亮了。原先我在表姑娘那里，一个人干三个人的活儿，还常常受苛责挤对，吃穿都拣剩下的，可如今在岚姨娘这儿，活计少了,银子多了,没人给脸色看,还常常能得主子的赏,只不过有个爱抢风头的春菱,可跟原先比又算得了什么?风头任她抢去,何必争这一时。"香兰把线头咬断,将衣裳抖了抖。

小鹃哼哼着:"凭什么让她抢?我咽不下这口气……再说,咱们这儿算什么呀?你是没看太太那屋,红笺姐姐、绿阑姐姐威风着呢,一等一的大丫鬟,林府里的副小姐,不单有自己住的屋子、使唤丫头,月例比咱们高了几番,还有丰丰厚厚的赏赐。你觉着岚姨娘赏个银戒指就大方啦?太太赏红笺的镯子,随便一个都是赤金的呢。"

香兰笑了起来:"你羡慕太太身边体面的丫鬟,兴许她们还正忌妒林家的小姐呢,一个个锦衣玉食让人伺候着,以后风风光光嫁个好人家做奶奶享福。林家的小姐呢,也许正忌妒皇亲国戚的千金,生下来就是郡主、县主,她们见了要俯首帖耳,小心奉承着……人比人得死,咱们心里拿定自个儿的主意就是了,何必跟人家争竞?要想日子过得舒坦,先要惜福知足。"

香兰说完这番话,见小鹃还懵懵懂懂的,知道她年纪尚小,还没尝尽人生艰辛,便笑了笑,在小鹃脸上掐了一把。

小鹃"嗷"一声扑了过来:"大胆,竟敢调戏良家女子!"说着伸手去呵香兰的痒,两人笑闹着滚成一团。

正此时,听见厅里有人喊道:"人呢?都哪儿去了?"

香兰忙推开小鹃,整了整衣裳鬓发,出去一瞧,只见林锦楼正歪坐在海棠美人榻上,官帽扔在旁边的海棠桌上,背后靠着两个秋香色蟒纹软垫,身上穿着武官常服,腰间系着织金八宝带,越发衬得他身形伟岸、宽肩阔背,脚上蹬一双青缎朝靴,半眯着眼,神态懒洋洋的。

林锦楼白天鲜少到东厢来,香兰略一迟疑,上前道:"姨奶奶去园子里散步了,大爷有什么吩咐?"

林锦楼懒洋洋地看了香兰一眼道:"原来这屋里有人,我还以为丫头们都不在呢。你去给我倒碗茶。"

香兰依稀记得林锦楼惯喝的茶放在柜子里,打开柜门一瞧,果见架上放了一个豆青釉加彩梅竹纹的小罐子,从中捏出一撮茶叶,放在青花鱼藻的小盅里,用水涮茶,将第一泡倒掉,添了热水,方才将茶端到林锦楼跟前的小几子上,然后向后退了一大步,低着头便要出去。

林锦楼靠在榻上,微皱起眉头道:"等等,谁让你出去了?"

香兰只得站住,转过身来。

林锦楼半眯着眼,晃了晃脚道:"把爷的靴子脱了。"

香兰走过去半跪在地上,将林锦楼脚上的靴子拔了下来,轻手轻脚放在地上,又要退出去。

林锦楼又唤住道:"爷这里还要人伺候,你要往哪儿去?我饿了,端两碟子点心来,不要千层酥,要是有汤也热一碗。"

香兰只好到后头的小耳房里取了两碟点心,岚姨娘早晨用的粳米瘦肉粥还剩下小半锅,便放在炉子上热了一碗,放在托盘里端了回去。

林锦楼捧着茗碗悠然品茶。他自小锦衣玉食,吃穿住用无不讲究,虽在军中艰苦顾不得许多,但在家中即便是喝茶也要诸多挑剔。往日里都是青岚亲手给他泡茶,今日换了人,茶的味道寡淡,冷热也有所不同,虽不及以前醇浓,却口感轻浮,竟也极有余味。

当下香兰端了吃食进来,放在小几子上道:"汤没有了,有早上做的粥,还是极新鲜的,给大爷热了一小碗。"

林锦楼点点头,喝了两口粥,开始吃点心。

屋子里静静的,只能听见廊下挂着的鸟笼里传来几声画眉的叽喳声。林锦楼微一抬头,见香兰远远站在屋门口,垂着头一动不动,不由有些不高兴。

他在内宅所到之处,无论男女老少皆远接高迎,点头哈腰,丫鬟们争先恐后地往前凑趣,想尽千奇百怪的招式博他多看一眼,如若平素有哪个丫头跟他独处一室,此刻早就变着法儿地引他说话了。香兰却不同,好像他身上有疫病似的离得远远的,连头都懒得抬。

林锦楼"咣当"一声把勺子丢进碗里。

他当初把香兰送到青岚这处当差,就为了把这小丫头笼在身边儿看着。他屋里那几个人他心里有数,个个不是省油的灯,唯独青岚,性子和顺也宽厚。只是后来他一是军中事务庞杂,二是肩负了巡盐的事项,一来二去便将这小丫鬟放下了,偶尔到东厢来,也不见她上前伺候,如今见了,却发现是个顶没良心的,自己救过她的清白,还提携她近身伺候着,她待自己却跟个陌生人似的。

香兰正猫在门边,心中想着:"待会儿岚姨娘和春菱她们回来,看我一个人在屋里伺候大爷,还以为我存心往大爷身上贴似的,若是恼了可不妙。"其实她心里确实对林锦楼心存感激,但只要见他两眼灼灼想吃了她似的,便不敢再表现殷勤了。

此时林锦楼道:"这屋里热,你过来给我扇扇风。"

香兰一呆,拿了八仙桌上的一把雪纨宫扇,乖乖过去给林锦楼扇风,扇了几下,林锦楼瞪了她一眼道:"离爷这么远,哪能觉出有风扇过来?"

香兰无法,只得再往前站了站。林锦楼又哼了一声道:"你把爷当野兽不成?还能吃了你?"

香兰只得又往前挪了挪，低眉顺眼地开始扇风。

林锦楼方满意了，抬眼看了看香兰，见她脸蛋圆润了些，粉腮红润，秀眸婉约，说不出地姣美，头上仍然绾着双髻，穿着锦缎驼色小袄儿，下面一条白色长裙，身段初见婀娜。

林锦楼忽皱眉道："你身上熏了什么香？"

香兰一怔："奴婢从来不熏香……"

林锦楼不大自在地挪了挪身子，眯着眼看着眼前的小丫鬟。香兰靠他有些近，一缕若有似无的香气随着风飘进他的鼻子，直让他想伸手摸她柔软细致的脸，闻一闻她身上那股撩人的淡香味儿。他是花天酒地的浪荡性子，大为意动，心想着若不是在老太太的丧期里，当晚就收个丫头做通房也不是什么大事。他看了香兰一眼，见她仍未及笄，还带着些许青嫩，又觉着要是再养养，再收进房也不迟。

林锦楼收了收心，喝了口茶问道："在这儿还习惯？主子可曾为难你？我来过几次都没瞧见你。"

香兰垂着眼也不看林锦楼，但脸上神态却极恭敬，道："回大爷的话，姨奶奶跟菩萨一样慈善，待我很好，还赏了好些东西。我刚来，笨手笨脚的，就在后头做做针线，端茶倒水的事有春菱姐姐。"

林锦楼低笑："你不做眼前的事儿，回头你们主子再把你给忘了。"话里有话，意态轻佻，带着惫懒的调调。

香兰是个聪明人，马上就明白了，说不清是羞还是气，脸蛋"噌"地红到脖子根，仍低垂着头说："春菱姐姐比我伶俐得多，我是个粗笨人，怕惹主子们生气。"

林锦楼把脚搭在榻上，笑模笑样地："要不，回头你去专门伺候我？我身边儿的书染就要出府嫁人，你正好替了她，你跟着我，我保证不嫌你粗笨……"

正说到此处，便听门口有人惊喜道："大爷怎么来了？"

话音未落，银蝶一阵风似的跑了进来，一把将香兰手里的扇子抢了，一边给林锦楼扇风一边笑道："大爷怎么这么大早就来了？姨奶奶刚好去逛园子，不在屋里。大爷要什么，只管吩咐我。"悄悄地看向林锦楼，见他英挺俊朗，风流尊贵，便有些痴痴的，暗恨自己今日穿的是两件半新不旧的衣裳，头也不曾好好梳，又怕脸上搽的脂粉让汗水融了妆。

香兰暗暗松了口气，静静退到屏风旁边。

银蝶大惊小怪道："莫非大爷还没用早饭？怎么只吃糕点？我记得橱里还有两三个细致小菜，配粥吃最清凉爽口，待会子给大爷端过来。"说着愈发卖力地给林锦楼扇风。

香兰正愁没借口，马上说道："我去端菜。"转身便走。

林锦楼摆手道:"不用了。"一指香兰,"你再给我添些茶。"

银蝶已抢先一步拿了茶壶给林锦楼添茶,大眼睛忽闪着,露齿笑道:"大爷已经久久没来了,想必是公事繁重。背地里我总跟香兰姐姐说爷是咱们林家的顶梁柱,天天在外奔波劳累,可要保重好身子,只恨我们不能在大爷身边报恩,便使出全身力气伺候姨奶奶,方才不辜负大爷的心意。"

香兰暗自气恼道:"你奴颜婢膝去奉承主子我不拦着,又何必捎上我?"上前收拾碗筷,借故躲到耳房去了。

银蝶喋喋不休地说些感恩戴德的话,林锦楼颇不耐烦,想把银蝶轰走再叫香兰来说话,忽见青岚被春菱和吴嬷嬷搀着,一路说笑着走了进来,银蝶只得依依不舍地放下扇子,上前去接。

吴嬷嬷对春菱道:"你还说要摘带露水的花给姨奶奶做胭脂,这会子露水早就蒸干了。"

春菱笑嘻嘻道:"也不非要带露水,花朵新鲜就好,只是姨奶奶生得俊,我看不用胭脂也使得。"

青岚笑道:"还是你嘴甜,待会子赏你蜜饯果子吃。"

见银蝶从里屋出来,三人都有些诧异,再迈步进去,展眼观望,见房里只有林锦楼脱了鞋歪在美人榻上。青岚便不自在起来,春菱和吴嬷嬷对了个眼神,两人都沉了脸色。

一时青岚在屋里陪林锦楼说话儿,香兰坐在外头等主人使唤,春菱重新奉了茶便退了出来,径直到房里找银蝶,问她怎么在青岚卧房里。

银蝶扯了个谎道:"我本来去针线房要几束彩线,回来时看见香兰姐姐在屋里伺候大爷,她笨手笨脚的惹大爷不痛快,大爷才让我去伺候的。我才用扇子扇了两下风,姐姐们就回来了,不信问大爷去。"

小鹃正坐在床上分一团乱线呢,听银蝶说香兰"笨手笨脚",便冷笑道:"你是打量我们没法问大爷,便说这样的话想死无对证?你只当我们都瞧不出来呢,跑到大爷跟前显弄自个儿,你也配!赶明儿个我们都走,连姨奶奶也挪地方,请你住东厢那间屋,是不是才如你的意?"

春菱叉腰拧着眉道:"我早说屋里不能空着人,你这一上午跑到哪里疯去了?针线房离这里不远,你怎去了这么久?莫不是我之前太好性儿,纵得你分不清东南西北了?!"

银蝶心里极其不服,暗道:"就算存这个心又怎样?我就不信你们两个小娼妇没这些弯弯绕,只要大爷一来,便护得严严实实的,争着抢着在前头伺候,这会子在我跟前装贞洁烈女,抬出规矩压人。春菱那贱蹄子,往日我送她胭脂水粉,她倒受用，今日我不过给大爷扇两下风，咸的淡的不够磨牙的，我呸！香兰是个呆子，随你怎样就怎样了，我岂是你们能随意拿捏的？"想争辩几句，但怎敌菱、鹃伶牙俐齿，只在心里暗暗把两人骂了一遍。

香兰坐在卧房门口的绣墩上，暗暗庆幸自己躲得及时，忽听屋里有摇铃的声音，便走进去，只见林锦楼正搂着青岚坐美人榻上，正欲亲吻青岚的脸。

青岚垂首轻笑，妙目里盈着娇羞，一边推林锦楼一边嗔道："正经些，丫鬟在这儿呢。"

林锦楼轻笑，伸手将青岚鬓边松了的头发放到她耳后去，执起她的手亲了一下，柔声道："羞什么？哪个没眼色的敢往外说？即便说了也不怕。"

香兰顿觉尴尬，立在门口进也不是退也不是，眼观鼻，鼻观心，一径盯着地板。

林锦楼眼风一扫，看见香兰不由愣了愣。他与爱妾调笑，进来个丫头也并不放心上，但瞧见这丫鬟是香兰，心里竟然有些不自在。

幸而听见青岚说："去找一套大爷的家常衣服，我记得前儿个刚浆洗过两三件。"

香兰如蒙大赦，赶紧转身走了。

香兰走到耳房门口，依稀听见春菱训斥银蝶的声音，不由摇了摇头，暗叹道："这宅门里上上下下的年轻丫头，几个没有攀高枝儿的心呢？尤其大爷生得俊，官职在身，又有大把金银，不管是春菱还是年纪小的银蝶，都暗暗存着希望呢，只可叹她们只看见林府头上巴掌大的天，将'世事无常'这四个字抛到脑后罢了。"一边想着一边到箱笼里取衣服。

林锦楼上次将一件蟹壳青的斗纹直裰留在东厢，香兰拿出来，取了瓶烧酒喷了，用熨斗烫了烫。这时春菱挑帘子进来，见香兰正忙着，便说："这样的活儿你做什么？让那两个小丫头子做去。"

香兰笑道："小活计，不碍事。"

春菱撇了撇嘴说："你也太好性儿了，你是二等，该端架子的时候就得端起来，现在银蝶那小蹄子都敢爬你头上给你脸色看。"

香兰抿嘴笑了笑。其实银蝶平日里对她还是热络殷勤的，只是今日瞧见林锦楼便失了态。

春菱说了两句，见香兰不搭腔，心里微微失望。香兰随和大度，有了吃食、玩意儿愿意分给大家，小丫头们都爱跟她亲近。春菱喜欢事事拿大，也爱训斥管束小丫头子，原本无可厚非，但跟香兰一比便显得不如了。春菱还想再说两句，又听吴嬷嬷在院里喊她，便甩手走了。

香兰将衣裳烫平整，整整齐齐叠好捧到屋里，只见床上架起炕桌，重新摆了果子糕饼，青岚正伺候林锦楼脱官服。

香兰把衣服放下就要走，林锦楼喊住："等等。"他想让香兰伺候他更衣，但看了眼青岚，又觉得不大合适。青岚并非精明之人，但瞧着林锦楼拼命盯个小丫头，脸上也带出几分不悦。

香兰低低垂着头，盯着自己的鞋尖。

林锦楼踌躇片刻，便装作漫不经心的样子对青岚道："这个丫头不错，原先在曹丽环屋里伺候的，姓曹的黑了心，往二妹妹的吃食里放了桃子汁，幸亏这丫头机灵，告诉了太太，否则二妹妹发起症候就麻烦了。如今她到了你屋里伺候，我也放心。"

青岚方才开颜笑了起来，暗暗觉着自己太多心了，说："我知道，这丫头是个厚道的，明里暗里做了许多活儿，却从来不表功。"

林锦楼颔首，低头看见腰间挂着个赤金黄玉的小马腰坠儿，便随手解下来递到香兰跟前说："赏你的，拿着罢，好好伺候你们姨奶奶，以后还有赏。"

香兰低着头说："这都是奴婢应当应分的，不敢要大爷的赏赐。"

林锦楼微微皱起眉头："赏你你就拿着，说什么敢要不敢要的？"

这小金马腰坠委实贵重，香兰迟疑着不敢拿，去看青岚。

青岚见林锦楼随手便将这么名贵的东西赏给个丫头，不由眼红，想劝说两句又不敢，听见说"好好伺候你们姨奶奶，以后还有赏"，便觉得林锦楼是为了她才赏丫鬟这么好的东西，嘴角含着笑，对香兰说："既是给你的，你就拿着罢。"

香兰这才敢接，又要忙忙地磕头，林锦楼摆了摆手说："不必了，免了罢，免了罢。"

香兰这才退出来，到无人处一看，只见那金马虽拇指大小，但极其精致，镶在络子上，下头还垂着五色璎珞宫穗。香兰捏着那马只觉得烫手，想起林锦楼让她伺候打扇时那一番形容心里又七上八下起来，心道："莫非林锦楼看上了我？"又安慰自己林锦楼就是个风流性子，跟哪个丫鬟都会调笑几句，自己大可不必放在心上，以后自己少在他跟前伺候就是了。但看看手里的小金马，到底不能心安。

林锦楼在东厢用了午饭，下午又要出府，青岚亲自送了出去。迎霜站在正房门口看了一会儿，转回来给赵月婵端了一碗冰糖燕窝粥。

赵月婵正躺在窗下的美人榻上，双眼微微阖着，鬓发有些松散，几缕青丝散在秋香色引枕上，衬得脸愈发艳丽。

迎霜小心翼翼地把碗放在檀木海棠几子上，赵月婵忽然闭着眼问道："人已经从东厢走了？"

迎霜看着赵月婵的脸色，低声答了一声："是。"

"他倒是着紧那小贱人肚子里那块肉。"

迎霜不敢说话，只将那碗冰糖燕窝粥端起来，用勺子搅了搅，嗫嚅道："奶奶，燕窝粥要趁热吃……"

"要是那小贱人生了儿子，是不是就该爬到我头上去了？"赵月婵睁开眼朝迎霜看了过来。

迎霜强笑了笑："奶奶别想那么多，保重自己身子要紧，就算那小贱人有了儿子，也永远越不过奶奶。林是累世簪缨，断不会有宠妾灭妻的事……"越说声音越小，最后闭嘴不言了。

赵月婵盯着窗台上摆着的一盆蕙兰，出神了许久。

迎霜舔了舔发干的嘴唇，小心翼翼道："上回舅太太说的话也有道理……大爷跟奶奶系着心结，这些年也没回心转意，奶奶相中的丫头大爷又看不上，不如奶奶就把舅太太家的霞姐儿给大爷纳小，一来舅太太一家子都好拿捏，二来霞姐儿性子懦，是个蠢的。她生个好颜色，大爷也瞧得上，除了奶奶，我还未瞧见容色比霞姐儿还要好的，等她有了儿子，奶奶就能抱来自己养……"

一语未了，见赵月婵眼神犹如寒霜向她看来，迎霜一缩脖子便闭了嘴。

半晌，赵月婵才慢慢说："别人生的孩子怎比得上自己亲生亲养的骨肉？霞姐儿的事不准再提了，我自有主意。"

两人默默无言。

赵月婵把燕窝粥接了过来，吃了两口，问道："曹丽环那儿消停了？"

一提这个，迎霜来了精神，挺直了腰说："消停了，这几天都没打发人过来找奶奶……我听二门的几个嬷嬷说，她当初不肯走，哭天抢地的，我还以为她得豁出去闹一番。就她那破落户，平常就不能让周遭的人好过，如今给扫地出门了，还不起来闹个天翻地覆？谁想竟无声无息地了结了。"

赵月婵咽下一口粥，用帕子拭了拭嘴角，冷笑道："闹一番？她可是个聪明人，听说老太太送她走的时候说了，兴许她成亲时，老太太还能给添点子嫁妆。就为了老太太的嫁妆钱，她也不能就这么撕破脸面在外头闹开。再说，是大爷亲自把人送出去的，他的手段还能让曹丽环撒泼丢脸？她不找上门来最好，日后跟二门几个嬷嬷说，她再派人来，就给打回去。"

迎霜连连点头，又叹一口气："只是这事后又传出些风儿影儿的事，说环姐儿跟她身边的小厮不干净，那小厮偷摸上门来，吃了酒错调戏了丫鬟。估计这风声已经传到任家去了，环姐儿的亲事能不能成还说不定。"

赵月婵嗤笑一声："她不是看不上任家么？如今她想嫁都没门儿……不过这事情也说不准，曹丽环还是有几个梯己，任家小子也不是个硬气货，兴许为了几个钱闭眼娶了也未可知。"

迎霜点点头,有些担忧道:"若是曹丽环外头嚼奶奶坏话,说咱们收了她一盒簪子,却又不帮忙办事……"

赵月婵翘着指头,把粥一勺一勺送进嘴里,满不在乎道:"随她怎样讲,吃进嘴里的东西难不成再吐出来?你以为没这匣簪子她就能说我的好话?呸!我还真不怕她!"

迎霜端来一盏热茶,赵月婵漱了漱嘴,吐在痰盂里,用小手巾擦擦手,仔细想了想,觉得那盒簪子在自个儿手里倒是有些烫手,不如悄悄卖了,得了银子是正经,便道:"赶明儿个把那匣簪子给我表哥,让他找个妥帖的下家卖了,最低三百五十两银子,高于三百五十两的银子就他自己得着。别看那簪子小,个个儿精巧别致,更别提上头的红宝石,火红火红的,要不是这玩意儿留在身边儿烫手,我才不愿卖出去。可惜了曹丽环说过,还有一对红宝石耳坠子配这簪子,最终没能搞到手。"

迎霜笑道:"不如奶奶给她介绍一门亲,她如今这个处境,别说是一对红宝石耳坠子,就是要她老娘的半箱陪送,估计都能送到奶奶手里。"

赵月婵哼了一声,冷笑道:"她如今就是个过街老鼠,躲还躲不及,哪儿还能巴巴贴上去?再说那母老虎的东西哪能随便沾?就这匣簪子她还指不定怎么肉疼呢。我把话放在这儿,如今她是先消停了,过不久呀,她还得找上门来!"她说着拢了拢鬓发,似笑非笑道,"只是她再找上门,可就不是当初的林家表小姐了,只怕门子都能给她脸子看,咱们到时候再动她也不迟……"

迎霜笑着应声,转身拿钥匙把柜子打开,取出一只檀木匣子,打开瞥了一眼,只见里面珠光宝气,端端正正摆放着八支精巧玲珑的八宝赤金红宝石簪,遂合上盖子,预备明日带出府高价卖掉,暂且不提。

时值暮春时节,天却骤然凉快下来,几场细雨过后,草木愈发萋萋。

香兰把自己的金银细软贴身放好,又将两件衣裳放进芍药撒花的包袱里,迈着轻快的步子从知春馆走了出去。此番是她到知春馆之后头一次回家探望,青岚因林锦楼在东厢用了饭,心情正好,故而香兰一提回家看看青岚便准了她第二天的假,还说太晚了便在家里住一宿,明日一早开府门回来也使得。

香兰自然欢喜,急急忙忙地整理一番,第二天一早便出了府。香兰家在林府后街的巷子里,因她升了二等,二门上要派个婆子同她一起回家。那婆子姓蔡,生得矮小精干,对香兰的态度甚为殷勤,笑道:"姐儿是岚姨娘身边出来的,姨娘的身子可好?我们阖府上下都盼着姨娘给大爷添个哥儿,也算是天大的喜事。"

香兰浅笑道:"姨娘身子好得紧,也劳烦嬷嬷们都惦记着。"

蔡婆子一边同香兰说话,一边命人备小轿,香兰连忙拦住,笑道:"我家就在府后的巷子里,近得很,走两步就到了,何必大费周章地备轿子?"

蔡婆子笑道："我的姐儿，哪个出府的体面丫鬟不乘轿子回去？远些的还要备马车呢。你们岚姨娘身边的银蝶，原是个三等，出门没什么讲究的，可还是塞给门房几个钱，说自个儿腿疼，让给备了顶轿子回家。其实大家心知肚明得很，哪是腿疼，要的就是这个排面……何况……"蔡婆子看着香兰的脸色，咧嘴一笑，露出一口微黄的牙，"何况姐儿住在府后的巷子里，应该是家生子罢？你乘轿子也是给你爹娘长脸，后街那些，捧高踩低的，风风光光地回去，也让人高看一眼。"

香兰原本不想坐轿，但听蔡婆子这般一说便改了主意，暗暗赞这老婆子知情知趣。

过不久，蔡婆子果然命人备好一乘二人抬的绿油布小轿，摇摇地抬着香兰去了。

香兰坐在轿里，时不时掀起帘子往外看，只觉得这几步路程都格外遥远，偏有些胡同狭窄，轿子绕了一圈方才到。胡同口正有小孩子玩耍，另有几个老妇坐在一处磨牙，见来了一乘轿子都眯起了眼，待看清轿子上下来的人是香兰，纷纷交头接耳起来。

香兰给了轿夫和蔡婆子几个钱，请他们酉时三刻再来接，推开院门走进去，只见薛氏正背对着她在院儿里晾衣服。

香兰轻快地走过去，喊了一声："娘！"

薛氏连忙转身，一见是香兰，登时喜出望外，在围裙上抹着手，欢喜道："你怎么回来了？快，快进屋里。"一把拉住香兰的手便往屋里去，进了屋又是倒茶又是拿吃食，一时让香兰喝刚刚沏好的热茶，一时又让吃昨天买的五香瓜子，还有上个月邻居家办喜事包的两块冰糖和酥麻团子，忙得团团转。

香兰心里头暖暖的，拦住薛氏道："娘别忙了，咱们俩好好说说话儿。"又问道，"我爹呢？"

薛氏道："你爹还在铺子里，等他中午回来看见你，一准儿高兴坏了。昨天晚上我们还念叨你，他还恼恨自己没拦着你进府，也不知道你在府里过得好不好，有没有受委屈。上次你回来，脸色蜡黄蜡黄的，没的让人忧心，我们托人打听，听说你去伺候表姑娘……那表姑娘哪是什么好人，我跟你爹愁得一晚上都没睡着……"说着捏着香兰的手，上下打量，忍不住心疼，"倒是比上次回来强些，还是比离家的时候瘦了……"

香兰鼻头发酸。她在林府里独自咬牙担着风霜，小心翼翼如履薄冰，都忘了自己原来是有人疼爱的，有人将她当玩意儿一样随意作践，但爹娘永远把她当作心头的一块肉，仔仔细细地捧在手心里头。她抱着薛氏的胳膊摇了摇，撒娇道："我在府里好得很，爹娘别担心，曹丽环已经让太太赶出去啦，如今我在大爷的姨娘跟前伺候，还升了二等丫鬟呢。"

薛氏喜道:"当真?升二等了?"

香兰笑嘻嘻地点了点头:"姨娘是个性情宽厚的,还赏了我不少东西。"

香兰拉着薛氏坐到炕上,将小包袱打开,把里面的东西一样一样拿给薛氏看,轻声道:"这是我进府之后得的赏。"

薛氏先把玉镯子拿起来举在光底下看了一番,又去看玛瑙金钗和珊瑚耳环,眉开眼笑道:"你只是跟着姨娘的丫头,竟能得这么些赏,真是够体面了。"

香兰道:"大爷宠着姨娘,私下里竟送了个铺子给她呢,更不用说平时的赏赐,另每个月额外贴补她花销,这点儿东西对岚姨娘不过九牛一毛罢了。"说着把镯子拿过来给薛氏套在手腕子上,笑道,"这些都是拿回来孝敬你的,娘喜欢哪个就戴哪个。"

薛氏忙把镯子褪下来,塞到香兰手里道:"我一天到晚洗洗涮涮、缝缝补补,戴这些好东西都糟蹋了,你正是爱美的年纪,家里给你置办不出什么,好容易主人家赏点儿东西,还是你留着戴。我也是从林府里出来的,知道府里那些势利眼,见人穿戴寒酸便看轻几分,瞅准机会就上前踩上几脚。"

香兰笑道:"我还有呢,这些都是给娘的,再说我也不爱戴这些。"从包里取了针线出来,"我得了闲儿给你们俩各做了一双鞋,料子是给姨娘做夏衫剩下的,都是极好的绸布,夏天穿着凉快。娘年纪逐渐大了,晚上别再熬着做针线贴补家用,太伤眼睛。这一包是我的例银,够家里用一阵了,可千万别让爹知道,省得他又拿了银子跟那群狐朋狗友一处买酒胡闹。"说着把一个小荷包塞到薛氏手中。

薛氏捏着荷包道:"这些钱我都替你攒着……当你的嫁妆。"

香兰听到"嫁妆"二字有些不自在,低下头不说话。

薛氏又拿起青岚赏的银戒指看了又看,双手合十念了声佛,道:"你们姨奶奶真真儿菩萨心肠,你可要记着人家的恩情,好好当差伺候才是。"

香兰拨弄着床上散着的首饰道:"她待我亲厚,我自然会好好报答她。"

薛氏瞪了香兰一眼道:"什么好好报答?你是她的丫头,对主人尽忠是你的本分。"

香兰喝了口热茶,漫不经心道:"不过是投胎投得好,什么主子丫头,我心里从没这个念头,她待我厚,我自然真心回报;若待我薄,我又何必死忠?"心里暗想着若是薛氏知道她曾两次背主向秦氏告状,不知会惊吓担忧成什么样子,轻轻叹了口气:"眼下我是个下人,谁又知道几年以后的事呢?兴许她们日后都尊叫我一声'奶奶''太太',也未可知。"

这一番话说得薛氏受用,脸上挂了笑,啐了一口道:"野心倒是不小,我和你爹都不指望你当什么奶奶太太,你只要平平安安的,我们便知足了。"想了想又忙补上一句,"你方才那番话可别在别人跟前提。"

香兰笑着说:"那哪儿能呢?不过在家里说说罢了。"

母女二人说说笑笑了一番。

到了中午,薛氏便围着灶台忙碌,炒了好几个香兰爱吃的菜。待陈万全归家,见香兰回来自然也喜不自胜,又听闻香兰在府里升了二等,登时乐得见牙不见眼,挺直了腰杆子,把酒盅里的酒一饮而尽,哈哈大笑说:"怪道马仙姑说香兰是有两分造化的,这进府才多久,竟然能升到二等,龚家二闺女进府多少年了,不过是个三等,就这还在我跟前吹牛摆谱,呸!看看我陈万全的闺女……我的儿,兴许过不了多久你就能当上副小姐了。"

香兰揉了揉额头:"爹,这话在外头可不能浑说。"

陈万全瞪眼:"啧,怎么能说是'浑说'呢?"

香兰无奈道:"爹出去显摆,岂不是讨人嫌么?再说府里的二等丫鬟一大把,吹嘘这个也没的让人笑话。"

陈万全愈发不悦了:"怎么不能说?这是好事,还不许我往外好生说道说道?"

香兰默默叹口气。她这一世的爹虽本性善良,却懦弱怕事,最爱吹嘘,往往一分的东西能夸大到十分,一身市侩气。就因为这性子,枉费他有一身鉴定古玩的能耐,也只能在铺子里当个三掌柜。

香兰还想再敲打几句,但瞧见陈万全满脸的得意和欣慰,便闭了嘴,暗想道:"我在府里也难得回家一趟,何必为这事跟爹闹不痛快?再说,他不过就是跟他一处吃酒的人吹吹牛罢了。"

薛氏给香兰碗里夹了一筷子菜,笑着说:"兰姐儿升了二等,再说亲可就不一样了,什么柳掌柜家的、黄掌柜家的,如今看着通通不成……前几日对门的夏二嫂还想跟咱们家结亲,跟我提她侄子……她侄子可是平头百姓,听说读书读得好,要科举做官,如今正在家里苦读,要考秀才呢。我先前觉着他家里穷些,又怕读书人眼界高,兰姐儿嫁过去受气,可如今兰姐儿在府里升了二等,出来比寻常小姐家的都强呢,夏家肯定乐意!"

薛氏越说越欢喜,脸上笑开了花:"回头得了时机,我去瞅瞅那个小夏相公,若是模样周正,性子也好,就趁早定下来。"

陈万全皱眉道:"夏家的光景还不如咱们家,光会读书有个屁用,回头满身穷酸气,等小夏相公考了秀才再说罢。"

薛氏哼道:"等人家考上秀才就晚了,到时候不知多少人家愿意结亲呢。再说了,哪有事事都如你的意的?……"

香兰听着愈发不像,忙把话头扯开,转而说起曹丽环为何被逐出府的事,将自己告密和险些被四顺儿施暴的事隐去不提。她爹娘又惊又叹，好生议论了曹丽环一回，暂且将小夏相公之事放在一旁了。

陈万全中午吃多了酒，迷迷糊糊地躺在炕上睡着了，不久便鼾声如雷。薛氏便打发门口玩耍的小童儿去古玩铺子送信儿，替陈万全告了半天假。香兰一边帮着薛氏里里外外做家务，一边听她絮絮叨叨说着家长里短的事。

忙了一回，香兰惦记着去探望定逸师太，便揣了一串钱，到街上铺子里买了两包糕点并果子等物，到了静月庵方知定逸师太正在闭关，不由十分失望，只得将果子糕点留下，又给定逸师太留了封信，悻悻走了。

绕过静月庵的围墙，便听有个人道："奕飞，你怎么不用昨天那把扇子？那上头的诗题得那样好，比你这把山水扇子有意思多了。"

宋柯道："那诗是浑写的，好什么？"

香兰探头一瞧，见两个年轻公子正背对着她，一个是宋柯，另一个则是林锦亭。林锦亭笑道："怎么不好？'明月故人远，幽兰空余芳，小楼闻夜笛，岑寂已三更。'别看简简单单几句，却有股沉郁的意境在里头，赶明儿个让个会丝竹的谱成曲儿唱出来才好。"

宋柯笑道："你胡说八道什么？不过是闹着玩写的，这样脂粉气的东西传出去，刘大儒又该说我不务正业耽于嬉乐了。"

林锦亭哼道："你还耽于嬉乐？如今八股的注解只怕都能倒背如流了罢？要不是我扯你出来转转，你还指不定要读书到什么时候。"

这二人后来说了什么香兰已全然听不见，只听得"明月故人远，幽兰空余芳，小楼闻夜笛，岑寂已三更"，呆呆地怔了半响。原来她前世流放，夜晚宿在江边一幢破旧的屋内，房屋四壁透风，阴冷潮湿。待天色逐渐暗下去，房中又无灯烛，只天上挂着半弯残月，她便靠在窗口远眺那江上三三两两的渔火，还听得远处隐隐有笛声传来。此时萧杭已染了病，半靠在床头咳嗽。

这情形委实过于凄清凋零了些，她便给萧杭端了半碗凉水，喂他徐徐喝下，想了个话头，笑道："若不是这屋子太破，住在这里倒也有些趣味，我出个对联你对对看。你是才子，可不准笑话我说得粗陋。"

萧杭喘了一口气，微微勾起苍白的唇，淡淡笑道："你出了我对对看。"

她便念道："明月远，小楼闻笛如一梦。"

萧杭想了想，说："故人别，万籁岑寂已三更。"

她便笑着说："对得妙，咱们两个的对子可以作首诗，其中两句便是'小楼闻夜笛，岑寂已三更'。"

萧杭也笑了笑，消瘦的面颊隐藏在月光的暗影里。

她忽然伸出手慢慢攥紧了萧杭的手，萧杭怔了怔，也慢慢地握紧了她的。

在这样惨淡的光景里，她心口居然有些烫。

其实她知道，萧杭在娶她之前另有一个心爱的女子，是他的姨表亲，因那女子门第过低了些，只好作罢。婚后她曾见过那女子，端的一派绝代风华，满腹诗书，品貌俱佳。萧杭悄悄留着那女子送他的一枚温润的白玉平安扣，总是系在颈上，如此她便知萧杭娶她多半是因着她祖父首辅的身份。两人在一处虽融洽相偕，她到底觉得意难平。

可自发配流放起，一路坎坷，却真磨了夫妻情意出来。

"小楼闻夜笛，岑寂已三更"的句子，便让她闹着玩似的刻在了那破屋的墙壁上。

如今这句子却被宋柯题出来，香兰犹如头上打了个焦雷，心怦怦乱跳，不由往前紧走几步，险些撞到林锦亭身上。

林锦亭登时不悦，回头瞪了香兰一眼，骂道："说你呢，长眼了么？"

香兰仍然怔怔的，眼睛只盯着宋柯，浑然不觉林锦亭说了什么。

林锦亭瞪着香兰道："喂，喂，撞了小爷怎的连句话都没有？"

宋柯转身瞧见香兰站在他身后，刚欲开口，却瞧见她那明亮莹润的大眼睛里仿佛盈着泪，话便哽在喉头，再说不出了。

林锦亭嘟嘟囔囔："直眉瞪眼的，莫非是个傻丫头？"去拉宋柯的胳膊，"走罢，这人已经傻了。"

宋柯看着香兰的眼睛，突然有些心慌了，仿佛那双眼直直看进他的骨子里，把他的心肝肺都照了个通透，眼神蕴着绵长的情和淡淡一丝清愁，却让他不能自拔。他知道此刻不是说话的良机，脚却仿佛生了根，再拔不动。

此时林锦亭的小厮禄儿巴巴跑过来道："顺福楼的包间已经备妥了，上了一桌子的细茶点，沏的上好的西湖龙井，二位爷请过去罢。"

林锦亭早就逛得腹饥口渴，闻言喜道："正好，正好，赶紧过去。"

宋柯往四周一打量，见附近有家卖笔墨纸砚等物的书画铺子，便对林锦亭道："你先去，我买些笔墨再过去。"

林锦亭不屑道："市井之地，哪有什么好的文房四宝，赶明儿个我给你方端砚。"

宋柯笑道："这你就不懂了，买的就是个野趣儿。"

林锦亭渴得紧，听宋柯这样说，便挥挥手道："罢了，你买去罢，小爷我要先去喝口热茶了。"跟着禄儿去了。

待林锦亭走远了，宋柯又回过头看着香兰，只见她容色如玉，精致的眉眼若画，带着两分茫然的神色。宋柯觉得怎么都看不够，心跳又快了几倍，低下头咳嗽了一声说："又遇见你了，你不在府里当差，出来做什么？"

"府里当差"这四个字仿佛一盆冷水兜头浇下，香兰垂了头说："今儿个姨娘准我的假，我回家来看看爹娘。"

宋柯不知道她脸上为何忽而挂满悲伤，便问道："是不是家里出了什么事？"

香兰摇了摇头，仰起头的时候，脸上的伤感已不见，展了一个笑容，说："巧得很，能在这儿碰见宋大爷。"想问问那两句诗，却开不了口。

宋柯见她笑了，也不自觉笑道："修弘非拉着我上街转转。"

说完便没有话了，宋柯有些暗暗恼自己。他两世为人，唯一愿望便是金榜题名出仕为官，做出一番事业，以弥补前世盛年离世的遗憾。他觉得自己早已将万事都看得风轻云淡了，但面对个小丫头，心里却像揣了十几只小兔儿，怦怦蹦个不停。

半晌，宋柯方才寻了个话头，道："我要去书画铺子里逛逛，你同我一起去罢。"

没想到香兰也同时开口说："你扇子上的……"

宋柯问道："什么？"

香兰怔了怔，又摇头道："没什么。"吸了一口气，笑道，"方才你说要去铺子，进去逛逛罢。"说完率先走到铺子里去了。

掌柜的正靠在椅子上打盹，忽见进来个年轻公子，慌忙迎了上去，见来人穿戴讲究，愈发眉开眼笑，殷勤备至。

宋柯也不知道想买什么，看了看雪浪纸，又看了看各色的颜料，想起他妹妹檀钗说这两日跟林东绮在一起吟诗作画，还缺些颜料文具，便让掌柜拣着上好的，包了一支中染、一支小染、二两朱砂、二两石黄、二两广花、两片胭脂。

付账的时候，宋柯悄悄看了香兰几眼，只见她埋着头，不知在想些什么。这个女孩方才撞到人时，一双悲喜交加的泪眼看着他，之后茫然失神，再之后却是一脸伤悲，如今却分辨不清她的想法了。

出了铺子，他清清嗓子，说："曹丽环从府里出去之后，我还想把你要过来，谁知道你又伺候岚姨娘去了。你若是在岚姨娘那里过得不痛快，我过两日便跟太太提，让你去我妹妹那儿。她性子软和，对人最宽厚不过了。"

香兰心里酸酸的，却又有一丝按捺不住的喜悦，问道："当真？"

宋柯微微笑道："这个自然，日后有什么为难的事，只管来找我就是。"

香兰见他目光真挚，不禁也抿嘴笑了起来，说："日后免不了麻烦宋大爷。"

宋柯觉着她这一笑仿佛春冰初融，心里痒痒的，扑腾得愈发厉害，背在身后的手用力攥紧了扇子，脸上却是镇定的模样，用力点了下头说："说什么麻烦？只管来就是了。"顿了顿，又笑嘻嘻说，"可我让你帮我做个文具套子，却总不见你做来。"

香兰微微红了脸，说："前些日子太忙，等过两天得了闲儿就做给你。"

她微垂的睫毛又密又长，整个人站在光底下就好像个玉做的人儿，宋柯舍不得离开，又看见自个儿的小厮听泉在不远处探头探脑，只好说："我得走了，如今我就住林府北侧的院儿里。"

香兰点点头，道了个万福，含笑着说："宋大爷请慢走。"

宋柯走了两步，忽然折返回来，将手中的扇子往香兰手里一塞，道："你方才说扇子，这一把送你了。"说罢转身走了。

她看着宋柯的背影，心里一下子空落落的。她打开手中的折扇，那精美的扇子上画了一汪被和风吹皱的碧水，远处还有隐隐的青山，扇子底下还缀着一个小巧的水晶坠子。香兰默默地将扇子收了起来。原本她想问一问那两句诗，问问宋柯究竟是不是那个人……可心又忽然淡了。问了有什么用？她已不是当初的望族贵女，不过是个丫鬟，难不成还指望他能与她再续前缘？今生的地位就是一道迈不过去的坎，莫非她甘心成为他的妾？

但他对她脉脉含情、关心体贴，让她心里忍不住喜悦，仿佛心里蠢蠢欲动的种子破土而出，生出一根嫩绿的小芽。

她明知自己不该觊觎，却又欲罢不能。

且说宋柯，别了香兰便往顺福楼走。掌柜的亲自在门口候着，见了宋柯忙不迭迎上前，点头哈腰满脸堆着笑："宋大爷里头请，在二楼的落蕊轩。"

宋柯迈步上楼，隐隐听见有丝竹声，禄儿正在门口守着。宋柯推门一瞧，只见有个十七八岁的妙龄少女坐在屋角，穿着翠绿的衣裙，腰间系着一条大红的巾子，生彩好看，手里"叮叮咚咚"拨弄着古筝琴弦，见着宋柯便甜甜一笑，带着三分娇羞、五分婉约，还有两分妩媚勾人，瞧着虽端庄，却有些说不出的轻佻，真个恰到好处。

林锦亭正坐在窗边的太师椅上，胳膊肘架在窗台上，一手摇着扇子，探着身往外看，随着那乐声摇头晃脑，神色甚是陶醉。

宋柯拉开椅子坐下，刚把茶杯举起来，林锦亭便揶揄道："哟，这会完佳人，可是舍得回来了。"

宋柯手一顿，看了林锦亭一眼，也不搭腔，只管把茶杯端起来吃茶。

林锦亭挤眉弄眼，身子前倾，用扇子挡住嘴，眉开眼笑："我说那姑娘怎么见着你眼睛都直了，跟傻了似的，原来是你小子惹的风流债。"

宋柯斥道："胡说八道。"夹起一块绿豆糕塞在林锦亭口中，要堵林锦亭的嘴。

林锦亭嚼着糕点，嘿嘿坏笑着说："你还嘴硬？我且问你，你那把扇子哪儿去啦？喊，小爷我在二楼可是瞧得一清二楚。""哗啦"把手中的纸扇打开，往怀里扇着风，一脸惬意地问，"说说罢，哪家的姑娘？想不到你个蔫皮狮子说一套做一套，我还以为你真不近女色，原来是家花不如野花香。"

宋柯听林锦亭消遣香兰，心里微微不悦，捏着杯子，脸色有些沉。

林锦亭摸着下巴，仿佛回味似的，道："啧啧，要说年纪小了些，可模样儿还真不错……奕飞，你还真是好眼光，怪道府里那些丫头你都瞧不上呢。"

宋柯把茶杯"咣当"一放，看着林锦亭似笑非笑道："要说眼光好我比不上你亭三爷，连出府喝个茶还得唤个美人儿弹曲儿助兴，也不怕旁人知道你在曾祖母的孝期里找乐子，去参你老爹一本，可见你自从收用了素菊性子就放开了满口花花。"

林锦亭满不在乎道："谁吃饱了撑的参小爷？这顺福楼是我大哥开的，关起门来谁能知道咱们哥儿俩在这儿消遣？我说，快告诉小爷那姑娘谁家的？要是你哄了我欢喜，兴许小爷替你去那姑娘家里做个大媒。"

宋柯垂下眼默不作声好久，才端起茶杯又吃了一口，凑过去压低声音对林锦亭道："方才那丫头是你们林家的，跟我有几面之缘，如今在你大哥房里的岚姨娘身边当差，叫香兰，赶上好时机，你帮我把她要过来。"

林锦亭正夹着一块香酥糕往口里送，惊得那点心"吧嗒"掉在桌上，瞪圆了眼睛瞧着宋柯："喂喂，你小子……我不过说两句玩笑，你还真是动了那个心思？"

宋柯只是喝茶，不说话。

林锦亭盯着宋柯看了半晌，"扑哧"一笑："想不到，想不到，那个丫头还真有几分造化。成，赶明儿个我去给你要人。大哥最疼我，我跟他要个丫头也不是什么大事……等事成了你怎么谢我？"

宋柯笑道："你想要我怎么谢？"

林锦亭想了想说："我要你那个五子献寿的粉彩方瓶儿。等我老娘明年做寿时给她当寿礼。"

宋柯淡淡道："好。"

林锦亭又瞪大了眼睛："哎哟哟，那个瓶儿可是前朝的东西，这你都舍得？啧啧，你倒是用心。早知道我该问你要那块羊脂玉的牌子。"

宋柯用筷子一敲林锦亭的头："人心不足蛇吞象，你倒会趁火打劫，敲我的竹杠。那瓶儿可不是白给你，听说那丫头是家生子，还有老子娘，回头你把她一家子都要过来。"

林锦亭拍着胸脯道："没问题，这点子小事难道还做不好么？"

宋柯略略放了心，想到香兰白玉一样的脸儿，胸口微微发热，狠狠灌了一口茶，想到日后这女孩儿便可以留在自己身边了，一丝喜意忍不住从心底蹿了上来，连耳边丝竹声都变得愈发悦耳了。

宋柯与林锦亭如何说笑暂且不提。且说香兰，拿着宋柯的扇子往家走，心里忽喜忽悲。踏进院子，便瞧见三四个妇人正围着薛氏站在院子里说长道短，都是她家左邻右舍，见了香兰都眉眼带笑说："哟，原来是陈大姑娘回来了！"

有的上前亲热地拉香兰的手："我瞧瞧，我瞧瞧，啧啧，果然是府里的水土养人，大姑娘长得愈发的俊了，真跟天仙一样。"

"我早就说这姑娘眉眼五官生得好，你看额头这样宽，模样儿这么俊，一看就是有福气的，以后啊，不是阔太太就是官太太。"

"可不是？这进府才多长时间就升了二等，张家的姑娘都在府里待了三四年了，连个三等都没提上去。"

有的又拉着薛氏的手说："你这姑娘迟早发达，今儿个是轿子抬回来的呢，等过几日姨奶奶再生了哥儿，大姐儿就更了不得了，你就等着享姑娘的福罢。"

这一番夸赞让薛氏脸上笑开了花，却做谦虚的模样，连连摆手道："哪有这样好，你们也太捧着她了。"说着去看香兰，只觉着她闺女果然生得花容月貌，气派非凡，不是别人家闺女能比得上的，这样的女儿，可是从她肚子里爬出来的！

当下薛氏又骄傲地挺着胸膛说："不过要说我们家香兰，还真是不一般，我生她之前做梦就梦见好些兰花，香气让人五脏六腑都舒坦，还金光闪闪的。马仙姑都说我能生个富贵命的女儿，以后让我享清福。"

旁人一听便越发吹捧上了，你一句我一句的，香兰浑身不自在，刚想借故躲进去，便听有人阴阳怪气道："不过个二等，瞧兴得那样儿，好像当了主子奶奶似的。"

香兰循声看去，见是个四十多岁的微胖妇人，穿着半旧的青绸褂，头发梳得整齐，瞧着像是有些体面的。

见香兰看她，便瞪了香兰一眼，一甩帕子，哼着走了。

旁边有个老妇，人称"李三奶奶"，自从吕二婶子家被发卖之后便搬了进来，家里一儿一女都在林家听差，是个老实人家。李三奶奶扯了香兰一把，低声道："别搭理她，说起来她女儿也跟你在一处当差，叫春菱。她闺女在府里熬得可有年头了，前些日子升了二等，他们家就差敲锣打鼓了，她如今是眼红你这样短的日子就升了二等呢。"

香兰恍然，怪道她看着那妇人觉着有些面熟，原来是春菱的母亲。

她摇摇头，对李三奶奶笑道："春菱在姨奶奶跟前比我得脸多了，迟早升一等，她母亲也不必太心急。"

　　李三奶奶半眯了眼笑道："我的姐儿，你可真是个胸襟宽的人。"

　　香兰抿着嘴笑了笑。她原本志向就不在林府里，有人将林家视为自己头上的整片天，她却将林府看作个牢笼，什么管事的丫头、体面的奴才，这些位子她们只管争去，她无非是个过客，她的心量和格局，在林府外更广阔的天地间。

第八章
暗递雪中恩

酉时三刻,香兰乘了小轿儿回了府。此时府中晚饭刚毕,园子也快落锁了,各屋都掌起了灯,四处皆静。香兰拣了条阴凉僻静的小路走,走到知春堂院子后门的时候,影影绰绰地看见两个人站在一块奇石后说话,走得近一些,借着暮色一看,却见那两人竟是迎霜和银蝶。

香兰一惊,忙不迭地加快脚步躲到拐角处,悄悄露头一瞧,迎霜正跟银蝶小声交代着什么,银蝶时不时地点点头。末了,迎霜从袖里掏出了散碎银两塞到银蝶手里。银蝶推拒了几番,便从善如流地把银子塞到袖中了。

香兰暗暗想着:"莫非迎霜要收买银蝶了?日后对她要多提防才是。"想着绕了大圈从正门走了进来,到东厢给青岚谢恩。

青岚摇着扇子,穿着件白绸衫和撒花的绸裙,正歪在窗前的贵妃榻上闭目养神,随口问些香兰家里的情形。香兰看她精神不济,磕了个头就出来了。

回房的时候,银蝶已经回到屋里,坐在床上双手抱着膝,眼睛呆呆地看着远方出神。小鹃看见香兰便蹦跳着跑过来,笑道:"你回来了,家里都好?"

香兰笑道:"劳你惦记,家里都好着呢。"一边说着,一边取出从铺子里买回来的甜蜜饯儿分给大家吃。

正逢春菱进屋,跟香兰打个招呼,头一扭看见了银蝶,登时横眉立目,指着斥道:"早就说了,姨奶奶要洗澡,让你去催水。你倒好,跟主子似的在床上坐着,难不成还要摆香炉把你供起来?"

银蝶吓了一跳，连忙从床上下来，奔出去催水，春菱撵着骂道："没眼色的下流东西，真把自己当奶奶了！"

香兰见闹着不像，正房那头已经有几个小丫头子站在院子里往这探头探脑的，便将春菱拉回来，笑道："姐姐快别生气，我给你倒碗茶。"

春菱拿着小手帕往怀里扇风道："我瞧见她那个德行就有气！你今儿不在府里所以不知道，那小蹄子巴巴地贴大爷去了，做了个荷包往大爷身边凑合，又说要给大爷整衣裳，手就往大爷身上摸，没想到刚伸手就让姨娘给撞见了，亏得咱们姨娘好性儿，没当场给她难堪，等大爷走了才发落她，革了她三个月的米。"

香兰惊得张大了嘴："她……她胆子也忒大了……"

春菱哼了一声："岂止胆子大，简直是疯了。她还私下里说自己冤，跟不知情的人说'我不过是给大爷整了整衣裳就被责罚了'，连我跟小鹃都捎带着让她骂了。"压低声音道，"悄悄跟你说，你可别告诉别人，我听吴嬷嬷说了，姨娘打算过一段把银蝶的老子娘叫进府，把她领回去呢。"

香兰道："若真如此，可真是丢大脸了。"

春菱捂着嘴笑道："可不是？她走了咱们也清净。"说完哼着小曲儿扭身走了出去。

当晚，林锦楼到东厢用饭，青岚忙吩咐多添两个林锦楼爱吃的菜，又重新熬了汤水，东厢上上下下一阵忙乱。青岚用彩釉的花瓣酒器给林锦楼烫了一壶酒，自己则以茶相陪，气氛倒也和乐融洽。

春菱抢着在前头伺候，香兰便躲了，在茶房里一边看炉子一边做针线，忽听门口有响动。

吴嬷嬷走进来，坐在香兰身边的小凳子上，用手扇了扇风道："这屋里跟个小蒸笼似的，你还真坐得住。"

香兰笑道："这里清静，热些也不怕。"说着拎起炉子上的铜壶，给吴嬷嬷沏了一盏茶。

吴嬷嬷笑得脸上的皱纹都舒展开了："今儿个东厢是热闹，大爷连着几天都住咱们这儿歇着，正房那位理都没理，看这个行市，今儿晚上大爷又要在咱们这儿歇了。"

香兰道："那大奶奶生气了怎么办？"

吴嬷嬷哼了一声道："谁管她是不是生气了。太太查账查出不少事，正恼她，大爷又懒得搭理她，除了二太太心软，时不时打发人送点子东西，全家上下谁会睬她呢？"凑到香兰耳边压低声音道，"我听姨奶奶偶尔提过一回，好像大爷想出了丧期就……和离。"

香兰大吃一惊，瞪圆了眼睛："和离？这哪里是闹着玩的？……"

吴嬷嬷叹了口气道："我说也是，赵家绝不会善罢甘休。大奶奶娘家虽只是六品，但赵氏家族是个望族，在朝为官的也有不少，只怕闹起来不好看。这只是大爷心里这么想罢了……唉，就算真和离了，咱们姨奶奶也未必能扶正。"肃了脸色，"我方才与你说的，万不可同旁人说，即便是小鹃、春菱她们也不成。姨奶奶对你另眼相看，我才将这番话告诉你。"

香兰点头道："嬷嬷放心，我决不会说。"话音未落，春菱便跑了进来，拉起香兰道："大爷打发我给太太送东西，前面少个人伺候，你快到小厨房把点心端进去。"

香兰只好到小厨房去，从厨娘手里接过四碟子糕饼，用托盘端着进了卧室。低着头进屋，挑起眼风打量，只见林锦楼和青岚在碧纱橱里的大炕上用饭，炕上摆着螺钿朱漆嵌金的炕桌，桌上满满当当的全是酒菜佳肴。林锦楼半卧在里侧，背靠着青缎靠背引枕，头发已披散下来，换了家常衣裳，衣襟半开，露出健硕的胸膛，手里握一只瑞宝金英的细瓷酒盅，意态放旷。青岚坐在炕桌旁边，手里拿了筷子夹菜喂给林锦楼吃，见酒盅空了便执着壶添酒。

香兰小心翼翼地走上前，将点心碟子放在桌上，又撤走两个不吃的菜。

林锦楼看见香兰进来，心头一跳，眯了眯眼。自上回他与香兰说了寥寥数语，不知为何，心里总浮现那张光丽清灵的脸，再到东厢却瞧不见那小丫头了。他一连来了几日，还有意无意跟青岚提起那丫头，没想到青岚却是个没眼色的，竟不能揣摩他的心意，把那话当成耳边风给放了。他记得香兰说过只在后面做针线，从不上前递茶递水，便特意绕到茶房去看，也未找着她，今日没想到却见着了。

林锦楼啜了小半杯酒，对香兰说道："你在这儿伺候，不许往别处去。"

香兰很不情愿，只好乖乖站在离碧纱橱一丈远的地方听差，偏林锦楼又让人恼得紧，一会儿说酒冷了，一会儿说菜淡了，支使她做这个做那个。忽又听林锦楼召唤道："这几日东奔西走，跑得我腿疼。你，过来，给我捶捶腿。"

青岚一听马上就要给林锦楼捏腿。林锦楼忙拦住，捏了青岚的手笑道："你是双身子，我怎舍得劳动你？让个丫头捶捶捏捏便是了。"

香兰只得拿了个美人拳站在炕边上给林锦楼捶腿，偏他还不满意，哼一声道："用手捶，美人拳硬邦邦的，爷不舒坦。"

林锦楼半合着眼，看香兰乖乖地攥着拳头捶他的腿，那两只手仿佛两团棉花，挨在他身上跟挠痒痒似的，可他偏偏觉着舒坦，尤其他支着香兰干这个那个，让她忙忙碌碌地围着他自个儿转，便心里头爽快。

好容易吃完了饭，香兰甩了甩发酸的手，端着托盘去收拾桌子。林锦楼指着桌上两个碟子道："这两碟子点心连同一碗粥，都赏你吃。你用完再回来伺候梳洗。"

香兰谢了赏，出去一看，只见碟子里摆着莲藕蜜糖糕、糯米凉糕、芸豆卷、鸽子玻璃糕、奶油菠萝冻和肉松卷酥，并一碗粳米燕窝粥，俱是最上等的吃食。平时这样的菜色就算吃剩下也要给主人留着下顿再吃。

香兰暗道："这两碟子点心是刚刚大爷支使我去厨房要的，要来了竟一口没动。不知这位大爷是怜下，总爱赏些好东西，还是败家，不知节省，把金银都这般挥霍了。"她全然没想到另外的意思，乐呵呵地把点心端到茶房里给小鹃留了两块甜腻的，余下的一扫而光。

这时门口有个丫头道："大奶奶来了！"

一语未了，赵月婵已扶着丫鬟摇摇地走了进来，身穿着梨花青双绣轻罗长裙，头上、耳上、手上皆是一色碧绿水亮的玉器，衬得人皎洁爽目，如若神仙妃子一般。赵月婵径直往寝室去，迈步往里一看，见林锦楼和青岚正极亲昵地挨在一处，登时气得手脚冰凉，脸上却笑了起来，道："哎哟，原来大爷在这儿，我来得不巧了。"青岚忙站起来让座，笑道："奶奶来得正好，怎么说不巧呢？香兰，快，赶紧沏茶，再摆几样细茶果。"

赵月婵袅袅婷婷地在炕桌边坐了，道："早知道夫君在这里跟妹妹亲热，我才不敢来打搅，回头底下人嚼舌根子，再说我不贤良。"

青岚不敢再坐着，也不敢搭腔，站在一旁。

林锦楼喝了一口茶，看了赵月婵一眼道："你来干什么？"

赵月婵瞋了林锦楼一眼道："我不过是过来串门子聊聊天，怎么？这都不成了？"虽是嗔怒，但双眸盈盈如春波流转，极有风情，将屋子打量了一圈，见陈设豪华，尤其屋角设了一个博古架，架子上摆设着金银宝器，正中的多宝槅里摆了一尊玉雕的送子观音像，用一整块莹润的碧玉琢成，镶嵌玛瑙、水晶、珊瑚、翡翠等珠宝，荧光灿烂。这尊观音是几年前扬州一个豪阔盐商送给林锦楼的新婚之礼，她一眼便相中了，百般暗示让林锦楼将这尊观音送给她，林锦楼装作没听见，如今却将这观音送了王青岚这小狐媚子！床边一架紫檀描金的满地浮雕象牙镜架，比她房里的花梨木镶银镜台瞧着还贵重。那扇紫檀菊纹镂空月亮门，中间垂着的水晶珠帘全是用打磨极亮的水晶珠子穿成，圆润光洁，玲珑剔透，透光又挡蚊虫，颗颗珠子都是一般大小的，极为难得。

赵月婵强压着心头火，似笑非笑道："妹妹这儿我还是头一次来，这不见不知道，屋子里的玩器摆设比我那屋的都强呢。"

青岚赔笑道："奶奶折杀我了，哪里有这么好，我屋里看着琳琅满目的，可哪里比得上奶奶房里的东西金贵？"

赵月婵笑中带刺道："你是大爷心尖儿上的人，那些个好东西，他不尽着你尽着谁？你房里的东西都是他亲自挑的呢，我房里的东西再金贵，跟大爷的心意一比，就如同粪土似的，一文不值了。"

青岚一向不善言辞，被赵月婵这么一刺，嗫嚅着不知该说什么好。

林锦楼把茗碗往桌上一放，道："再给我添些茶。"青岚连忙拿起茶壶给林锦楼添水。

赵月婵见林锦楼爱搭不理的，忍着怒意，放柔声音说道："方才我到母亲房里送些自己糟的鹅掌鸭信，母亲说你明日要出门，这事你怎么没和我说？我也好帮你置办些衣裳用品。我在房里等你许久你都不来，心里烦闷了才找青岚妹妹聊聊天。"

林锦楼淡淡道："东西有书染和小厮们替我备了。"

赵月婵道："他们总不如我们知疼着热，爷在外头若是吃不好、睡不好，我们也跟着担心，妹妹你说是不是？"

青岚看看林锦楼的脸色，不知自己该应还是不该应。她看见赵月婵便心里发怵，胡乱地低下头。

赵月婵冷笑一声，心道："这小贱人远不及我美貌，性子懦得上不了台面，到底哪一点拿人了？大爷好像被灌了迷魂汤似的，三天两头往东厢跑。"眼睛瞄到青岚隆起的肚子，不由愈发怨恨。

原来林锦楼待她冷淡，她每次回娘家，母亲都敲打她早日生下一男半女，但如今这情形，她一个人守空房，怎能凭空变出个孩子来？！这些时日刻意收敛，不再哭闹蛮横，打起温柔哄着林锦楼，也没捏着错处找青岚麻烦，但林锦楼待她仍冷冷淡淡的。方才她在秦氏那里听说林锦楼明日要出门，这事她竟毫不知情，如今她的地位竟连个贱妾都不如了！她心里有气，收拾打扮一番到东厢来，到底要看看那个小狐媚子凭什么能把爷们儿迷惑了，如今一见也不过如此。林锦楼却在那小贱人跟前对自己爱搭不理，故意落自己脸面！

赵月婵越想越怒，偏巧香兰端了茶进来，这茶本该青岚亲手给赵月婵奉上，奈何青岚一时傻愣了，居然没动。赵月婵气上加气，将茶碗端起来借题发挥，"哎"了一声将茶全泼在香兰脸上，口中骂道："没眼色的小蹄子，这么烫的茶，叫我怎么端得住？！"

那茶虽不滚烫，却也是热热的，香兰"啊"地叫了一声，忙捂住了脸，疼得眼泪已滚了下来。林锦楼登时便坐了起来。赵月婵骂道："还不快滚！"

香兰捂着脸便要出去，林锦楼顾不得穿鞋便从炕上下来，几步抢到跟前，把香兰的手拉了下来，只见脸颊一片通红，幸好没有烫伤，再瞧香兰脸上挂着泪，神情又惊又怕，楚楚可怜的，顿时心疼起来。

林锦楼面色冷然，看了赵月婵一眼，扭头对香兰道："方才大奶奶对你无礼了，我替她向你赔不是。"

香兰一呆，便要跪下，林锦楼抓住她手臂不让她跪，另一手从荷包里摸出一锭银子塞到她手里："明儿个找济安堂的罗神医过来给你瞧瞧，这银子你留着养伤用，伤好之前不必在跟前伺候，稍后我打发人给你送点儿药膏。"

香兰含着眼泪看着林锦楼，动了动嘴，却说不出谢恩的话。林锦楼对她微微笑了笑，露出一口极雪白的牙，回头对赵月婵道："走罢。"见赵月婵愣愣的，便立起剑眉道，"你来这儿不就为了让我回去？还不给我拿鞋过来！"

赵月婵方才回过神，忙不迭地给林锦楼穿鞋，跟在他身后出去。

香兰回到屋里，又委屈又难过，脸上火辣辣地疼。一时春菱等人过来探听方才的事，香兰只是勉强应了两句，拧了凉毛巾冰脸。过不久，有个小丫头拿了个金丝香木的小圆盒来，说道："这是大爷给你的药膏，脸疼了就涂一层，别沾上水。"香兰拧开盖子一看，见里面是乳色的膏子，伴着一股淡淡的草药清香，抹在脸上清凉滋润，红印子瞬间便淡了。

春菱惊道："这是晶玉兰雪膏，过年时刚从宫里赏下来的东西。太太得了四盒，当时便打发人给老太太送了一盒。这东西是宫里的秘方制的，皮肤起了什么疹子、冻疮，一涂就好了，只是想买都没地方买去。"脸上带了忌妒的神色道，"大爷又给你赔不是，又给你银子，居然还把宫里赐的膏子给你用，还叫济安堂的罗神医给你瞧伤，罗神医从来都是只给太太、奶奶们请平安脉的。"

小鹃笑嘻嘻地说："不过烫了这么一下，却得了这么大的脸，倒变成巧宗儿了。"

银蝶不咸不淡地说："大爷虽好性儿，是个怜下的，可若不是看在姨奶奶的面子上，怎能给你这样的脸面？你可别忘形！"

香兰啼笑皆非，心道："烫伤疼在我身上，反招来一堆磨牙闲话，你们谁乐意替我，我还不愿意要大爷给的'这么大的脸'。"转念又想道："大爷虽性情骄纵些，但也算是个宽厚的，给我的膏子这样金贵，等脸上的印子消了，我就把药还给他。"脸上不带出声色来，默默地将东西收了。

且说林锦楼出了东厢，召唤个在廊下听差的小幺儿过来道："去前头书房告诉书染，让她拿宫里赏下的那个药膏子给东厢的丫头香兰。"方才转身回了正房。早有赵月婵的丫鬟白露和汀兰在门口守着，见林锦楼来了，顿时忙碌起来。

迎霜去端早就沏得了的梨香茶，白露去拧热手巾，汀兰在炕桌上摆上细茶点。林锦楼也不搭理，径直迈步往里头去。赵月婵在他身后紧紧跟着，看见迎霜便对她使了个眼色，迎霜会意，微不可察地点了点头，转身去了。

林锦楼往床上一歪，闭上双眼，也不说话。赵月婵重新挂上笑脸，轻轻走过去，坐在床边的绣墩上，款款道："我看爷方才也吃饱了，我这里备了几道点心，枣泥山药糕和菊花糕，都是消食补气的。"

林锦楼睁眼看了看赵月婵，道："不必了。"

"还是用一点儿罢，好歹是我的一番心意。"赵月婵殷勤笑着："快把糕端上来。"

不多时，林锦楼只听耳边有人道："请大爷用糕点。"莺声燕语，婉转酥麻。

林锦楼睁眼一瞧，只见地上跪着个十五六岁的丫鬟，身材窈窕，穿着湖蓝色的袄儿，勾勒出丰腴的胸脯子和一把纤腰。再细看那张脸，柳叶眉、樱桃口，一双大眼睛水汪汪的，端的是个俏佳人。端着一个托盘，上头有个碟子，盛了几块点心。

赵月婵见林锦楼仔细打量那丫鬟，心窝里发酸，脸上却仍带着笑，道："这是琼脂，前两天买进来的，我看她模样好，性子也温柔，就放在身边服侍了……还不快给大爷行礼。"

迎霜在一旁接过托盘，琼脂盈盈拜倒："琼脂请大爷的金安。"说着眼神忍不住向林锦楼溜了过去。她是前几日让赵月婵花高价从人牙子手里买回来的。原本她自小被鸨母买来，还请了个女先生教导，略识几个字，还会些丝竹，虽是黄花闺女，但也有几分风月手段。后来有个官人把她买去想送给上峰做妾，谁知那家失了火，眼看家境要败落，便直接将她领到牙行卖了换钱。正逢赵月婵来挑人，便把她买了来。刚来的时候，赵月婵一番疾言厉色地敲打，琼脂真个有些怕，但今日一见林锦楼，两只眼好似粘上一般，再也离不开了——她原以为自己要去伺候个年逾六旬的老头子，没想到对方竟然是个龙精虎猛的英俊男人！

琼脂身上酥了一半，大有情意地送了个秋波，又娇羞地低下了头。

赵月婵一阵胸闷气短。前阵子她看林锦楼天天往东厢跑，终于有了体悟：原来她的最大威胁并非那些娇娇的通房丫头，而是东厢那位岚姨娘。岚姨娘是良家子，秦氏青眼有加，岚姨娘又怀了身子，连林锦楼都十分看重，假以时日再生了儿子，那林府里就越发没有她赵月婵的立足之地了！

赵月婵是个聪明人，痛定思痛，前思后想了好久，终下定决心亲自挑选个美姜送到林锦楼床上，等那美姜生了儿子，便过继到自己身边养，日后也有个倚仗。只是那美姜便要精心挑选，一来要有身契拿捏在自个儿手里，二来不能太聪明伶俐却要有些眼色，三来要老实听话。于是挑选来挑选去，比照着林锦楼对美人的喜好，她便挑中了眼前这个女孩，调教了几日，重新给起了个香艳的名字，送到林锦楼跟前儿。

如今她瞧着林锦楼颇为意动的模样，心里头一时喜一时苦，说不清到底是什么滋味。正胡思乱想着，便听林锦楼哼哧一笑，凑到她身边讽刺地说："我还真不知道，如今你又多了个当老鸨的喜好。"

赵月婵一怔，登时白了脸色。

林锦楼又靠回身后的红香枕上，慢条斯理地说："可惜你林大奶奶拉的皮条，我却不敢消受了。"说完转了个身，脸对着墙，自顾自地闭眼睡了。

赵月婵咬牙暗恨，起身带着迎霜便走，却命琼脂留在屋里侍奉。待出了屋，迎霜对房里努了努嘴，低声道："大爷不买账，这该如何是好？"

赵月婵冷笑道："别看他装得跟什么似的，没瞧见那小蹄子进屋之后，他就盯了半日，连眼珠子都没错么？咱们且去，我就不信他不碰那块油糕。"

要说林锦楼倒真有些心动，如今为他曾祖母守孝，已旷了许久，眼见个姿色拔尖儿的女子在眼前晃，还真想消受一番。可他如今正盘算着把赵月婵从家里赶出去，怎能再碰她送来的人？

林锦楼便闭了眼躺着，过不久便迷迷糊糊地睡熟了。夜间起来叫渴，将幔帐掀开，唤了一声："茶。"

不多时，一双白腻的小手递过过一只青瓷花瓣杯子，林锦楼接过一饮而尽，借着微弱的光亮一看，只见琼脂正站在床前，绾着松松的头发，茶白的袄儿半敞着，露出大红肚兜，衬得肌肤越发雪白。

琼脂见林锦楼瞧着她，便红了眼眶，低下头轻声说："是不是琼脂碍了大爷的眼，让大爷不欢喜了？"

这一番作态我见犹怜，让林锦楼登时有些口干舌燥，声音不自觉地柔和几分，将茶杯递过去道："你胡思乱想什么？我没不欢喜。"

琼脂含着眼泪，带了几分娇羞，看了林锦楼一眼，小声说："那……那大奶奶让我……侍候大爷……我……我也是愿意的……"说着去接茶杯，却故意去碰林锦楼的手。

那一双小手滑腻轻软，林锦楼心里一痒，便反手将那小手握住，手上用力，把琼脂拉拽到怀里，调笑道："伺候爷？你要怎么伺候？"心里想着："横竖个丫鬟，收用了也不是大事，难不成她给爷送个美人儿，爷就不休她回家了？"

琼脂脸上增了几分春色，指甲在林锦楼胸前一划："大爷想让奴怎么伺候，奴就怎么伺候。"

林锦楼低笑着便要亲嘴儿，但瞧见琼脂娇怯的神色，不知怎的，忽然想起今日脸被茶水烫了的小丫鬟香兰。香兰的神色也是这般怯怯的，脸被烫得通红，两只大眼里含着泪儿，说不出地委屈可怜。如此一来，他便又想起赵月婵是如何飞扬跋扈的，于是连带着怀里的美人儿也没了味道。松开手把琼脂推了出去，淡淡道："夜了，去睡罢。"把幔帐撂下翻身睡了。

琼脂呆呆立在床边，不知这位爷怎的忽然变了脸，方才还柔声细语的，这会儿冷眉冷眼，心中暗恨自个儿方才错失良机，早知就不该娇羞，该迎上去将生米煮成熟饭才是。琼脂咬牙恨了一回，也只得跺脚赌气回去睡了。

林锦楼第二日便出了门，赵月婵亲自把人送到二门上方才回去。各房的妾室畏惧赵氏之威，不敢凑到跟前儿，都悄悄打发心腹小厮守在二门外给林锦楼送些东西。青岚处处紧着林锦楼身子，送了一瓶儿滋补身体的丹药；鹦哥爱那风花雪月的调调，用一缕头发和着五色彩线打了个络子，取"横也相思竖也相思"的意思；画眉干脆送了她贴身穿的玫红底子五色刺绣鸳鸯肚兜。

小鹃在外头将各屋送的东西都打听了一圈儿，回来跟香兰偷偷八卦。香兰心中默默点评：岚姨娘最贤惠，鹦哥最诗意，画眉最……奔放。又暗暗揣测林锦楼最喜欢哪件，想来想去估摸着以那位大爷的性子，大约最喜欢画眉的玫红鸳鸯肚兜。

她和小鹃正一边做针线一边说话，银蝶走了进来，手里拿着一件家常穿的肉桂粉小袄，往香兰身边一扔，扭身便走。

香兰把那袄子拿起来一看，便喊住道："你且等等。"起身上前把袄子递过去，"这是你缝的？针脚这样糙，歪歪斜斜的怎么见人？拿去重做。"

银蝶哼哼道："我就这个手艺，你要瞧着不好就自己缝去。"

小鹃愤然道："你怎么说话呢？这是你的活计，做不好还有理了？"

香兰把小鹃拉住，淡淡道："做不好不要紧，我教你，去把针线笸箩拿来。"

银蝶瞥了香兰一眼："我这儿还有别的活儿，春菱姐姐还让我去晒书呢。"说着拔腿便走。

香兰抢上前挡住道："晒书让小鹃去，你先做针线，我去同春菱说。"

银蝶还要叽歪，香兰却把脸沉了下来，冷声道："这活计是我三天前就给你的，你已经拖了这么久，做得这样差，我要教你你还百般推托，你到底想怎样？"

银蝶只觉着香兰单柔好欺，没料到她忽沉下脸却威势十足，顿时有些愣。

香兰把那袄子递过去道："去，重新缝这袄子。我且告诉你，这料子是上等的贡缎，若做坏了，就直接从你月例里扣，你明白了？"

银蝶脸涨得通红，气得喘了好几口，盯着那袄子，却不伸手拿，两人一时僵在那里。此时门帘一掀，春菱走了进来，一看这阵势心里明白了几分，微微笑着："哟，这是唱的哪一出？"

小鹃快人快语："银蝶不好好做活儿，香兰要教她，她还不肯学。"

银蝶冷笑道："你跟她交好，当然向着她。"又瞪着香兰："别以为我们心里不清楚，你不就因为大爷给了你个宫里赏的膏子，就觉着自个儿腰板硬气高人一等了么？呸！上头还有大奶奶、姨奶奶，你就以为能攀高枝儿了？瞧把你兴得那样，分明就是鸡蛋里挑骨头！哼！"说完一推春菱，摔帘出去了。

香兰愣住了，小鹃气得跺了跺脚："黑心的小贱蹄子，有本事让大爷也赏你一个！分明是眼红忌妒人。"又去拉香兰的手："咱们别理她，什么玩意儿！"

春菱心里暗爽，假意咳嗽一声安慰道："是呢，银蝶年纪还小，说话难免口气冲些，回头我去说她。"说着又出去了，临走时扭头道，"姨奶奶说了，这几日不用你进去伺候了，让你紧着把小孩子的衣裳做出来几件。"

说话听音，香兰眉眼通挑，立时就明白了，这是岚姨娘硌硬了她——自从林锦楼送了她涂脸的药膏子，东厢里便诡异起来。青岚原待她亲厚，之后便有些淡淡的，如今连近身伺候都不让她靠前了；吴嬷嬷对她却愈发亲热，原直唤她名字，如今却叫"香兰姑娘"；春菱客气了许多，却也不动声色地跟她疏远了两分；银蝶倒是摆在面子上，直接甩脸子，连活计都支使不动；唯有小鹃同她仍是一如既往地交好罢了。

香兰忽然觉着没趣儿，深深叹了一口气，坐了回去，把手里的褂子扔到一旁。

东厢待客的小厅堂里，画眉正坐在椅上，身子微微前倾，跟青岚说话："其实二姑娘就是个爱风雅的人儿，原先也爱组个诗社、棋社的，因曾老太太的孝就停了几期，如今又有这个心气儿，这才招呼大伙儿问一声，姐姐要是有雅兴，不妨也去散散心。"她头上绾了个油亮的发髻，盘了一支玛瑙云蛟钗，脸上仍是浓妆，衬得整个人愈发妩媚，穿着一件蔚蓝底子缠枝花卉刺绣镶边靛青对襟褙子，底下是雪白的裙儿，隐约露出一点儿绣鞋上翘着的珍珠，又俏皮又新奇。

青岚歪在罗汉床上，拨弄着旁边绿檀花架子上的一盆兰草，含笑道："我不懂什么湿啊干的，再说身上也乏，还是你们去罢。"

画眉笑道："这诗社，有时候连太太也会去凑热闹呢，姐姐就去罢，憋在家里有什么意思？再说还有几家内宅里走动勤近的官眷太太小姐们也来，去混个脸熟也是好的……正房那个母夜叉，虽说大字不识几个，也得过去凑个兴儿。平日我跟鹦哥那小蹄子不和，见着姐姐却觉着投缘，咱们姊妹一起去，也能做个伴。"

青岚虽生长在读书人家，可性子惫懒，自小对读书兴趣皆无，琴棋书画也一窍不通，只不过识几个字，学了些《贤女集》之类，听说林东绮要办诗社，难免怕丢脸露怯，不敢应，但听画眉说"太太去"，又说"内宅里走动勤近的太太小姐们也来"，便心动了。

画眉看着青岚的脸色，笑吟吟地喝了口茶："再说，姐姐是读书人家出身的，比我们都高明百倍，难道还怕作首诗吗？就怕到时候大展长才，把她们都比下去了！要我说，不如姐姐起头办这一期诗社，到时候露这么一小手，那可就美名传四方了。"又鼓起兴说谁谁家的小妾办了诗社，事事妥帖周到，在太太们之间拔了头筹，比正房奶奶脸上还有光；谁谁家庶出的小女儿，因为在诗社里诗文做得好，传扬出去，嫁了个前途似锦的大才子。可依她画眉看来，这些人都比不上青岚聪敏多闻，若是青岚能趁身子还不重的时候办一期诗社，在太太、奶奶间扬了威风，不光能得太太看重，她未出世的孩儿也因他母亲而更有分量了。

这三夸五捧的，把青岚说得晕陶陶的，心中暗想着："是啊，画眉说得不错。我在林家虽是个妾，可也是良家子出身，林家摆了酒宴风风光光用轿子抬进来的，跟她们到底不同。如今在林家，我虽有些地位却无口碑，若是这诗社做成了，名声显扬出去，人人称赞，方不辜负我肚子里的肉儿。"

头脑一热，登时便道："甚好，那我就跟二姑娘说，这一期诗社便由我来组罢。"

画眉笑得眯了眼，拍着手道："姐姐果然是个爽利人，真是女中豪杰。这事要是做成了，不单是太太和大爷高看你一眼，连官眷们也要夸姐姐的才名、贤名。"又絮絮叨叨地说了些别的事，狠狠捧了青岚一番，才告辞走了。

画眉一出东厢的门，脸上的笑"吧嗒"掉了下来，冷冷看了东厢一眼，嗤笑着自言自语道："傻婆娘，痴心疯了竟敢应下这个，有你受的！"

却说画眉去了，青岚把她应承诗社的事跟吴嬷嬷一说，吴嬷嬷登时大吃一惊道："我的奶奶，您怎么把这事应下来了？"

青岚一愣，道："应下来怎么了？我这不是跟嬷嬷商量诗社的事该怎么操持么？我年轻面嫩，不曾做过这样大的场面，嬷嬷经的事多，还要事事倚仗您。"

却没承想吴嬷嬷咬牙切齿，恨声骂道："我就知道画眉那小蹄子不安好心，竟把姨奶奶往贼船上头领！"看着青岚懵懵懂懂的模样，不由叹了口气，"姨奶奶以为办诗社是上嘴皮一碰下嘴皮就妥当的了？要放寻常大户人家里，诗社就是内宅里的妇人们取乐的，在咱们这儿却不同。太太人缘好，老爷的官声也响亮，但凡咱们家办一期诗社，等同金陵有头脸的大户太太小姐们在府上聚会一次。这样的席面要瞻前顾后，人人满意，最后讨一声'好'真是难上加难。您道二姑娘为何爱办诗社？还不是因为待字闺中，若这样的场面她操持得好，谁不夸一句贤惠能干，争相要娶回家呢？"

青岚听吴嬷嬷先前讲得这样难，也面露难色，可听到后来，又抖擞起精神，笑道："若这样的场面我操持好了，岂不是也能得人夸赞了？嬷嬷总说我在府里没靠山，生怕太太走了我便吃亏受欺负，眼下正是扬名万万的好机会，怎就退缩了？"

吴嬷嬷直想翻白眼，苦笑道："我的奶奶！二姑娘操持得好是因为有太太在一旁帮衬看顾着，莫非姨奶奶也有这样大的脸面，能请太太出来帮您料理？况且姨奶奶还大着肚子，养胎还来不及，怎好自己再折腾？听我的话，这个心歇了罢，啊。"

青岚嘟着嘴，有些不乐意。

吴嬷嬷看着青岚嫩如鲜花的脸颊，又叹了一口气，想到这岚姨娘不过才是个十八九岁不经事的小媳妇罢了，声音便放柔了几分："姨奶奶要想办诗社，不妨等孩子生下来，养好了身子也不迟，这几个月姨奶奶还是紧着自个儿的身子，别想那些有的没的熬神费力，万一伤了肚子里的哥儿，不光我们跟着着急上火，大爷也是要心疼的。"又劝又哄了好一阵，无奈这青岚也是个认死理的，一心想着在人前露脸，这会子犟上来，越不让干的事便偏要弄，死活不肯改主意。

吴嬷嬷无法，只得去找秦氏。

秦氏先斥了一句："胡闹！"眉峰深深皱起。她当初千挑万选选了青岚，就因为看着这女孩子性格和顺，心思单纯，脑子里没那么多弯弯绕，否则良妾一门心思跟正房奶奶争权争宠，内宅里就更鸡飞狗跳不得安宁了，可如今看来，太单纯也不是什么好事。

秦氏想了一回，对吴嬷嬷说："无妨，她想办就让她办去。"

吴嬷嬷一愣。

秦氏道："她自从进了府还没吃过亏，这回吃亏买个教训也不是坏事。可有一则，就是她的肚子要紧，你在旁边盯紧些，天天请郎中过来诊脉，万一有什么不对赶快来告诉我，我也好找人替她操办。"

吴嬷嬷领命去了。

用罢晚饭，香兰把剩菜剩饭都收在一个碗里，拿到院子里喂猫，见吴嬷嬷坐在廊上长吁短叹，便上前道："天都擦黑了，嬷嬷坐在这儿喂蚊子呢？"

吴嬷嬷正愁没个人诉苦，一见香兰登时打开了话匣子，将青岚应承办诗社的来龙去脉跟香兰说了。

香兰一听，神色便严肃起来，说："这哪是闹着玩的？姨奶奶的身份本就不该应这层事，大奶奶知道了心里又该怎么想？况且要操持这样的场面，又要计较花费，又要办得有趣儿，还不能弱了林家的脸面，比家里中秋十五做个团圆席还难呢。"

吴嬷嬷听香兰竟说出这样一番话，心里暗暗吃惊道："这小丫头竟能有这样的见识，竟然像主持过大户人家的中馈似的。"口中道："谁说不是？更甭论有几个官家太太原就是挑剔的。让咱们家没脸还在其次，最怕是姨奶奶的肚子有个好歹，我也难见大爷和太太。"又犯愁道，"我虽说在林家待了几十年，可也没帮忙操持过什么筵席，姨奶奶又说凡事要倚仗我这老婆子，唉……"

香兰也叹了口气："姨娘也是，这样难的事怎么就答应下来了？"又问道，"诗社什么时候开？"

吴嬷嬷回道："还有半个月的工夫。"

两人正说着话，忽然听见茶房里银蝶高声道："姐姐不必拿香兰压我，不就是生了个狐媚样儿，会在爷们儿跟前扮可怜么？你当我不知道她是哪一尾狐狸精？！"

又听春菱缓缓道："她是大爷眼里的红人，还是二等，你又何必跟她找不痛快？要我说趁早歇了心，她让你做什么你就做什么便是了。"

银蝶的声音又尖又厉，带着几分气性："我可不像春菱姐姐那么好性儿，平日里姐姐的威风都上哪儿去了？何必怕她？"

春菱又压低声音说了几句什么，却模模糊糊不能耳闻了。

吴嬷嬷立刻朝香兰望了过来，却见香兰容色平静，便道："这是……？"

香兰尴尬一笑："还不是大爷那盒药膏子给闹的。"

吴嬷嬷极不赞同道："大爷赏你是他乐意，她们这是做什么？我原就看银蝶那小蹄子不厚道，可她干活儿手脚麻利，又会讨姨奶奶欢心，我也就睁一眼闭一眼了，谁知道她背后说起人来竟这般难听。"

香兰心道："银蝶和我是一天进府的，年纪也差不多大，我却比她早提了二等，她又争强好胜，自然不舒坦了。何况她对大爷也存了一段意，眼见大爷给了我盒药膏子，心里头便更有怨气了罢。"忽想到林锦楼给了她一盒宫里的药膏子，恐怕这会子全府都要传遍了，不禁警觉起来，看着吴嬷嬷正了容色道："我想求嬷嬷一件事……嬷嬷是大爷的奶娘，大爷最是敬重的，若是能跟大爷递上话，能不能劝大爷把那盒药膏子收回去？最好大爷在大庭广众之下再狠狠骂我一通，我也好过两天安生日子。"

吴嬷嬷"扑哧"一笑，点着香兰的脑门说："你当大爷谁的脸都给的？傻丫头，那药膏子连大奶奶都没那个福气得，他给你你就收着罢。记着我一句话，眼下是难了些，以后有你的好处。你这个丫头跟别人不一样，我看着你就知道你日后是有福气、有造化的……"

青岚兴致勃勃，拉了吴嬷嬷一同商议诗社的事，又打发春菱去林东绮处讨教经验。这一提出章程青岚才发觉事事琐碎，难以计较，先是请谁就犯了难。林东绮是小姐，只管请别家的太太、小姐就是，可青岚是姨娘，若不邀请别家的爱妾，未免不懂眼色，日后在官眷的圈子里也受排挤，可请了，又怕让正房奶奶们糟心，光名单就掂酌个没完，然后是果碟菜品、银两花费、外出采买，另还有诗社的题目等，不一而足。

青岚小门户出身，自幼就没学过这个，人际走动、迎来送往上也无甚经验，又没经过事，听着吴嬷嬷和春菱你一言我一语的，便烦了。她不耐烦做这个，可话已说出去了，如今硬着头皮也要扛着，先前还打起精神指挥，却越指点越乱，后来不是说今儿个头疼，就是说明儿个腰酸，把事务全丢给吴嬷嬷处置。偏她还想出风头，叮嘱务必事事严谨出彩。吴嬷嬷等人辛辛苦苦忙完一桩，青岚又百般挑剔，四五天过去，竟一丝进展也无。

青岚没叫香兰管这一桩事，不过使唤她跑跑腿。香兰也乐得清闲。这一日，香兰在房里做小衣裳，见吴嬷嬷扶着腰走进来，忙起身道："嬷嬷这是怎么了？"

吴嬷嬷叹了一声："姨奶奶一句话，倒叫我们跑断腿。"在香兰床上坐了下来。香兰用自己的杯子给吴嬷嬷倒了一盏茶。

吴嬷嬷唉声叹气说："咱这位姨奶奶也不知想的什么，来人的名单还没定下来，请帖一张没写，却天天琢磨着上些什么菜。我说请外头的名厨，姨奶奶嫌贵，可家里的厨娘做的她又嫌不好，往外头采买吃食，列好的单子她又给画去一半，跟我说再贵也不能一下就花五十两，最多只能十两银子……这……这……这又想得脸，又不想花钱，我这把老骨头是没法子干了，谁乐意干找谁去！"喝了一口茶，冷笑道，"没那个金刚钻，偏要揽个瓷器活儿，末了自己不干还挑三拣四，怪道人都说小门小户的就是缩手缩脚。"

香兰听吴嬷嬷抱怨，微微皱起眉头。青岚不过是林锦楼稍看重些的良妾，吴嬷嬷却是林锦楼的奶娘，虽说是个下人，但在太太跟前都有体面的。吴嬷嬷看顾青岚待产，多少有秦氏授意，与其说是"伺候"姨奶奶，倒不如说是以吴嬷嬷的身份震慑各房妻妾，让她们别动那些有的没的的小心思。可这位岚姨娘好似没体会到秦氏的用意，反倒真把吴嬷嬷当下人使唤起来了。吴嬷嬷在大宅门里当了几十年的仆妇，早已是喜怒藏于心的老油条，如今竟公然讽刺青岚"小门小户的就是缩手缩脚"，显见已十分不满了。

再者说，大户人家请客做席，要的就是这个脸，既然要脸面，就要大把银子往里投，不浪费已是难得，想不铺张却绝无可能。青岚平日里对下人大方，不过也是赏些自己穿旧了的衣裳或者不喜欢的首饰，都是些小零碎，如今真金白银地掏银子出来，自然是肉疼了。

香兰本不想管，但瞧着吴嬷嬷脸色疲惫，心里又不忍，她到底良善好心的，低头想了一回，便道："不如去二姑娘那里问问，上次办诗社都请了哪家的太太小姐。"

吴嬷嬷说道："姨娘跟二姑娘身份到底不一样。"

香兰一听这话便明白了，抿着嘴笑道："嬷嬷糊涂了，还为这个操心，难不成请哪家的姨娘还要单写个请帖了？在帖子上直接笼统说些'请某某家内眷'，到时候她们爱带谁来便带谁来。"

吴嬷嬷一怔，拍着手笑道："可不是？是我们糊涂了。都是姨奶奶，非要每一位来的都要确认，闹得我也没了方寸。"

香兰道："估个大概的人数便是了，只是来的这些人家谁和谁交好，谁和谁不和，谁该跟谁坐一桌也要有个章程。另外，吃食上有什么忌口，哪些太太信佛要吃全素，哪些太太爱吃荤腥，这些倒是要紧的。"

她想得入神，全然没留意吴嬷嬷惊愕的神色，款款道："请的人也不必太多，十几位有头脸的就足够了，算上咱们家的太太、小姐们，拢共二十多位正好热热闹闹的，多了反倒不美。姨娘给的银子少，倒也有银子少的办法。大户人家食不厌精，那些山珍海味早就吃絮了，不如从庄子上拉些新鲜的瓜果蔬菜。我记得大爷开了个顺福楼，听人说那里的厨子会用花儿啊朵儿啊什么的做菜，又新奇又好看，不如就请来做个百花宴，不为吃些什么，就为了图个新鲜。花草在咱们园子里想摘多少没有？只是十两银子还是少了些，做这样的席，至少也要三十两……"

刚说到此处，银蝶走了进来，见吴嬷嬷坐在香兰床上，两人状似亲密地说话儿，心里便有些不自在，道："我刚去厨房要了一段藕给姨奶奶做粥，方婆子没在，管事的让我跟嬷嬷打个招呼。"眼睛一转，看见吴嬷嬷手里拿的白瓷杯子，她以为那杯子是她的，便越发不自在了，暗自咕哝："倒是会用别人的东西做人情。"往桌上看去，见自己的杯子仍好好地放在桌上，便闭了嘴。

吴嬷嬷看在眼里却装作没瞧见，淡淡道："我知道了，你去罢。"待银蝶一走，便又问香兰："依你的意思，这诗社在哪儿开？姨奶奶的意思还让在剪秋榭办。"

香兰想了想说："太太喜欢剪秋榭，咱们也去那儿岂不是跟她争持了？拢翠居不是还空着，如今成了花房，不如就去那里，又清静又省得打扫，花木也多，也好命题做些诗文。"

吴嬷嬷笑弯了眼，拉着香兰的手道："我的好丫头，我竟没看出来你有这样的眼界，真把屋里那个给比下去了，这些你是怎么会的？"

香兰心里警醒，低头道："原先在表姑娘那里听她念叨过原先家里做席的事，无意当中听到些。嬷嬷也别夸我，我也是照猫画虎地瞎说一通罢了。"

吴嬷嬷只是含着笑，拍了拍香兰的手。

银蝶探头探脑地站在门外，将帘子掀开一道缝偷看了一会儿，因她二人说话声音低，听不清说的是什么，便抓心挠肝的。眼珠子转了转，便跑到青岚跟前告状道："自从大爷赏了香兰药膏，她就觉得自己高人一等似的，如今又百般讨好吴嬷嬷，心里头怕是藏了奸了！"

青岚从未将吴嬷嬷看作了不起的人物，况且又不喜银蝶，听了这话便斥道："好好当你的差，别拿这些有的没的事情烦我！"

银蝶只得灰溜溜地走了。

自此后，吴嬷嬷便时常找香兰询问办诗社的事，原先香兰说完，吴嬷嬷还想一想，但渐渐觉得香兰的主意比她的还要高明不少。再后来她又找青岚把香兰要来帮忙打理诗社的事，让旁人都听香兰使唤，她只管在后头坐镇。香兰本想推托，吴吴嬷嬷便说道："等诗社的事完了，便准你半个月的假，再多发一个月的月例。"

香兰便咬了咬牙应了，道："只是有一节，对外只说是我帮嬷嬷操持，做得好了都是姨奶奶和嬷嬷的功劳，与我半分干系都没有。"

吴嬷嬷听了这话，又将香兰上上下下打量了几番，才点头道："好，那便依你。"

却说香兰应了诗社的事便日夜操办起来。一来她怕打搅青岚休息，二来她只说协理吴嬷嬷打点事宜，不愿在众人跟前出风头，便干脆搬到拢翠居去住，日日忙碌到深夜，吴嬷嬷晚上便过来相陪。

这一日黄昏，园子快落锁的时候，忽有个七八岁的小幺儿来敲拢翠居的门。香兰出来一看，那小童儿手里拎着一只菠罗漆方形攒盒，道："我家主子说姑娘这几日忙碌辛苦了，让我来送些吃食。"说着自顾自走到屋里，将食盒打开，取出一只填瓷青花高脚盅、一碟子小菜和一碟子糕点。

香兰将高脚盅的盖子打开一瞧，见里头是枸杞红枣鸭汤，奶白细腻，香气诱人，再看看那小童觉得眼生，不是在知春馆廊下当差的几个，因问道："你家主子是谁？岚姨娘？"

小童眼睛滴溜溜一转，笑嘻嘻说："倒不是她，香兰姐姐出了院门，一瞧就知道了。"说着拎了食盒就走。

香兰忙忙地跟出去，站在院门口，那小童儿遥遥一指前方的月亮门："姐姐看那里。"

香兰抻脖子一瞧，只见那月亮门旁竹影幢幢，竹叶青翠浓密，有人正站在那丛竹子后头，隐隐露出半张脸和靛蓝斗纹衣角。似乎是瞧见香兰看他了，便用手将面前那丛竹子推开，宋柯那张俊美白净的脸便现在眼前了。

香兰瞠目结舌，像是瞬间被施了定身法，一动都不能动，张了张嘴却说不出话，脑子里一片空白，只有一个声音在她心里喊着："他怎么知道我在拢翠居？他在关心我……我的丈夫给我送吃食来了……"

宋柯对香兰展颜一笑，香兰方才回神，急忙敛衽一礼，盈盈道了一个万福。宋柯心里一热，笑着对她微微颔首。

那小童儿甚是机灵，对香兰道："姐姐回去且慢用，空碗我明儿个再过来收。我叫绿豆，姐姐若有差使，或者想给我们爷传递个什么话儿，只管吩咐我。"

香兰明知不合规矩，却按捺不住，从袖里摸出几个铜板道："替我好好谢谢你们爷，告诉他日后不必破费了，他的心意我收下了。"

绿豆却不肯接那铜板，一溜烟儿跑了。

香兰抬起头，见宋柯仍站在月亮门边上。她本想再多看一会儿，却恐人多眼杂被人瞧见，只得依依不舍地走回去，关上了院门。又从门缝里往外看，直到宋柯跟绿豆转身走了，方才收拾心情，走到屋里去了。

她对着桌上精细的菜肴，百感交集。这些时日她反反复复告诫自己要断了那些虚无缥缈的心思，也确实觉着自己已百忍成金。可事到临头，见了宋柯，又忍不住忆起前世种种举案齐眉、相濡以沫的情意。

香兰端起高脚盅，汤还未到嘴里，泪却先滑了下来。

原来自从上回一别，宋柯时时想着要将香兰讨要过来，却不巧赶上林锦楼要出门。林锦亭本想跟赵月婵打声招呼便把香兰直接领回去，却好巧不巧知道这香兰被他大哥赐了一盒宫里的晶玉兰雪膏，林锦亭便有些踟蹰了。林锦楼这做派显见是对这个叫香兰的小丫头有几分上心，自己若不打招呼就把人领走怕是不妥，便只好等林锦楼回来再做打算。

宋柯时时惦念香兰，让林锦亭帮他打听香兰的事，这厢知道香兰为诗社的事住到拢翠居去了，便打发人来送些吃食，也好让香兰知道，自己并未忘记她。幸而这拢翠居和林锦亭住的卧云院离得近，宋柯来回走动也不怕被人瞧见生了疑心。

"香兰姐姐也没说什么，只让大爷别再破费了，你的心意她收下了。"绿豆搔了搔脑袋，"她还要给我几个钱，我当然是不能要了。"

宋柯默默叹一口气，回首望了望拢翠居那扇小小的院门，仿佛还能看见那个纤弱的身影。

此时夕阳西下，看园子的婆子前来巡查，见宋柯站在门处，便堆着笑迎上来道："柯大爷，该锁园子了，您明儿个再过来逛。"

宋柯再次回首看了拢翠居一眼，便带着绿豆离去了。

自此绿豆便天天带了吃食来，香兰站在门口对宋柯施礼，两人遥遥相望，虽一句话都不说，但好似明白彼此的心意似的，欲说还休的滋味尤其让人沉醉。

却说开诗社的日子已到，青岚亲自拿了请帖送给秦氏。秦氏到拢翠居看了一遭，见拢翠居已焕然一新，里里外外摆着上百盆花卉，争奇斗艳，庭院里两棵石榴树花开正浓，院外守着一溪清流和几块奇石，并一道通幽曲廊，虽不比别处雅致，却也颇有意趣。

秦氏又询问了几句，见果然事事料理妥当，不由大为惊讶。

次日，各家女眷便乘车坐轿纷纷来了。青岚一早换上一套粉白二色凤尾纹样绣金镶边圆领袍，让春菱用银丝髻梳了个别致的头发样式，脸上也用了些脂粉。纵然她如今已显怀，却不见臃肿，往人群里一站，仍是个俏丽的小媳妇儿模样。因她不大精通迎来送往的场面事，秦氏便命林东绮在一旁相陪提点。不多时，三三两两的妇人到了，拢翠居便喧哗起来。

香兰不爱凑热闹，只搬了个小凳子坐在后头盯着厨房上菜。吴嬷嬷轻手轻脚地走过来，拍了拍香兰的肩膀道："你坐在这儿干什么？前头热闹得紧，拢共来了二十来位客人，你也过去讨些赏钱罢。"

香兰笑了笑道:"我走了,谁盯着厨房上菜呢?"

吴嬷嬷道:"用饭了不曾?"

香兰道:"方才吃了些。"

吴嬷嬷道:"横竖菜也上齐了,后头不过是些粥点,我让春菱过来看着,你到前头去罢。我方才跟太太说了,这些时日多亏你精心,太太说这就让你过去,要好好赏你呢。"

香兰有些踟蹰。

吴嬷嬷道:"去罢,你这一遭给姨娘争了好大的脸,太太每个丫鬟都赏了,连小鹃、银蝶都得了个红包。"

香兰方才到前头来,只见满院珠翠环绕,笑语莺声。她溜着墙根走过去,却见秦氏身边坐着个跟秦氏容貌有几分相仿的美妇人,两人正有说有笑。

第九章
诗宴伪陈迹

那美妇人是秦氏二姨妈的女儿韦氏，两人从小交好，后韦氏嫁入显国公府，虽是世子郑百川的填房，二人年岁相差二十岁，但到底也算夫妻和美。只是婚后四五年韦氏方生下一女，起名静娴，此后韦氏便没再产育过，这郑静娴便是韦氏的掌上明珠。

秦氏对韦氏笑道："咱们可有些时日未见了，若不是表姐夫叶落归根，想回来祭拜祖宅，咱们姊妹还不能聚上一聚。"

韦氏脸上带了一丝忧虑，压低声音道："我家老爷这两年身子骨愈发不好了，却还偏要回来看看，我们娴姐儿如今还没个婆家，我真怕老公爷一撒手，便把娴姐儿给耽误了……偏这丫头最可恨，高不成低不就的，她爹也宠着她，她自个儿不乐意，也就由着她性子去了。"

秦氏笑道："哪个爹娘不宠孩子？我对绮姐儿也是一样的心，怕高嫁受欺负，低嫁受委屈，找个门当户对的，又怕儿郎不争气。"吃了一盅酒，往东边小姐坐的那一席看了过去。

当下郑静娴同林东绮、林东绫等坐在一桌，不知正说笑些什么。她生得高挑，肩膀略宽，脸蛋方圆，神采飞扬，虽五官俊秀，却也嫌过于英气了些，可在女孩堆里反倒醒目。

秦氏将目光收回来，对韦氏笑道："就凭娴姐儿这般相貌人品，你还愁什么？"

韦氏叹了口气道："你是不知道，从小让我给养娇了，有了说一不二的盗跖性子。再说她只算生得不丑，跟你们绮姐儿还是没法比。"

孩子总是自己的好，秦氏看了看英气的郑静娴，又瞧瞧温婉的林东绮，便觉着韦氏说的是实情，却还要谦虚几句："瞎说，我瞧着娴姐儿是一等一的上等女孩，她跟绮儿各有千秋罢了。"

香兰见秦氏和韦氏说笑正酣，不敢打扰，默默地回转到廊下来，只见青岚和鹦哥、画眉坐在一桌。

青岚脸色微红，显是吃了些酒，夹了一筷子小菜，一小口一小口地吃着。画眉坐在她左边，不住奉承道："原我就说姐姐是有能耐的，如今看来果然不错，席做得这样好，吃的菜竟然还是花朵腌的，又新奇又可口，也亏得姐姐这样的人儿才能想出这个法子。"

青岚心里受用，脸上已笑开了："妹妹可别夸我，什么新奇法子，都是外头人吃厌了的，你们别嫌弃才好。"想到这几桌席竟然花了三十二两银子，不禁有些肉疼，但见人人都赞好，尤其是秦氏，头一回看着她的眼睛里充满赞许，便又觉得这银子花得值。

画眉笑着说："哎哟哟，这样的吃食还嫌，恐怕也只有王母娘娘的蟠桃宴才能入口了。鹦哥，你说是不是呀？"她谈吐轻快又俏皮，几句话便让青岚好感倍增，也随画眉笑了起来。

鹦哥在画眉左边，脸色不大自在，也不说话，微微点了点头，低头敛去眼里的忌妒——看那干青岚，一身粉嫩富贵打扮，气色红润，显然是过得极其舒心的，不光太太向着她，就连大爷也三天两头往她屋里跑，如今又让她在达官贵人之间做一期诗社！这是大奶奶都没得过的脸呀！太太和大爷能这样纵容她，还不是因为她肚子里的那块肉！若……若不是她的儿子被春燕那小贱人陷害流产，今日花团锦簇、众人围绕的本该是她呀！

鹦哥心里发苦，想到伤心处还偷偷掉两滴泪。画眉看了鹦哥一眼，嘴角挂上一丝冷笑，扭脸对着青岚又换了一副热络的笑脸，道："方才各家夫人都夸说姐姐能干呢，连太太都说'岚丫头是个妥帖人儿'，要知道太太从不轻易夸谁呢。待会儿作诗作词，姐姐也得拔个头筹，方对得起太太的厚望。"

青岚原不想作诗，生怕露怯，可听画眉捧她，又有些飘飘然，正犹豫作还是不作，此时听见有个声音道："太太这么夸赞，那你待会儿可要一鸣惊人了。"

一语未了，赵月婵便在青岚右边坐了下来，粉面含威，嘴角上挂着笑，一双水盈盈的眸子风情夺人。她一来，青岚全然没了方才的春风得意，顿时缩手缩脚起来，慌慌张张地站起来，唯唯诺诺不敢应声。

赵月婵原本因青岚今日出了风头心里正恨，但见青岚这般害怕自己，胸口里的恶气出了些，淡淡道："你坐罢，给我斟酒。"

青岚忙执起酒壶给赵月婵倒了一杯。

画眉见青岚低眉顺眼、战战兢兢的模样，不由撇了撇嘴。喊，她还以为青岚这回硬气了能跟赵月婵斗上一斗的，原来烂泥糊不上墙，还是个软骨头。

此时鹦哥忽然开口道："今日青岚姐姐真个好风光，诗社办得这样体面周到，肚子里还有大爷的骨肉，真是天上地下都没有这么圆满的，我看着都眼热了。""大爷的骨肉"咬得极重。

赵月婵果然沉了脸色，上上下下看了青岚一圈，点头道："不错，你是个有福气的，从进门那天起，太太就说你好生养，定能给林家开枝散叶。"

青岚赔着笑说："不敢，不敢……"

赵月婵道："你不敢还有谁敢？如今我们这些人上上下下的，全都指望妹妹的肚子呢。"说着轻笑几声，却带了十足的凌厉气势。

青岚低着头不敢言声。

她悄悄看了看赵月婵，已没了胃口。她第一回来到林家江南祖宅，进门给赵月婵敬茶的时候，看见一个被打得浑身是血的小丫头被两个婆子从门口拖了出去，在地上拖出长长的血渍。她吓得魂飞了一半，赵月婵却轻描淡写地说那丫头偷了自己的首饰，自己只不过略加小惩，说着似笑非笑地看着她，两眼如刀锋一般。这一招杀鸡儆猴便将她震慑了。

后来她因有了身子，不必到正室跟前立规矩，时间一久，她也是个心宽的，便渐渐淡忘了这一桩事，只是对赵月婵存了个畏惧的影子。可上回赵月婵来东厢，扬手就将一盏茶泼在了香兰脸上，她看得清清楚楚，心里一阵哆嗦，方又想起来，这正室奶奶正是一尊夜叉！

赵月婵只管拿了筷子夹菜吃，青岚、画眉、鹦哥等人都不敢动筷，屏声静气地呆坐着。幸尔赵月婵吃了两筷子菜便起身走了。她是媳妇儿，在席间只设虚位，并不敢坐，所以才到廊下桌上吃些菜肴垫垫肚子，而后又要进去张罗——青岚已做了个大脸，她这会子要表现一番才能挣些面子回去。

等赵月婵一走，青岚立时便活了，又同画眉谈笑风生起来。

香兰远远地站着，暗自摇了摇头。这岚姨娘碰上大奶奶，就如同耗子见了猫，让人觉着又可怜又可笑。

一时秦氏那一桌不吃了，早有伶俐的丫鬟端了铜盆给众人净手，撤掉残羹，重新摆上细茶点。贵妇人们仍然谈笑风生，小姐们有看花的，有喂鱼的，有在一处叽叽喳喳说话的。

香兰让吴嬷嬷张罗两个婆子，在院里摆放一张花梨木大桌，布上笔墨纸砚，将诗题取了过来。大家团团围上来一瞧，只见无非是些吟花诵柳的题目，一派风花雪月，却正合闺阁女孩儿们的心思，一个个摩拳擦掌，跃跃欲试。

林东绣跟柳大人、温员外家两个庶出的女孩儿交好，三人生怕选晚了只剩下不好作诗的题目，写不好出丑，凑在一处交头接耳，选了题便急急忙忙地摊开纸琢磨去了。

林东绫素不爱读书，更厌烦吟诗作对，本不耐烦做这个，眼风一扫，却见小姐们人人提着笔对着题目斟酌，偶有几个不做诗在一旁说话做针线的，不是庶女就是她瞧不起的嫡女。林东绫心高气傲，自然不屑与她们为伍，暗自琢磨着这会子若不做出一首诗便着实掉了身价，于是便胡乱勾了一个题。

她把诗题写在纸上，招手喊来贴身丫鬟璎珞，把纸塞在璎珞手中，轻声吩咐道："去，给我三哥哥送过去，让他赶紧做好给我送回来。"璎珞会意，连忙退下。

这厢林东绮亲热地挽着郑静娴的手臂，指着一个题目低声道："这个《暮春》好作，简简单单，春季里的事物多着呢，只要突出一个'暮'，便什么都可以吟，只是想不落窠臼就难了。"又指着另一个道，"这个《夜雨》就有局限，可只要意境抓得准，讨巧倒是更容易些。"

郑静娴神色矜持，颇有些清高之色，将那些题目从上到下看了一遍，嗤笑了一声，对林东绮道："这些题目个个都俗，要把俗气的写出新意来才能显出本事能耐呢。"竟用笔勾了那个《暮春》。

林东绮眉头微微一皱，心里不悦却没有表现出来，自顾自地把《夜雨》勾了，摊开纸写了起来。

林东绣见林东绮碰了钉子，不由抿嘴偷笑，往郑静娴身边挪了挪，道："娴姐姐有才，就算是俗气的题目，也指定能写出新意来。"

郑静娴看了林东绣一眼，连话都没说一句。

林东绣闹了个大红脸，幸好宋檀钗在一旁解围道："绣妹妹，你这么快就有两句了，我还一句都没想出来呢。"自从秦氏断了林东绮对宋柯的念想，林东绮便对宋檀钗也淡了许多，反倒林东绣对宋檀钗愈发热络，两人一来二去，也有了几分情义。

这一岔便将话题引开了去，小姐们埋头作诗，只林东绫悠闲自在，一时去看她母亲王氏喂鱼，一时去桌上拿块糕点，一时又要喝烫热了的果子酒。

却说青岚这一头，画眉百般撺掇她去做首诗，青岚自然不肯，画眉瞥见赵月婵袅袅地站在廊下，便在青岚耳边低声道："姐姐怕什么？做得再不好，难不成比那个母夜叉还不如？她可是大字都不识几个，满肚子的厉害心计又能如何？姐姐已经在前头得了这样大的脸，如今再做首好诗，立刻就能把那婆娘比下去。到时候传扬出去，不光咱们太太高看一眼，日后姐姐行走在大户人家也更加体面了。"

这一番话正把青岚的心思说活了。对啊，自己再不济也是读过几天书的人，总比那大字不认几个的赵月婵强呀。若是自己做上一首诗，也不求太好，便挣足脸面了。

画眉见青岚大为意动，立时叹了一口气，低声道："姐姐是个有福的人，跟我们终归是不同的，我如今事事为姐姐着想，也是有些私心。我一看就知道姐姐是个仁厚宽大的，只求日后姐姐显达尊贵了，别忘了照拂我一二。我也不求别的，在咱们知春馆里有个屋子住便知足了……"说着眼泪便从眼角闪出来，连忙低头用帕子拭泪。

青岚越发觉得画眉是个实心人，急忙握住画眉的双手："妹妹你说什么呢？你是老人儿，我刚到这儿来，是你该多提点我才对，咱们都是一处伺候大爷的，同吃同睡，跟亲姐妹也无甚区别，再说旁的便是见外了。"

画眉连连点头，又款款地说了好些话，鼓起舌头百般怂恿。青岚被哄住了，越发觉着要出个风头，便也上去作诗。

赵月婵见青岚也去挑题目来写，便冷笑了一声，心里到底有些酸。却听画眉站在不远处大声跟鹦哥说："岚姨娘是读书人家出身的，跟咱们怎么一样？若是我肚子里有墨水，兴许也挂上题目写上一首，露个大脸高兴高兴。"

鹦哥冷笑道："是不一样，最不一样的还有人家的肚子，可是金贵百倍了。"

你一言我一语让赵月婵听着心烦，指着斥道："你们两个叽叽咕咕的嚼什么舌头根子？"

二人立刻噤声。

赵月婵转过头去，看着青岚春风得意的脸庞，咬牙轻声道："贱蹄子，我让你作，作够了我再收拾你。"

画眉两边挑唆，这厢见赵月婵发火，又见赵月婵一双眼冷冷地盯着青岚，心中暗暗称愿。

鹦哥也觉出几分不对头来，暗想："那母夜叉是个吃人不吐骨头的，画眉也不是什么省油的灯，我可别夹在里头，让她们两个当枪使唤。是非之地还是不久留的好。"当下便揉着太阳穴道："唉，我这头又疼了，兴许是方才多吃了两杯酒，又吹了风，这会子心突突往上跳，得先回去躺躺了。"

赵月婵挥了挥手，鹦哥便扶着丁香娇弱无力地走了。

且说青岚勾了个题目，也摊开纸来做诗，奈何思路滞涩，又久久不看书写作，脑子里空白一片，眼看案上的一炷香就要烧完，仍没个章程。她见人人都写好了，不免慌了神，悄悄去找吴嬷嬷。

吴嬷嬷忙碌许久，好容易得了闲儿，跟几个有头脸的婆子在廊下另摆了一桌，拣了几个好菜，又烫了热酒，吃喝正酣，见青岚走过来，连忙站起来，嗔怪道："姨奶奶怎么没人扶就自个儿过来了？银蝶跟小鹃呢？看我不打这两个小蹄子。"

青岚压低声音道："嬷嬷别管这个，先快快帮忙，问问有没有谁能做首诗出来。"

吴嬷嬷见青岚为这事打搅自己吃饭，心里有些不悦，暗想："老婆子我忙碌一天，一声辛苦也不道，反而为她写诗这点子小事让人一口热乎饭都吃不上。"脸色有些沉："姨奶奶不是说今日不作诗的么？"

青岚着急地催促："这会子又想作了，嬷嬷快帮我拿个主意罢！"

纵然吴嬷嬷再腹诽，终究忍不下心看青岚没脸，只得道："我且帮你找找会写的人罢。"思来想去，吴嬷嬷依稀记得香兰识字，保不齐会作诗，便苦着脸到茶房里找香兰，道："姨奶奶又揽了活儿，让作首诗，你瞧瞧。"说着把纸递了过去。

香兰展开一看，只见上头写着两个字——遗香。

题目倒是新颖别致，香兰想了想道："我倒是能写，只怕写得不好，姨奶奶也看不上。"

吴嬷嬷道："我的儿，你只管写一首充数就是了！"

香兰暗想着："不能写得太好，也不能太差，更不能太高深，只拣些直白的话写上便是。"不知怎的，忽想到宋柯题在扇子上的那首诗"明月故人远，幽兰空余芳。小楼闻夜笛，岑寂已三更"。凝视着眼前的兰草默默地愣了一会儿，提着毛笔写了一首附和："谁家白玉兰，遗落春风里，独守一脉香，缭乱前生梦。"

她盯着那诗看了看，又默默把"前生"改成了"浮生"，重新誊写了一遍，交到吴嬷嬷手中，嘱咐道："嬷嬷可别说是我写的。"

吴嬷嬷口中"嗯啊"应着，火急火燎地将诗给青岚送了过去。

青岚展开纸一看，立时皱起眉头道："这是什么诗？都不押韵，才四句，也忒少了，二姑娘她们作的都是七律呢，嬷嬷再让人给作一首吧。"说着她又将纸塞回吴嬷嬷手中。

吴嬷嬷忍着气道："再没有了，就这一首。姨奶奶要么用，要么老奴也没办法。"

青岚嘟着嘴，有些不乐意。吴嬷嬷见她仍是一副小儿女状，心里感慨，想劝说两句，可话在嘴里滚了两滚，还是没说出来，摇摇头走了。

吴嬷嬷生怕青岚再给她难做的事务，便绕过拢翠居往知春馆走去，打算先回去躲一躲。刚回到东厢，便听见卧室里有鼾声传来，进去一看，只见林锦楼正胡乱扯了个枕头躺在床上睡觉。

吴嬷嬷连忙取了一床锦缎薄被，轻手轻脚地走过去搭在林锦楼身上。谁想林锦楼习武，又久在军中，自然比寻常人警觉百倍，吴嬷嬷刚靠过来，林锦楼便醒了。吴嬷嬷连忙把被子放下，忙不迭道："大爷是累了，什么时候回来的？赶紧再歇一会儿，要是饿了，厨房里还有粥是新鲜的。"

林锦楼坐起身，揉了揉眼睛，声音还有些沙哑："也是刚回来，瞧见屋里没人就在床上歪着，不知不觉就睡了。"

吴嬷嬷见林锦楼风尘仆仆，容色疲惫，很是心疼，道："今儿个岚姨娘做东开诗社，知春馆里的人全去了，剩下的小丫头子也没个看家的，全都偷溜出去玩了。"手上麻利地沏了一杯茶端上前。

林锦楼忙道："不必了。"皱起眉头，"诗社？什么诗社？"

吴嬷嬷提到诗社就一肚子气，皱着眉头苦笑道："大爷有所不知，岚姨娘听了画眉挑唆，非要替二姑娘办一期诗社，可她大着肚子，又没经过什么事，哪是办诗社的料，唉，这些天东厢里人仰马翻，全都想为她这档子事忙乎。"

林锦楼捧起茗碗，听了吴嬷嬷的话，倒觉得好笑："什么诗社，不过是哄自个儿开心的把戏，她愿意弄就让她弄去，没什么大不了的。"

吴嬷嬷一听这话便梗起脖子道："什么'没什么大不了的'？事情大着呢。大爷得了闲儿也去教教她，孕妇家家的，安心养胎才是正理，有事没事瞎折腾，万一伤了孩子可如何是好？再说，若是想折腾，也要有那个本事，当家主事一概不会，还乱指派，后来索性就不管了，全累我这一把老骨头……"她一边抱怨着一边拧了毛巾递给林锦楼净面。

林锦楼不耐烦听吴嬷嬷抱怨，但心底对他奶娘还是敬重，打着哈哈笑道："好，好，好，我知道这些日子劳动嬷嬷了，回头让账房支十两银子让嬷嬷买些好吃的补补身子……这些天我出去还给嬷嬷捎回一匹上好的尺头……"接过毛巾便擦脸。

吴嬷嬷插话道："不光我，那个叫香兰的小丫头也得好好赏她。"

林锦楼一顿："香兰？"

"是，就是脸给烫了，大爷还给她药膏子搽的那个。"吴嬷嬷笑眯眯地，"都是她帮我里里外外操持，可是让我省了心。那丫头不光能干，还有眼界见识，心思也细，想得色色妥帖。知道什么地方该省，什么地方该大把投银子……最最夸嘴的还是品格，不争风，不抢尖儿，明明是她料理的，却嘱咐我别讲出去，对外只说是姨娘的功劳。唉……我冷眼瞧着她，比府里那几个小姐都强，可惜是个丫鬟命……"

林锦楼笑道："她不过长得俊俏伶俐些，哪就比府里的妹妹们强了？"

吴嬷嬷一心夸香兰好处，道："楼哥儿别不信。"她说着自顾自从袖里掏出个纸团子，递上去道，"瞧瞧这个。"

林锦楼打开一瞧，见是一首叫《遗香》的诗，因问道："这是什么？"

吴嬷嬷道："大爷心尖儿上的那位姨娘非要跟小姐们一道去作诗，可又做不出，忙忙地让我找人替她写上一首。我记得香兰是个识字的，想着不如试试，姑且去问上一问，谁知她看了题目，二话不说就写了一首。哎哟哟，也就是眨么眼的工夫呢。"

林锦楼听说是香兰写的，又仔细把那诗看了一遍，笑道："短小些，看着平常。"

吴嬷嬷哼哼道："这样平常的岚姨娘还写不出呢。我的爷，你可得好好规矩管教，让她老实些，想张狂等真生了哥儿也不迟。"

林锦楼口中"嗯嗯"应着，要鼎炉里焚些清芬的百合香，吴嬷嬷自顾自出去找香，林锦楼又把那纸拿出来看了又看，暗想道："诗虽然不算高明，可难得的是这个字迹，簪花小楷，没十几年工夫写不出这样端正秀丽的笔体。"两指弹了弹那张小笺："'谁家白玉兰，遗落春风里，独守一脉香，缭乱浮生梦'。呵，也不知这朵兰去撩拨谁的梦了。"想起香兰姣美的脸儿，不由胸口发热。

这时吴嬷嬷进屋，将三四个百合香饼儿放到鼎炉里点燃，用罩子罩好，口中道："要说香兰还真是个好的，比哥儿房里那几位都强，依我的意思就收进来……唉，可说句不怕大爷恼的话，这样的女孩子合该给人体面当正头奶奶，做姨娘是委屈了她……"口中絮絮叨叨说个不住。

林锦楼忽然站了起来，迈步便往外走。吴嬷嬷连忙追了两步道："大爷往哪儿去？"

林锦楼也不搭腔，迈着长腿匆匆走了。

林锦楼出了知春馆，径直往前头书房去了。推门一看，只见书染正指挥两个小厮将他从外省带回来的风味特产等物分成几份，预备待会儿打发人送到各屋去。

书染见林锦楼进来，忙迎上前道："大爷，东西都分好了，您来瞧瞧，有什么不中意的地方，我再重新整理。"

林锦楼点点头，将东西一份一份看去，见有的给笔墨纸砚，有的送香囊头油，长辈们大多是滋补的吃食、药材、绸缎等物。他一边翻拣着，一边道："还有二房的宋姨妈那儿可别忘了，她的例儿要跟二太太一样，还有她两个儿女，都比照府里公子小姐的送。"

书染忙道："这个自然，都备下了。"

林锦楼又道："抬回来的箱子里有一幅沈周的字帖，你放哪儿去了？"

书染道："我看那个用红绸布包起来，想着是个金贵的东西，就放到多宝阁下头的抽屉里了。"说完取出钥匙，将那字帖取出来。

林锦楼把红绸布打开，将字帖翻了翻。这沈周号竹居主人，是吴门画派传人，最擅丹青山水，也写得一手洒脱的好字。林锦楼这一趟出门，下属孝敬他一幅沈周写的《天际乌云帖》，他本想留着送给他老子，可方才见了香兰的字，又改了主意，将那字帖揣进袖里便往外走。忽想起什么，又扭头吩咐道："头油和香粉你留一份给东厢的香兰送去。"

书染大吃一惊，却立即垂了头，道："是，知道了。"殷勤地送林锦楼出门，回转到屋里，从箱子中取了一瓶头油和一匣粉，想了想，又加了一个香囊，略一沉吟，又加了一串琉璃手钏儿，而后把东西用一块粉色的绸布包好。

这书染十八岁年纪，中等身量，方圆脸面，眉目清秀，但这般姿色在花红柳绿争奇斗艳的林府丫鬟里只算平常，只是她和蔼温柔，脸上常挂笑意，让人觉着尤其可亲。书染原是伺候秦氏的二等丫鬟，秦氏见她行事稳重、伶俐谨慎、性情爽朗，便将她给了林锦楼。书染跟在林锦楼身边五年，也颇见识了些风浪，备受倚重，出入内外宅也不避讳，全府上下都恭敬称一声"书染姐姐"，要给三分颜面。先前她爹娘曾有意试探，欲让书染嫁给林锦楼做妾，书染立刻到林锦楼跟前求个体面姻缘以表明心迹，林锦楼便将她许配给身边极有头脸的大管事徐福，这两年便放她出去。

书染这一番作为令林家上下刮目相看，连秦氏都赞了她几句。书染自己心里却跟明镜似的——这些年她没少见林锦楼杀伐决断，别人都瞧他是个慵懒的佳公子，她却知道林锦楼是个活阎王，好些手段让她至今想起来都胆寒，何况这位爷红颜知己不断，床头还坐着个母夜叉似的老婆。她是个聪明人，早就收了不该有的念想，只一心一意地把林锦楼当主子伺候。眼见林锦楼竟对香兰这么个小丫头上心，书染虽诧异，但这些年早已修炼成精，知道不该问的一概不问，暗自想着只怕大爷的院子里又要添新人了。

为表郑重，也为向"新姨娘"示好，书染觉着自己不可像上次林锦楼赏香兰药膏子那样，随便打发个小丫头子去送，这一遭她要亲自将东西送过去，还要多多热络攀谈几句。

书染怎么打算暂且不表。单说林锦楼揣着字帖往拢翠居走，绕过假山，便看见拢翠居里聚着一众妇人，另有几位小姐和小媳妇儿聚在院子里摆放的大桌旁，叽叽喳喳地说些什么。

原来众人作诗已毕，正聚在一起兴致勃勃地评诗。

众人一首首诗看过去，若遇到好的，便一齐赞叹，再说说妙处，遇到差的，一笑便过去了，那些不上不下的，便拣着有趣的句子评一评也就罢了。

青岚到香将燃尽也未做出一整首诗来，便只得将香兰的诗胡乱写上了事，故而评到那首《遗香》，并未有多少人赞叹。

林东绮暗想："青岚是我大哥的爱妾，能识文断字都已是难得了，何况能做出首诗来，这诗社便是她操持的，不可让她太过难堪了。"便笑道："别看这首短小，却有股沉郁的愁绪在里头，寥寥几句，意境却极美。"

青岚本就因没太多人赞美而有些不悦，听林东绮这般一说，脸上立时有了光，笑道:"二姑娘乱夸奖,哪有这么好了……"

林东绮抿嘴一笑,刚要跟众人评下一首诗,便听见画眉嗤笑了一声,道:"'谁家白玉兰',可不就是青岚姐姐这个'岚',姐姐如今是大爷心尖儿上的人,还说什么'遗落春风里'这样的丧气话呢?……"

林东绮登时皱了眉,暗怪画眉说话不看场合,如今这么些官眷在场竟说这样没分寸的话。赵月婵已经冷下了脸,斥了一声:"住嘴!"虽恨画眉那句"心尖儿上的人"戳她痛处,但更恨青岚这小狐媚子竟敢事事与她争锋。

赵月婵深恐画眉那句话让自己没脸,便笑盈盈地扯开话头对林东绮说:"好妹妹,给我念念下一首,看看是谁写的。"

林东绮一瞧,见是宋檀钗的,她这厢勾的题目是《梧桐》,便念道:

"欲问秋思何处寻,卷帘半望碧华影。

借得西风三分冷,又偷玉蟾一缕清。

雾重霜临残荷立,江阔云低孤雁鸣。

古今无有知音者,寂寞梧桐小窗静。"

林东绮念一句,众人便赞一句,惊讶宋檀钗竟有这样的心肠。连郑静娴倨傲的神色收了收,看着宋檀钗的眼神有些不同,道:"想不到檀妹妹竟然有这样的才华,这一首可以夺魁了。"

宋檀钗微微红了脸,说:"哪有这样好了?娴姐姐的诗还没看呢……还有绮姐姐的也做得好。"说这话,眼风扫到林东绫——不凑巧,林锦亭今日不在府中,林东绫没有枪手,只得瞎作一气,自然评了个差。宋檀钗见林东绫脸色发青,便闭了嘴。

郑静娴忙将自己的诗文掩住,笑道:"原以为自己做得好,跟妹妹一比才发觉落了下乘,这诗不看的好,还是烧了罢了。"

众人自然不依,纷纷道:"这怎么成?快拿出来读一读。"

郑静娴左躲右闪,冷不防林东绣一把抢过来念道:

"花木不知春已迟,
犹争芳菲斗艳姿。
满地落英乱如许,
相逢只道是当时。"

一语未了,宋檀钗便笑道:"还说自己写得不好,该打!光是立意就比我深,让人折服了。"

林东绫因自己作诗不好,心里正别扭。方才她没脸,看见郑静娴一脸讥诮地看着她，眼神里满是不屑，登时红了眼。这番听宋檀钗对郑静娴如此夸赞，林东绫更是不爽，开口道："檀钗妹妹你谦虚什么？你写得好就是好，你哥哥就是京城有名的大才子呢，今儿个是不请外男，若是请他来作诗，就算做梦写一首也能夺魁。"

郑静娴看都不看林东绫，只对宋檀钗淡淡道："我就是京城来的，但不知令兄是哪一位？"

宋檀钗说："姐姐甭听绫姐姐乱说……"

林东绫抢白道："她哥哥叫宋柯，字奕飞，曾做过好些诗文的。"

赵月婵见林东绫跟乌眼鸡似的，忙道："说了一回也累了，大家都吃些茶再评罢。"说着亲自张罗吃喝，大方妥帖，热情周到，一时招呼大家尽管吃喝，一时又命人回她屋里端些她前两天糟的鹅掌鸭信，又笑着说："上回我母亲做寿，我回娘家，我大堂嫂讲了个趣事，可让我们笑得肚子疼。"

林东绮知赵月婵最会说笑，便问道："什么趣事？嫂子说说，让我们跟着乐一乐。"

赵月婵美目流转，风情万种，摇了摇手中的纨扇："我大堂哥原在顺天府顺义县当知县，有一回升堂审问个犯人，问犯人是什么年纪，那犯人说属猪。我大堂哥还以为那人拿他消遣讽刺呢，就怒上来说：'本县属猪，你也敢属猪？'那犯人就连忙说：'老爷，小民实在属猪，腊月里出生的。'我大堂哥这才知道那犯人没有骂他，就松了口气，嘟囔一句：'本县正月生的。'谁想到那犯人谄媚地堆起笑，亮着大嗓门说：'这就对了，老爷是猪头，我是猪下水！'"

话音一落，众人都拊掌大笑起来，全都笑软了。秦氏在屋里听见便问道："外头怎么了？笑得这样厉害。"

红笺笑着说："大奶奶讲了个笑话，把大家都逗笑了。"说着把赵月婵的笑话又讲了一遍，一屋子太太也忍不住笑了起来。

宋姨妈笑道："这个猴儿，总是精乖伶俐的，能说会道的人里谁都比不过她。"

又有人赞："可不是？不光性子爽利，模样更是没的挑，这里里外外张罗忙乎，通身的气派能干，秦姐姐是个有福的，得了这样的儿媳。"

秦氏听了这话只是微微而笑，低头去喝茶，掩住眸中复杂的神色。片刻后抬起头，看着赵月婵神采奕奕的模样，心里发苦："赵氏又伶俐又美貌，还会体察人心，对我恭恭敬敬的，从不说一个'不'字，这样聪慧的确实不多见，说起来是个上好的媳妇儿。可有一节，就是失了良善与德行，没了这两条，再添一个爱敛财的性子，赵氏纵有再多的好处也落了下乘……唉，也是楼哥儿没老婆命，若是娶个像赵月婵这般模样好、伶俐气派，又像青岚那样善心的便好了……"

此时赵月婵又笑着高声道："我呀，是个大俗人，不懂这些个诗词歌赋，也就会说几句乡野的粗陋笑话让大家笑一笑，博个开心也好。"

香兰靠在墙边，看着赵月婵言笑晏晏，风采夺人，再看看坐在廊下凳子上有些灰溜溜的青岚，心里感慨："还是正房奶奶有那个款儿啊，毕竟是官家小姐出身，自小吃过见过，也经过风浪，出手办事就是不同。纵然有我们这些人帮衬着岚姨娘，将她捧到高处去，可她自个儿没那个心思口齿，最后反倒没脸。这样一场诗社，耗费多少心力，最终反倒是赵月婵用一个笑话抢去了一半风头。"

她在墙角看别人，却不妨林锦楼在蔷薇架子后头看着她。香兰头上绾了简单的髻，穿了件秋香色小袄儿、浅蓝的裙儿，裙角上还绣着两只蝴蝶，打扮清清爽爽，更衬得一张清丽的脸儿愈发娇艳了。林锦楼半睐着眼，将香兰从头看到脚，又从脚看到头，只觉得她跟自个儿记忆里的模样不大像，可仔细瞧瞧，却又一样了，可又觉着还是真人看着更俊俏些。

林锦楼摸着下巴想着，怎么能有丫鬟长得这么好看呢？

眼风一扫，见有个刚留头的小丫头子，手里拿着一碟糕，一路吃一路走过来，圆圆的一张脸，看着极为讨喜，便招手道："那个谁，你过来。"

吃糕的正是小鹃，冷不防听有人唤她，吓了一跳，待看清喊她的人是林锦楼，惊吓得差点儿噎住。她最惧怕林锦楼威势，一时目瞪口呆地站在那里。

林锦楼不耐烦道："叫你呢，听见没？聋啦？"

小鹃奋力把糕咽下去，噎得直翻白眼，低眉顺眼地过去道："大爷有什么吩咐？"

林锦楼遥遥指了指香兰："你让她到陶然亭去，我有事用她。"

小鹃小鸡啄米似的点头，转身就要去，冷不防林锦楼又唤道："等等。"她又连忙停住脚步。

林锦楼又吩咐道："此事不可让别人知道，你悄悄去。"

小鹃又使劲点点头，这才走了。

香兰正在墙角当差，忽觉肩膀被人一拍，只见小鹃咬着糕含含糊糊道："快去罢，大爷正找你呢。"

香兰吓了一跳："大爷？他回来了？他找我做什么？"

小鹃拍着胸口，一副心有余悸的模样："不知道呢，说在拢翠居后头的陶然亭里。你可别让那位爷久等，方才他冷不防叫住我，真把我吓了一跳，险些就被噎死了。"

香兰只好去陶然亭。从拢翠居后门出去，绕过一块奇石，陶然亭就隐在山桃与杏树之间，却见林锦楼正悠然地站在亭子里，逗弄着挂在亭中笼子里的一只画眉鸟。

香兰顿住脚步，微微皱起眉头，若是跟林锦楼单独相处，只怕不太妙，便想轻手轻脚地往回走,忽见到银蝶跟着春菱往这边走过来。春菱交代了些什么,便从另外一条小径走了。

银蝶埋头走了几步,抬头看见香兰,顿时一怔,脸上有些不大自在,撇了撇嘴,仍做出一副傲气的模样昂头挺胸地从香兰身边走过去,眼风一扫,从层层枝丫中间看见陶然亭中的林锦楼的身影,顿时便拔不动脚步,想凑上前,又瞧见香兰在身边,便暗恨香兰待得不是地方。

香兰眼通挑,顿时瞧出了银蝶的意思,立刻捂着肚子道:"哎哟,哎哟,哎哟,我的肚子忽然疼起来了,得赶紧去趟茅厕。"弯着腰捧着肚子风风火火地跑了。

银蝶在背后白了香兰一眼,轻轻骂一声:"急脚鬼,赶着投胎呢!"然后整整衣裳,便朝林锦楼走了过去。

香兰跑出一小段路,回头一瞧,见银蝶往那亭子里去了,忙闪身躲到一丛竹子后头,心想:"甲之砒霜,乙之蜜糖。银蝶爱往上爬,我便成全她。"

且说林锦楼,正等着香兰来呢,忽听背后有个声儿娇滴滴说:"请大爷的金安,大爷什么时候回的家,怎的也不告诉我们一声?这会子在这亭子里,又没吃又没喝的,要茶还是要些吃食?让奴婢来伺候罢。"

他一回头便瞧见个十五六岁的丫鬟,生得瓜子脸,一双大眼睛水汪汪的,有两分人才,脸儿上涂脂抹粉的,堆着讨好的笑。府里这样的丫头他见得多了,便很不以为意,道:"这儿不用你伺候,你去罢。"

银蝶好容易抓着机会,断不能让林锦楼一句话便打发了,大着胆子走上前道:"大爷刚回来,怎能不让人伺候了?我去端盏茶来?小厨房里煮着滚滚的铁观音,味道香香的,方才几位太太吃着还赞不绝口呢……"

林锦楼看了银蝶一眼,见她双眼中大有情意的模样便知道怎么回事。他此刻正一心等着香兰,见银蝶如此便有些不耐烦,脸色也微微发沉。

偏银蝶是不懂眉眼高低的,见林锦楼不说话,便又巴巴地凑上来。想起当日她想帮林锦楼整衣裳,却让春菱瞧见,挨了一顿骂,心里头好不甘心,这厢便盯着林锦楼的荷包说:"大爷身上的荷包怎么歪了?"说着伸手便要碰。

谁想手还没挨着荷包的边,便听"啪"一声,脸颊上早已挨了一记大耳刮子,直将银蝶扇蒙了,身子一歪蹲坐在地上。

林锦楼冷着脸,厉声道:"滚!"

林锦楼皱着眉,心想:"把爷当成什么了?就这样的姿色人才也敢往前头送?倒是心大。府里的丫鬟爷拢共也没收过几个,画眉她们一来长得出挑,二来都会些丝竹,三来赶上爷想恶心赵氏,这才一气儿收进来的,万没有谁都往屋里拉的道理。"

原来这林锦楼风流,大多在外头胡天胡地,府里头倒还有几分规矩。他最好美人，挑剔非常。若是那女子生得好，即便使小性儿，他也觉着可爱爽利；倘若不是绝色，即便有些颜色，他若瞧不上，纵然温柔体贴到十二万分，他也觉着腻歪烦心。

正这个当儿，青岚又扶着春菱走了过来。原来春菱跟银蝶分开，又想到几件事要与银蝶吩咐，折回来的时候，便瞧见银蝶颠颠跑去巴结大爷了。她赶忙回到拢翠居悄悄告诉青岚，主仆二人便赶了过来。

青岚多日未见林锦楼，自然思念得紧，快走两步过去，慌得春菱直叫："姨奶奶，慢些，慢些……"

青岚含着泪道："怎么回来了不说一声？大爷自己一个坐在这儿，也没人伺候，更没热茶热水的怎么成？"

林锦楼微微笑了笑："我也才回来，独自坐着散散心。"忽想起吴嬷嬷方才说的话，不动声色地逗着画眉鸟，道，"听吴嬷嬷说，你这厢露了个大脸。"

青岚含羞地低下头道："瞧爷说的，什么大脸不大脸的。我年轻面嫩，没经过什么事，嘴又笨，也是个没心眼子的，全赖吴嬷嬷的提点。"

林锦楼淡淡"嗯"了一声。

青岚忙了一场，最想得的便是林锦楼的另眼相待，却见林锦楼这般漫不经心的，暗自琢磨着自己谦虚得过了，便又道："我虽不才，这个诗社倒也办得有些模样。太太、二太太，还有别家几位交好的太太们都赞办得好，可我心里明白，什么办得好，都是太太们慈悲，说几句好话哄我罢了。"说到这里顿了顿，本想勾着林锦楼赞一赞她，却没想到林锦楼连眉毛都没挑一下，仍吹着口哨逗那画眉叽叽喳喳叫个不停。

青岚便有些讪讪地："这么个诗社，让上下满意可是难事。大宅门出来的主子们，哪个是好相与的？我也是捏着把汗……画眉妹妹让我凑个兴儿去写首诗，我哪有这个才？奈何大家都三推五举地让我做，我也就勉强做了个……唉，不说也罢，怪可笑的。"

谁知林锦楼听到这个倒有些反应，扭过头看着青岚，道："你还做了首诗？说来听听。"

青岚忙笑道："做得不好，我自己都没脸说。"

林锦楼道："不妨，只要是你自个儿亲笔写的，我就爱听。"脸上虽笑着，眼睛里却透着一丝冷意，盯着青岚的脸。

青岚心里一哆嗦，只觉着自己的小心思在林锦楼跟前根本无处遁形。这位爷的脾气她是见过的，温柔的时候，甜言蜜语能把你一颗心都化了，可那脸只要一沉，便有雷霆之怒。

她险些一张口便说"那诗不是我做的"了，稳住心神，勉强开口道："大爷既然爱听，我便献丑了。"再三犹豫，小声说，"谁家白玉兰，遗落春风里。独守一脉香，缭乱浮生梦。"

林锦楼看着青岚："真是你写的？"

青岚勉强笑着点了点头。

林锦楼只说了三个字："很不错。"

青岚露出如释重负的表情，长长出了口气，顿时喜上眉梢。

林锦楼闭上双眼，微微有些失望。他高看青岚一眼，一则因为她是秦氏亲自做主娶进来的良妾；二则她虽不聪明，但温柔小意，人也诚实仁厚，跟她一处倒也落个轻松自在。谁想这女孩儿人虽不坏，却有些见不得人的小心思小算计，到底是狭隘了。

银蝶和青岚这两出，让林锦楼彻底没了心情，也不再等香兰，说了句"我有些乏了，回去歇歇，你该忙忙你的去"，头也不回便走了。

春菱脸上有些忧色："姨奶奶，我瞧着大爷……不似个开心模样……"

青岚惊诧道："有吗？大爷方才不是夸我诗作得好？"又想了一回，拍了拍春菱的手臂，"大爷定是为公事烦心呢，咱们可不必想太多。"

春菱欲言又止，但见青岚笃定的神色，便将心头的疑虑压了回去。

第十章
红杏越墙门

　　且说香兰躲了一会儿,悄悄返过去一看,见陶然亭人去楼空,不由松了口气。此时诗社已近尾声,秦氏带着林家几个姑娘站在园子门口送客,等人都走了,交代了几句便回房安歇了。

　　拢翠居三三两两的人都散去,青岚借口身子乏,扶着春菱去了,最后只剩下吴嬷嬷、香兰和小鹃。吴嬷嬷气得嘟囔道:"这位可好,有功劳头一个抢,该她出力的时候倒会躲闲儿!"又高声喊:"银蝶!银蝶呢?那小蹄子跑哪儿去啦?"

　　小鹃嘟着嘴说:"谁知道哪儿去了?喊她干活儿,自然是没人了,要是嬷嬷高喊一声'分银子喽!',保准她头一个跳出来。"

　　吴嬷嬷撑不住笑了,点了点小鹃的脑门,出去叫了几个媳妇儿和婆子,将拢翠居收拾了。待各物什收拾已毕,吴嬷嬷单把香兰叫到僻静处,掏出一个二两银子的小银锭子塞到香兰手中道:"给你,这是你应得的。"

　　香兰一惊:"怎么这么多?嬷嬷不是说多给一个月的月例?"

　　吴嬷嬷笑眯眯道:"你做得好,自然要多赏些。拿着罢,这些日子你忙瘦了一圈,这银子是你该得的。回头我跟姨奶奶说一声,放你半个月的假。"

　　香兰便不再推辞,再三道谢。她听吴嬷嬷的吩咐,先往惠丰斋送了趟东西,回来的时候经过一片茂盛的竹林子,忽听见有"嘤嘤"的哭声传了出来。香兰停住脚步,探头一瞧,只见银蝶正趴在她堂姐含芳的肩膀上哭得伤心。

　　含芳是在林东绫房里当差的二等丫鬟,有些体面,生得高挑白净,虽不如银蝶貌美，却也有些动人之处，穿着玉色提花褙子，头上戴着一支赤金的滴珠钗，打扮十分清秀。

含芳端起银蝶的脸，叹了一声道："你也是，惹谁不好，非要招惹那活阎王。"左右看了看，"这下手也忒狠了，红肿红肿的，没个三四天工夫下不去，待会子寻些药膏子涂涂，不知道是不是能好些……"提到"药膏子"，又想起来一桩，"你屋里的香兰不是得了大爷一盒晶玉兰雪膏么？都说那药膏子有奇效，你问她要些涂，印子也淡得快些。"

含芳不提倒好，这么一说，银蝶便哭得更厉害了，口中骂道："我宁愿死也不去求那个小蹄子！自从得了药膏，就觉得自己高人一等似的，她的东西能给我用？我呸！你没瞧她跟在吴嬷嬷身边的谄媚样儿，我看了都恶心！姐姐，她可不是什么好的，明明想出人头地呢，却偏要做个内敛样儿，姨娘做诗社有她个屁事，她非要跟着忙前忙后，分明就是爱显摆！她这不是求自个儿出个彩，好让大爷再多瞧她两眼么？什么东西？！"

含芳一听登时也把眉毛立了起来，道："香兰倒是眉眼生得好，可我瞧她就不是什么安分的东西，果然不出所料！当丫头就要有丫头的样子，主子还没得药膏子呢，她倒得了一盒。听说岚姨娘如今也远着她，这个张狂样儿，可见她不是什么讨喜的！"

香兰听她二人你一言我一语的，嘴角微微泛起一丝冷笑。自己给姨娘忙诗社有什么用？用处大着了！

她爹是个老实怯懦的三掌柜，不过是拿林府的那点儿例银，还要时不时送礼给大掌柜买个平安顺气；她娘缝缝补补，给人洗洗衣裳也只能赚几文钱。她一心想带全家脱籍，可这些都是要银子赎身的！再说脱了贱籍，该怎么维持生计？她要开铺子也好，爹娘养老也好，手里总该有个本金，她如今在府里不好作画，便断了个进项。当初诗社的担子她并不想揽，可吴嬷嬷一说多给一个月的月例她便心动了。她如今在府里鸡鸭鱼肉，可她爹娘还吃得寒酸，只有在她回家才做顿肉吃，她看在眼里，嘴上不说，心中却发酸。有这银子，她娘就能少缝几个活计，少洗几件衣裳，爹娘就能多吃些好的滋补身体。银蝶和含芳都是殷实奴才家出身的，月例不过买脂粉、头油，再做两件鲜明衣裳便花销了，哪知她的心思与艰辛！

再者，自从大爷给了她一盒药膏子，东厢便诡异起来，多少冷嘲热讽，多少群起攻之，连青岚都对她淡淡的，只有小鹃仍是天真烂漫，与她交好，别人却一个为她说话的都没有。银蝶一个三等丫头都敢跟她顶嘴撒野。为什么？还不是因为银蝶一家子是世家仆，在林府有势力！青岚三番五次想把银蝶从东厢赶出去，都迟迟不敢动手。

香兰虽善心好性儿，却也不代表她就甘心被人欺负。原先在曹丽环身边，她是没有办法，只得日日赔着小心。主子也就罢了，如今她难道还要受个三等丫鬟的气？银蝶不过是欺负她在林府里孤立无援罢了。若无人倚仗，只一味老实低调，只怕连怎么死的都不知道，香兰便为自己寻了个靠山，那便是吴嬷嬷。

吴嬷嬷是林家的老人儿了，原是秦氏的陪房，与别人不同，林锦楼又吃着她的奶长大，在老仆当中最得脸面，却不爱摆架子，爱笑随和，说话却极有分量。香兰这些天办事尽心竭力，很得吴嬷嬷青眼。这些日子有了吴嬷嬷为她说话，青岚对她便亲切了些，顺带着银蝶对她也收敛了许多。况且这场诗社人人都以为是吴嬷嬷协理岚姨娘办的，为着青岚的面子，吴嬷嬷也不会将此事的内情往外说。

诗社这一桩事，既赚了银子，又找了靠山，可谓一石二鸟。

可今日林锦楼又来找她，香兰觉着不大妙，心里盘算着回头向吴嬷嬷告假，先回家半个月避避风头，也淡淡林锦楼的心思。况且……她心里还隐隐存着希望，那便是宋柯能将她讨走，这样日后再脱贱籍也会方便许多——兴许宋柯一念之下放了她也未可知。

她在林府里小心地为自己谋划将来，如同下棋一般走一步看三步，这样的心思又岂是银蝶那眼界狭隘的蠢货之流所能明白的？

香兰听见含芳隐隐说她："不是什么讨喜的东西云云。"不由摇了摇头。她从来没想过该如何做个玲珑八面、左右逢源，甚讨主子欢喜的好奴才，不过尽量想让自己在林家过得舒坦些，多赚些银子早日脱籍。

谁爱当个讨喜的奴才谁就当去罢，她陈香兰概不奉陪！

香兰回到知春馆的时候，东厢里静悄悄的。因忙了整整一天，故人困马乏，众人都各自歇息去了。唯春菱要强，仍强撑着精神在青岚身边伺候。

香兰躺在床上睡了一回，直到掌灯时分才被小鹃唤醒，一同吃了晚饭。因青岚诗社做得好，秦氏特地命绿阑额外送来两个菜，青岚立时容光焕发，又有春菱在旁边凑趣儿，一时倒也和乐。

小鹃偷偷跟香兰说："你瞧见银蝶了么？不知道在哪儿受了晦气，脸上挨了一巴掌，肿得老高！用袖子遮着不敢见人，回来就躲床上了，晚饭都没吃。"

香兰低声道："好像是被大爷打了。"

小鹃惊奇地睁大双眼："大爷？"捂着嘴嗤的一声笑了："活该，早就该打。你不知她在背后都编派你什么混账话儿呢！"

一语未了，便瞧见汀兰走进来，笑道："你们在这儿，今天上午主子们乐呵了，晚上轮到咱们。她们在屋后的小房里开了局子，要掷色子、下围棋呢，若你们晚上没差事，不如一起耍耍去。"

小鹃拍手道:"好极了!这些天拘得慌,早想玩一玩。"摸出一把铜钱揣在身上,拽了香兰同去。

香兰到了一瞧,只见几个丫鬟凑在一处玩得正欢,看了一回,觉得没意思,便从后院出来了。此时天色已暗,一轮明月挂在天上,她听着房里传来欢声笑语,心里隐隐有些羡慕小鹃她们无忧无虑。

正此时,只听有人道:"她们都在屋里玩,你怎么不去?"

香兰一惊,扭头一瞧,见有个高大的身影立在跟前,因背着光,便有些黑漆漆的。香兰忙行礼道:"大爷。"就想低着头溜到墙根去。

林锦楼抱着手臂,半眯着眼,嘴角勾着一丝笑,仍问道:"你怎么不去?"

香兰只得硬着头皮说:"我玩得不好,怕让人家扫兴。"

林锦楼见她俏生生站在跟前,垂着头一副乖乖的模样,便笑道:"爷倒知道你爱玩什么……"走两步又回头,拧着眉道,"怎么不过来?"

香兰只好跟着去,林锦楼却领着香兰到了前头书房。

书染见林锦楼进来,忙迎上前,林锦楼一摆手道:"没你的事,下去罢。"

书染退下,临走时仔细将香兰打量了一遍,见香兰抬头看她,便笑了笑,转身将门掩上走了。

屋中只剩下他二人。林锦楼见香兰怯怯的,便放低嗓门,温声细语道:"你傻愣愣站在那儿做什么?过来。"

香兰便低着头往前蹭了两步,心里有些惊慌。与林锦楼独处一室绝非吉兆,可眼下又没脱身的法子,她打定主意,若是林锦楼意图不轨,她便誓死挣扎。微微抬头,却见林锦楼正笑吟吟地看着她。他本就生得眉眼英挺,不笑时瞧着端严,笑起来却有些怠懒的意味,香兰愈发惊慌,飞快看了他一眼又低下了头。

林锦楼道:"你过来,爷有顶好的东西给你。"

香兰低着头不说话。

林锦楼只道她害怕,心想,这小丫鬟虽长得美,可总跟受惊的小兔儿似的,就真没什么趣儿了。他素来有些风月手段,偏不信收不服香兰,从抽屉里把《天际乌云帖》拿出来,递到香兰跟前道:"瞧瞧这个,喜欢吗?"

香兰只瞧了一眼,仍垂着头道:"大爷的东西,想来都是好的。"

林锦楼道:"也算不得好,不过沈周写的,总图个稀奇难得。今儿个爷听见吴嬷嬷没口子赞你,便看了你作的诗和你写的字,知道你也是个爱风雅的,就把字帖给了你如何?"

香兰听这话心里一沉,忙用双手把字帖捧出去,摇头说:"这样的东西大爷还是自己留着,给了我也是糟践……我不会作什么诗,只不过略识几个字,说出去只不过惹场笑话。"

林锦楼低声笑了起来，说："你急什么？这事只有咱们几个知道……你是在哪儿学的字？"

香兰毕恭毕敬说："小时候在静月庵做俗家弟子，庵里的师傅们教的。"

林锦楼笑道："原来你还做过小尼姑。"说着伸出手，虽是去拿字帖，却攥住了香兰的手腕，手上一用力，却将她拉到怀里去了。

香兰大吃一惊，手一松，字帖"啪"一声掉在地上，迎头已撞进林锦楼怀里，只闻得一股酒味、熏衣的香气和男子气息，不由大惊，伸手便去推。

林锦楼一只手便将她两个腕子箍在一起，另一手揽着她的腰，只觉着自己怀里的是一只奋力扑棱翅膀的小鸟，不由哈哈笑了起来，唇儿擦着香兰的鬓发，热气呼入她耳朵："别怕，爷这是喜欢你呢……"

这一句让香兰浑身血都凉了，哀求道："大爷快松手，我这样儿得不配大爷喜欢……"

林锦楼温香软玉在怀，不由心旌摇曳，闻着香兰发间的幽香，轻佻道："你不配谁配？你若不喜欢字帖，爷送你别的。"

说着伸手打开书案上摆着的一个木匣子，里头整整齐齐摆着八支赤金镶红宝石八宝簪。随手拿了一支插在香兰发间，眯着眼在烛光下左右端详，懒洋洋说："这是昨儿个铺子里刚收上来的，爷一眼就相中了，就觉着这一套簪子你戴着最称脸色，瞧着愈发俊了……"捏着香兰的小下巴便要亲上来。

香兰偏头躲开，急得眼泪已流下来，道："我本就是个粗陋的人，大爷何必挂在心上？如今还在曾老太太孝期里，我还不如一头撞死干净！"

林锦楼的脸色便沉了下来。

此时吉祥在书房外头正忙乱到十分，道："大奶奶，大爷说了，今晚上谁都不见……"

赵月婵手里提着一只大捧盒，道："我知道，我就过来给他送些吃的。大爷刚从外省回来，我不瞧瞧也放心不下。我就瞧一眼，放下吃食就回去。"

两边都是祖宗，吉祥堆笑道："大爷公务繁忙，今日实在腾不出空，不如我替大奶奶代转罢。"

赵月婵冷冷道："我也不打搅他公事，只将吃食放下就走，莫非也不成了？"说着提着裙子便往台阶上走。

她方才听守院子的婆子来告密，说林锦楼带着个丫鬟走了。当初画眉便是林锦楼带到书房里便收用了，赵月婵不敢大意，忙忙赶过来，又见吉祥是这番形容，愈发觉得可疑，打定主意要去看个究竟。

吉祥慌忙张开手臂拦着，赔笑道："我的好奶奶，咱们爷的脾气你也知道……"

赵月婵柳眉倒竖，扬手一记耳光，啐道："混账东西，还敢拦我？！"趁吉祥愣神的工夫，抬腿便将门踹开，只见林锦楼怀里正抱着个丫鬟，一看便知在做什么勾当，那丫鬟苍白着一张脸儿，容貌甚美，脸上犹带着泪痕。

赵月婵登时气得浑身冰凉。

林锦楼正恼怒香兰不识抬举，冷不防赵月婵又撞进来，便愈发沉了脸色，仍搂着香兰没松手，冷冷地盯着赵月婵。

赵月婵气得手脚打战，几步上前便要抓香兰的头发和脸，口中骂道："好娼妇！让你乱勾引爷们儿！"

香兰见赵月婵进来便知不好，见赵月婵来抓她，忙往后躲。林锦楼早伸出胳膊将赵月婵往后一搡，将赵月婵推了一个趔趄。

赵月婵登时红了眼，不敢招惹林锦楼，满腔的恨便记在香兰头上，指着骂道："天杀的淫妇贱人！卖骚到主子汉子身上，今日不治死你，我便再不活着！"不容分说，冲上来厮打香兰，一把扯住了香兰的头发。

香兰头上吃痛，发髻被抓散，满腹的委屈冤枉，暗道自己真真儿是无妄之灾，好端端的被恶少调戏，又被恶妇妒恨，她若不是林家的奴才，遭了辱骂早就还手了，如今只好用胳膊护住脸，气得哭了起来。

赵月婵狠狠抓着香兰的头发骂道："还有脸哭？！"另一手便打了几下。

林锦楼一把扯住赵月婵的手腕，怒喝道："你有完没完？！"

赵月婵气得浑身发软，颤着声儿道："好……好哇，你竟敢向着她……这小贱人给你灌了什么迷魂汤，竟然让你连老婆都骂了？"愈发恨上来，仍去厮打香兰。香兰放声痛哭，屋中一时乱作一团。

吉祥站在门口不敢拦，幸而书染听见响动赶了过来，问道："这是怎么了？"

吉祥往屋里丢个眼色，低声道："还能怎么了？大爷的好事让大奶奶给搅和了，如今屋里闹得欢呢。好姐姐，快去管一管，若闹大了，让老爷太太知道，咱们也得跟着吃挂落。"

书染连忙进屋。一把握了赵月婵的手，笑道："奶奶这是怎么了？有话儿好好说，别气坏了自己身子。"

赵月婵柳眉倒竖，看着书染兜头便啐了一口："你算什么东西？给我滚一边儿去！你身上就干净了？别以为我不知道你们一条藤儿编一块儿害我，大爷全都是让你们给挑唆坏了！"

林锦楼今日将香兰带到书房来也未曾想如何，不过盘算着先送她几样东西，勾出几分情意再将自己的意思挑明了，待出了曾老太太的孝期便抬举她，于是也并未做得机密。谁知见了香兰，见她俏丽的小模样儿，心里就痒，加之他因守孝已旷了许久，便有些忍不住。如今赵月婵撞进来他早就恼羞成怒，又瞧见赵月婵使泼便愈发恼了，两手抓了赵月婵的双腕，怒道："在我跟前撒野，你倒长本事了！"说着手上使力，赵月婵吃痛，不由松了手。

香兰心里又恨又怒，想道："已然如此，只有越乱越好，让秦氏知道，她一恼恨，兴许就要卖了我，我再求宋柯将我收留了。"于是号啕着哭天抹泪儿："天大的冤枉，大爷让奴婢过来，奴婢敢不过来么？！主子要如何，我又能怎样？若如此就成了娼妇，我……我还不如死了。"哭着往外跑，要撞墙寻死。

书染慌了，急忙上前把香兰扯了回来。赵月婵尖叫道："反了，反了，她还冤枉有理了！让她死！"赶着上来打香兰。惹得林锦楼气性上来，一脚踹在赵月婵身上，爆喝道："闭嘴！"

这一脚虽收了力道，可赵月婵鲜花嫩柳一般的人物儿，哪里经得起这一记，顿时便堆萎在地上，直着嗓子哭道："天要亡我了，一个个淫妇都要治死我，糊涂的爷也要杀我，我可没脸再活着了……"

林锦楼弯腰蹲了下来，在赵月婵身边低声道："你想把事情搅大了，我倒也不怕，再哭，我明儿个就纳她当姨娘，以善妒休了你，看你爹娘叔伯还有什么脸给你求情。"

赵月婵猛睁开眼，眼里的泪滚滚流出，目光却一派森然，咬牙切齿道："你敢……"

林锦楼微微笑道："我有什么不敢的？"

赵月婵恨声道："若不是我们赵家，你以为皇上能放过林家？你这吃里爬外没心肝肺的……"

"你以为赵家就你一个女儿？"林锦楼撇了撇嘴，"若不是你生得漂亮些，你以为我会娶你？你只管放心，没了你，你爷爷有的是孙女想当林家的大奶奶，休了你，他便立马能送上一个，你信也不信？"乜斜着眼似笑非笑地瞧着赵月婵，轻轻道，"若不自请下堂，便老实些。原本那个丫鬟也没什么，不过是起了意逗个趣儿，你倒长能耐，敢给我甩脸子了？那就听好了，小丫鬟我是相中了，她出了闪失，我饶不了你！你不折腾，这日子本来也是安稳的，你自个儿掂量着办。"说完再不理她，甩开手走了。

赵月婵浑身发抖，牙齿咬得"咯咯"响，躺在地上紧紧闭着眼，泪珠儿大滴大滴地滚落。

林锦楼走到屋外，见书染正安慰香兰把她安置到次间，便招手把书染唤来，沉吟片刻道："赵氏闹不起来，待会儿让她洗了脸就把人送回去。那个小丫鬟……你好生安慰安慰，我待会儿过去瞧她。"

书染点了点头便走，林锦楼唤住道："等等。"

书染又连忙回来，林锦楼想了想说："待会儿打发人悄悄去东厢跟吴嬷嬷说香兰受了委屈，让她晚上多劝慰劝慰，让厨房做个安神压惊的汤给香兰。"

书染眉眼通挑，哪有不明白的，心想着那个叫香兰的丫鬟八成要飞黄腾达了，大爷三言两语打发了大奶奶，倒对她着紧，就算最得宠的青岚也没让林锦楼这样上心过，心里不由给香兰又加了几个砝码，打定主意要殷勤讨好了再说。

这厢书染好容易将香兰送到里屋安顿，出来一瞧赵月婵还瘫在地上，不由头疼，赶紧过去搀扶，口中道："我的奶奶，怎躺在地上？纵是夏天也有寒气，别伤了身子，赶紧起来，赶紧起来。"

赵月婵是聪明人，自然明白什么叫借坡下驴，从顺如流地让书染扶了起来，拿帕子捂着脸痛哭。书染扶她在椅上坐了，又低声吩咐廊下听使唤的小幺儿去打热水给赵月婵净面，看她洗干净脸，情绪平复些，便试着劝道："大奶奶何苦跟大爷置气？真闹大了让太太知道，惹得上头生气不说，也让他们担心，更何况今日岚姨娘刚得了个大脸呢……大爷的性子您也不是不知道，任他如何，内宅里还不是大奶奶做主么？"

赵月婵含着泪说："我懂，可咱们身为女人怎就这么命苦？……"

书染腹诽道："命苦是你自己找的，我要是你，随便那位大爷花天酒地去，当着林家的大奶奶，占着房躺着地，身边仆妇成群，才懒得闲吃萝卜淡操心。"却也做了忧愁状，叹了口气道："谁说不是呢？奶奶也别多想，日子不就是这么一天天熬么？"又款款说了些别的话儿，方才将赵月婵送走。

临走时，赵月婵拉着书染的手道："好姐姐，我方才是痰迷了心了，说了好些不中听的话，你可别恼我，我给你赔礼。"

书染连忙侧过身道："不敢当，不敢当。"

赵月婵嗔怪道："你有什么不敢当的？"又蹙眉轻叹，"你得了机会还得多劝劝大爷，让他也好歹爱惜自个儿的身子……"心中却想："书染这小贱蹄子滑不留手，迎霜收买了几次，东西倒留下了，事一桩没办，看我得了机会收拾你！"

书染连连点头，笑道："大奶奶这份心意，我指定跟大爷说。其实我冷眼瞧着，大爷心里还是惦记大奶奶的……"心里却想："连个蛋都下不出的正房，指不定哪天就让大爷给休了，逞什么威风，兴许最后连我这当奴才的都不如！"

两人各揣算盘彼此厌弃，脸上却笑得真情实意，亲姐妹似的依依惜别了一番。

送走赵月婵这尊大佛，书染叹了口气，又掀帘子到里屋来，只见香兰正坐在床上哭得哽咽难抑，便上前拍着香兰的后背，温和道："好妹妹，快别哭了，收一收泪，我瞧瞧，都哭成小花猫了。"

香兰想起赵月婵之威、林锦楼之势，心里着实惊怕，怎可能收得住。只是摇头，仍然哭个不停："我是招谁惹谁了？我本本分分跟着姨娘当差，怎惹了那位祖宗？平白受了一场气。"

书染笑道："常言说得好，'吃得苦中苦，方为人上人'，今天吃的苦、受的罪，赶明儿个可都全变成琼浆玉液了。你是个明白人，可不能因为大奶奶撒泼打滚地胡闹，就觉着咱们爷对你不好。没瞧见他方才一直护着你么？若是别的丫头，早就让大奶奶把脸挠花了。"

香兰听得分明，知道书染是来替林锦楼说好话的，便垂着脸不言语，心里暗想着要趁曾老太太满孝之前便离开这是非之地。

书染又道："今日的行市你也瞧见了，大爷是拼着和大奶奶翻脸也不能让你受委屈呢，这份心意你可得领着记在心里头。我说的话，你明白了么？"

香兰心想："林锦楼和赵月婵夫妻不和不是一日两日了，这两个人不对付打架，我倒成了受气包，倒了霉还变成要领人家的情，唉，这可真是倒霉中的倒霉了。"口中只得道："我明白了。"

林锦楼站在门外头偷听，听香兰说她"明白了"，不由暗暗点了点头。

书染又笑道："明白了就别再哭了，你不知道，大爷还让我给你留了些好东西呢……你且等等。"说着起身出去，不多时拿了个粉色的包袱回来，坐在香兰身边，一层一层打开，露出里头的头油、胭脂、香粉和香囊，笑道，"这都是大爷特意让我留给你的，跟各房的小姐是一样的，连你们岚姨娘也没这个脸呢……另外，还有个上好的尺头，大爷吩咐我给你裁一身好衣裳，做得了再给你送过去。"

香兰的心往下沉了又沉，低着头不说话。书染见香兰仍是闷闷不乐的，脸上也未带出羞涩之意，心想："糟了，莫非这小丫头对大爷没那个意思？"不敢再深说，只将手上的东西掩了，道："妹妹头发乱成这样，脸也哭花了，还是梳洗梳洗，要是不嫌弃，就用我的东西罢。"一面说，一面吩咐小幺儿们打了热水，自己亲自捧来惯用的梳妆匣子，支起一面光洁的菱花镜。

香兰洗了脸，书染拿了一只紫金珐琅的小圆盒，拧开来里头是乳黄色的膏子。书染笑道："这是滋润皮肤的香膏，里头有花草和药材，跟大爷送你那盒膏子不同，平日里就能抹脸上的。"又拿起乌木梳帮香兰梳头，绾了个油亮的髻，要将林锦楼给香兰的八宝簪子别进去。

香兰连忙拦住道："不可，还是用我那根老银簪子罢。"

书染笑着说："这是大爷赏你的，你只管放心地戴。"

香兰道："这样贵重的东西，我不配，戴在头上也心慌慌的，不如姐姐让大爷先收起来……"

一语未了，便听门口有人道："怎么总说配不配的？没的让人烦心，我说你配你就配。"林锦楼迈着步悠然走了进来。

香兰吃一惊，暗想这位阎王爷怎还阴魂不散？她心里真有些怕了，连忙站起身往书染身后藏。

林锦楼见香兰害怕，心里不大高兴，却又觉着她怯生生的小模样儿也挺招人爱的，便站定了瞧着她。

书染一瞧这情形，心里跟明镜似的，借口倒水端了盆便走了。

香兰死命低着头，只见一双黑色的朝靴越走越近，她便往后退，直退到墙角再没有路了，仍然不敢抬起头来。

林锦楼懒洋洋的声音便在她头顶响起来："怎么爷给你的东西你也敢不要，嗯？还不想跟着我？"说着又托起香兰的下巴，两只眼直勾勾盯着她。

那双眼睛冰冷而戏谑，带着虎视眈眈的阴寒意味，却让人摸不透。香兰因不自在而发怵，浑身打了个战，只觉着凉意从脚底一直蹿到头顶，眼里淌出几滴泪，顺着脸颊滴到林锦楼手上，哽咽道："奴婢……是害怕大奶奶……"

林锦楼轻轻吐了一口气，原来是为这个，胸口里的怒气散去大半，脸上遂又带了笑意。轻柔地将香兰脸上的泪拭了，香兰颤了颤，咬着牙终究没敢躲开。

林锦楼道："你怕她作甚？赶明儿个我就休了她。"一边说着一边慢条斯理地把那根金簪子重新别在香兰头上，左瞧右看一番，"这一有八根，赶明儿个我纳你进门，一并赏了你戴。"说着在她左颊上亲了一记。

香兰想扇他一巴掌，可是不敢，只有低着头站着，两只手紧紧捏着衣角，指甲已经有些发白了。

此时门外有人轻轻敲门，只听吉祥小声道："大爷，大爷，营里的方大人在外求见，说有要紧的事讨大爷示下。"

林锦楼对门外道："知道了！"看着香兰，捏捏她的脸："回去罢，她们不敢怎样，谁欺负你了，你就告诉我，我替你收拾他们。"到门口招手把书染喊来，交代了几句，方才急匆匆地走了。

香兰暗自松了口气，浑身都软了，连忙把头上的簪子拔下。书染便进来，要亲自护送香兰回去。香兰百般推托，书染也不听，径自提了个灯笼跟在香兰身边。

踏入知春馆的院子，只见四下里都静悄悄的，正房的灯全熄了，东西厢倒是灯火通明。迎霜站在院门口，见香兰回来便连忙往屋里去了。

香兰别了书染，进屋一瞧，见小鹃她们还没回来，屋里只有银蝶的床上垂着幔帐，里头依稀躺着个人。香兰拖着沉重的步子走到床前，一头扎了下去，躺了片刻，忽然拿了帕子使劲去擦林锦楼亲过的地方。她害怕林锦楼，怕得要命，更怕自己真个成了林家的妾。

她的心重得跟千斤坠一样，直压得她喘不过气。她不过想脱籍，和爹娘过平凡安宁的日子，即便她这一世已经卑微到尘埃里，伺候主子供人驱使，受辱骂责打，可她骨子里到底是骄傲和刚烈的。如今做人奴婢只不过是她暂且忍耐，不断告诫自己这样的日子总会过去，如若一生都无法摆脱奴才的烙印，忍气吞声地活着，她情愿自己就这样死了。

正此时，春菱走了进来，坐在床上推了推香兰："喂，听说是书染姐姐送你回来的？你上哪儿去了？怎会是她来送你？"

香兰强笑道："没什么，顺路罢了。"

春菱显是不信，狐疑地在香兰脸上看了又看，道："不能罢？书染姐姐刚进去找姨娘说话了，没口子地赞你……"

这一番话说得香兰愈发烦躁，直起身子说："你要不信，就去问书染罢。"借故洗漱去了。

银蝶的床上忽然传出一声嗤笑，道："瞧瞧，这就摆上谱儿了，连问两句都不成了。"

春菱也阴着脸，一甩帕子出去了。

香兰走到院子里，靠在一块奇石后慢慢蹲下，无力地用胳膊遮住眼睛，悄悄跟自己说："不要紧，不要急，总能想出个办法，这难熬的日子总有过去的一天……"

不论香兰如何安慰自己，且说迎霜见香兰回了东厢，立刻跑回屋跟赵月婵道："奶奶，香兰那小贱人回来了，是书染送回来的，想来大爷还没……"

赵月婵狠狠拍了一下桌子，恨声道："他是想，可眼下在曾老太太的孝期里呢，他敢有这样的事，我就敢叫他丢了头上的乌纱，老爷子也得棒折他的腿！"

迎霜忙替赵月婵顺气："奶奶，息怒，为了个小贱人不值得气坏身子。大爷的性子您也知道，今儿个爱东，明儿个爱西，当初对画眉宝贝得跟什么似的，来了个青岚，不也丢脑袋后头去了？这会子青岚还有身子呢，前两日大爷还疼惜得不行，这一回来不就勾搭了一个小丫鬟？"

赵月婵喝了口茶润喉，气道："那香兰是谁屋里的？王青岚！我备了琼脂给他，他不碰，却巴巴看中青岚那小贱人的丫头，你说这是不是青岚那小狐媚子指使的？眼下她大着肚子不能伺候，就撺掇了个丫鬟，想日后跟我分庭抗礼呢。"

迎霜道："这个……不能罢？她能有这个脑子？"

"啧，你没瞧见她整个诗社都操持得一板一眼的，我还寻思她那蠢笨都是装的呢。"

"我看她没那么精明,奶奶可别多心了。"迎霜说着拔下头上的簪子,将烛火挑得更亮。

赵月婵默不作声,歪在炕上,脸色沉沉的,想到林锦楼方才在外书房说的一番话,心里一阵寒。若林锦楼真要休了她,从赵家的女孩儿里另娶一位,那……

她浑身打了个激灵,对迎霜道:"吩咐二门上的,明儿个一早就备马,我要回娘家一趟。"

第二日一早,赵月婵便收拾一番,命人备了车马回了娘家,扶着小丫头的手进了正房一瞧,只见她母亲安氏正歪在罗汉床上,怀里揉了一只猫。她父亲赵学德坐在床上另一侧,抽着一袋旱烟。

安氏看了赵月婵一眼,道:"怎么好端端又回娘家来了?也不怕你婆家不高兴。"安氏四十多岁,却显得极为年轻,浓妆艳抹,容貌极为艳丽。

赵月婵嘟着嘴:"女儿都快让人治死了,还管他高兴不高兴的。"

赵学德皱着眉头斥了一句:"胡说!"

赵月婵坐在窗下的椅子上,等丫鬟上了茶退下,方才道:"女儿才没有胡说,昨天可真是气死我了!"遂把香兰的事讲了一回。

安氏听了大怒道:"岂有此理!女婿也太无理了,怎么张口闭口就是休老婆?竟敢为个丫头就给你脸子看,我这就跟你回林家去,这事不撕掳清楚不算完!"

赵月婵听了大喜,立时腻到安氏身边道:"还是我娘心疼我。"

赵学德一直拧着眉,闻言骂了安氏一句:"妇人之见,快闭嘴罢!越掺和越乱。"

安氏不服气道:"这怎么能叫乱掺和?女儿受委屈了,我这当娘的还不能为她出头了?他们林家又怎么样,难道能胡乱欺负人?"

赵月婵见赵学德不肯相帮,连忙落了两滴泪,用帕子蘸着眼角道:"爹爹你不知道,原先他多少还在别人面前给我些体面,如今对我愈发不容让了,我好心备了个人给他,他都没个好脸色,如今还为个小丫头让我彻底没脸,我都不想再活了……"扯开嗓子便要号哭。

"他对你如此绝情,你便干脆与他和离,如何?"赵学德冷笑道,"你回家来,我跟你娘再寻个外省的大户把你嫁了,虽比不得林家,但也决意不让你吃亏,你干也不干?"

赵月婵一声哭腔卡在嗓子里,安氏惊呼:"这个万万不可!"

赵学德瞪了她们母女一眼:"既然不愿意,便早日收了撒泼胡闹的心!"

安氏颇不以为然,赵月婵低了头不吭声。赵学德叹了口气,半晌才道:"如今都是一家人,关起门来便说几句不中听的话。林家是绵延了几代的世家望族了,咱们赵家虽有根基，也不过是仗着当今圣上起事成功，赵家又出了一位娘娘，你爷爷在朝中被圣上倚重，这才飞黄腾达起来，否则你以为林家会选咱们家结亲？"

赵月婵抢白道："这便是女儿接下来要说的，姓林的恩将仇报，若不是娶了我，他们家早就跟当年沈家、白家一样，就算不满门抄斩，也得全家流放，哪可能这般安安生生地过富贵太平日子！"

赵学德压低声音说道："林家当初在朝堂上不过是中立，虽倾向太子却也算不得明显。之后八王爷出事，也没打算对林家大开杀戒，不过想施以惩处，只是林昭祥那老狐狸算盘打得精，娶了我赵家女儿，让林家逃脱一劫罢了。"说到此处，语气一沉，"只是林锦楼说得倒不错，当初林老太爷虽有意让他娶赵家女儿，却没相中你，相中的是你大伯家的四丫头。只是我知道林家小子喜爱绝色，才让你上元节那天好生打扮站在灯笼底下，就是为了让他瞧见你，否则哪能成就这桩上好的姻缘？"

赵月婵却吃一惊，嗫嚅道："原来爹爹都已想到了……"其实上元节那天，可有许多少年郎瞧她来着，只是林锦楼最一表人才，她才频送秋波，想不到这里头早有她爹的一番算计。

赵学德得意道："这个自然，否则你一个未出阁的小姐，我怎能让你在大庭广众之下抛头露面？这可是江南林家的大爷！若不是太子失势，林家能乐意跟赵家结亲？我可不能让你大伯家占了这个便宜。老太爷也是这个意思，反正都是林、赵两家结亲，也不拘是谁。没瞧见你爹这两年一直升官？这也都是老太爷的意思，全是因为你嫁得好，你爷爷才有意提携咱们家。"说着脸色又沉下来，"从今往后，你给我安生些，姑爷不过只有个风流性子，你睁一眼闭一眼地随他去，男人么，有几个不好色的？如今他房里算上通房只有三个，已是少的了。敛敛你的脾气，别那么善妒，多温存体贴点儿，姑爷也不至于天天往别的女人屋里去！只要你还是林家的嫡长媳，便有守得云开见月明的日子。"

赵月婵绞着帕子委屈道："我倒是想对他百般温柔，可他瞧都不瞧我一眼……"

赵学德双眼狠狠一瞪："你还有脸说！若不是你婚前跟那小畜生有了腌臜事……"

赵月婵脖子一缩，赵学德深深喘了两口气。

安氏连忙打圆场："这都是过去的事了，还提它作甚？！"

赵学德将雕牡丹的红木桌拍得"啪啪"作响："你以为我爱提？脸都丢尽了！幸好林家多少还卖我们老脸，我下了跪了才没有退亲，否则那样丢人，婵姐儿只有上吊自尽才能将这丑事抹平了！"

赵月婵憋红了一张脸，咬着唇儿暗恨："这世间都是无赖规矩，凭什么有了这等事女人就该死，男人反倒一个个活得欢蹦乱跳？想要我的命，我便拉他一起去见阎王！"

赵学德看看女儿粉腻融酥的俏脸，又默默叹了口气。他有三个女儿，就数赵月婵最美貌伶俐，却有个不肯吃亏的性子，从小刚强骄纵惯了，凡事不能容人。便缓缓道："姑爷有句话说得不错，若他把你休了，赵家有的是闺女争抢着送上去，他如今治军可算出了名了，连圣上都赞过两次，眼见着就要平步青云，你可别在这个节骨眼上犯傻。"

赵月婵低着头听着，心事重重的模样，帕子在手指间绕啊绕的。赵学德看这情形便知他的话赵月婵已听进去了，便咳嗽一声道："再说，不就因为个丫鬟么？还值当哭天抢地的？那丫头既然是从那个姨娘房里出来的，你就让她们二虎相争，唱他一出离间计……"小声地教了一番。

赵月婵频频点头，眉开眼笑道："还是爹爹高明。"

赵学德瞪了她一眼："你也让我省省心罢！"

安氏笑道："不光要把那小狐媚子打发了，婵姐儿还要好好养养身子，早日生个男丁，才算是立住脚跟了。"

这话说得赵月婵愈发刺心，唯唯诺诺地应了几句，又说了一回别的，才告辞回府。

此时已近午时，太阳已有些毒辣。赵月婵坐在轿子里双目微闭，耳坠子一摇一晃的。忽然轿子一停，迎霜靠近轿帘低声道："奶奶，奶奶？"

赵月婵问道："什么事？"

迎霜小声说："表少爷在前头小胡同里站着，奶奶您看……？"

赵月婵听了这话立刻撩起轿帘探头一看，只见不远处站着个年轻人，长挑身材，容长脸面，看着斯斯文文，眉清目秀，穿着件金茶色的茧绸直裰，腰间束着珠钿银丝带，上头垂着五色鸳鸯绦，手里摇着一柄折扇，十足的轻佻富贵小生模样。这人正是赵月婵表姑母的儿子，唤作钱文泽，幼年家境还算殷实，可渐渐地便不如从前了，后来只剩个空壳子。钱文泽自小被家里溺爱惯了，不过干些斗鸡走狗吃喝嫖赌的勾当，在市井里却吃得开，是个泼霸王，诨号"钱白脸"。

钱文泽见赵月婵瞧他，便深深作了一个揖，好似没骨头一般。

赵月婵"哧"了一声，嘴角勾起笑，放下帘子道："让他过来见我。"

迎霜觉得不妥，可不敢违拗赵月婵的意思，微皱着眉头走到钱文泽身边，道："我们家奶奶让你过去。"

钱文泽嘴角含笑说："有劳迎霜姐姐了。"一双俊眼在迎霜脸上一转，仿佛大有情意的模样。

纵然迎霜对他有些厌恶，但撞上这清俊男子的目光，此刻却也讨厌不起来了，软了声调道："这青天白日的，表少爷好歹也避讳些。"

钱文泽只做没听见，来到赵月婵轿边深深行礼道："请楼大奶奶安！"

赵月婵在轿中说："都是一家子亲戚，不必行这些虚礼。"

迎霜有眼色，同轿夫一道避了。钱文泽便侧过身子，压低了声儿，情意绵绵道："月婵妹妹好，这几日不见，我可是想念得紧。"说着便去掀车帘。

赵月婵在轿子里头把帘子死死按着，嘴角含着笑，声音却一本正经的："想我？放你娘的屁！谁不知道你这些日子跟月袖楼的细姑好得跟一个人似的？我还听说你最近新买了个丫鬟，嫩得跟水葱一样，不知多么风流受用，哪还想得起我？"

钱文泽立刻指天指地抱屈道："这是哪儿的事？！我对月婵妹妹生出二心来，就叫我天打雷劈不得好死。好妹妹，我想你想得紧，快让我瞧一眼。"又去掀那帘子。

冷不防一只染了蔻丹的纤纤玉手伸出来在他脑门上拍了一记，紧接着赵月婵嗔道："谁信你的鬼话！"这回声音便婉转有味了。

钱文泽立刻酥了半边身子，益发往轿旁挨了挨，说道："妹妹怎不信我？你托我办的事儿，圆圆满满地都做得了。那套簪子已经脱了手，转回头就卖了五百两，我可全都存银号里了，妹妹不信便让人去查。"

赵月婵听了顿时心中一喜，一把便将车帘子撩开了，道："当真只卖了五百两？"

钱文泽一看那宜喜宜嗔的美人脸，心里越发痒了，笑道："其实是五百五十两，剩下那五十两，妹妹就当给我个酒钱。"心想："那簪子让人用一千两银子收了，那五百两合该让我落着，剩下的买个美人儿高兴——去月袖楼逍遥一晚上也要花销四五十两呢。"

赵月婵哼了一声道："你也甭哄我，到底赚了多少两你自个儿心里明白，只不过你给我五百两，到底没坑苦我就罢了。"

钱文泽又大叫冤枉，妹妹长妹妹短地赌咒发誓："我就算吃一百个胆子也不敢在妹妹这样精明伶俐的人儿跟前撒谎。我昨儿晚上还同我娘说，看遍了天下的绝色，也挑不出一个人像妹妹这样的。往往那花容月貌的，大多是个蠢笨人；那千伶百俐的，却没有个好脸蛋。可知老天爷公平，没有尽善尽美的。可妹妹却是老天独爱，竟然才貌双全，事事料理周到，让我魂牵梦绕这些年，相思没个尽头的时候……"一边说着，身子一边朝赵月婵靠了过来，幸亏有那轿子挡着，轿夫们不曾看见。

赵月婵听了满脸是笑。她本就爱听甜言蜜语，在林家没几个给她好脸色看，早就受了一肚子气，钱文泽又是个会体贴哄人的，这一番话说得她心里又熨帖又舒坦，她也微微朝那窗子斜了身子，一双妩媚的美目睨了钱文泽一眼，道："呸！不要脸的东西，跟你娘嚼这个，也不怕她棒折你的腿，撕烂你的嘴。"

钱文泽通身都酥软了，堆着满脸的笑，低沉着嗓子道："我娘才不为这个打我，还赞我说得是。好妹妹，你我早就做了夫妻得了，若不是你爹拦着，你又捡了高枝儿，这会子咱们俩……"

赵月婵脸色一肃道："再说这个我就恼了！"

钱文泽连忙摆手："不说了，不说了，杀死我我也不敢惹妹妹不高兴……"

赵月婵道："你该走了，我也该回去了。"

钱文泽央求道："好狠心的妹妹，不再多留一会儿……"

赵月婵探出头一打量，见四下无人，便低声道："这光天化日之下的，说多了便该惹闲话了！你且去，过些日子姓林的又要出门，到时候你晚上还到林府西边的小穿堂那儿……"

钱文泽大喜道："一定去，一定去，就算天上下刀子也去！"说着一把握住赵月婵放在帘子边的手，用力摩挲了两下，末了把赵月婵手里攥的帕子抻了出来，一把塞到袖子里去了。

赵月婵瞋了他一眼，却没生气，反倒觉得是调情的趣儿，将轿帘放了下来。

钱文泽自吩咐轿夫抬了轿子走。

待那轿子走远了，钱文泽从袖里把那帕子拿出来，放到鼻端狠狠闻了闻，一股熏香冲入鼻腔，钱文泽浑身打了个颤。他也算风月老手，弄过几多妇人，却自觉没有比赵月婵更美艳风骚的。他把那帕子重新塞回衣袖，嘴角挂了一丝冷笑，喃喃道："林锦楼是个呆子，不光捡了我的破鞋，还放着漂亮老婆不知道受用，这女人独守春闺哪有守得住的？倒是便宜了我，活该他当个王八。"想到堂堂林家大爷，如此霸王式的人物都被他戴了绿帽子，心里一阵痛快，哼着小曲儿慢悠悠地走了。

第十一章
横刀护玉魄

且说赵月婵回了府,命人打水梳洗了,吃了午饭。待撤去碗筷,迎霜上了一盏热茶,嗫嚅道:"大奶奶,有句话不知当讲不当讲……"悄悄去看赵月婵的脸色。

赵月婵皱眉道:"有话快说,有屁快放,什么当讲不当讲的?"

迎霜道:"表少爷……大奶奶还是别去见了罢,他不过是图奶奶的银子,对奶奶不曾真心过,否则林家来提亲,他怎么只会一径儿装死?"

赵月婵喝了一口茶,道:"你当我不知道他是图我的银子,没个真心?我跟他也算青梅竹马,当年倒有些情分,我那时一片痴心,谁想他竟是抹了嘴就溜的。事情败露了,没个担当,反倒收拾包袱溜了,还成了亲再回来。我是恨过他,那又如何呢?眼下还用得着他,他三教九流没个不认得的,场面上吃得开,手段高,做事周全隐蔽。没有他,放的印子钱哪有每笔都连本带利回来的道理?有他帮着张罗外头的事,我心里也安稳。"说罢她叹口气,往上坐了坐,迎霜连忙往赵月婵背后又塞了一个引枕。

赵月婵忽然冷笑道:"你们以为他嫖了我,其实是我在他身上找乐子,嫖了他!我跟大爷是什么情形,你也并非不知道。凭什么大爷今儿纳一个,明儿宠一个,我就该一个人睡冷炕?我偏要找男人寻开心,给他戴一摞绿帽子做个大王八!你且放心,这事做得机密着呢,没个人知晓。"

迎霜听了便不敢再搭腔。只听赵月婵道:"把我那个乌金釉瓷的首饰匣子拿过来。"

迎霜便取了钥匙，将抽屉打开，将匣子取了出来。赵月婵把那匣子打开，只见里头珠光宝气，盈盈满满的具是各色金器。赵月婵挑挑拣拣，拿了一根金镶玉的点翠簪，又拿了一根金镶宝珠的小凤钗，又命迎霜拿来一个白芙蓉浅浮雕鱼的首饰匣子，里头是一色碧青水绿的玉器，赵月婵又挑了两个玉镯子、一对玉石耳坠子，另让打开箱笼，挑了两匹薄绸、两匹绫罗。

赵月婵命迎霜将东西用两个大托盘送到东厢，指明要给香兰。

迎霜不解道："奶奶又是何苦？给那小狐媚子送这些好东西？"

赵月婵微微冷笑着说："就得送好的，要不旁人怎么眼红呢？"让迎霜附耳过来小声叮嘱了一番，迎霜会意，托着盘子退下。

却说香兰，心事重重的，一夜都未睡安稳，清晨一早便悄悄去了林府北侧的院子找宋柯。一去才知道宋柯跟林锦亭一道去书院念书了，便只得回来，从笸箩里拿了件小孩子衣裳，有一针没一针地缝着。

忽听身边有人唤她，香兰回过神一瞧，只见小鹃正在她身边，凑过来小声道："你是怎么了？丢了魂儿啦？喊你好几声你都没听见。"

香兰勉强笑了笑，道："没事，大概是昨晚上吹了风，早起来有点儿头疼。"

小鹃道："方才听银蝶和春菱在背后嚼舌头，说你昨晚是让书染姐姐送回来的，这是怎么回事？"

一语未了，便听迎霜亮着嗓子道："香兰在吗？"

香兰急忙应声，起身出去瞧。

迎霜却好似没听见，又连着喊了几声，直到把整个院儿里的人都惊动了，连鹦哥、画眉等都从窗子探着头往外看，方才迈步往东厢里去，到了厅里站定下来。

香兰一瞧，只见迎霜带了两个丫头来，一个是汀兰，另一个是颇受赵月婵重用的吟柳。这二人手上均托着一个大托盘，每个托盘上头都摆着颜色鲜明的上等绸缎和金光晃目的珠宝首饰。

迎霜余光瞥见青岚扶着腰从卧室里出来，便上前亲亲热热地拉着香兰的手，先从上到下看了一遍，笑得格外灿烂道："我的好妹妹，我原就说你是个有福气的人，谁知福气竟然这样大，我在这儿可要给你道喜了！"说着竟然给香兰福了一福。

香兰心里一沉，知道不好，但事情已逼到眼前，只能以不变应万变了，连忙侧过身，道："迎霜姐姐说的我不懂，什么道喜不道喜的，我能有什么喜？"

迎霜笑道："哎哟喂，还想瞒着我们呢？大奶奶都说了，大爷实心实意地要抬举你呢！昨晚上她都看见啦，当时她性子急了些，让你受了惊吓，后来左思右想觉着愧疚，特地挑了最心爱的几样首饰给你，全当赔不是。这不，东西都让我带来了。"

说着让开身子，让香兰看清楚。

迎霜这句话可谓青天白日里打了个响雷，青岚顿时就惊呆了，嘴唇发白，身子不由晃了晃。春菱、银蝶、小鹃个个目瞪口呆。吴嬷嬷则一愣，扭过头盯着香兰。

香兰心中暗叫不好。赵月婵这招以退为进的手段可谓阴毒，因林锦楼护着她，赵月婵不好明摆着下手，便索性将这事传得沸沸扬扬，全府皆知，让一干人忌妒，等若将她架在火上烤了。何况她是岚姨娘的丫头，赵月婵却大张旗鼓地送来这些名贵之物，显然有拉拢的意思，这便让青岚心里更埋了刺，她的日子只怕不好过了！眼风一扫，见青岚苍白的脸色、银蝶妒恨的目光、春菱复杂的眼神、小鹃吃惊的模样，最后瞧见吴嬷嬷，香兰便扭过了头。

迎霜笑得脸上开了花，对香兰道："大奶奶还说，等出了曾老太太的孝期，就让人把原先春燕那屋给你好好拾掇拾掇，再配个小丫头子。让你缺什么，想要什么，只管开口。"

香兰只是低了头不说话，心想："这样的情形，只不过是说多错多，不如不说。"半响才道："大奶奶是个知疼着热的人，只是……"众人忙支起耳朵听，却见香兰淡淡笑了笑说，"算了。"对迎霜施礼道："一会儿我就去给大奶奶磕头。"

迎霜见香兰一副淡然的模样，心中不由失望，便转过身冲着青岚去了，笑吟吟地对青岚道："给姨奶奶道喜，我们奶奶都说姨奶奶是个有福气的人，刚进门不久就怀了身子，给林家开枝散叶，这不，手底下调教出来的人也出息。"

青岚抖着嘴唇说不出话，眼泪在眼眶里直打转，强忍住才没有滴下来，勉强扯了个笑，却比哭还难看，忽眼睛一翻，竟然晕了过去。

东厢里立时乱成一团。

众人大吃一惊，连忙团团地围了上来，又是掐人中又是揉胸口，还有腿快一溜烟儿跑出去请大夫的。香兰也想上前，却被银蝶用力一撞顶了出来。香兰一怔，却瞧见银蝶狠狠夹了她一眼。香兰心里冷笑，却不愿与银蝶之流一般见识，余光一扫，却瞧见迎霜在吟柳耳边小声吩咐几句，吟柳连忙走了。

香兰叹一口气。这如同一颗石子丢进湖中激起千层浪，蹦出来的妖魔鬼怪还不知要借此翻出什么花样。她就如同在惊涛骇浪里的一叶扁舟，不知何时便要被一个浪头打翻。又转念想到该来的跑不掉，反正要命一条，只要她还没成为林锦楼的妾，事情便有转圜的余地。

一念及此，心中便平静了些。

此时听得一声长长的呻吟，青岚醒了。众人都松了一口气。吴嬷嬷双手合十连连念佛，同几个丫鬟婆子七手八脚地将青岚抬到床上。

春菱是忠仆模样，两眼里含着泪，跪在床边道："姨奶奶，您这是怎么了？哪儿不舒坦快些告诉我。"

青岚脸色惨白，头上出了一层虚汗，摆了摆手，脸转到里面，两行清泪滑了下来。昨日她圆圆满满做了诗社，出尽了风头，不光几位太太没口子的称赞，连秦氏也越发高看她一眼，更不用说赵月婵与鹦哥等人如何忌妒。纵然她一副谦虚模样，可心里止不住地得意——哪家的姨娘有她这样风光？等她再生个哥儿，都敢与正房奶奶一较高下了！

今日的事却像一记巴掌拍在她脸上！

昨天林锦楼分明还对她软语温言的呀，夸她那首诗作得好，可转过身他便同她身边的丫鬟勾搭在一起！她如此挣命表现，归根结底是为了让林锦楼更喜爱她，更看重她，如今……如今却得到这么个结果！她大喜大悲怒极攻心之下，眼前一黑便晕了，如今醒来也觉着万念俱灰。

吴嬷嬷是内宅里成了精的，见青岚这番形容哪有不明白的，便对迎霜道："姨奶奶这几日太过忙碌，身子有些虚，要静养静养，你们先请回罢。"

迎霜便带了人告辞。香兰去送客，汀兰故意落在后头，见迎霜走远了，便转过身，捏了下香兰的手，低声道："有些小蹄子刺儿你，是忌妒你呢，别放心上。只是主子那关不好过，若大爷真抬举你，便趁着他新鲜时候赶紧讨个姨娘的名分……鹦哥和画眉如何你都看见了，还有那个被赶走的春燕，只当个通房丫头这样尴尴尬尬地熬着，还指不定沦落到什么境地……好妹妹，我没有别的心……"

香兰只觉得心里头有些暖，握住汀兰的手说道："我明白，你是为了我好。"

汀兰笑了笑去了。

香兰转回到屋里，就见春菱给青岚揉着胸口顺气，银蝶打扇，小鹃递水。她打了盆热水进屋，给青岚拧了一块热毛巾递过去，银蝶不阴不阳地说道："香兰姐姐，您如今不比往日了，金贵得很，可不敢劳您大驾。"

香兰脸色一沉："你说这话是什么意思？"

银蝶瞥了香兰一眼，声音酸溜溜的："没什么意思，不过是心疼姐姐，怕您累着。"

香兰冷冷地说道："既然没什么意思就闭嘴，这里哪有你说话的份儿？！"

银蝶素来欺负香兰好性儿，却没料到她会忽然翻脸，当下也不扇扇子了，抱着胸站了起来，冷笑道："好哇，大爷还没抬举你，你倒跟我们摆起姨娘的架子来了？往日里装得贤良庄重，没想到是个……""小狐媚子"四个字到嘴边，银蝶又咽了下去。

香兰嗤笑了一声："是个什么？我只知道有人昨儿个巴巴地跑到陶然亭里想勾搭大爷呢，结果偷鸡不成蚀把米，回来的时候脸上顶着个大巴掌印子，一晚上没脸见人,这会儿脸上还肿着。银蝶,你知道我说的是谁罢?"

银蝶的脸瞬间气成了猪肝色,指着香兰:"你……你……"却说不出话。

香兰淡淡地看了她一眼,心想:"银蝶早就对林锦楼有意,这厢不知该忌妒成什么样子,定然会到青岚跟前摆弄是非,我便先将她勾引林锦楼的事抖出来,她想抹黑我,我便拉她一道下水,两人都是一身臊,看她能如何。"

此时春菱不咸不淡道:"好了,都少说两句,没瞧见姨奶奶在床上躺着么?"

香兰将毛巾往春菱手里一塞,端着盆出去了,到茶房里深深地吐出一口气。

赵月婵第一次出手便是重击,直接把她逼到了风口浪尖上。好巧不巧地,青岚又因这件事昏厥了——青岚肚子里可怀了林家的子嗣,此事可大可小,一个弄不好,青岚说是因她添了堵,秦氏恼上来,恨她"黑心的狐媚子,背地里使花样勾引爷们儿,惹岚姨娘动了胎气",发落她可不是闹着玩的。

香兰连忙出去,正巧看见吴嬷嬷站在廊下问听差的小幺儿们大夫什么时候到。

香兰几步走上前,来到吴嬷嬷跟前便"扑通"跪下,眼里涌出两行泪儿,哭道:"嬷嬷快救我!"

吴嬷嬷吃了一惊,连忙扶住香兰的手臂问道:"我的儿,你这是怎么了?"把香兰拽起来道,"有话好好说。"

香兰一边抹泪,一边同吴嬷嬷进了茶房,又跪下来,抱着吴嬷嬷的腿哭道:"嬷嬷,若是姨奶奶有什么三长两短,惹老爷、太太和大爷发了怒,我便是罪人,还不如拿根绳子吊死干净……"

吴嬷嬷立刻明白了,一边去扶香兰,一边说道:"我省得了……你只管放心,太太那头有我去说。"

得了吴嬷嬷这句话,香兰心里踏实了一半,从善如流地站了起来,仍淌着泪儿说道:"真真儿是无妄之灾,跟嬷嬷说句掏心挖肺的话,我压根儿不想让主子抬举,不过想平平安安地服侍一场,日后主子给个恩典,能被放出去过安生日子,谁想闹了这么一出,还在曾老太太的孝期里,又让姨奶奶晕过去,这事传出去还不知让人家怎么编派呢!"泪珠跟滚瓜似的掉了下来。

吴嬷嬷安慰道:"好孩子,别哭,嬷嬷知道你是好的。爱嚼舌根子的人就让他们嚼去,顶多嚼一阵子便没意思了,难不成因为两句闲话便不活着了?"慈爱地拉着香兰坐在凳上,促膝相谈道,"你这福气,多少人求还求不来。大户人家里就算当七老八十的老头子的小老婆,都上赶着一大堆丫头,更别提年纪轻轻的男人。你是个好命的,咱们大爷才学又好,品貌又好,拳脚又好,当了大官,一身的本事,日后你跟着他吃香喝辣,舒舒服服一辈子富贵,又有什么不好的?日后可别说'不想让主子抬举'这样的话,让大爷知道了多闹心哪。"

香兰听了吴嬷嬷的话心里一沉，暗想："吴嬷嬷与我不是一路人，日后万不能跟她说真心话了。"只流泪道："什么福气不福气的，我不敢想，只求这次别惹恼老爷、太太……"

吴嬷嬷又安慰道："你放心，不是说了么，这事有我呢……"

一语未了，便听说大夫来了，吴嬷嬷便拍拍香兰的手，起身走了出去。

春菱垂下水滴雕花床上的绣花鸟幔帐，青岚从幔帐中伸出手来，春菱又拿了帕子将青岚的手掩了，那一截白手腕也盖了个严实，方才回避。吴嬷嬷在前头命大夫进来给青岚诊脉。

大夫诊了一回道："姨奶奶是气郁于胸，痰迷了心窍才昏厥，身子倒无大碍，胎儿也安稳，再吃两剂药安神疏气便好了。"说着他出去开了方子便走了。

吴嬷嬷走到次间对香兰等人说道："大夫说姨奶奶身上没事。"春菱立刻双手合十念佛，香兰则长出了一口气。

正此时，门口有丫鬟道："太太来了！"秦氏已迈步走进来，吴嬷嬷忙不迭上去迎，秦氏阴沉着脸，劈头问道："岚姨娘身子如何了？"

吴嬷嬷暗道："不知谁多嘴，这么快就把这事传到太太耳朵里了。"往秦氏身后一瞧，只见赵月婵跟在后头，心里明白了几分，脸上堆起笑说："托太太的福，姨奶奶身上无碍，大夫说只需静养，还开了个方子，这会子药已经煎上了。"说着引着秦氏进屋，将幔帐撩开道："姨奶奶，太太瞧您来了。"

青岚挣扎着便要起身，秦氏忙几步上前按住，坐在床边说道："快躺下，猛地起来头晕。"打量着青岚，见她容颜惨白，眼睛还有些红肿，像是哭过了，便放柔声音说道，"你也是，忒不爱惜自己了，怎么好好的就晕了？"

青岚动了动嘴唇，强笑道："是我不好，让太太担心了。"

秦氏还未说话，赵月婵便掏出帕子拭泪道："这事都怪媳妇儿，母亲要怨就怨我罢。"

原来吟柳回去给赵月婵送信，赵月婵听说青岚因林锦楼要抬举香兰给气得晕了过去，心里自然痛快。眼珠一转，又想出一计，立刻拿了两盒茶叶到秦氏房里，只说自己早晨从娘家回来，带了些上等新茶孝敬秦氏尝鲜。没说两句，便瞧见吟柳气喘吁吁地跑来，说岚姨娘晕倒了。秦氏大惊，忙忙地带着人便赶了过来。

秦氏本就担忧青岚的身子，听赵月婵这样说，便皱着眉头问道："这与你有什么相干？"

赵月婵道："昨儿个我琢磨着大爷刚回家，晚饭也未进多少，晚上公务繁忙，唯恐他身子不好，便去厨房做了点儿吃食送到书房去，结果撞见岚姨娘房里的香兰正服侍大爷，大爷便同我说要抬举这个丫头。我原也想着，岚姨娘月份越来越大了，身子重,大爷身边是该再添个伶俐的人儿。可巧大爷自个儿看中了,那便再好不过了。大爷三番五次叮嘱我不可亏待香兰,我就选了几样首饰,又拿了尺头命人送过来……"

秦氏听到这里已经明白八九分了,眉头蹙得更紧,赵月婵又道:"许是岚姨娘前几日忙诗社的事,累着了身子,本该静养,我今日打发人送东西动静大了些,惊扰了她,便是不该了。再则,香兰是她房里的丫头,是我考虑不周,应该先跟岚姨娘通个气才是。"说着又用帕子拭了拭眼角,"幸好岚姨娘没事,否则我的罪过便大了……"

香兰在次间偷听,登时脸色大变,赵月婵这是要将她当靶子了!这番话不声不响地便将她跟青岚全都陷害了进去。"撞见岚姨娘房里的香兰正服侍大爷",这分明便是暗指她背地里勾引主子,赵月婵则贤惠地"选了几样首饰,又拿了尺头命人送过来",谁知青岚善妒,竟然气得晕倒了!分明是赵月婵挑起事端,挑拨离间,此刻她却摇身一变成了最大度的人。

吴嬷嬷暗道这赵月婵是要借刀杀人了,连忙向秦氏说道:"这事也有老奴的过错。我看大爷整日奔波劳碌,岚姨娘身子又重了,便跟大爷说等曾老太太的孝期一过,身边再添个伺候的人。这些天我看香兰是个厚道老实的人,便跟大爷提了提,大爷便上心了,昨儿晚上叫香兰过去问了几句,却让大奶奶瞧见了……"

香兰听吴嬷嬷为自己说话,心中略安,悄悄将帘子掀开一道缝向外望去,只见秦氏端坐在床上,脸色沉凝看不出喜怒。

青岚原本想多做出几分病态让秦氏爱怜,此刻却躺不住了,挣扎起来,含着泪说:"大奶奶并未惊扰到我,是我这几日因诗社的事累着了,方才就有些不爽利,这才昏了。"

赵月婵连忙说道:"妹妹别这样说,原是我不该。"

秦氏开口道:"婵丫头送了什么东西?拿来我瞧瞧。"吴嬷嬷连忙将那簪子、首饰并尺头等拿来给秦氏看了。秦氏默默翻拣一番,便放到一旁,又道:"香兰呢?让她过来。"

香兰的心猛跳几下,硬着头皮走出去,规规矩矩地跪在秦氏跟前。秦氏眯着眼将她从头到脚看了一遍,又瞧了瞧赵月婵和青岚,忽然厉声道:"是不是我往日里太纵着你们了,让你们觉得我是傻子好糊弄,这会子一个个做戏给我看?"

屋中骤然一肃,赵月婵和吴嬷嬷立刻跪了下来,口中连称"不敢",青岚也连忙起来。秦氏不许她下床,她便在床上跪着,秦氏也不去瞧她。

秦氏盯着赵月婵说道:"媳妇儿,你说今日的事都怪你,是楼哥儿想抬举丫头,你往东厢里送东西才惹得岚姨娘晕了,是也不是?"

赵月婵抽搭了两声，掉下两滴泪来，说："都是我的不是，我只惦念着爷身边现在没个妥帖人照顾着，又记着他说不可委屈了香兰，昨儿个晚上大爷还让书染亲自把香兰送回来，我瞧着便知大爷是上了心的，便火急火燎地送了东西来……谁想竟忽略了岚姨娘的身子，忘了她前些日子也是刚操劳过的。"

这番话说得香兰心中大恨，青岚咬着嘴唇，就要咬出血来。秦氏却轻声笑了笑，对赵月婵说道："婵丫头，你那点子小聪明快些收收罢，莫非当我是傻子么？"

赵月婵心里登时一沉，拭泪的帕子都顿住了，立刻俯首叩头道："太太说这话我不懂。"

秦氏整了整裙角，云淡风轻道："其一，你是大房奶奶，大房的内务全由你操持，你明知青岚月份重了，前几日又操劳，为何不派人来看？给这丫头送东西的时候你为何不想着给青岚也备一份？青岚肚子里的是我们林家的骨血，日后生下来孩子要叫你'母亲'的，你不顾念她，便是你不贤良。"

这一顶大帽子扣下来，赵月婵便有些蒙，只得委委屈屈地说道："是媳妇儿考虑不周了。"

秦氏又说道："其二，是你暗藏了心思想耍手腕。不过是个还没被抬举的丫头，若是想送些东西，私底下悄悄送就是了，就值当你派好几个人来送东西，大张旗鼓地做给谁看呢？且送也就罢了，却送得这样贵重，明晃晃地放到面上给别人瞧，生怕人家不知道楼哥儿看中个丫头。如今还在曾老太太的孝期里，此事若传出去，你是等着让人拿捏楼哥儿的短处呢？"

赵月婵哭着伏在地上道："媳妇儿万万不敢。"

香兰心中再三称赞秦氏条理分明，眼界过人，抬起眼皮悄悄向上看，只见岚姨娘跪在秦氏身边，因秦氏的一番话脸色已好看了许多。

秦氏又叹道："还有些话，我不愿说得太明朗，同是女人，都在内宅里讨生活，你存了什么心，我明白。只是有些事该做，有些事不该做，你可要拿捏明白了。进了我林家的门便是林家人，还是那句话，你是正房奶奶，到底和小老婆不同，又何必处处争强？你所作所做都该维护林家的脸面，若一味想着自己，哪里还有世家主母的风范气派？"

秦氏的每一句话都切中赵月婵的心事，赵月婵说不出话，只觉得浑身上下被秦氏看了个通透，只连连磕头，哭道："太太我错了，你饶过我这一回罢。"

青岚见赵月婵吃瘪，往日威风凛凛的模样浑然不见了，心中自然痛快，嘴角都将忍不住勾起，冷不防秦氏猛然回头，双眼如电，看着她，一字一顿地说道："还有你，你可知错？"

青岚吓了一跳，连忙低下头，口中说道："知……知错了……"

秦氏微挑眉毛:"哦?那你说说,你错在何处?"

青岚有些傻眼。是了,她……她有什么错?她分明是被欺负挤对的那个……

"你是不是觉得自个儿没错,一肚子委屈冤枉呢?"秦氏淡淡地说。

青岚本想点头,但撞上秦氏威严的神色,不由得心虚了,慌忙垂下头,嗫嚅道:"我……不敢……"

秦氏缓缓说道:"这些天你真是好威风,大着肚子还将诗社的事一肩担下来,又是设宴,又是作诗,出尽了风头,连婵丫头都退了一射之地,我听有人背后嚼蛆,说只要姨奶奶的肚子争气,生了哥儿,就敢跟大奶奶分庭抗礼了。你……是不是存了这个心?"

这番话直指心窝,青岚的冷汗便滚了下来,不顾肚子沉重,伏在炕上连连磕头道:"不敢,不敢,杀死也不敢!"她笨嘴拙舌,加之心虚,口中翻来覆去便只这几句话。

秦氏看了她一眼,便目视前方,说:"你敢也好,你不敢也好,我如今瞧着你一言一行是愈发没规矩了。你想要做诗社,我觉着不妥,可也没拦着你,因为你刚进林家,又没个依靠指望,若这件事成了,也好让你在府里立足,不能让人小瞧了去,这是我默许给你个体面,我只当你是个聪明孩子,该知道我的苦心,也会知道分寸。况且你又怀了身子,本就该静养,可你倒好,上蹿下跳,左右张罗,生怕不能显弄自己,一门心思跟正房奶奶争锋。如今大爷要抬举哪个丫头,大奶奶还未发话,你竟敢善妒,当众晕了不说,还当众甩脸色哭哭啼啼的,给谁看呢?青岚,纵你是良家出身,可你到底是个妾,妾该如何做,还需要人教你么?"

秦氏的话好似一记耳光响亮地抽在青岚脸上,她哆嗦着身子,眼泪大滴大滴地滚落,竟忍不住呜咽出声。

秦氏长长地出了一口气,厉声道:"我知道你觉着委屈,可路是你自个儿选的,你若不安心当个妾,当初就别进林家的门!"话是对青岚说的,两眼却死死盯着香兰。

香兰只觉得那双眼睛同林锦楼的如出一辙,锋利如同出鞘的冷剑。她心里一寒,连忙垂下脸,不肯再抬头。

赵月婵哭道:"太太,所有的事都是我错了,只是……只是青岚妹妹怀着身子,不能久跪,请太太罚我一人就好……"

秦氏看看赵月婵梨花带雨、情真意切的模样,又去看青岚委顿哽咽的模样,默默叹息。这赵月婵真是个猴儿精,可笑青岚那点儿小心思却还要同赵月婵叫板。

秦氏没搭理赵月婵,又看向跪在床边的吴嬷嬷,说:"吴嬷嬷,你是老人儿了,楼哥儿又是打小儿吃着你的奶长大的。老太太都要给你两分脸面,我今日却让你跪着，你服不服？"

吴嬷嬷心道秦氏今日是要将大房的歪风邪气狠狠杀一杀了，明白自己也躲不过，磕了一个头说道："服气，老奴本就该罚。姨奶奶如今怀着身子，太太让我过来伺候，就是对我倚重，姨奶奶要办诗社，我本该提点阻拦，却……"

秦氏摇了摇头："你错不在此。吴嬷嬷，你是办事老了事的人了，却干出天大的糊涂事，如今曾老太太的孝期未过，你怎能撺掇着大爷收房？！万一闹出不体面的事，被人拿捏了把柄，传扬出去成了笑话，林家的脸面就要丢尽了。"

吴嬷嬷含着愧，俯首道："太太教训得是。"

秦氏见她已认错，便不再多说。

屋中静静的，只有青岚低低的哭泣。

秦氏觉着火候差不多了，打了一巴掌，总该给个甜枣儿安抚几句话，便道："这些日子我冷眼看着，你们一个个的不成器，妻没有妻的样子，妾没有妾的规矩，直把这房里搅和得乌烟瘴气，常言道'家和万事兴'，你们这个闹腾法儿，家里家外怎么和睦兴隆？"顿了顿，对赵月婵道："儿媳妇，你日后需以身作则，管束好内宅里的事，不光要严厉施威，也要体恤怜下。这次罚你一个月月例，在祠堂跪半个时辰思过。"

赵月婵心中暗恨，却如同小鸡啄米似的点头，口中道："太太慈悲，我领罚。"

秦氏微微侧过身，伸出手在青岚的肩膀上拍了拍，说："别哭了，刚刚才请大夫看过，若再哭坏了身子可如何是好？只要你恪守本分，好好养身子，伺候大爷和大奶奶，日后谁敢欺负你，我便替你做主……"说着拿了帕子亲手给青岚擦了擦脸蛋。

青岚不敢受，慌忙用袖子在脸上抹了两把。

秦氏放软了声音道："可是你这次闹得不像，因怀了身子，也不狠罚你，也罚一个月月例，再抄十遍《女则》。"

青岚垂了头低声道："青岚感念太太宽厚。"

秦氏低下头，意味深长地看着吴嬷嬷，说："吴嬷嬷，你是老人儿了，楼哥儿又是你从小看大的，你该知道他的脾气秉性……这次我不罚你，可别辜负我对你的一番信任。"

吴嬷嬷连连磕头说："老奴知错了，再也不敢了！"

秦氏满意地点点头，道："你们若是真明白我的苦心，我就知足了。"起身往外走，忽停住脚步扭过身道："香兰，你随我来。"

香兰心里七上八下。方才她再次见识了秦氏的手段，不知这一去是福是祸，但也无法，只得跟在秦氏后头去了。

赵月婵等在后头殷殷相送。

将人送出去后，赵月婵立在知春馆门口看着秦氏远去的背影，迎霜连忙跑过来，小声说："大奶奶，怎样了？"

赵月婵柳眉一竖，冷笑道："怎样？还能怎样？这老婆子处处弯着心眼子挤对我，罚我去祠堂跪一个时辰，却让王青岚这小贱人写几篇字就过去了，还不就是看重那小贱人肚子里的那块肉儿。"咬着牙轻轻说，"那也要看看她有没有那个福把那块肉儿生下来！"说罢转身疾步往回走。

迎霜连忙快步跟在后头，说："太太让您去跪祠堂，还跪整整一个时辰？我的天爷，奶奶身子娇弱，怎能跪这么久？何况那祠堂里阴森森的，别再沾染什么病气。我去给奶奶备个厚垫子，再拿个暖香炉……"

赵月婵憋着气说："先别琢磨给我备什么了，赶紧地，拿库房的钥匙，拣几样补身子的好药材给东厢送过去，还有晚上给东厢添几个菜。给香兰的尺头，也一样给青岚送一匹。"说完揉了揉胸口，恨声道，"去给我倒两颗银露丸，方才又跪又哭的气得我肝儿疼，得吃两剂疏散疏散。"说罢扭过头，脸朝着东厢的方向，冷笑道："王青岚，你个小贱人给我等着，总有一日我得让你知道我的手段。"

赵月婵如何气恼暂且不提，且说银蝶跟香兰等人一同在次间听见秦氏如何发落，自然幸灾乐祸。银蝶跟画眉的丫头喜鹊交好，偷溜出去把这事添油加醋地跟喜鹊说一回，又恣情笑骂一场。等银蝶一走，喜鹊便将此事跟画眉说了，画眉立刻拿了这两天做的针线往青岚的房里来。

东厢里一派宁静。青岚因秦氏的一番敲打羞臊难抑，也彻底老实了，不敢再卧床啼哭，只靠在床头发呆。画眉一进来便笑道："我这两天做了件小孩子衣裳，针脚粗糙些，却是一份心意，姐姐可别嫌弃。"

青岚因诗社的事把画眉当成知心人，想说两句贴心的话儿，画眉套了几句，又说了些知疼知热的话儿，便勾着青岚将方才的事说了。画眉见四下无人，偷偷跟青岚道："姐姐何必苦着脸呢？照我看来，太太到底还是心疼姐姐多些，没瞧见让那母老虎跪祠堂去了，却只罚姐姐抄几页东西，孰重孰轻，一看便知。"

青岚抚着肚皮叹气道："那是因为太太看在这孩子的面上……你是不知太太如何斥责我，我都想投河寻死去。"将秦氏说的话粗粗讲了。

画眉大笑道："啫，我的姐姐，太太的意思你没听出来么？她罚你，并非因为厌恶你了，只不过是因为你逾越了规矩……"

青岚迟疑道："真的么？"

画眉笑道："当然了。"凑近青岚压低声音道，"说句诛心的话，假以时日，等大爷休了那母夜叉，再把姐姐扶了正，姐姐就是体面的林家大奶奶，那时候太太还会因姐姐逾越了规矩而发怒么？说来说去，还是这层身份闹的。"

青岚吃了一惊:"可不敢这么说!"

画眉甩着小手绢儿满不在乎道:"姐姐就是胆子小,怎么不敢说了?十几年前,谁敢说八王爷能当皇上?可人家就当上了……"

青岚大惊,去捂画眉的嘴:"你迷糊了罢,这样的话都说。"

画眉将青岚的手拉下来,笑模笑样地:"我说的是这个理儿,姐姐琢磨是也不是?我觉着太太就是偏心姐姐,如今她这样发落,也不过为了内宅里平安些罢了。"

青岚仔细想了想,觉着画眉说的确实有几分道理,心中的郁结便消散了不少,真个将画眉当成了自己人,妹妹长姐姐短的,越发亲热起来。

且说林锦楼,今日从京里来了几个与他相熟的朋友,均是世家子弟,与林家素日交好。林锦楼自然尽地主之谊,叫上林锦亭,哥儿俩在全福楼设宴款待,又从青楼抬来几个能唱会拉的粉头助兴,一时倒也热闹。

酒过三巡,菜过五味,众人便越发恣意了。其中有一个公子名唤刘小川,乃勇武将军之孙。刘老将军一家子嗣单薄,第三辈上只有刘小川一个孙子养活成人,疼得跟眼珠子似的,难免溺爱。刘小川跟林锦楼在京里也算光着腚一处玩耍长大的,如今在京城闯了祸,便跑到江南来投靠林锦楼避避风头。

刘小川摇摇晃晃地端着酒杯,一口麻溜儿的官话,对林锦楼道:"这江南是个好地方,来了才知道,可是山美水美人更美呀!我说哥们儿,小爷我看上你在怡红院的相好小翠仙啦,小爷难得来一趟,哥们儿是不是割爱送了我?"

众公子一听这话连连起哄。

林锦楼笑骂道:"你小子倒会挑拣,全金陵的粉头里就她最知情知趣儿,原本我还舍不得,可既然是你张嘴,不给也得给。"

兵部侍郎谢佐的四儿子谢域哈哈大笑,拍着刘小川的肩膀说:"哎哟喂,我说兄弟,你本来就是跟人在窑子里争风吃醋打了人跑出来的,等回去再带个粉头,你们家老爷子还不当场气得噶屁?"

众人齐声大笑。

刘小川翻着白眼说:"这是牡丹花下死,做鬼也风流懂不?这样的情怀你们这些大俗人懂个屁!"

林锦楼笑着喝干杯中酒,摇铃将门口守着的小厮双喜唤进来,道:"点三千两银子送到怡红院,跟老鸨子说给翠仙姑娘赎身,用轿子送到刘大爷宅子里。"

谢域又举起杯哈哈笑道:"来,来。恭喜今儿个刘兄弟又当新郎官儿。"

众人又是一阵大笑。

林锦亭却心眼动了动,亲手给林锦楼满了杯酒,笑道:"哥哥既然这么大方,今儿我再斗胆跟哥哥求个人。"

刘小川惊呼道："哟哟，听听，听听，原来林家小三儿也开始知情趣懂得要人了，我还当他是个生瓜蛋子。"

林锦楼笑道："说罢，哪个？"

林锦亭道："就是香兰，在哥哥姨娘房里伺候的那个。"

林锦楼手上一顿。乜斜着眼看着林锦亭："你看上她了？"林锦楼虽笑着，却神情阴冷。

林锦亭一惊，再看去，又觉着林锦楼仍是笑得如沐春风，便舔了舔嘴唇道："不是我，是奕飞兄，他想讨这丫鬟。"

林锦楼将杯中的酒一饮而尽，旁边坐着的粉头连忙又给斟上一杯。林锦楼道："他？他怎么能见着我房里的丫鬟？"

林锦亭笑道："哥哥你有所不知，这宋奕飞头一遭见到那丫头就失了魂魄，还巴巴地送人家一把扇子呢。原先他死活不肯同我一道住卧云院，可后来不知怎的又搬过来。后来才知道，岚姨娘要做诗社，香兰到拢翠居里操持。他为了每天多看佳人几眼，才巴巴地住过来，还每天变着花样地送汤水吃食呢。有一回被我偷偷瞧见了，这俩人牛郎织女似的遥遥望着，哎哟，我都起了一身鸡皮疙瘩。"

刘小川打着酒嗝儿笑道："哟，真是个痴情种，倒有你刘大爷的做派。"

众人又是一通起哄。

林锦楼笑道："他想要那丫鬟。就让他亲自来找我。"说完摇晃着身子去如厕。

他一出门，笑容顿时消失不见。脸色阴寒起来。

吴嬷嬷端了碗药探头往青岚屋里看了看，只见画眉仍然没走，跟青岚有说有笑的。吴嬷嬷摇了摇头。今日她算彻底瞧不上青岚，也懒得再管青岚的事，只等着青岚平安诞下孩儿，她便可功成身退。便将手里的药塞给春菱道："去端给姨奶奶，让她趁热喝了。"

吴嬷嬷见春菱走了便叹口气，忽瞧见林锦楼一脸怒色地从外走进来，问道："香兰呢？"

吴嬷嬷又叹一口气说："唉，大爷还不知道罢？方才太太来过。因为老奴多嘴，跟大爷说了香兰的好处，让大爷上了心，大奶奶便大张旗鼓地送东西来了，金晃晃的首饰和绫罗绸缎，又说要给香兰备屋子和丫头，岚姨娘听了便晕过去，大夫诊脉也没什么大碍。我本打算等姨娘好些再开解她，却不知怎的，让太太得了信儿，太太赶过来发落了一通。"

林锦楼一怔，因赵月婵的举动心中不悦，又不高兴秦氏插手他屋里的事，便道："那丫头是我自己看中的，跟旁人有什么干系？"

吴嬷嬷说道:"太太也是关心大爷,只是最可怜的还是香兰那孩子,让太太领了去,到现在还没回来呢,不知要受什么责罚。"

林锦楼脸色一变。此时画眉在外头听见林锦楼说话的声音,连忙同青岚迎出来道:"大爷回来了!"

青岚温温柔柔说:"快晌午了,大爷吃了饭不曾?"

不承想林锦楼转过身撩开帘子便走了。

拙守园正房,闲庭幽静,佳木森森。

秦氏端坐在厅中太师椅上,看着面前跪着的香兰,头一遭仔仔细细打量。香兰这些时日身量和脸儿都长开了不少,秦氏只见她形容甚美,一张脸庞殊丽明媚,风鬟雾鬓,丰姿尔雅,穿着半旧的素色衣衫,却难掩秀色,虽是怯生生的模样,却无缩手缩脚的小家子气。

秦氏微微眯起眼。怪道楼哥儿让她给迷住了,端的是个绝色,把府里头的奶奶、小姐全比下去了。

只是这小狐媚子,到底有多少心眼子?秦氏攥着帕子的手骤然一紧。

她真真儿好大的本事!

先是不声不响地搅起风浪,抓了曹丽环的把柄,更在主子跟前演一出好戏,将曹丽环逐了,如今又让楼哥儿对她上心,弄得妻妾失和。倘若青岚这回晕倒伤及肚里的孩子呢?

香兰规规矩矩地跪着。事到临头,她反倒不慌了。自古以来都是主子作乱,奴才替罪,秦氏不好发落赵月婵和青岚,想来这笔账要算在她头上。如此,慌张也无用。

秦氏沉吟片刻,红笺轻手轻脚地端来一盏热茶,而后默默地退了下去。

"大爷看上了你,要抬举你。"秦氏说得极慢,辨不出喜怒。

香兰连忙磕头说:"奴婢福薄,不敢有这样的念想。"

"哦?"秦氏挑高眉头,"这么说是大爷自作多情了?"

香兰咬牙,也不答秦氏的话,伏在地上道:"千错万错都是奴婢的错,如今让大奶奶和姨奶奶心里头都不痛快,还惹得太太受累生一回气,请太太责罚。"

秦氏一怔。她还以为香兰会求她恩典,让林锦楼收了自己。却没想到香兰说出这样一番话,竟然还将错处全揽到自己身上。

平心而论,秦氏知道这事并不全然怪香兰,她大儿子本就是个风流好色的,有这等人才的丫头自然不能放过。林锦楼在外头多荒唐她也有耳闻,只是她懒得管——自个儿的儿子在外头辛辛苦苦的,胡闹些又怎么了?

秦氏看着香兰默默一叹。若是寻常有些颜色的丫头也就罢了,林锦楼收了房,日后有造化的,再生个一子半女,抬个姨娘,自有一辈子富贵。内宅里的一举一动都难逃她的眼,她早已知道青岚做的诗社是香兰在背后操持的,这女孩儿生得太美,太能干,也太有心计,若留在身边,只怕家宅不宁。况今日她给香兰安的罪名是"曾老太太孝期里勾引主子",她对其余几人都是板子高高抬起轻轻落下,若不重重发落这个丫头杀鸡儆猴,内宅里那些狐媚魇道的还不翻了天?

秦氏道:"你倒是个乖觉的,只是责罚了你又有什么用?"

香兰的心怦怦直跳,道:"奴婢自知罪过,不敢再到主子跟前伺候,还求太太宅心仁厚,放我出去。奴婢的爹娘会备好赎身的银子送来,奴婢结草衔环、粉身碎骨也难报恩情。"

秦氏又一怔。在林家过惯了锦衣玉食日子的丫头们,鲜少有乐意出府的,这丫头竟然想出去。可转念一想,又沉了脸色,冷笑道:"说你乖觉,果然就伶俐上了。你如今算盘打得精,想求出去,待变成良籍便同岚姨娘那般让大爷娶进来做良妾,是也不是?"

香兰心中一叹,抬起脸说道:"奴婢从未这样想过,大爷纵然千好万好,可奴婢只愿找个寻常些的男人嫁了,当个正头娘子,日后知冷着热的也只为了我一人。若太太不信我,便将我送到静月庵去做姑子,奴婢打小儿在那庵里长大,再回去也落个清净。"

秦氏睁大双眼,心想这小丫鬟竟也有这样的心思,看着香兰精致的眉眼,心里却也有几分怜惜——若香兰不是个丫头,有个体面些的身份,那这美貌和机灵,便不是罪过了。但她到底不十分相信香兰的说辞,微微沉吟片刻,方才道:"把你这样娇滴滴的美人儿送到庙里伴着青灯古佛,我到底于心不忍。何况你先前还救过二丫头,我也断没有将恩将仇报的道理。"

香兰明澈的眸子看着秦氏:"太太想如何发落我?"

秦氏微微一笑:"你想嫁个寻常汉子做正头夫妻,我便成全你。韩嬷嬷是我的陪房,她外甥跟你年纪相当,品貌周正,虽家境贫寒些,却也是个知道读书上进的,以后能考取功名封妻荫子也未可知。韩嬷嬷曾经替他求过,想娶林家的丫头,这样好的姻缘我本想留给红笺、绿阑,如今你却是因祸得福,我做主许你们二人姻缘,放你出去成亲,日后远远离了这儿,你可愿意?"

香兰浑身一颤。

韩嬷嬷的外甥?韩嬷嬷的外甥是什么模样?她见都不曾见过,如今就要点头把自己许给个陌生人?

她到底作了什么孽,为奴为婢受人摆布?香兰死死咬着牙关,将满腔的苦恨都压在舌根底下。

秦氏扬了扬眉，道："怎么？你不愿意？"

香兰脸色苍白，不愿意又怎样？秦氏显见是要狠狠发落她，如今这已是给了一条明路。她不知怎的，想起宋柯的眉眼，在她的记忆里恍恍惚惚，那眉眼仿佛又变成了萧杭。香兰凄惨一笑，就当做了一场梦，就算方才秦氏真允许放自己出去，以她的身份也配不上宋柯。

香兰咬了咬牙，磕头道："那奴婢便谢谢太太的恩……""典"字还未说出口，便听见背后传来"哐当"一声，门被踹开。

香兰猛地转头一瞧，只见林锦楼大步走进来，鹤氅上绲的玫瑰二色金晃人眼目。

秦氏一惊。林锦楼已走到跟前。他见香兰趴跪在地上，便上前擥住她胳膊，把她往上一提，对秦氏道："母亲叫她来做什么？莫非知道儿子看上了她，便想提前抬举她？可如今还在曾老太太孝期里，只怕不大合适。"

秦氏怒道："满嘴胡说八道。你镇日胡来我都替你跟老爷瞒着，如今愈发不知轻重，给我滚出去，我替你肃清门庭。"

林锦楼站直了身子，淡淡道："儿子房里的事不劳母亲费心了，若没别的事，儿子先告辞了。"说着拉扯着香兰就要走。

"孽障！你给我站住！"秦氏站起身几步走到跟前拦住去路，骂道，"你是不是要气死我？"

林锦楼嬉皮笑脸道："儿子怎么气死母亲了？儿子不过是看上个丫鬟，莫非也犯了歹？儿子知道母亲是心疼青岚，可这事是青岚吃醋忌妒了，才晕过去的。母亲可不能不明事理，把这账算在这丫头身上。"

秦氏听林锦楼句句维护香兰，便愈发来了气，怒极反笑道："好啊，好得很，如今你为了个丫头，居然不听我的话。"

林锦楼笑道："儿子不敢，儿子可是一肚子的孝心。可母亲也总该心疼我。林家上上下下这么多丫头，我就看中她，母亲可别夺人所爱。"

秦氏道："放屁！就看中她？那鹦哥、画眉是打哪儿来的？"

林锦楼道："那两个不比这个知情知趣。"

香兰缩着脖子，暗想道："我见这位爷每次都跟见瘟神似的，哪里知情知趣了？"

林锦楼眸色转深，盯着秦氏道："母亲，儿子房里的事自有主张，不敢劳动母亲。"

两方正僵持着，韩嬷嬷忽从次间出来，仿佛吃一惊，又笑道："都在这儿站着做什么？大爷正好来了，方才太太还念叨大爷，让我亲手熬个祛暑的汤水给大爷喝。"走上前拉着秦氏，低声道："太太何必为个丫头跟大爷闹不痛快？爷的脾气你不是不知道，拧着呢。"

秦氏一怔，脸色阴晴不定。

林锦楼的脾气好像暴风骤雨，如今连他老子都快压不住，秦氏也忌惮三分。何况秦氏素来溺爱长子，自然不愿如此闹僵。

林锦楼笑嘻嘻道："这丫头我先带回去了，赶明儿个让她过来给母亲磕头。"说完像拎着小鸡子一样将香兰提了出去。

林锦楼仍将香兰带到外书房，把人屏退了去拉香兰的小手，笑着说："爷可是又救你一回，还不亲我一口？"说着将脸凑了过去。

香兰垂下头别开脸儿。

林锦楼脸色阴沉，却又换了满不在乎的神情道："这回是你受了惊吓，你只管放心，日后我给你撑腰，别人不敢欺负你。"将她推到桌子前头，只见桌上摆着四碟点心，四碟果子，"这是从大馆子里买回来的点心，跟府里的味儿不一样，你尝尝看爱吃哪一样儿，我再叫小厮们给你买回来。"

香兰悄悄看了林锦楼一眼，他显见是刚从外头回来，身上还穿着见客的衣裳，黑漆漆的头发束在青玉冠里，越发显得沉凝霸气，端的是个英武的男人。香兰却知道他绝非善类，一不留神她就要把自己葬送在这宅门里。

她两只小手攥紧了衣角，低声说："大……大爷，太太方才已经说了，要放奴婢出去成亲……"林锦楼身形一顿，香兰舔了舔嘴唇，小心翼翼道，"也全怪奴婢不好，惹太太奶奶们生气，也别因为奴婢让你们母子不痛快，这……"

林锦楼转过身看着她，香兰后半句话便哽在喉咙里。林锦楼摸了摸香兰的脸，阴沉的脸上忽然扬起一抹笑："啧啧，倒是个小没良心的，爷正惦记着你，你居然想出去找野男人成亲？那跟爷说说，是哪家的汉子值得你这么心心念念的？"

香兰"扑通"一声给林锦楼跪了下来，求道："奴婢……求您……奴婢实不愿与人做妾，求大爷发发慈悲，若把奴婢放出去，奴婢愿意一辈子当姑子，给大爷诵经祈福，永不嫁人。"说着已哽咽起来，泪珠儿顺着脸颊滚了下来。

林锦楼仍然笑嘻嘻的，弯下身子用簇新的衣裳袖子给香兰擦眼泪，语气却极温柔，说："哎哟，怎么还掉上金豆子了？跟着爷有什么不好？就你这个小模样儿，又乖觉又讨人喜欢，爷还指不定多宠你，你去当姑子，爷可舍不得……"

香兰躲开林锦楼的袖子，磕头道："求大爷发发慈悲……"

林锦楼哄了几句见香兰仍然不好，脸上的笑骤然不见了，嗤笑一声说："'不愿与人做妾'？那宋家那小子呢？他许诺要娶你当正房老婆？"

香兰倏地睁大双眼。

林锦楼嗤笑一声，冷冷道："说啊，他许了你当大老婆？"

香兰连忙摇头:"这跟宋公子没关系,他……他跟我不相熟……"

"不相熟?不相熟他见天地送吃送喝?"林锦楼回过身坐在凳上,跷起二郎腿,半眯着眼看着跪在地上的香兰,冷笑道,"你当爷是傻子不知道呢?不声不响就暗中勾搭上一个,你可是只小狐狸。倒有这样的本事,怎不叫爷跟着见识见识你的手段?"

香兰脸色发白,死死绞着手:"没……没有……大爷,不是这样……"

"不是这样是哪样?"林锦楼脸色冷得如同凝上一层霜,"他还托小三儿跟我讨你呢?你心里高兴坏了罢?"

香兰抖着嘴唇,再说不出话。

林锦楼招了招手说:"甭跪着了,起来罢。地上凉,你要是病了,爷心疼着呢,你过来。"见香兰跪着不动,便扬声道,"快点儿。莫非让爷过去请你?"

香兰只好起身,全身木木地走过去。林锦楼一把将她拽在怀里,让香兰坐在他腿上,笑嘻嘻说:"跟爷说说,你看上宋家小子什么了?还是他许给你什么了?"

香兰浑身僵硬,硬着头皮小声编道:"什么都没有,他有一回看见我被表姑娘打骂,便帮我提水。宋公子看我可怜,便说日后得了机会把我讨过去伺候他妹妹。"

林锦楼哈哈大笑起来,笑得仰过身子,眼神却愈发冷厉,捏着香兰的小下巴,说:"爷的小香兰,你可真是个招人疼的小东西,他就这样看上你了?就又送扇子又送吃食了?啧啧,还玩戏本子里这套才子佳人的把戏哪?送了把什么样的扇子,跟爷说说。"

香兰心里一沉,知道林锦楼已知道内情了,咬着嘴唇,再不肯说话。

林锦楼仍然一副笑笑的模样:"你们两个胆大,敢在爷的眼皮子底下玩把戏。漫说宋家如今的行市,就算以前全盛的时候,在爷眼里也就是个屁。"

香兰颤着身子哭着说:"大爷,我跟宋公子是清白的……奴婢从来没有过非分之想……"

林锦楼点住香兰的唇儿,亲昵地靠过去,热气呼在她耳边:"爷今儿个就告诉你,甭管是宋家那小子还是谁家的,你趁早给我歇了心,乖乖儿地给我这儿待着。你可别忘了,不光你,你们一家子全攥在爷手里,我说,识时务者为俊杰,想闹腾也得看人下菜碟不是?"轻轻抚了抚香兰的鬓发,"你们这一家子和和美美的,爷也不愿让你们骨肉分离,只是你要是惹爷不高兴了,兴许你们从此天各一方的,让人也觉着凄清。"

香兰明白林锦楼是不会放过自己了,一时万念俱灰。她恨自己是奴才,也恨自己的爹娘是奴才,如今让人牢牢拿捏着。

她想狠狠抽林锦楼的嘴巴,用刀剑刺得他体无完肤。可是她不敢,她能豁出一条命去,却不能让自己的爹娘置于险境。

她艰难地点了点头,用袖子擦了擦脸颊,道:"明白了,大爷。"

如此柔顺的姿态自然令林锦楼欢喜,他摸了摸香兰的头发,笑道:"今儿个你也受惊了,既然知春馆里那些鬼东西欺负你,你就不必回去了,一会儿让书染回去替你收拾,你就搬到这儿来。"

香兰吃一惊道:"大爷,过几日再搬罢。"又柔声哀求道,"求你了……"

林锦楼想了想方才点头:"那就过几日罢。"说着起身,亲自将她送了回去。

香兰不知自己这一路是怎样走回去的,只觉着心里满满的都是绝望。

林锦楼将香兰送回东厢。画眉早已走了,青岚在房里午睡,听说林锦楼来了,连忙让春菱搀了出来。林锦楼却没瞧青岚一眼,单指着香兰对丫鬟婆子们道:"她中饭还没吃,待会儿书染端些吃食过来,你们去做个她平日里爱喝的汤。"

青岚脸上又是一白,春菱连忙把她扶住。

香兰抬起眼皮,见众人在屋内站了一溜儿,人人神情惊愕复杂,她已懒得管旁人是怎样想的,只是垂了头不作声。

林锦楼转过身,在香兰的脸颊上捏了一把道:"你先住两日,爷自有安排。"说完便往外走,瞧见青岚正站在门口,便停了脚步道:"你好好养身子,缺什么跟大奶奶说,大奶奶不应,就来找我。没事别总麻烦太太,如今天热,太太身上也不好,劳她累一场,倒是我做儿子的不孝顺。"

香兰听得分明,林锦楼这番话分明就是恼怒青岚惹事,竟把秦氏也牵连进来,说自己"不孝顺",却将这大帽子扣在青岚头上。

青岚满腹委屈却不敢说,微微福了福,小声说:"知道了。"

林锦楼又指着香兰说:"这丫头身子弱,别再安排她活计了。"说完撩起帘子便走了。

屋中一时寂静。香兰默默转身回了房,将脸埋进被子里。过不久,书染果然亲自提了个红漆食盒过来,里头装了几样精致小菜和一碗玉稻饭,又嘘寒问暖了一番。

不多时林府上下便传遍了,大爷看上了新的丫头,知春馆的香兰攀上高枝儿,要飞黄腾达了。

说来凑巧,当晚林锦楼便接到上峰指令,邻省流寇作乱,命林锦楼带兵剿匪去。于是林锦楼连夜回了营房。香兰听说却是松一口气。

第二天知春馆仍然一派宁静。赵月婵在祠堂跪了半日,又到秦氏房里捶胸顿足地哭了一番;青岚也抄了十遍《女则》,从秦氏正房里回来,吴嬷嬷在青岚房里坐了半日,两人叽叽咕咕不知说了些什么,出来的时候,青岚的眼眶有些红,气色却好了些。这事就不疼不痒地轻轻揭了过去。

唯有香兰在众人眼中变得微妙起来，人人对她敬而远之，连小鹃同她说话都规矩了很多。香兰整日坐在床上发呆。她想再去找宋柯，可那日听林锦楼说的话，仿佛对宋家极不在意似的，她又退却。林家的根基她是知道的，她怕因此连累宋柯。她前后踌躇，咬牙想道："倘若林锦楼再来，我便以死相逼，若他不是铁石心肠，就该给人一条生路……求菩萨保佑，让我早日离开这火坑。"

默默祈祷了一回，便找了几本半旧的册子，重新糊了个靛蓝色封皮，拿着笔墨纸砚等物独自去园子的凉亭里抄写佛经静心。一来她深知不得自乱阵脚，抄写经书正好静心；二来也算为自己日后的前程祈个福报。

如此过了几日。这天香兰沏了一壶茶，仍然拿了文具去，伴着园中鸟语花香，慢慢抄了一回。用帕子抹了抹额上细密的汗珠，香兰忽然发觉夏日已到，春日的芳菲早已尽了，如今已是一脉绿意浓荫。

她看了一回景致，心中开怀了些，瞧见春菱扶着青岚从不远处走来，知道青岚心里硌硬她，便连忙收拾笔墨避开。

谁想青岚反迎上来，对香兰笑道："我说方才远远瞧见这儿有个人，原来是你。"

香兰一怔，心中暗奇："岚姨娘成天对我不理不睬的，今天怎的转了性？"便笑道："瞧着这里景色好，便来这儿抄抄经文。"

青岚便伸手将她手里的册子拿过来翻阅，只见当中居然是飞扬洒脱的行书，字体峥嵘，竟不似女孩子所写，不由惊讶道："你可是写了一手好字！"

香兰忙去拿那册子，口中道："乱写的，别污了姨奶奶的眼。"

青岚又将册子扯了回来，笑道："巧得很，我近来也想抄抄经书为肚子里的孩儿积德，妹妹这样好的字，便把这抄好的经借我用用罢。"醉翁之意不在酒，说是借抄经书，实则是想找个由头将面子上的事圆一圆。

原来吴嬷嬷劝了青岚一番："若不是在曾老太太的孝期里，姨娘身子这般重，大爷身边儿早就该添人了。如若没有香兰，也会有别人，姨奶奶何苦为这事过不去？如今大奶奶都做出个贤惠大度的样儿来，姨奶奶再别扭便太不像样，要是有心人再跟着嚼舌根子，惹恼了大爷可不是闹着玩的。姨奶奶也该学学画眉笑脸迎人，香兰原本服侍你一场，末了结仇反倒不美了。"

青岚虽然心里头委屈，可到底将这番话听了进去，这几日心里的疙瘩也淡了些，这厢遇见香兰，便主动交好起来。

香兰只得答应，拿一册自己已经抄好的经书交给青岚。

此时春菱上前道："姨奶奶，好像起风了，要变天，咱们回去再说话罢。"

青岚抬头一看，果见天上飘来几簇乌云，怕是要下雨，便点了点头，将册子交给春菱，让她搀扶着回去。香兰小心翼翼地把剩下的佛经本子装进袋子，又将茗碗和文具收好,把茶壶里余下的茶水泼进花圃,一手拎着袋子和茶壶,另一手拿着几册佛经,胳膊下夹着半旧的银红金钱蟒坐垫,忙忙地追上青岚主仆。

谁想在园里小径上,一个人从前头急匆匆跑过来,春菱躲闪不及,二人便撞了个满怀,春菱"呀"一声,怕碰了青岚,便将身子往香兰身上倒去,手上的册子掉在地上。香兰脚底一滑,二人双双摔倒在地。香兰忙不迭用手护住茶壶怕碰碎了,另一手的佛经连同胳膊下头的坐褥便"噼里啪啦"地掉落。那人也"哎哟"一声跌倒在地,手里拿着的书册也掉了下来,爬起来瞪了春菱一眼道:"作死呢,跑这么快,难不成急着回去奔丧?"说完低头抓起两册掉落的本子爬起来往前跑去。

香兰见自己撞上的人是大房的丫鬟迎霜,不由暗叹晦气。春菱却一骨碌爬起来,指着迎霜的背影骂道:"小贱蹄子,万一撞了姨奶奶,看你还有没有命!"又愤愤道,"这事我要告诉太太!"

青岚连忙劝道:"好了,好了,别跟大奶奶身边儿的斗气,赶紧把东西收拾了家去罢。"

春菱一边嘟嘟嚷嚷,一边将地上的书册收拾了。

正房和宠妾之间别苗头,香兰自然不会多嘴,默默收拾了一回便同青岚一道回了房。

且说青岚回到东厢,春菱把茶壶和文具一一摆放。青岚正歪在床上喝茶,道:"把那经文拿过来给我瞧瞧。"

春菱道:"姨奶奶,你还真要抄这劳什子?"

青岚叹口气说:"好歹抄几笔,就当解个闷呢,我的苦处如今只有菩萨才能懂了。"把册子拿到手里翻看,一打开却发觉不是香兰抄的佛经,上面写着"放债""利钱""收息",并有"壹仟两""叁佰两"等字样,顿时一怔,忙将本子掩了问春菱:"这不是香兰那册经文。是不是拿错了?"

春菱把那册子拿来翻了一回,可不识字,也看不出什么花样,仍把册子交给青岚道:"刚才碰上迎霜,我们三个摔倒,手里的东西全掉了。我记得迎霜手里拿的也是这么两本靛蓝色的册子,定是那时候手忙脚乱拿错了,要不要我拿去换回来?"

青岚心里突突一跳,沉思半晌道:"不必了,你出去,也别让别人进来,这件事跟谁都别提。大房那头要是过来问你,你就说什么都不知道。"春菱依言退下。

青岚又把那册子打开,一页页翻看。她略懂记账算账之事,草草翻了一遍,愈看愈心惊,暗道:"这簿子后头有赵月婵的印章和手印,这簿子是她的便坐实了。上头的银子数目庞大,粗算就有七八千两,她爹原先不过是个六品理问,去年才升授金陵治中,陪嫁哪能有这些银子?大爷的银两也从不给她经手的。前几次去给太太请安时,听红笺她们几个磨牙,说赵月婵贪墨克扣公中的银两,亏空很大,不知用到了何处去，原来她竟用来放印子钱！真是好大的胆子！"

　　青岚捏着账簿，只觉得烫手，心里合计："如今该怎么办？大爷不在，莫非要把这账簿交给太太？"转念又想："这万万不妥。大爷和我说过好几回，等出了曾老太太孝期，如若赵月婵识相，便多给些银子同她和离，若不识相，便还她一纸休书。大爷把这个意思透露给老爷、太太，却被骂了一顿。上回太太还同我说'我知道赵氏有些刻薄，可她到底是明媒正娶来的。赵氏家族如今正兴旺，楼哥儿他岳丈也正得朝廷青眼，如今赵月婵无大错，休妻不免两姓家族交恶，牵扯利益人脉甚广，还影响林家的声誉，不可轻举妄动。这媳妇儿是他一味任性才娶来的，如今怎能又因为他任性要休妻惹出更大的灾殃？你平日里也多劝劝楼哥儿。'这账簿若交到太太手里，太太至多也是关起门来骂骂了事，即便赵月婵放了印子钱，太太也会为了林家的名誉反给她遮掩，横竖林家有的是银子，这七八千两又何曾看在眼里？但……但这账簿如若交给大爷……大爷本就厌恶赵月婵，这一恼起来，当场便写了休书也未可知，我再生下儿子……"青岚右手抚上隆起的肚子，咬了咬嘴唇，想道："我是太太亲自挑选，良籍纳进来做妾的，大爷对我千怜万爱，连画眉都说，上次太太恼我，只不过是恼我逾越规矩，并非厌恶我。我真生了儿子，大爷休了赵月婵，定能将我扶正，太太也必然欢喜罢。"

第十二章
账本葬双坟

　　青岚虽懦弱柔顺，但俗话说"人心不足蛇吞象"，这贪念一起便收不住了。当初秦氏托媒人同青岚家里人说要纳青岚给林锦楼做妾，青岚的父亲十分犹豫想要回绝，但青岚在屏风后偷偷见过林锦楼后，便一见倾心，只觉得世间再难找此才貌仙郎，若与林锦楼一处，即便一辈子做妾也心甘情愿。

　　早先她住在京城，林锦楼对她宠爱，府里上上下下都是人精，一径称她"奶奶"，竟把"姨"字给隐去了，她觉着自己与正室也没什么不同。但回到金陵，头一件事便是给正室磕头敬茶，住的也是偏房东厢，虽吃穿用度不差，但气派跟正房奶奶便无法相提并论了。等林府开家宴，她这个妾都上不得席！上回林锦楼本打算在东厢歇了，可赵月婵一来，又摔杯子，又伤她房里的丫鬟，林锦楼竟未训斥，反倒跟赵月婵回了正房安歇。青岚嘴上不说，心里却像油煎着一般难受。

　　前几日，她盼咐底下人操持诗社，本该她大出风头，谁想太太竟劈头盖脸数落她逾越身份，还叫她"好生伺候大爷和大奶奶"！

　　她适才发觉，赵月婵再如何不讨林锦楼欢心，如何被丈夫冷淡，但正室的身份摆在前头，所有下人都要屈躬哈腰称一声"大奶奶"，出了丑事，全家上下还要竭力遮掩。她再如何被林锦楼宠爱，却终究是个妾，是个依靠讨爷们儿欢心才能安身立命的货色。假以时日林锦楼再有了新宠，她又如何呢？而如今眼瞧着林锦楼对她的恩爱变淡了，她还正青春貌美，不过怀着身子，林锦楼就瞧上了她房里的丫鬟。

　　俏生生的香兰，娴雅的香兰，比她还要美貌的香兰……

她呢？日后她会不会就似戏文里唱的"红颜未老恩先断"？……

青岚攥紧了手里的帕子，指甲深深扎进掌心的肉里。

若把这账簿亲手交给林锦楼，那林家大奶奶的位置与她便只有一步之遥了，哪怕有一线希望，她总要试上一试。想到此处，她将床板掀开，把账簿藏到了床架之间的夹层里。

刚刚抚平床褥，天上一道闪电划过，紧接着"轰隆"一个霹雷，惊得青岚跳了起来。她毕竟不是勇毅果决之辈，心中摇摆不定，又担心又害怕，想找人来商量，偏吴嬷嬷染了风寒，怕过病气给她，回家休养去了，剩下的几个丫鬟婆子，不是不知心就是笨笨的。她一时站起来一时又坐下，心中异常煎熬。

知春馆正房内。

赵月婵"啪"一声，扇了迎霜一记大耳刮子，骂道："没用的下流东西！让你去二门等我表哥的小厮把账簿拿回来，你拿回来的是什么？你是办老了事的，如今连这点子事都做不好，留着你有什么用？！"说着把佛经一股脑儿砸到迎霜脸上。

迎霜跪在地上，捂着脸含着眼泪道："大奶奶息怒，我在园子里跟春菱和香兰撞上了，定是在忙乱中拿错了册子。当初离春菱最近，这账簿应该在东厢岚姨娘那里。"

赵月婵愈发大怒，冲上前狠狠打了几下："天雷劈了你的脑子还是小鬼吃了你的魂儿？！办出这发昏的事！落在谁手里不好，竟落在那小贱人手里，她把账簿交给太太和大爷，咱们大家还不一起寻了绳子吊死干净！"

迎霜哭着磕头道："奶奶我错了，饶了我罢！"

赵月婵气得浑身乱颤，又惊又怕："饶你？怎么饶你？我这就找根白绫子先勒死你，再去找房梁上吊！"

迎霜一把抱住赵月婵的腿，哭道："怎就到这一步了？这才刚没了账簿，这会子应该还在东厢，不如让银蝶偷来……"

赵月婵道："别提那没用的小蹄子，东厢早就防着她了。"

迎霜抹着眼泪又道："那我找东厢要去。"

赵月婵啐了一口道："蠢材，那小贱人没发觉错了，兴许还能换给你，倘若已经发觉那是个要命的东西，怎可能给你呢？！"

迎霜心道："我早就说过，印子钱不能再放了，偏大奶奶听了表少爷哄骗，仍拿钱出去放债，这下东窗事发，只怕是难逃干系了。若顺藤摸瓜，再查出表少爷同大奶奶有私情的事，我还不如立刻撞死省心。"哭得愈发厉害。

赵月婵踢了迎霜一脚，骂道："哭！就知道哭！快闭嘴罢！"迎霜立即收声，强忍着小声啜泣。赵月婵想了一回,深深吐了一口气道:"来人,我要去东厢。"

当下,赵月婵带了丫鬟白露,提了裙子来到东厢。银蝶正在廊下拿了大陶瓮接雨水,见赵月婵来了,登时吃了一惊,一边打起帘子一边喊道:"大奶奶来了!"

赵月婵心乱如麻,顾不得看旁边的小丫头,径直进了屋。春菱守在青岚卧房门口做针线,见赵月婵气势汹汹,根本不敢阻拦,只得扯着脖子喊了一句:"大奶奶来了!"香兰正在屋里做鞋,心中纳闷,不知为何赵月婵好端端的来东厢,探头向外望了一眼,见赵月婵脚下生风地往卧室去,便连忙缩回了脖子。

青岚在房里乱转,一听赵月婵来了愈发慌了手脚,不知该坐下还是站着,脑中一片空白,想不起丝毫应对之策,正惊慌的工夫,赵月婵已掀开帘子走了进来。四目相对,赵月婵似笑非笑道:"青岚妹妹忙什么呢?"

青岚脸上极不自然地堆着笑,支支吾吾道:"没……没什么,就是闲坐着。"慌得连让座看茶都忘了。

赵月婵是个聪明人,一见青岚这番形容便明白了,反倒从容起来,挑了张椅子坐下,挑起眉头道:"我这也是无事不登三宝殿,我身边的丫头笨手笨脚的,在园子里跟妹妹的丫头互相拿错了书本册子。"朝白露使了个眼色,让把佛经递到青岚跟前,笑道,"妹妹看看,这是不是你的东西?"

青岚低着头把册子接了,靛蓝色的封皮,里面是用端庄的字迹抄的《金刚经》,正是香兰借给自己那本。青岚心里突突直跳,悄悄抬眼看了一眼赵月婵。

赵月婵正坐在她对面笑吟吟地看着她,虽是面带笑容,但眼神犹如煞气袭人的宝剑,凛冽冰寒,唬得她浑身打了一个哆嗦。

赵月婵道:"这是你的东西罢?"

青岚勉强堆起笑容道:"劳烦大奶奶送来,这正是我丢的佛经……"说着走到架子跟前,拿下几本册子翻看,不敢看赵月婵,道,"奇怪,我这儿却没有大奶奶丢的册子。"

"哦?"赵月婵眉头微挑,走过去将青岚手里的本子拿过来翻了翻,似笑非笑道,"那可真是奇怪了。"

青岚小声道:"许是大奶奶的丫头把东西忘在别的地方了。"

赵月婵冷笑道:"到底是忘在别的地方,还是你偷藏起来了?"

青岚吃了一惊,缩了缩脖子,颤声道:"大奶奶说笑了……我……我……"

赵月婵又软下声道:"叫什么'大奶奶'?你我同吃同处,一同服侍大爷,只管叫我'姐姐'就是了。原大爷房里也有几个人,都是弯着心眼子让大爷学坏,我一片痴心,怕大爷弄坏身子,那几个通房丫头也不敢太管束,只劝谏他保养自重,谁知竟惹大爷不乐。加之我平日里持家严了些,有些个下人跟着嚼舌头根子,背地里风言风语，把我的名声传得不像，我不敢喊冤，只一味忍耐罢了。后来直到闹出人命，大爷才发觉那几个狐狸精不省心，打发出去了。他明白我为他好，只是心里闹着别扭，所以面上才对我淡淡的。妹妹是个聪明人，我虽有时候心粗，未能好好照顾妹妹，但可见我有为难你的地方？"

青岚一时没转过弯，只得顺着话头道："大奶奶是个明理的人，从不曾为难我。"

赵月婵笑道："这就是了。其实妹妹进来，又怀了大爷的骨肉，我心里高兴得跟什么似的。老天垂怜，日后我也多个臂膀。我们姐妹同喜同乐，不比亲骨肉还强？"

青岚道："只求奶奶爱惜，我愿一生侍奉奶奶。"说着就要拜。

赵月婵忙握住青岚的胳膊，口内道："我就知你不是个藏奸的……不瞒妹妹，我那册子可是个要紧的东西，妹妹再好好找找，若找着了就还我罢。"

青岚左手悄悄抚上肚子，狠了狠心道："我这儿确没有大奶奶的东西。"

赵月婵脸上的笑一僵，心中恨道："看来她是铁嘴钢牙，死活不认了。可恨她有太太和肚里的孩子撑腰，否则我便一把火烧了这里落个干净！找不到那簿子，刚放出去的几笔债就没了凭证，没白的损了七八千两银子。银子没了还是小事，若大爷真知道了……"心里打了个突，再看青岚的目光便格外怨毒。

天际传来滚滚的雷声，屋中一时寂静。白露小声道："大奶奶，快下雨了，用不用我取伞过来？"

赵月婵冷冷道："不必了，咱们走。"说着转身出门。青岚松了口气，忙跟在后头相送。

走出屋门站在廊下的台阶上，赵月婵猛回过头盯着青岚，心中怒意难平，暗道："贱人！你想算计我，我也不让你好过！"吐出一口气，吩咐左右道："你们往后退一退，我还有话单独跟岚姨娘说。"

大雨滂沱而下。

春菱是搀着青岚出来送客的，闻言松开青岚的胳膊，往后退了退。赵月婵一指春菱道："你先进屋去。"又对白露道："你也退下。"春菱只得进屋，香兰悄悄趴在窗口，隔着茜纱窗远远看着。

赵月婵见丫鬟们都退了，便重新走上台阶，脸上仍微微笑着，道："妹妹此刻心里得意死了罢？以为捏着那册子就攥住我的短儿了，横竖我是个受冷落的，你得大爷的意儿，又有了他的种，觉着把那东西交给大爷，大爷一怒之下便会休了我，把你扶正，是也不是？"

这一番话正中青岚的心思，青岚大惊，脸上瞬间血色褪尽，直瞪瞪地看着赵月婵。赵月婵"咯咯"笑了两声，脸色骤然一变，沉了下来，吐出的话句句如同淬了毒的利刃："呸！不要脸的下作娼妇！也不掂量掂量自己的身份，一个穷秀才家出来的烂货，不过有两分姿色会伺候爷们儿，一没有家世，二没有才干，三没有口齿，见天吃饱喝足就只会瞎逛，竟痴心妄想地要当林家大奶奶！我堂堂官家小姐出身，祖父乃内阁首辅大臣，我爹去年升了治中，大伯父乃户部主事，四伯父刚高升卫指挥使司镇抚，族里兄弟考中秀才、举人的少说也有七八个，你算什么东西，竟敢和我比？即便大爷休了我，也轮不到你！做你娘的春秋大梦罢！"

青岚抖着嘴唇，只觉得羞难当，眼里的泪将要滚出来。赵月婵往前走近一步，道："只怕你还不知道罢？你可知大爷和太太为何对你这样好？我久久无嗣，我娘家和林家早已商议定了，娶个姨娘进来生养孩儿，日后生下一子半女就……"闪电划过，照亮了赵月婵的脸，她看着青岚，笑得既得意又畅快，"就去、母、留、子！"

这几个字伴随天上一声巨雷，轰得青岚魂飞魄散，心头仿佛有尖刀割刺，眼泪飞溅，拼命摇头道："不是！不是的！你胡说！"

赵月婵气定神闲道："待日后孩子生下来你便知道我是不是胡说。大爷原先房里的人又不是没打发出去过。我本想着你是个老实的，留着你也未尝不可，谁知你竟起了黑心，比她们那些还可恶！你乖乖把那册子交出来，我便在林家留你一席之地，如何？"

青岚心中大恸，赵月婵说了什么都没听进去。口中喃喃道："我要去找大爷、太太问个清楚……"

赵月婵又向前逼近一步道："问什么？问你日后能不能当大奶奶？还是问这孩子日后归谁？你若不怕丢脸，我这儿还有当初林家承诺去母留子的文书字据，用不用我取来给你瞧上　瞧？"

赵月婵不过胡说八道豁出去诈青岚一诈，即便诈不成也存心给青岚添些堵。日后秦氏问她，她便抵死不认。谁想青岚年轻，又没见识过什么风浪，听赵月婵这一番说辞有模有样竟然信了，一时间又悲又苦，神情恍惚，见赵月婵一步步向前逼近，便胡乱往后退去，没留意一脚踏空，从台阶跌到院里。肚子重重碰在地上，"啊"地惨叫起来，凄厉非常。血瞬间迸出，混着雨水四下漫延。

众人惊呆了。

香兰在屋里隔着窗子看见青岚摔了，慌忙随春菱跑出去将青岚的头抱到怀里，大喊道："来人哪！快来人哪！"低头看着青岚："姨奶奶，姨奶奶，你怎样了？"

青岚疼得不住打战，浑身湿透，脸上已分不清雨水还是泪水，一把揪住香兰，凄声道："好疼……我肚子疼……我的孩子……快去叫太太来！"

春菱大惊道："姨奶奶摔着了！"忙命两个粗壮的媳妇抱了青岚回房，一叠声命小鹃去请大夫。

香兰暗想："出了这样的大事，一定要请太太来做主了。"她全身早已让雨水浇透，也顾不得再拿伞，撒开腿便往拙守园跑去。进了院子，见两个丫鬟正在廊下逗鸟，忙奔上前，一抹脸上的雨水道："两位姐姐，岚姨娘从台阶跌下去，肚子着地，已经流了好多血，特来讨太太示下。"

那两个丫鬟脸色齐变，忙进屋禀报，不多时秦氏便急匆匆地从屋里出来，身边跟了两个丫鬟，一个在后头撑伞，一个在旁搀扶。秦氏一边往前走一边问香兰："如今什么情形？请大夫了没？"

香兰道："已有人把姨奶奶抱回屋里，小鹃去请大夫了。"

秦氏步履急促，皱着眉头道："怎么好端端的就摔了？"

香兰老实道："大奶奶方才过来，在房里跟姨奶奶说了两句话，站在门口要走的时候，说还有话要跟姨奶奶说，让丫鬟躲远些。我隔着窗子看着，见大奶奶同姨奶奶说了几句话，姨奶奶便往后退，脚一踩空便摔了下去。"心想："前几天因我而起闹了场妻妾不和，这一页刚掀过去就闹了这样一出，林家也是多事之秋，称得上家门不幸……"

秦氏也不再问，只是眉头蹙得更紧了。

一行人刚走到知春馆院门口，便听里面传来声嘶力竭的喊叫。

赵月婵站在外间的小厅里，期期艾艾地对着秦氏叫了一声："太太。"

秦氏淡淡看了她一眼，也不搭腔，直往卧房里去。

春菱正拦在门口："产妇房里不干净，太太莫要进这屋子。"

秦氏惊道："产妇？这才七个月怎么就……？"

春菱白着脸道："大夫和几个有经验的媳妇、嬷嬷们都说姨奶奶情形凶险，有滑胎的征兆，羊水已经破了，这情形只能把孩子先生下来。只是胎位不正，是难产……"看了秦氏一眼，低声道，"太太心里有个数，方才大夫说，这孩子因不足月份，只怕生下来也难活命……"

秦氏心里"咯噔"一下，闭上眼睛深深吸了一口气。

香兰溜回房间，用手巾擦了脸，从柜里拽出一套干净衣服，心想："在大雨里淋了这么久，万一病了可不是闹着玩的。"忙忙地把湿衣服脱了扔到床下，换上干的，又想道：岚姨娘这次怎么好端端就摔了？不知为何事惹出这样大的乱子，只怕不好收场了。不知岚姨娘怎样了？但愿她能平安无事。换了一双小布鞋，又转到前头来。

秦氏已带了赵月婵去正房问话，小鹃、银蝶等急急忙忙地端了热水、巾布等物进进出出。香兰便去茶房也端了盆热水，一进门便瞧见四五个人围在床边，七嘴八舌地说"吸气""用力"，带血的布丢了一地。青岚疼得死去活来，不住尖叫呻吟。

春菱嚷道："别端水了，赶紧到厨房煮碗参汤，给姨奶奶端过来！"

小鹃不会烧火做饭，银蝶只装作没听见。香兰见状便回到小厨房，见还有早晨剩的小半锅乌鸡鲜笋汤，便把人参切成细细的片加进去，放在火上熬。熬了两刻钟，把炉火灭了，用绿彩白鹤纹碗盛了一碗汤，放在枣红漆托盘上小心翼翼地端了过去。

青岚这一遭受了惊吓，心绪不稳，又跌跤动了胎气，精神便不太健旺，加之生产疼痛又折腾进半条命，此刻再无气力，只是若有似无地哀哀叫着。孩子还未诞下，下身又见了红，几个有经验的老嬷嬷便知大事不好，顿时吓白了脸，慌忙打发春菱去告诉太太。

正在这个当儿，香兰端着参汤进来。一个老嬷嬷忙捧起青岚的头，香兰把碗凑到青岚嘴边，灌进去几口。香兰见青岚容色蜡黄憔悴，头发蓬乱，身上血迹斑斑，丰腴姣美的模样儿全然不见了，心里难过，依稀听见几个老嬷嬷说"只怕命不长了"等语，知道青岚凶多吉少，想到平日里岚姨娘待自己亲厚和气，眼睛里便转出了泪。

那老嬷嬷将青岚的头轻轻放到枕上，青岚"嘤"一声，微微睁开双眼，只见香兰泪眼蒙眬地看着自己。

此时门口有人哭道："青岚姐姐，你到底怎样了？"原来是画眉捧着帕子号哭。

青岚眼睛一亮，一把抓住香兰，挣扎道："快，快让画眉进来……"

香兰一怔，早有人将画眉放进来。画眉扑到床前哭得死去活来，握着青岚的手道："我的好姐姐！你这是怎么了？前儿个咱们姐儿俩还好端端的说话儿，你怎么今天就……就……我的爷，您快回来看看我苦命的姐姐！"

这一番话惹得青岚泪如雨下，死死抓着画眉，用她二人才能听见的声音道："这张床的床板底下有……有要了我命……的东西……你替我和……和孩子报……报仇，把它亲手交给……大爷……和……太太……让……让……让……"话还未说完人便咽了气。

画眉把耳朵凑近听着，半晌却发现再无声息，定睛一瞧才发觉青岚眼神涣散，双目圆睁，竟不肯瞑目。

香兰在旁边看得真切，不由吃一惊，伸手推道："姨奶奶，姨奶奶！"

旁边的老嬷嬷过来探了探青岚的鼻息，"哇"一声哭出来道："姨奶奶不中用，已经去了！"

屋里的人登时跪成一片，痛哭声不绝于耳。

香兰跪在地上泪流满面，暗道："青岚虽愚钝，私心重些，到底不是坏人，待下宽厚，让我在东厢也过了几天舒心日子。如此这般去了，真真儿是红颜薄命了。"又想到知春馆里被逐出的春燕、掉了孩子的鹦哥、空守闺房的画眉，如今又死了个青岚，赵月婵淫威甚重，林锦楼亦仗势压人，自己却被这深深宅院死死困住，不由也悲从中来，哭软在地上。

此刻秦氏正在正屋里问赵月婵的话，肃着脸道："你在台阶上跟青岚到底说了什么，竟让她失足跌下去？"

赵月婵悄悄看了看秦氏脸色，口中编道："也没什么事，今晨我的丫头在园子里捡到岚姨娘抄的佛经，我好心好意，怕她寻不见着急，巴巴地亲自送去，也想同她说说知心的话儿。没说几句发觉要下雨了，便要告辞。在台阶上，我又想问她几句大爷的事，因是闺阁里的秘事，不能让丫头们听见，便让她们都退了，谁知问了两句，青岚便脸红，扭扭捏捏不肯说，我再追问，她便往后退，竟然没留神从台阶上跌了……唉，这说起来都是我的错，我万万不该……"立刻面向大门跪倒在地，"咚咚"磕头道，"老天垂怜，这一切种种都是我罪该万死，求老天爷保佑我青岚妹妹和她肚子里的孩儿平安无事，日后让我上刀山下油锅，折寿二十年，我都绝无二话。"

秦氏何等精明，这一番说辞她自然不信，心说："赵月婵倒是个油滑强辩的，一句'闺阁秘事'便堵住我的嘴，让我不好再追问下去。"口中淡淡道："也罢，等青岚产育之后，我便问问她，到底是怎样的'闺阁秘事'让她慌成这样，竟从台阶上跌了。"

赵月婵心里一沉，心里恨不得青岚此刻就死了，口中却道："我也盼着岚姨娘能平安无事……"

一语未了，银蝶便连滚带爬地进屋，哭喊道："回禀太太、大奶奶，岚姨娘没了！"

秦氏"噌"一下站了起来，赵月婵先是吃了一惊，而后长长地舒了一口气，见秦氏在她身边，便用帕子掩住脸号哭道："妹妹，我狠心的妹妹，你怎么带着大爷的孩子就这么去了？！"哭得捶胸顿足、地动山摇，嘴角却微微翘了起来，若不是秦氏在，恐怕已笑出了声。

当下，秦氏到东厢里看见青岚死状，不由伤心落下泪来。众人见秦氏垂泪，忙跟着扯开嗓子号哭。半晌秦氏才把泪收了，命料理后事。方才她急匆匆往东厢来，让大雨淋湿了半边身子。又急火攻心，悲情难以自抑，此刻让风一吹便浑身发冷，头如针扎一般疼。

红笺见秦氏面色惨白，精神不济，不由担心，凑过来道："斯人已逝，太太还要保重身子，若不肯回去歇着，好歹用点儿吃食。"

秦氏摇了摇头道："人刚没，一大堆事还要操持，没有得用的人，只能我出手料理了。何况……"何况青岚死得有些不明不白，其中必有蹊跷，她还想查个明白。

红笺劝了几句，见劝不动秦氏，便走出去同跟着一起来的丫鬟蔷薇道："你回去给太太拿件披风过来。再跟老爷说岚姨娘刚没了，太太要料理后事，身子不好却不肯回去歇着。咱们做丫鬟的劝不住，又怕太太身子有恙，来讨老爷示下。"蔷薇点头去了。

不多时林长政亲自到了。见蔷薇拿了件披风披在秦氏肩上，他便坐到一旁道："这到底怎么回事？闹得一团乱。怎么好端端的人说死就死了？还有你，保重自己身子要紧，横竖不过楼儿死了一个姨娘，大房媳妇是干什么吃的？何必劳你亲手操持？"

秦氏道："你有所不知，我冷眼瞧着这事跟赵氏脱不了干系。"压低声音道，"岚姨娘听赵氏说了两句话，就失足从台阶上摔下去了，你说怪不怪？赵氏为人如何你心里头也清楚，精得跟什么似的，楼哥儿房里出的人命，后头都隐隐约约有她的影子。"

林长政微皱了眉，想了一回道："脱不了干系又能如何？赵家声势正壮，听说过了这一冬楼哥儿的岳丈就要被提拔，再大的干系也不能让楼哥儿休妻罢？既如此，查得水落石出了又能怎样？掰扯出来反倒弄得两家脸面上不好看。不如敲打警示，再禁了她的足。横竖你已夺了她管家的权，她一个妇人镇日待在内宅里，能翻出多大的风浪？"

秦氏道："如今岚姨娘死了，她还怀着林家的骨肉，出了这样的事再不肃整，整个内宅还不反了营？况且，我也觉得对不住青岚和她家里人……"

林长政挑高眉头道："对不住就多赔银子，楼哥儿那里再物色，给他另寻一房小妾便是……那个孽障，成日里眠花宿柳，不是个长情的，过段日子有了新欢，这个姨娘便不放在心上了。"

秦氏虽瞧不惯林锦楼，却听不得旁人说一句她大儿子不好，瞪了林长政一眼道："瞎说！楼哥儿勤恳上进又能吃苦，怎么是孽障？！"

林长政挑了眉头道："我怎么瞎说？他在外头胡闹我早就有耳闻，骂也骂了，打也打了，他到底不改，我也想着横竖楼哥儿只做个武夫，平日里舞枪弄棒、风吹日晒的也不容易，只要不捅大娄子，他在外头胡天胡地我也就睁一眼闭一眼罢了，可他房里的事就没消停过。前年死了个通房丫头，今年死了个没成形的胎儿，这眼见一尸两命又死个小妾，接二连三的，要么就是这院子风水不好，回头得请个高人过来拿拿邪。"

秦氏冷笑道："知春馆里的邪就是那位大奶奶，用不着请哪一路的高人，给青岚发了丧，我便要好好整治整治。"

林长政又拧了浓眉，怒道："知春馆，知春馆，这名字就花里胡哨，听着跟青楼勾栏似的，楼哥儿就是没正形，非搞这些浓艳的字眼儿，赶明儿个把那匾给我砸了，换个端正大气的来！"

秦氏见林长政要恼，便连忙道："是，是，是，赶明儿个就换一个，回头请人另题一个来。"

林长政揉了揉眉心，又将话转回来道："既如此，这事就这样了结。那个姨娘是怎么死的，断得再明白也没用，搞不好还会生出好多是非，多赔银子罢，回头支出三千两，咱们房里再给添一千两，丧事也大操大办便罢了。"

秦氏叹了口气，心里有些被林长政说动。是了，查不查结局都一样，眼下不能休了赵月婵，林锦楼正看赵月婵不顺眼，若真查出事故，林锦楼恼起来，家宅便又不安宁。只是可怜青岚那里……罢了，只能多给她父母银子了事。秦氏越想越头痛欲裂，勉强道："既如此，就请二房的弟妹帮忙出手料理后事罢。"

"也好。"林长政大声吩咐道，"红笺呢？还不过来搀你们太太回去歇着！"

红笺立时进来，搀了秦氏便走。蔷薇自去二房请王氏主事。

林长政草草交代春菱几句，便跟着甩袖回去了。

此时已是申时三刻，早过了中午饭辙，东厢里人困马乏，眼见岚姨娘已死，秦氏也走了，二房太太王氏迟迟不来主事，丫头婆子们忙前忙后的心便淡了。

春菱挑出几件素净精致的衣裳当作青岚的装裹，又拣了青岚平日喜欢的钗环，留做殓尸首梳头之用，而后便将首饰、衣裳的箱笼封上，说去库房要白布，溜出去便不见人了。

银蝶说："我头疼得很，许是方才让风给吹了，要去躺一躺。"说罢甩手进屋躺着，便再没出来。

小鹃有些凄惶，在廊下拽着香兰的袖子道："岚姨娘一死，东厢的丫头不知道该往哪儿去。银蝶家里是世仆，春菱是从太太房里出来的，这两人总有个去处，我……"

香兰安慰道："你别慌，好歹在姨娘跟前伺候一场，回头我去求吴嬷嬷给你找个好去处。"

小鹃道："我哪儿也不去，就跟着你罢。香兰，如今你可要时来运转，马上要做主子了，大爷要抬举你……"

话音未落听见有人冷哼一声，香兰转头瞧见春菱扭着腰进屋，便敲了小鹃脑袋一记，道："没轻没重的，姨娘刚没，你浑说什么鬼话呢？！还不快进去帮着收拾。"说着也跟着进屋，心里却默默一叹。人人都道她要"风光"了，可谁知道她心焦如焚，惶恐不安？

屋中有几个婆子烧水、冲地，几个胆大的自去给青岚擦身换衣裳，谁知画眉也在屋里帮着更换被褥，手脚麻利，不辞辛苦，博了众人的称赞。

香兰暗暗惊奇，心想："画眉是个精的，平日里这样的事有多远躲多远，如今转了性，倒不怕得罪大奶奶？"

众人忙乱一回，待屋子收拾妥当，香兰想到青岚平日待她亲厚，不由又哭了一场，红着眼眶悄悄给青岚诵了一遍《阿弥陀佛经》超度。

至晚间，灵堂已在东厢搭建起来，挂了一色素幡。

香兰又累又饿，手脚都有些打战，将晚碗吃了，又多喝了一碗粥，方才觉得好了。她往小厨房送碗筷回来，就见银蝶正鬼鬼祟祟地翻她床上的枕头、被褥。香兰用力咳嗽了一声，冷声道："你在做什么？"

银蝶吓得一哆嗦，抬头看见她，忙把手里的枕头丢开，勉强笑道："没……没什么，我丢了个耳坠子，随便找找……"说着偷偷将一根八宝赤金红宝石簪子塞进袖子。

"你的耳坠子怎么可能在我床上？"香兰冷着脸过去将翻乱的被子和枕头整理好。

银蝶转转眼珠，换上笑脸道："我丢了耳坠子心焦，就乱翻了，好姐姐，你别生气。"

香兰不理她，自顾自收拾床下的湿衣服。

银蝶凑上去道："岚姨娘咽气之前都跟画眉说了什么呀？你听见了么？"

香兰看了银蝶一眼，把湿衣服抱起来便出去。银蝶跟在她屁股后头道："都说了什么呀？你跟我说说呗。"

香兰骤然停住脚步，转回身面无表情地看着银蝶道："也没什么，岚姨娘就说她临死没见大爷最后一眼，心里头冤屈。"说完头也不回便走了。

银蝶在背后"呸"了一声："小冻耗子，得意什么？！"瞧四下无人，将那八宝赤金红宝石簪子拿出来，恨恨骂了一句，"这样的东西定是大爷给那小蹄子的！"美滋滋地将簪子插在发间，对着水缸里的水照了一照，口中叨咕着："这样的东西，想来你是没福戴，不如插在我头上。"

忽见白露站在绿纱窗前头跟她招手，指了指正房，银蝶心里一凛，撒开腿一溜烟跑到正房，见了赵月婵跪下道："回大奶奶，我在屋里翻找了一圈，看见的靛蓝色的册子都不是奶奶要找的。"

赵月婵正闭着眼让迎霜捏肩，睁开双目道："哦？找不着？你方才怎么应我的？拍着胸脯说一准儿能找到，让我在这儿等着擎好儿。我本来看你有几分伶俐，还想等岚姨娘的丧事之后就把你要到我房里来，谁想你连这么点子小事都办不好。"

银蝶赔笑道："今儿个太乱，一时有人来换褥子，一时又有来送蜡烛纸签的，画眉也守在跟前，人多眼杂的，岚姨娘的卧房我只大概翻翻，还不曾好好找，求奶奶再宽容一日半日的。"悄悄看了赵月婵一眼，见那浓艳桃李的脸上一对桃花眼含煞带威，不由缩了缩脖子，心里早已后悔和正房扯上干系，但事已至此也无他法。她只顾想着脱身，眼睛一转计上心来，便道："其实，奴婢觉得这事画眉跟香兰八成知晓。岚姨娘咽气之前，在画眉耳边叨咕了好一会儿，八成就是提这册子的事，香兰就站在旁边呢。方才拾掇屋子，她们俩一直跟门神似的在屋里杵着，指不定抱什么心思呢。"

赵月婵皱起了眉头。

画眉是林锦楼上峰送来的妾，有句俗话"打狗看主人"，画眉便和家里的通房丫头有些不同，况且她哥哥是军户，自从妹子给林锦楼做妾便升了个不入流的武官。画眉的身份到底有些特殊，她又是个精乖滑不留手的，赵月婵想拿捏却总找不到由头，只能明里暗里挤对，画眉也好似浑不在意。若是那账簿落到画眉手里……香兰倒是家生的丫头，要打要罚也没什么，奈何林锦楼对香兰正在兴头上，这情形倒是真真儿的棘手了。

赵月婵拧紧了眉，眼风一扫，忽瞧见银蝶发间插着的八宝赤金红宝石簪子，顿时双目圆睁，"噌"一下站起来，走到银蝶跟前一把将那簪子拔到手里，厉声问道："这簪子是从哪儿来的？"

银蝶吓呆了，愣愣着说不出话。

赵月婵一巴掌打在银蝶脸上，指着银蝶鼻子道："说！这簪子从哪儿来的？！"

银蝶吓得顾不上哭，抖着嘴唇道："这……这是……我的……"

赵月婵一把抓了银蝶，将那簪子往她脸上戳，口中骂道："天杀的贱蹄子，竟敢在主子跟前抖机灵。这簪子是你的？放屁！你也配戴？再不说实话戳烂你的嘴！"

银蝶一手护着脸，手上早已被乱戳几下，疼得大哭，喊道："大奶奶饶命，大奶奶饶命，这簪子是我从香兰床上找着的！"

听了这话，赵月婵手上一顿，慢慢松开了银蝶，仿佛泄了劲的弓，目光也呆呆的。这簪子正是曹丽环送她，她又托钱文泽卖掉的那一套，一共八支，她翻手赚了五百两银子。谁知兜兜转转，竟又被林锦楼收在手里，一掷千金，拿着去哄一个小丫头开心！即便是对青岚那小贱人，林锦楼也不曾有这样的手笔！

林锦楼既如此上心，这小贱人便不能留了。青岚刚死，赵月婵自觉有几天好日子过，不能前头刚去了一只虎，后头又跟来一匹狼。

赵月婵太阳穴突突乱蹦，手心里满是汗，急喘了几口气。

迎霜忙上前扶着赵月婵，小声道："奶奶别恼，保重自个儿身子要紧。"将赵月婵扶到椅上坐好，又忙不迭沏了碗茶。

屋中一时寂静，只听得银蝶小声啜泣。

赵月婵长长吐了一口气，咬着牙一字一顿："香兰……这小娼妇倒是好手段。"

银蝶跪着往前蹭了几步道："奶奶说的是，她是个顶顶没有眼色的东西。上回大奶奶去东厢，她给倒了碗热茶，还让大奶奶烫了手。"

迎霜凑过去小声道："奶奶别跟那狐媚魔道的一般见识，她是个手段高的。奶奶忘了，当初这香兰进府的时候，大爷在她名字上画了一个圈，只怕当时就留了心。"

银蝶依稀听见"大爷"这两个字，更来了神，慌忙将脸上的泪儿擦干了，添油加醋道："上回香兰烫了脸，大爷巴巴地打发人来送了一盒……那叫什么……晶玉兰雪膏，听说那还是年初宫里刚赏下来的，金贵得很，大爷眼皮没眨就给了她。自从那小蹄子得了药膏，走路都带着风，连我们都不正经看在眼里了。我看不过去，便敲打她两句，跟她说这是大爷为了给大奶奶面子才给她的脸，让她可别忘形。你猜她跟我说什么？她跟我说，大爷也不是谁的脸都给，若不是对她怜惜，怎会把宫里赏赐的药膏给她？听听，听听，这哪儿是正经人话？如今大爷又要抬举她，更得了她的意，愈发连活计都不干了，整天抄劳什子经文，真把自个儿当奶奶供起来了。岚姨娘也是个软性子，不像大奶奶眼里不糅沙子，也纵着那小蹄子。哎哟，我如今想起来还气得心口疼呢！"银蝶见赵月婵脸色越来越沉，心中大乐。凭什么她给大爷送个荷包、整整衣服，便遭人嫉恨排挤？她用热脸贴大爷的冷屁股还挨打。那香兰又傻又笨，林锦楼却抬举那丫头。她就是不服气！

赵月婵对银蝶道："行了，你回罢，我再宽限你一日，把那册子给我找出来，不许让别人知道，否则仔细你的皮！"

银蝶暗自松一口气，刚要走，又听赵月婵唤道："等等，你去把香兰给我带来，要悄悄的，别让人瞧见。"

银蝶应了一声去了。

此时东厢已挂了一色的素白，小厅设为灵堂，烛火通明。香兰换了白色头绳，腰上也裹了素纨，拿了个小杌子给青岚守灵，忽见银蝶走进来对她道："你跟我来，大奶奶有话问你。"

香兰见银蝶神色不善，心里便打了个突，隐隐觉着此去凶多吉少，暗道："大奶奶好端端的叫我去做什么？"抬眼观瞧，厅里除了她便没其他人了，只依稀能听见小鹃和春菱在屋里说话。

香兰无法，只得跟着银蝶去，待到了正屋，只见赵月婵正端坐在碧纱橱里的大炕上，青丝高盘，绾了双股口吐珍珠流苏的翠蓝凤钗，脸上用了极艳的脂粉，耳朵上垂着水滴白玉耳坠子，一摇一晃极有风情，粉面含威，带一股凌厉的气势。

迎霜站在旁边，屏声静气地伺候着。

香兰一副战战兢兢模样，跪下磕头道："请奶奶的千秋。"

赵月婵也不说话，存心让香兰跪着，上上下下打量了一遍，见香兰仍是一身旧衣裳，倒没有恃宠而骄的鲜亮打扮，一张脸生得美，哭得双眼有些肿，倒别有番楚楚可怜的风韵，只是如今见着自己便有些缩手缩脚的，还不如银蝶有活气，便道："你可知我叫你来是为了什么？"

香兰瑟缩了一下，跪在地上垂着脸答道："奴婢不知。"

赵月婵冷笑道："瞧着跟只病猫崽子似的，倒是好手段，这么会勾引爷们儿。"

香兰听了一呆，看了银蝶一眼，不知她从中挑唆了什么，这一迟疑间，又听赵月婵道："我且问你，迎霜在花园里掉了本靛蓝色的册子，你知道放在哪儿？"

香兰暗奇道"她问我这个做什么？"，口中道："奴婢是有两本靛蓝色的册子，是抄佛经的，后来岚姨娘借去一本，还有一本在奴婢屋里。"

赵月婵见她神色迷茫，不似作伪，便知她不知情了，冷笑道："册子且不论，你倒是有双不干净的爪子，竟敢乱拿主子东西！"说着把那八宝赤金宝石簪亮出来道："这东西打哪儿来的？"

香兰听这话，便磕头道："这是大爷赏的玩意儿，奴婢冤枉，万万不敢拿主子房里一草一木，还请大奶奶明鉴！"

赵月婵听到"大爷赏的"，心中愈发痛恨了，狠狠啐一口道："下作的混账蹄子！还敢说瞎话！打量我是好糊弄的？看来不动刑是不肯说实话了。迎霜，你去，给我抽那张嘴！"

迎霜应了一声，上去连抽香兰两个巴掌。赵月婵立着眉道："蠢材！谁让你用手？把那竹板子拿来打！"

迎霜便取了竹板子，"啪啪"两下，香兰的脸颊便肿了起来，再抽打下去，鼻子和唇边便见了血。香兰只觉得脸上火辣辣疼，血泪齐飞，难受得几欲昏死过去，满腹的委屈冤枉，暗恨道："赵月婵是要借莫须有的罪治死我了。认了罪会说我坏了心肝，拖出去狠狠打死；不认罪又会说我铁嘴钢牙，更要毒打，索性就咬死了牙关不认。"

一连抽了十几下，赵月婵道："停手。"

迎霜收了板子，香兰整张脸肿得不成形，早已疼木了，涕泪横流，嘴里说不出话，磕了好几个头，艰难道："大奶奶明鉴，我真是不知情。就算借我一百个胆子，我也不敢拿主子的东西。"

赵月婵冷冷道："我问你，岚姨娘死之前跟画眉说了什么？你可听见了？"

香兰心一沉，抬起泪蒙蒙的眼看了看赵月婵，心想："赵月婵如此在意，看来岚姨娘之死当中有大干系。只是我开始跟银蝶扯谎，说听见岚姨娘想见大爷，不知银蝶在背后嚼了什么，此刻也不能改口了。"只得忍着疼，含糊不清道："我听得也不大真，岚姨娘只说想她爹娘和大爷，临死竟没见着最后一面。"

赵月婵厉声道："还敢蒙我？！板子还是没打够！"

香兰"咚咚"磕头，哭道："求大奶奶饶我，大奶奶就是将我打死，我也不知情。不知哪个在奶奶面前挑唆，我要和她对质！"说着眼往上瞅，去看银蝶。

银蝶见了赵月婵的手段早就唬软了，见香兰看她，连连摆手往后退道："你……你看我做什么？岚姨娘咽气之前就你跟画眉在旁边……岚姨娘跟画眉说了好一回，你……你指定听见了！"

香兰是个伶俐的，当下便将事猜了八九分，暗想："想来岚姨娘手里攥着赵月婵的短处了，八成跟靛蓝色的册子有干系……迎霜和春菱在园子里撞了，两人双双跌倒，忙乱中拿错了册子，赵月婵丢的那本里头应该有什么要命的东西。岚姨娘攥住了赵月婵的短处，反被逼死，如今赵月婵正在找那册子，顺带将我一并除了了事。"心思一转，便指着银蝶道："你胡说！明明是你站在岚姨娘身边，比我还靠前，我离得远，影影绰绰听不清。你该比我听得真切才是！"因脸上的伤，一番话说得尤其艰难，疼得泪都掉了下来。

银蝶登时吓得汗毛倒竖，"扑通"一声跪下来，连连磕头说："这小蹄子胡说八道！大奶奶，我站得远远儿的。屋里的婆子妈妈们都可以给我做证……我……"看见赵月婵微微沉的脸色登时噤了声。

赵月婵看着她二人互相指责，只微微冷笑，一对妩媚的桃花眼里只剩一派冰凉与嘲讽，淡淡道："都接着说啊，狗咬狗的死奴才，一个个儿都想糊弄我，都是胆子肥的，今儿不说出个子丑寅卯，你们俩，都别想得着好。把我惹恼了，莫怪我无情，把你们全卖窑子里去！"

银蝶吓傻了，缩在地上抖成一团。

香兰抽抽噎噎道："奴婢实在是冤……岚姨娘咽气之前说了什么，奴婢真是没听见……也不敢偷主子的东西……我说一字谎话，大奶奶便打死我……"说着号啕大哭起来，指望号哭声将人引来救她一救。

赵月婵指着骂道："号什么丧？！给我堵住她的嘴！勾引爷们儿的小狐媚子，活该被打死。你打量着大爷好处多，便想伸手偷油吃是不是？呸！打断你的狗腿！"迎霜便拿了团布把香兰的嘴堵了，赵月婵大声道："你去把她关后院小房里仔细看着，我自有定夺。"

当下迎霜叫了两个粗壮的婆子进来，拖着香兰便走。

赵月婵闹了半日也有些乏了，又烦恼那册子依旧没有着落，便对银蝶挥了挥手道："滚罢，让我歇歇。"

银蝶磕了个头才爬起来要走，赵月婵又喝道："回来！"

银蝶连忙回转身垂着手听着，赵月婵瞪着她道："这事若是泄露一个字，可全在你身上。你可记好了，岚姨娘那个屋子你里里外外好好给我翻，找不到那册子，仔细你的皮！"

银蝶吓得一个激灵，忙不迭答应着去了。

不多时，迎霜回来，见赵月婵扶着额角在炕上坐着，便轻手轻脚走过去，倒了一盏茶放在炕桌上，轻声道："奶奶这样的话都说了，也下了死手打她，那个香兰还不吐口，看来是真不知道岚姨娘死之前说了什么……"

赵月婵微微蹙了眉道："真不知情又如何？这个丫头反正也不能留。"

迎霜道："奶奶真打算把她卖……卖……""窑子"两个字在嘴里转了几转，却说不出口。

赵月婵冷笑一声道："窑子？我倒是想呢，如今那个老虔婆当家，我一举一动都让人看着，哪里这么得心应手的？过几日等事情沉沉，趁着给那小贱人操办丧事，悄悄叫人牙子来，把那丫头卖窑子里去，卖远些，打发了我才清净。"

迎霜不敢说话，只是赔笑。

赵月婵道："青岚跟那个孽种死得正好，既死无对证又除了个心腹大患，倒是省了我的事，只是那册子一日找不到，便一日不能安心了。"她歪在炕上静静出神了一回，忽然道，"你去拿纸笔来，给我表哥写一封信，就说让他今天、明天晚上，还是亥时正，在府里西门那个小穿堂的屋里等我。"

迎霜想劝，动了动唇，却不敢吱声。

赵月婵静静出神了一回，又道："画眉那小蹄子有动静么？"

迎霜连忙道："白露时时刻刻盯着，连只苍蝇都飞不出去。"

赵月婵点了点头，道："过一会儿就说我房里丢了首饰，要挨个儿屋子搜搜，你带人去她屋里好好翻腾一回。"

迎霜连忙道："大奶奶只管放心，犄角旮旯都保管搜得干干净净。"

主仆二人如何商议暂且不论。却说画眉，在东厢里帮忙料理后事的工夫，便悄悄将床板下的册子顺了出来。回屋打开一瞧便吓了一跳，将门插上，一页一页翻着看了，不由连连冷笑："怪道青岚把命都搭进去了，原来是为了这个玩意儿。她是痴心妄想，这样的好事倒便宜了我。"

画眉坐在房里前思后想一番，重新换了件衣裳，对着镜子又铺了一层粉，将脸色衬得愈发憔悴惨白。把那册子贴身藏了，把喜鹊唤进来嘱咐了一番，二人便往秦氏房里去。

蔷薇正站在门口挂祛病的锦囊符咒，见画眉进来便拦住道："姑娘来这儿做什么？太太身上不爽利，这会子吃了药刚睡着。"

画眉一副泫然欲泣的模样："我知道岚姨娘刚去，太太正腌心，身上难免不好，可……可我这儿……"

蔷薇问道："姑娘怎么了？"

画眉从衣襟上扯了帕子拭了拭眼角："方才我接着家里的信儿，说我爹爹摔了一跤，看情形愈发重了，要我回家看看……"说着眼泪滚滚掉落，忍不住"呜呜"啼哭起来。

喜鹊拍着画眉的后背劝慰道："姑娘别哭了，别哭坏了身子。"又抬头对蔷薇道："姑娘想回家看看，可岚姨娘刚没，房里正乱着，大奶奶精神也弱，在房里不见人，姑娘就来跟太太讨个假。"

"这是大事，你且等等。"说着转身进屋去找红笺，将事情一说，红笺皱着眉想了想，道："太太刚睡了，这点子小事便不惊扰她。画眉的爹若是情形严重，不让回家未免不顾亲情纲常，便让她回去罢，按着例儿从账上给支二十两银子，让她带回去探病买药。这事回头我跟太太说一声。"

蔷薇得了信儿便出去回画眉。

画眉主仆自然是千恩万谢，画眉流着泪道："我的好太太，真真儿菩萨一样，还给了银子，天下没这么慈悲的了。"说完直接跪在台阶上冲着屋里给秦氏磕了三个头。

蔷薇心说："难怪都说大爷房里的画眉姑娘是最会说话办事的，如今一见果然不错，是个乖觉人儿。"忙把画眉扶了起来："地上凉，快起来。"

画眉握了蔷薇的手道："好姐姐，岚姨娘死得凄惨，我和她姐妹一场，说不出地投缘，真真儿比挖心还难受，这厢又听说我爹出了事，我这腿脚软得发抖，厚颜求姐姐扶着我走一程。"

蔷薇是秦氏房里的二等丫鬟，素是个仁厚心软的，听画眉这样说，便和喜鹊左右扶着她，走到二门外看她主仆上了马车方才回转。

画眉一上马车，满脸的悲苦娇弱全然不见了，撩起帘子对车夫道："快些走，加倍给赏钱。"

喜鹊拿帕子给画眉拭了拭额角的香汗，低声道："大奶奶她们不会追来罢？"

画眉靠在车壁上，把那册子掏出来轻轻抚摩着，淡淡道："没这么快，就趁她猝不及防，咱们赶紧趁乱溜了，在家里躲两天，等大爷回来再回家。"

喜鹊"嗯"了一声，拿了扇子给画眉扇风。

画眉微微合上了眼。

赵月婵听说画眉带着喜鹊从府里走了，怒得泼了白露一裙子茶，骂道："没用的东西，连个人都看不住！"

白露跪下哭道："奶奶息怒，画眉是让太太房里的蔷薇搀着出去的，我想拦也没有办法。"

赵月婵一怔，深深吐出一口气，咬牙道："合该她要作死了，我非要让她见识见识我的手段。"

此时夜已深，赵月婵命小丫头子打了热水重新净面，又细细匀脸，描眉打鬓，把满头青丝绾了个慵妆髻，斜斜插了支红翡滴珠凤头钗，又将盆里正开着的蕙兰剪下一朵别在发间。命迎霜将箱子打开，换上了一件崭新的浅金桃红二色撒花褙子，收拾妥当了，又对镜理妆，仔仔细细看了一遍，才对迎霜道："取件披风来，我这就悄悄去，你亲自守着，跟旁人就说我睡了。"

迎霜连声应着。

赵月婵便悄悄从后门出去，摸黑快步钻入穿堂，溜进旁边的一间空屋。那屋子外头瞧着破损，可推门往内一入，便可见得一张大床，幔帐虽素净，可上头却铺着金心绿闪缎的厚褥，因是夏天，又有一层凉森森的凤尾竹席，另有猩猩红撒花金钱蟒锦被、五色葵花蕉叶的枕头，极其华美。

床头的海棠小几子上燃着一点残灯，钱文泽正歪在那里，手里攥着两个色子，百无聊赖地在碗里投掷点数。他一张小白脸本就生得俊俏，今日又穿着一件软绸衣衫，更显得身量挺拔。赵月婵一见便心里发酥。

那钱文泽更是风流彩杖里的先锋，见赵月婵这一身明艳打扮在烛光下更添了几分颜色，顿时口干舌燥，上前一把搂住，口里嚷着："好妹妹，你怎的才来？想杀我也！"便去亲赵月婵的嘴。两人一相逢不由魂飞魄散，当下便宽衣解带，抱成一团滚到床上动作起来。

这二人行事机密谨慎，一个月不过才见上一两回，这一见便如胶似漆，恨不得糅成一堆，弄了好一回才散了云雨。

钱文泽仍搂着赵月婵，笑道："妹妹这一身细嫩皮肉，真没人比得上，要依着我，才舍不得让妹妹这等尤物守空房。林锦楼也真是，横竖一顶绿帽子又压不死人，竟不懂得怜香惜玉，枉他还有个风流多情的名声。"说着便去摸赵月婵的胸脯子。

赵月婵一把将他的手拍了，冷笑道："你是会说风凉话，有本事当面跟他讲去，也算你当男人有几分尿性。"说着起身，拿了钗环便要绾发。

钱文泽将赵月婵从后抱住，笑嘻嘻道："我是没本事，要是我有林家的家业，就敢跟他叫一回板……再说那厮心狠手毒，我要有三长两短，妹妹也心疼不是？"

赵月婵横了他一眼："呸！哪个不要脸的小畜生，说这软骨头的话也不怕让人笑掉了牙？！"眼睛这一横便有万种风情。钱文泽淫心又起，搂着赵月婵哀求道："心肝儿，你急急忙忙干什么去？夜还长着呢。"

赵月婵将钱文泽推了推，道："我有话说。"

钱文泽满腔欲念，哪有心思听赵月婵说话？但见她绷了脸儿，他便两手放到脑袋后头，半靠在床头，道："什么天大的事，非要这会子讲？"

赵月婵似笑非笑："是天大的事。我那本账簿丢了，迎霜那小蹄子办老了事的也出了纰漏，册子丢在园子里，让一个叫画眉的通房捡了去。那小贱人精明，揣了册子就回家躲着去了，我猜她要把这东西给大爷，这玩意儿见了光，你我可都得不了好儿。"

这席话如同一盆冷水，钱文泽顿时冷汗都吓了出来，淫欲也抛到了爪哇国，失声道："这……这可不是闹着玩的！"

赵月婵冷笑道："谁同你闹着玩了？林锦楼还有十天半个月才能回来，咱们一块儿想个法子，将这事情圆了才成。"

钱文泽脸色惨白，暗想："姑奶奶，那册子上有你的签字画押，哪是能做得圆满的？！林锦楼哪是吃素的，私放印子钱还在其次，万一牵连出我跟婵妹的私情只怕生不如死！俗话说'留得青山在不愁没柴烧'，趁着林锦楼没回来，不如回去变卖房产田地，到外乡另置产业。"想着去看赵月婵艳如桃李的脸儿和水葱似的身段，心中又有些不舍，可一咬牙，暗想道："婵妹虽美，可为了美人儿搭上性命未免太不值了。这些时日从她身上也捞了不少银子，何愁买不来此等绝色伺候左右？"

他正想着，却见赵月婵伸出纤纤玉手在他脸上拧了一记，又轻轻拍了拍，笑得妩媚横生："我的亲表哥，你想什么呢？是不是又打算脚底下抹油溜了了事？"

钱文泽一激灵，赔笑道："这怎么能？妹妹胡说什么呢？"

赵月婵绷起脸："把你那些个心思收一收，你胆敢溜，我就敢鱼死网破，索性大家最后死在一处，倒也干净。"

钱文泽知道赵月婵向来说到做到，忙哄道："我对你一片痴心，打死也不敢做对不起你的事。如今得想法子把那册子找着，咱们俩怎么能喊打喊杀地先乱了阵脚？"

赵月婵哼了一声："算你还说了句人话。"顿了顿道，"我想了个主意，说与你听听。"低声说了一回。

钱文泽皱起眉道："这……行得通？"

赵月婵道："自然行得通，画眉是个精明人，自然知道该如何做了。"

钱文泽道："若是她狗急跳墙，把那册子交给了太太……"

赵月婵挑起眉头："我还怕她不交。太太碍着我娘家的势力也不能如何，老爷说好听了是个守礼君子，说不好听，一脑袋迂腐，断不会让林锦楼休了我。怕只怕她把东西给大爷，他胆大包天，什么都做得出……"说着轻轻偎在钱文泽怀里，抚着他的胸，道"这事要做成了，少不了你的好处，我今儿个可是揣着银子来的……"

钱文泽眼睛一亮，一把攥了赵月婵的手，含笑道："那妹妹说说，除了银子还能许给我什么好处？"见她星眸半合，双颊春色，不由心中大动，暗想道："就先按着她说的做，若事不成再卷包袱走人。如今美人当前，能受用一时便是一时。"翻身将赵月婵压在身下，两人又翻云覆雨一番。

临走时，赵月婵又嘱咐道："这事给我做妥了，三日之后岚姨娘发丧，你到时候悄悄领个人牙子来，我这儿有个丫头，你给她远远卖到窑子里，省得放在我眼前糟心。"

钱文泽摸着下巴笑道："她做了什么，竟惹得妹妹发这么大脾气，落了这样的下场？"心里暗想："这丫头八成是林锦楼看上的，不消说是个美人，卖她之前倒是可以消受一番。"

赵月婵好似已看出钱文泽的念想，嗤笑一声道："相貌是个丑的，偷拿我房里的东西，我不愿张扬才悄悄卖的，你也给我闭严了嘴。"

钱文泽连连点头，从林府溜出去。赵月婵也自回了房，暂且不提。

却说香兰，被几个粗壮的婆子拖下去关在小房里，婆子将门落了锁便走了。屋里一团漆黑，只依稀从门缝里射进一缕月光，香兰呜咽着。脸上如刀剜一般，疼得冷汗淋漓，小衣均已湿透，挣扎着靠在墙上，把口中的布掏出来，吐出一口血沫，只觉得牙齿都有些松动。想到赵月婵说要把她卖窑子里去，心里又惧怕，暗道："若真如此，我便一头撞死在这里，也落个干净！"转念又想："不成，我还有父母恩未报，怎能说死就死，把自己的命看得这般不值钱？在这里人人都轻贱我是个小丫头，我可万万不能轻贱自己，眼下还没到最后一步，还需想想别的法子。"

她一整夜未曾好好歇着，缩在墙根底下，直等天际发白，环顾四周，只见房里堆放着许多杂物，门口有一口水缸，挨过去一瞧，里面还剩半缸水，映出一张不成形的脸，两边脸颊都已青紫，肿得高高的。

香兰一呆，心中宽慰自己不过一张臭皮囊，不可执着色相，可仍落下泪来，从怀里掏出帕子，用水浸湿了冰脸，又舀了半瓢水，小心翼翼地灌到嘴里，把满口的血水吐到墙角，漱了几次才干净了，又把满头的乱发重新绾成髻，然后缩在墙角一边用湿帕子冰脸，一边闭目养神。

清晨，知春馆的院里逐渐有了人声，只是鲜少有人往这小房处来。香兰有心呼救，又怕弄巧成拙。她在屋里转了转，忽发觉这屋子原来有一扇窗，不过让柜子给挡住了。

她试着推了推，只觉得沉重，把柜门打开，见里头装的都是一些冬天才用的火盆、门帐等物。她轻手轻脚地将里面的东西挪出来藏到墙角处，刚挪了两样便听外头有脚步声，忙关上柜子，蜷缩成一团躺在地上。

门"吱呀"一声开了，有个婆子在门口探头探脑，见香兰乖乖的，便又将门锁了。香兰长长呼一口气，扒在门缝前，见那婆子走远了，便又回来将柜里的东西搬到墙角，几次三番忙忙碌碌，不多时便将柜子挪了个半空。她又伸手推了推柜子，见已能挪动几分，便悄悄移开柜子，伸手推了推窗，谁想那窗子竟是锁着的，但糊着的窗纸已经剥落，可隐隐看到院中的情形。

香兰偷眼望去，只见不远处有丫头、婆子来回走动，忽见到小鹊腰间系着白布，拿了个大捧盒遥遥地走过来。香兰心中一喜，张口欲喊，却见小鹊捧着盒子拐到回廊上去了。香兰不由失望，却也无可奈何。

她在窗前站一阵，又恐让别人发觉，转回去摸了个旧垫子，靠在墙上坐了下来。若是寻常女子，这一番变故只怕早已吓得魂不附体，可香兰前世经历大起大落，抄家流放，生离死别，加之心性坚韧，此刻却振作起来，将身上的东西一样一样摸了出来。

她摸出十几个铜钱、一小块碎银子、头上的一根旧银簪，最后把脖子上碧玉坠子摘了下来。这坠子正是宋柯送她的那只碧玉蛙，她原本放在匣子里，后来回家探望父母时本想交给爹娘，可心里一犹豫，鬼使神差地挂在了脖子上，已戴了好一阵子了。

香兰用手轻轻摸着玉蛙，暗想道："不知赵月婵什么时候要把我发卖了，如今我脸上都是伤，怕也卖不出高价，更卖不到好地方。若是找不到人来救我，这些东西便要妥帖收着，兴许买通了谁便能救我一命。"把东西仔细贴身藏好，便靠下来闭目养神，心里默默背诵经文。

也不知过了多久，香兰缩在垫子上迷迷糊糊地睡着了，醒来时只觉饥肠辘辘，脸上也疼痛难当。从门缝往外一望，方知已过了正午，此时众人已用过饭，院子里静悄悄的，日头白花花晒在地上，一个人都瞧不见。

香兰默默叹了一口气，走到水缸边舀了一瓢凉水喝，低头一照，只见脸肿得愈发厉害，双颊已青紫得不成样子了。正发愣的工夫，忽听门口有人小声唤道："有人在里头吗？"说着那人从底下门缝里探进一条帕子，上头有几块糕点。

香兰连忙走过去，从门缝一瞧，只见汀兰站在门口，一脸慌张。原来汀兰昨晚上听见动静，知道香兰被赵月婵责打。她怜悯香兰处境，却也惧怕主人淫威，念着和香兰有几分情义，便悄悄地送来些吃食。

香兰犹如垂死之人见着一线光辉，连忙扒在门上低声哀求道："汀兰，汀兰，我求你件事，我这儿有个玉佩，你拿着去……"

汀兰却已吓破了胆，打断道："香兰，我给你送吃的已是冒了天大的险，旁的便不能再管了，你好自为之，我得走了。"急急忙忙地跑远了。

香兰把头重重撞在门上，心里那一簇刚燃起来的火猝然熄灭。她慢慢蹲下，把那糕拿起来，掐了一小块放在嘴里含软了才慢慢咽下，泪却从眼眶里涌出来。她心里明白，汀兰肯冒险给她送吃食已是不易，如今不相帮也是人之常情。可她心里仍止不住地失望，泪流到嘴里，又苦又涩。

她当初入府是因为爹娘意欲让她嫁给林府体面奴才的儿子,她万不甘愿才进府谋取机会脱籍,可到了林家才发觉事事身不由己。她身为奴才,又无依无靠,唯有割舍一身傲骨,事事忍气吞声。先是曹丽环百般欺凌,她百般设计才脱离虎口,到了岚姨娘房里,本想过几天太平日子,再寻个有根基的仆妇做靠山,熬几年便能脱籍出府,谁知又变生不测。

　　她有时候觉着自己快熬不住了,不如死了干净,可咬牙之后,发觉自己竟也能将这些苦楚都吞下去,卑微地抱着那一丝希望。

　　她抱着膝盖仔细想了许久,忽想到这两天春菱正犯咳嗽,每天吃了饭都要到小厨房煎药吃。春菱图近,每每都走到这处小房前面来。春菱与她并不算交好,甚至隐隐还有些敌意,可无论如何,她都要试一试。

　　香兰缩在墙角里耐心等待,天色擦黑的时候,春菱果然从不远处走了过来。香兰心中一喜,赶忙凑到窗子前头,把从柜里翻出的小炭块从窗子丢出去,一连两块都砸到春菱身上。

　　春菱吓了一跳,停住脚步往四周看。香兰连忙又丢了一块,正砸到春菱肩膀,见春菱朝这边望过来,便小声喊道:"春菱,春菱,你离近些,我是香兰。"

　　春菱惊愕地睁大双眼,迟疑地靠上前,低声道:"香兰?迎霜她们说你病了,家去了……"靠到跟前,从破烂的窗纸中看到香兰高高肿起的脸,不由大吃一惊,"你……你这是……?"

　　香兰连忙示意她噤声,流着泪道:"好姐姐,我被冤枉,被大奶奶关了,眼见就要被发卖,还求你救我。"说着递出那个碧玉蛙,道,"求你把它拿到卧云院给宋大爷,让他把我买了去……我床下的匣子里有二两银子,还有根钗,你尽管拿去,只求你帮我这一回,你的大恩大德我粉身碎骨也忘不了!"

　　春菱迟疑道:"你说受了冤枉,什么冤枉?"

　　香兰咬牙道:"我的冤枉就是大爷要抬举我,大奶奶便要将我卖了。"

　　这一句话春菱便明白了,心里一沉,只觉此事担着莫大的干系,正犹豫间,又听香兰道:"好姐姐,我只求你把这玉佩交给宋柯大爷,让他买了我,别让大奶奶把我卖到窑子里……"说着香兰便跪下来,春菱看不见她在屋中做什么,却能听得"砰砰"作响,香兰显见正在磕头。

　　春菱刚要说话,却瞧见迎霜等人从不远处走来,连忙攥着那玉蛙走了。待回了房,春菱坐在床上,还觉还觉着胸口一阵乱跳。

　　她确实不大喜欢香兰。她自诩才干不差,一心要在丫鬟里拔个尖,秦氏房里能人太多,她熬不出头,如今到了青岚身边,被事事倚重,谁想凭空多出个香兰。虽然香兰不与她争,可待人随和,小丫头子都喜欢香兰,香兰又得林锦楼青眼,春菱多少有些吃味。可如今看了香兰这番形容……春菱微微打个寒战，匹夫无罪怀璧其罪，当丫鬟还是如她这般姿容平常的好。她到底不是心肠歹毒之辈，往日里对香兰的忌妒如今倒化成了可怜。就连她也不得不承认，香兰为人和性子都是讨喜的，谦和柔软，不爱争闲气，也不搬弄是非，有什么事求到她，也总是尽心尽力地帮忙。

只是帮她去卧云院递那玉蛙……春菱却犹豫起来。春菱实在是惧怕赵月婵，不想惹麻烦上身，可又想到香兰流着泪哀求她"别让大奶奶把我卖到窑子里"，心里一时摇摆不定。一夜都未曾好睡，第二日清晨，春菱终一咬牙暗道："香兰真真儿是个可恶的，原先在房里便恶心我，如今又给我出了这样的难题。我若不帮她这一遭，一辈子的良心怎能过得去？！"攥着那玉蛙便去了卧云院，进院子瞧见个丫头正在浇花，便问道："素菊呢？"

那小丫头认识春菱，知道春菱同林锦亭的通房丫头素菊是当年一同进府的丫鬟，颇有些情义，便笑道："三爷刚起床，素菊姐姐正伺候呢。"说着进屋把素菊叫了出来。

素菊笑道："什么风儿把你刮来了？"

春菱迎上前笑着说："我这回来可是有事求你。岚姨娘刚没，屋里事多，想求你得了闲儿帮我做些针线。"

素菊道："这有什么难？你且等等，待三爷去书院读书了，便细细跟我说。"

春菱忙道："三爷是跟宋大爷一同去书院么？"

素菊点头道："可不是？宋大爷刚来，俩人正在屋里呢。"

此时，宋柯一边走出来，一边回头道："修弘，你快些。我在外头等你。"

春菱一见，立刻如获至宝，推了素菊一把道："你快进屋伺候去，我等你。"看素菊进了屋，便快步挪到宋柯身边，将掌心中的玉蛙送到他跟前，低声说："宋大爷，香兰让我给你送这个东西来。她说她被大奶奶冤枉，关了起来，这几日就要被卖到窑子里，求你把她买了去。"

宋柯脸色顿时沉了下来，把那玉坠拿在手里。他这些日子只听说林锦楼看中了香兰，一直想去要人，林锦楼却出门了，谁想今日却得来这样的消息。因问道："她被关在哪儿了？"

春菱道："关在知春馆的一间小房里……宋大爷，奴婢冒死来送信儿，你就当我不曾来过罢！"

宋柯忙道："这个自然，我绝不会说出去。"

春菱福了福身便走开了。

宋柯凝神想了想，出门招手把贴身小厮绿豆唤了过来，掏出一块对牌，吩咐道："你去跟账上说，我要支一百两银子。"说完沉吟片刻，改口道，"支三百两罢，快去快回。"

绿豆得了令，揣着对牌去了。

却说画眉揣了那账簿回家，一夜无事。第二天她爹就催她回林家，对她道："没事回来住一宿，也该回去了。虽说大爷不在，可你赖在家里，也让府里人说闲话。眼见咱们家如今日子好了，你哥哥也在军营里头受楼大爷照拂，你可得精心伺候着。"

画眉冷笑道："咱们家过得好了，你可别忘了这是你当初卖闺女得的好处。"

她爹一听这话便缩着脖子不吭声了。画眉本姓杜，她爹名唤杜愈，本是个七品把总，却因贪污被弹劾，丢了乌纱，又牵连出草菅人命等案，倾尽家财保住了命，可全家被判成了军户。杜愈为了一家前程，把庶出的大女儿送给大官家做妾，后大女儿又被转送给林锦楼做了通房，这女孩儿便是画眉了。

杜愈对画眉到底含了愧，又因全家要指望她，被顶撞两句也装聋作哑。

画眉哼一声，扭身进了屋，她生母刘姨娘跟在她身后道："大姐儿，你少跟你爹生闲气，他说的也有几分道理，他是心疼你才……"

画眉瞪眼道："他有什么道理？不过是作践我，他怎不把那几个嫡出的闺女送去当人家小老婆？你们知道我在府里是怎么熬日子的？只会说闲话。"

刘姨娘唉声叹气道："那能怎么样？若是你爹没出那档子事，你这会子也是个殷实人家的正房奶奶，我每日都在想，林大爷家里那极厉害的女人不知要怎么欺负你……"说着便开始抹泪儿。

画眉本有些不耐烦，但见她姨娘哭了，只得软了声音道："行了，行了，知道我不容易就好，碰到点儿事就知道哭天抹泪的，你但凡要几分强，我又何至于如此了？"这话刺得刘姨娘愈发哽咽起来。画眉叹口气，把刘姨娘拉到床上坐好，见左右无人，压低声音道："姨娘别哭了，兴许我的好日子还在后头呢。我原就是金玉一样的人儿，才不该给人当劳什子通房。"

刘姨娘一呆，继而喜滋滋地盯着画眉的肚子道："我的儿，莫非你有身孕了？那可是天大的喜事，若生了孩儿，哪怕是个闺女，林家也一准儿抬举你当姨奶奶。"

画眉拧紧了眉，说了句："跟你这样的拎不清！"扭身往床上躺着去了。

一时无事。

半夜里，画眉睡着睡着便觉得越来越热，鼻间闻到烟火味儿，迷迷瞪瞪地推身边的喜鹊给她倒茶。喜鹊半闭着眼走到桌前倒了半盏凉茶，回过身，手里的茶碗便"啪"地摔在地上，失声叫道："着火了！着火了！"

这一嗓子将画眉的睡意惊得无影无踪，忙忙从床上起来一瞧，果见四周燃起了熊熊烈焰。主仆二人尖叫起来，全家随之惊醒，连拉带拽地往门口冲去。幸而门口火势不旺，一家老小冲到院里，画眉定睛一瞧，只见自己住的那间屋舍已让滚滚浓烟包围。

她方才只顾逃命，此刻才想起来那册账簿还放在屋里，便又往火场里冲，惊得刘姨娘一把抱住她道："我的儿！你又做什么去？！"

画眉挣扎道："放开。别净跟着裹乱！"甩开刘姨娘的手又被喜鹊抱住了腰，喜鹊流泪道："姑娘，火这么旺。你可别赶上前送死……那东西再重要，难道有命值钱？"

画眉一听此话便不再挣扎，整个人傻呆呆地站着，仿佛痴了过去。

画眉心里跟明镜似的，这火是冲着她来的。

她以为躲回家便万事大吉。不承想惹恼了赵月婵，对方便要她的命！画眉浑身打了个寒战。她还是小瞧了赵月婵，可如今已骑虎难下。

邻居都赶来救火，那火烧到将近天明才熄，整间房几乎要烧透。幸而夜里无风，未烧到其他屋舍。画眉进去小心翻找，终在箱子里找到那账簿，已被火烧去了大半，她轻轻一碰便有几页化成了灰，只留下几页未全烧毁的，上头竟还留着赵月婵签字画押的字迹。

画眉咬了咬牙，将剩下的账簿小心用布包好。揣在了怀里，暗想："不到最后一刻。鹿死谁手还未可知，我偏不信我翻不过这重山！"

花开两朵各表一枝。

且说赵月婵胆大包天，指使钱文泽去放火，又许了他大把银子。那钱文泽本就是个五毒俱全的流氓，真个将画眉的家给一把火烧了。他打发几个地痞前去打听，回来将消息从二门传给迎霜道："屋里都烧个精光，什么都没留下，画眉跑出来时手上什么也没拿。"

赵月婵听闻，长长地出一口气。

迎霜端了一盅刚炖好的鸡汤，笑道："奶奶可该放心了，这些天吃不香、睡不着的。"

赵月婵吃了一勺汤，笑道："可不是？那东西没有了便是死无对证，可恨画眉那小蹄子倒是跑得快。"顿了顿又道，"趁这顺风顺水的时候，明儿个就让我表哥把人牙子领来，再把那小贱人打发了，便再没糟心的事了。"迎霜连忙应下。

第二日清晨，天还蒙蒙亮，天际仍有星光闪烁。

香兰缩在墙角里似睡非睡，忽听门开了，进来两个婆子，不由分说堵了她的嘴，捆了她的双手便将她架了出去。香兰着实惧怕，狠命挣扎也不能摆脱，径直被拉到府后一处偏僻的角门，只见有个身高面白的年轻男子站在那里等着，此人正是钱文泽。

香兰浑身止不住地发抖。钱文泽拿着手里的折扇，轻佻地逗起香兰的下巴，左右端详一番，口中道："啧啧，可怜见的，这脸儿竟被打得这样惨。"他本以为这回能见着个绝色的丫头，带回去先受用一番，没想到是个脸上青紫肿胀不堪入目的女孩，且头发还乱蓬蓬的，当下没了兴致，招了招手，对不远处站着的那人道："孙老七，你来。"

孙老七是怡红院的龟奴，生得胖圆，留着两撇小胡子，一副精明模样，听钱文泽召唤他，颠儿颠儿地跑过来。

钱文泽同怡红院的妓女金凤相好，撒了不少银子，孙老七知道钱文泽是有靠山、有手段的，平日里也紧着巴结。昨晚上听说钱文泽要领自己到林家买个丫头，孙老七心里着实乐意。

以前怡红院里收过大宅门里出来的婢女，若不是犯了重错被发卖，便是勾引男主人被女主人知晓发狠卖掉。他听钱文泽话里话外的意思，今日这女孩儿便是后者，林家能得男主人青眼的，容色、身段定是拔尖的了。

可如今一见着香兰，孙老七直咧嘴——看眉眼是个漂亮的，可整张脸已不大成形，也不知这肿伤能不能消下去，若不成，买回去也就只能做个下等茶室女。孙老七咂了咂嘴道："这样的⋯⋯顶多三十两银子，这还是看在钱大爷的面上。"

钱文泽哼了一声道："孙老七，你可真是个嘴油不厚道的，三十两银子就想买个大姑娘？只怕还没长齐的小丫头都比这个贵。这丫头不过是伤了脸，原先小模样俊着呢，等脸上的肿一消，原先你窑子里的小翠仙只怕都没这么俏。"

孙老七心想这位爷真会扯淡，原先这丫鬟什么模样莫非你见着过？可心下也有些同意钱文泽的说辞，又仔细打量香兰的腰腿和手，一咬牙说："最多四十两，回去还得给这丫头治脸，一切花销都得要银子不是？"

钱文泽还不满意，跟孙老七讨价还价一番，最后商定了四十六两银子。婆子拿出香兰的身契，孙老七便要掏银子。

香兰闭了闭眼。她还是头一遭被人当成牲口货物讨价还价，只觉眼前发黑，眼睛干干的已流不出泪，死咬着牙，暗想道："若真不幸入了娼门，万不可寻死，怎样也要挣一条活路出来！"

此时却有人道："孙老七，这大清早我出来遛遛，就瞧见你出来相货了。"

香兰循声望去，来人是个矮瘦的中年人，一脸市侩气，小眼睛滴溜溜乱转。这人叫高二宝，跟孙老七是同行，是倚翠阁的龟奴，与钱、孙二人俱相熟。几人打了招呼，高二宝便围着香兰转了一圈，道："这么个丫头要多少银子？我出六十两。"

钱文泽顿时眼睛一亮，本要递给孙老七的身契便收了回来。

孙老七顿时急了眼，道："我都已谈好了价，你起什么哄？"

钱文泽笑道："老孙你别急，自然是价高者得，你出的比六十两高，我便让你把人领走。"

孙老七看看香兰肿破的脸，又瞧瞧手中的钱袋子，想再多出五两，却终于摇了摇头。六十两银子买个不知是不是要破相的丫头，未免太不值，这个价儿去那穷人家里能买个十五六的雏儿，稍加调教就能接客赚钱了。

钱文泽见孙老七不吭声了，便笑了笑，把那身契往高二宝眼前一递，豪气道："高老板出手高，这丫头归你。"

高二宝也不多言，直接掏出一张六十两的银票放在钱文泽手里，拉了香兰便走。

钱文泽心花怒放。赵月婵早就说了，无论这丫头卖了多少，银子都便宜了他，当下用折扇一拍孙老七的肩膀道："走着，昨儿晚上爷没睡好，去你那儿让金凤给爷热上洗澡水，铺好暖被窝，爷还得回去睡一觉。"

孙老七忙换上一副笑脸，心说："大清早的让我溜断腿，今儿个非要把你兜里那六十两银子赚过来不可！"殷勤道："那咱们走着，爷你这几日没去找金凤，我们金凤姑娘可是流了好几天的泪儿，还给你做了个新荷包……"两人越走越远，声音逐渐不可闻了。

高二宝抓着香兰站在巷子拐角处，见钱、孙二人走远了，才拉着香兰往另一路走。香兰只觉得头重脚轻，走路都踉跄起来，越过一条短巷，只见有辆马车停在那里。

高二宝搓着手走到跟前，点头哈腰道："爷，您交代的事儿妥了，您看，您看……这个……"

马车的帘子一下撩开，香兰定睛望去，只见车中出现的赫然是宋柯的脸。

香兰浑身一颤，两行泪忽然从眼眶中流出，心仿佛松了一块，却又有什么地方被狠狠揪住。这接二连三大喜大悲之下，香兰眼前发昏，腿一软便晕了过去。

香兰沉沉浮浮间做了一个梦，梦里她还在前世，穿着大红的嫁衣，迎亲的队伍浩浩荡荡，半条街的百姓都轰动了，纷纷探头出来观瞧。临上轿前，她母亲握着她的手，洒泪道："我的儿，你如今这一去不比在家里，母亲只怕你受了委屈……"

她看着母亲的脸，死死握着母亲的手却说不出话。忽而，前世母亲的脸仿佛又变成了薛氏，梦境变了变，她瞧见薛氏和陈万全被赵月婵一并发卖，耳边还听得父母低声哭泣。她心急如焚，拼命想去救，猛地挣扎，便醒了过来。

入眼皆是青绿色的幔帐，香兰动了动，只觉着浑身气力全无，头上绑了根布条，仍昏沉沉的，脸上的伤已不似前两日那般火辣辣的疼。她伸手往脸上摸了摸，蹭到一层药膏，挣扎着起身将幔帐拉开，只见床边的绣墩子上坐着个丫头，穿着银红掐牙小褂、墨绿色的裙儿，正在低头做针线。

那丫鬟听见动静连忙将手里的活计放下，上前道："阿弥陀佛，姑娘可算醒了，这一觉可整整睡了两天。"手抚上香兰的额头，口中喃喃道，"还有些烫，却比昨晚上好些。"手脚麻利地端来一碗温水，用小银勺子一勺一勺地喂在香兰口中，用帕子蘸了蘸香兰的嘴角。

香兰刚想问话，那丫鬟已放下碗，一阵风似的跑了。不多时，宋柯便走了进来，坐在她身边，温言道："身上可好些了？大夫来看过，说你外感气滞，五脏都淤住了，心思过重，又着了凉，这才发出病来，吃几服药再好好调养便没有大碍了。"

见香兰睁着一双明眸看着他，便低头咳嗽了一声，又道："你脸上是皮肉伤，大夫说幸而打你的人气力小，否则这张脸就要不得了。"说完看了看香兰，见她仍是睁着眼睛盯着他，暗想："女孩儿都在意自己容貌，她本是美人，若是真毁了容颜，只怕心里头难受，这病也难好。"便又道："你脸上搽了两种药膏，一个是上好的金创药，还有千金堂的生肌膏，你的脸已消了些肿。我瞧着过不了几日便好了。"

香兰点了点头，嘴巴动了动却觉着脸疼，手指比画着在被子上写了个"谢"字。

宋柯看了两回方才瞧出来，便笑道："这没什么。我原也打算把你要到身边来，不过林锦楼不肯放人。"

香兰仍看着他，宋柯却觉着那双眼里依稀有了些笑意，他心里也快活起来，道："厨房里有些粥，饿了让玥兮她们给你热一碗。"

香兰摇摇头。手指又在被上画，写了"父母"二字。

宋柯点点头，心道香兰已至如此境地还念着亲人。自己没瞧错人，她果然是个孝顺淳厚的人，便说："你父母我会一并讨来，待会儿就跟修弘说一声，让他替我向林家大太太要人。"

香兰这才放了心，满腔的感激却说不出口，而此时也已力尽，头往枕头上一歪便睡了过去。

宋柯吃一惊。他也略通些医术，诊了脉才知香兰是累得睡了过去，当下又把丫鬟唤来叮嘱了几句，方才轻手轻脚地退了出去。

香兰便安顿下来，住在宋柯卧房边上的厢房里。宋柯房里拢共两个丫头，唤作珺兮、玥兮，是亲姊妹，看着伶俐清秀，均不是多嘴多舌之辈，照顾香兰也尽心，会时不时说些宋家的事。

第二天，宋柯特意来跟香兰说："你爹娘我已经要来了，你爹如今在家里的古玩铺子里做二掌柜，你娘也随着去了，只是你身上不好，让你们相见难免让父母揪心，等你养好些便让你回家住几日。"说着拿出一件崭新的袄子道"这是你娘刚做的，让我带过来。"

香兰一瞧，果然是薛氏的针线，眼泪在眼眶里转了转，默默地把那袄子抱在怀里，挣扎着从床上爬起来，在床上给宋柯磕了一个头。

宋柯急忙上前扶道："病还没好，你这般折腾自个儿做什么？莫非药还没吃够？快些躺下！"此时前院有小厮来报，有客来见，宋柯只得走了，临行前又命珺兮、玥兮好生看着。

宋柯原以为如今香兰得了父母的消息，身上能好些，可香兰久久揪着的心一放下，整个人便如同垮了似的。俗话说"病来如山倒，病去如抽丝"，她这一病，把在林家积的症候全发了出来，脸上的伤逐渐好转，却昏昏沉沉总也不能退烧。宋柯未免心中焦急，一连换了三个大夫都未能诊好。

一日晚间，珺、玥二人正在房中照料香兰，忽听见香兰道："太子被八王爷逼死了，咱们家要满门抄斩……祖父爹娘弟弟妹妹，你们要跑快些……莫要被抓了……"一时又说，"表姑娘，奴婢错了，别打了罢……"

她二人听见"满门抄斩"四个字不禁吓了一跳，悄悄凑到跟前推了推香兰，轻声唤道："香兰姐姐，香兰姐姐。"见香兰昏昏沉沉的，一摸额头滚烫，知她在说胡话，此时又听香兰道："曹丽环，我绝非怕你，若不是形势比人强，我又何必在你跟前忍气吞声？！赵月婵，你好毒的心，莫非你真不怕地狱里阴司报应？！"

珺、玥面面相觑，听得心惊肉跳，将床上的幔帐放下。珺兮守在床前，玥兮来到书房前头敲了敲门。

宋柯正为了次年春闱苦读，见玥兮进来，不由放下书本问道："何事？"

玥兮道："香兰姐姐有些不好，满口的胡话，只怕她要烧坏了身子。"

宋柯立即到厢房去，撩开幔帐，见香兰双目紧闭，似是不大好了，心里一沉，唇紧紧抿了起来。

珺兮想了想道："大爷不如拿着帖子请林三爷让林家济安堂里的罗神医来诊治诊治，他的医术是极高明的。"

宋柯有些踟蹰。他也知道罗神医医术高明，但此人在林家开的药铺里坐诊，常常行走于林家内宅，对府中事十分了然，倘若他见过香兰，此番再撞见未免不好。宋柯原打算把香兰藏在府里，待明年他考了功名，再花钱谋个缺，便携着一家老小上任，脱了林家的势力，再做打算。

他还在犹豫，却听香兰忽喃喃说了一句："好疼……"眼角一滴泪滑了下来。

宋柯不由心酸，原本的犹豫也烟消云散，立时提笔写了帖子给林锦亭。不多时那罗神医便到了，见幔帐垂得严严实实，当中伸出的手也用帕子遮掩了，只道是宋柯房里不同寻常的丫鬟，又或是宋家小姐，便诊了一回脉息，重新开了方子。

一时玥兮去煎药，珺兮凑上前小声说："方才你听见了没有？香兰说'太子''八王爷''满门抄斩'什么的。"

玥兮吓一跳，左右看了看，压低声音说："听到就当没听到。烂在肚子里，她是烧昏了头了。"

　　珺兮一吐舌头，便不再提。

　　罗神医开的方子吃了两剂下去，香兰的症候便轻缓了。宋柯自然命厨房调换着花样给香兰做汤做水。这期间，香兰从丫鬟小厮那儿得了三个消息：一是林东绮与镇国公家的二公子定了亲，待曾老太太的孝期一过便行六礼；二是林锦楼的通房丫头画眉回家小住。谁料家中失了火，之后画眉连带她的丫头喜鹊便不见了踪影；三是青岚的丧事已毕，虽也算厚葬，但她只是个侍妾，进不得林家祖坟，只在一处有山水的地方点了一处穴，埋葬了事。

　　香兰一长叹。她身子慢慢好转，脸上的肿也消了大半，仍有有青紫淤血，却不似当初那般骇人。待香兰精神健旺了，宋柯便让她在二门的小屋里同陈氏夫妇见了一面。薛氏一见香兰的模样，泪儿便滚瓜似的掉落，陈万全也红了眼眶。

　　一家三口相对无言了许久，香兰便忍着泪笑道："如今好好的，一家人又能团聚，咱们还哭什么？"

　　薛氏哑着嗓子道："什么好好的？你瞧瞧你这模样……"说着便又开始掉眼泪。

　　陈万全见四下无人，小声道："这究竟是怎么回事？先前儿都谣传你让大爷相中了，要抬举你做主子，怎么这又让宋大爷买了？"

　　香兰垂下眼帘："正因为大爷看中了，大奶奶才不容我，将我毒打了一顿，又要把我卖到窑子里，幸亏宋大爷将我买了……只是这事做得机密，爹娘也闭严了嘴，倘若让大奶奶知道反倒不好了。"

　　夫妇二人一听"窑子"登时倒吸一口凉气，头摇晃得跟拨浪鼓似的："不能，不能，绝不能说。宋大爷也叮嘱过了，即便走了嘴也不能吐露一个字。"

　　陈万全道："你只管放心，因从林家出来，我和你娘便搬到宋宅后头的巷里去了，那地方清静得紧，也没几个认识的人。"

　　薛氏叹道："宋大爷真真儿是个大善人，将我和你爹买了去，就为了咱们一家骨肉不分开。待会儿我要给他磕几个头谢谢他大慈大悲。"说着又去看香兰，心疼得跟什么似的。

　　陈万全看着爱女也是心肝肉疼，悄悄回过身抹了把眼睛，却绷着脸道："都是你弄性尚气做出的好事，倘若你当初不进府，乖乖跟柳大掌柜的儿子成亲，这会子跟寻常人家的体面奶奶有什么分别？何至于受这个罪？！偏你嫌弃柳家也是林府的奴才，又嫌他家儿子傻，可你也不瞧瞧你爹，也是奴才出身，又痴心妄想些什么？如今可好，遭了罪了！"

　　薛氏一把搂住香兰，推了陈万全一把道："你少说两句，没瞧见闺女吃了这样大的苦？你还说这样刺心的话，真是个没眼色的老东西！"

香兰垂了眼帘。她自入府后几番坎坷受罪，却始终不曾后悔过。在林家固然难挨，可认了世代为奴乖乖嫁人，只怕那种绝望真会要了她的命。她心心念念着脱籍，豁出去都要试一试，即便前头是火焰山，她也要去蹚一蹚。

香兰病了一个月才停了药，脸上的青紫也消尽了。此时已入盛夏，蝉鸣蛙叫，绿树浓荫，满架子的蔷薇一院芳香。

香兰坐在廊下的阴凉里仔细做着针线。珺兮搬了张小矮桌子出来，笑道："歇会儿罢，你都做了一天了，仔细累出病。"

"这针线不是一两日就能做得的，先吃块西瓜消消暑气。这可是刚刚从井里取出来的，清凉得很。"玥兮手脚麻利地搬来一个滚圆的西瓜，用刀子切了，递给香兰一块，又去招呼珺兮。

香兰咬了一口，果然清甜凉爽，问道："太太和姑娘那屋可有？"

珺兮道："先给那两屋送去的，太太还赏了荔枝饮，等晚上冰一冰端给大爷喝。"说着在玥兮身边坐下来，三人团团围着那小桌子一边吃瓜一边说笑。

一阵微风吹来，香兰抚了抚鬓边的碎发，看着院中的一草一木，只觉得舒畅。

宋家的府邸并不大，只是个两进的院子，虽无林家亭台楼阁、池馆轩榭之豪阔，但翠竹芭蕉、奇石异草也别有意趣。宋家人口简单，下人也少，拢共不过十几个人。香兰留心打量，宋家摆着的名贵玩器、物件并不多，可那兽纽狮耳白玉尊、双耳衔环鹿头鼎也是极贵重的东西，所用的椅搭、引枕、坐垫均是一色半新不旧的缂丝绫罗，由此便知这样的人家曾经如何鼎盛过，如今富贵豪奢气象已散了一半，却也殷实妥帖。

前几日宋柯让她去给宋姨妈磕头，只说香兰是他从外头买回来的丫鬟。香兰原本忐忑，唯恐被人认出她是从林家出来的，却不知宋姨妈最是个不爱走心思的，且林家上下的丫头又多，她来来回回也只认得秦氏和王氏身边那几个有威势的大丫鬟，自然不记得香兰了。宋檀钗跟香兰不过见过两回，日子隔得久，再见香兰只觉得面善，也未觉出什么不妥，反而还赏了香兰一套自己不大穿的艳色衣裳。

香兰每日没什么活计，许是宋柯有过吩咐，珺兮、玥兮都将事情抢着干了，将她跟小姐奶奶似的供了起来，香兰硬找了些针线做。旁人拗不过也只好随着她去。

三人吃了一回瓜，珺兮将桌子收拾了，剩下的几块西瓜用托盘盛了端到前头给下人们吃。玥兮则开了箱笼，将冬天的棉衣抱出来放到院子里晒。香兰过去帮忙，在柜子里收拾出一块石青色的锦缎料子。

玥兮笑道："这是去年给大爷裁冬衣的时候剩下的，想再做双鞋废料子又不够，做帽子又没那个手艺。白白丢了可惜，就放在柜里了。"

香兰笑道："若是没用途就给我，我倒是琢磨了个东西。"

玥兮不以为意道："拿去，白放着也是落灰。"

香兰便将料子取了，不到一个下午便做出个文具袋子，又取了笔墨纸砚细细地画花样，先在袋子上绣了一丛竹子。珺兮赞道："这竹子绣得俊，又鲜亮又平整。"

香兰坐在房里直绣到傍晚，用手揉了揉发酸的脖子，抬头却瞧见宋柯正站在门口看着她，已不知来了多久了。

香兰连忙站起来，问道："怎么回来只在门口站着？"一边招呼他进屋，一边去倒茶，转身又问，"外头热。洗澡水在净房里早就备下了，屋里头还有冰镇的瓜果，要不要吃些？"

宋柯不说话。他穿着千草色的软绸直裰，腰间是玉色腰带，容色如玉，看着香兰只是笑。外头又闷又热，他为了家里的产业忙了一个下午，本有一肚子火气，可进屋便瞧见香兰坐在戗金的罗汉床上安安静静地绣花。她垂着芙蓉似的脸儿，露出粉白的脖颈，灵巧地飞针走线，又恬静又美好。

宋柯觉得自己的火气立刻飞到九重天外头去了，嘴角也不自觉地勾了起来，竟然这么直直地瞧了许久。这时香兰端茶递水，又帮他拿家里的日常衣裳，宋柯觉着香兰怎么看怎么像迎接丈夫归来的小妻子。他有些晕陶陶地坐了下来，看着香兰忙里忙外，端了一盘子瓜果摆在他手边的小炕桌上。

宋柯轻轻咳嗽一声："你身子才好，别忙了。珺兮、玥兮呢？"

"到姑娘那屋帮着挑料子去了，铺子里新送来的各色尺头，说要重新裁几身衣裳。"香兰说着拧了块手巾，又将茶端了过来，"我已经好了，也没有那么娇贵。"

宋柯擦了擦脸和手："那也要再养些日子，依我看，滋补的药吃上半年再停也不迟。"说着看了香兰一眼，"都去挑料子，你怎么不去？"原来香兰自到宋家，穿的都是宋檀钗的旧衣，还有两身丫鬟的新衣裳，宋柯便命人从铺子里拿些料子来，打算给她做两身应季的新衣裳。可单给香兰未免太显眼，便一并拿到宋檀钗房中让大家挑拣，没想到香兰竟没去。

香兰笑了笑，精致的眉眼变得弯弯的："我去了谁看屋子呢？冷茶冷水的，难道让你唤外头的婆子进来伺候？"

这一笑让宋柯的心也怦怦跳了起来，只觉那笑容又熟悉又好看，把他心里的琴弦撩拨开来，便呆了过去。

香兰见宋柯愣愣地瞧着她，脸也红了，心里虽羞涩却也暗自警醒，装作没事人似的岔开话头道："大爷是先沐浴还是先用饭？"

宋柯也觉察自己失态，低头咳嗽一声，仿佛没听见香兰的话："你没去挑料子，我这里刚好有两匹，你觉着合适便留下。"说着撩开帘子，喊廊下当差的小厮道：

"绿豆,把那两匹料子拿来。"

不多时绿豆果然抱着两匹料子,一匹是天青色的细布,另一匹是妃色的茧绸,都是上等货,柔软细密,却不觉奢华。

香兰摸了又摸。宋柯看着她微微垂下的睫毛,心里头好像有支轻柔的羽毛刷着,见她头上戴着的翠花钿歪了,不由自主地伸出手把那花重新插好。香兰忙抬起头,两人目光一撞,此时便听见门帘子响动,芳丝抱着匹牙色的尺头走了进来,见他二人这番形容登时沉了脸色,凉凉道:"哟,这事闹的,我可是来得不巧了。"

芳丝乃宋姨妈身边得脸的大丫鬟,其母郭氏是宋姨妈的心腹,后嫁了个体面的管事。后来宋父去世,宋家他们孤儿寡母风雨飘摇,郭嬷嬷始终忠心耿耿不离左右,女儿芳丝也进府来侍奉主人,宋姨妈对她们便格外高看一眼。

这芳丝生得高挑白净,杏眼薄唇,虽不是绝美却也有几分人才,又是个言辞伶俐的,宋姨妈便挂了心,探过郭嬷嬷的意思,知道芳丝愿意在宋柯身边伺候,便许了芳丝给宋柯做小。谁知宋柯却拒绝,反倒嗔怪宋姨妈多事。

宋姨妈将这儿子看作眼珠子,更是后半辈子的指望,不敢违背他的意思,芳丝知道后大哭了一场,整整三天都没见人。可事后瞧着,她见天往宋柯这儿送东西,又爱找珺兮、玥兮说笑,反而越发殷勤了。先前她见着香兰病倒在床,面目全非,还感叹几句这女孩儿可怜。可随着香兰一日日健旺,脸上的伤也好了干净,芳丝便愈发对香兰不爱搭理起来。

宋柯暗恼芳丝来得不是时候,面无表情地把手从香兰的头发上放下,转过身道:"你来做什么?"

芳丝心里委屈,忍着酸道:"太太说这个颜色好,问问大爷的意思,若是喜欢我便给大爷做件大氅。"目光悄悄往宋柯脸上溜去。

宋柯淡淡笑道:"我不是说过了,今年不再添衣裳了,让母亲和妹妹选。再说夏天这么热,穿哪门子的大氅?"

芳丝忙道:"不做大氅,做条散腿的裤儿也好。"

宋柯见芳丝红了眼眶,便放柔了声音道:"你做太太房里的针线都忙不过来,又何必再给你添差事?我的衣裳有人做,你好好伺候太太就是了。"

芳丝急忙摇头:"就是做条裤子,不碍什么事。"唯恐宋柯不同意似的,往前走了几步,看着香兰假笑了下,"珺兮、玥兮的针线都糙,香兰妹妹刚来,身子又不大好,更不能太操劳了,我想来想去,大爷房里的针线还是让我做罢。"

宋柯想道:"芳丝是母亲身边最得脸的丫头,总不能明摆着驳母亲的脸面,不过是条裤儿,她爱做就去做罢。"只得无奈地点了点头。

芳丝跟得了珍宝一般,一张脸全都笑开了,喜滋滋道:"我两三天就能做得了。"

眼巴巴地瞧着宋柯。

宋柯微笑着点点头，起身去净房洗澡，留下芳丝和香兰在屋里大眼瞪小眼。

芳丝将香兰从头到脚打量了一遍，神色倨傲："还没问过你，你当初被大爷买进府的时候是个病秧子，这是怎么回事？"

香兰看了芳丝一眼，将桌上的灯点燃，淡淡道："这是太太让你问我的，还是你要问我的？"

芳丝没料到香兰这样说，顿时愣住了。